山东师范大学中国现当代文学国家重点学科
山东师范大学网络文学研究中心

周志雄 主编

Research on Network literature

# 网络文学研究

## 第一辑

山东人民出版社
国家一级出版社 全国百佳图书出版单位

# 卷首语

时运交移，质文代变。上世纪末以来，网络文学风生水起，搅动了文坛半边天，与文学期刊、传统出版鼎足而立。经十余载，网络鸿文四起，大神辈出，富豪榜单引万众瞩目。创微收费之模式，假移动阅读之普众，逢中央大力倡导之机，乘影像、网游之助力，藉 IP 产业兴起之势，网络文学已然千帆竞过，海阔天空。

文律运周，日新其业。举凡历史架空、行侠修仙、惊悚悬疑、宫斗纷争、职场升迁、宅男腐女、青春爱恋、官场角逐、游戏竞技、玄幻盗墓、军事谍战诸类型，分类细化，开今朝通俗文学之新风也。源奥而派生，根盛而颖峻，内缘中华数千年文化之流脉，外接西人缥缈玄幻之奇思，或写实观世，或玄思奇想，或娱人乐己，或抒情言志，或穿越古今，或思接天外，心生而言立，染生民之耳目矣。

然综览浩浩网络文界，注册为文者百万，著文者千万，拍砖、灌水者万万，可有多少网络文学评论家？有几处专门的研究机构？有几家网络文学研究期刊？文学创作和文学研究乃鸟之双翼，车之两轮。贺拉斯有言，评论家之于作家，乃磨刀石与刀，磨刀石切不动肉，但可以使刀锋利。如切如磋，如琢如磨，网络文学的繁荣，经典网文的出现，离不开评论、研究与创作的良性互动。体系还不配套，机制犹待完善。

2015 年 6 月，山东师范大学网络文学研究中心在舜耕山下成立，为促进网络文学研究之发展，特创办《网络文学研究》，愿为网络文学评论、研究与创作的良性互动架设平台，愿为网络文学交流提供阵地，愿为青年后备研究人才的成长提供空间。《网络文学研究》设“名家讲坛”“大神访谈”“学院论坛”“会议现场”“文坛观相”“网文前沿”“新书品评”“风过眼耳”等栏目，或考镜源流，或佳作品读，或大局观相，或一斑窥豹，或大视野大开合，或小问题小感悟，或批判或力荐，或长篇或短制。凡网络文学论者，英才不问出身，著文不拘陈规，但求真知灼见，欢迎搞稿，来稿必复。投稿邮箱 zhixiongzhou@qq.com。

山东师范大学中国现当代文学国家重点学科

山东师范大学网络文学研究中心

# 目　录

## 名家讲坛



## 大神访谈



## 学院论坛



## 会议现场

## 文坛观相



## 网文前沿



## 新书品评



## 风过眼耳

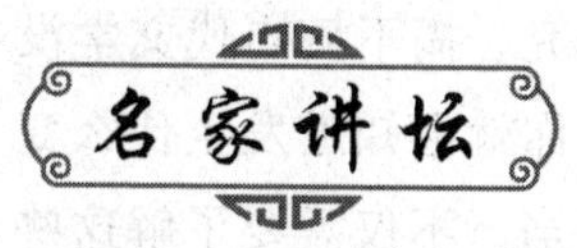

# 文学新演变与文坛新常态

## ——在山东师范大学的演讲

白　烨

**吕周聚（山东师范大学教授）：** 今天我们非常荣幸地邀请到了白烨研究员来给我们做报告。白烨先生是中国社会科学院文学研究所的研究员，中国社会科学院研究生院的教授，中国著名的评论家，享受国务院特殊津贴的专家。同时，他也是中国当代文学研究会会长。白烨先生出了很多的书，代表作有《文学观念的新变》《文学新潮与文学新人》《批评的风采》《文学论争 20 年》等等。白烨先生从事当代文学批评，他对文学的发展演变有着非常敏锐的感觉，对于我们当代文学现象有着非常深刻的分析。今天，白烨先生给我们带来的报告名称是《文学新演变与文坛新常态》。下面，我们以热烈的掌声欢迎白烨先生做报告。

**白烨：** 今天到山东师大文学院与大家交流，我很高兴，也很珍惜这个机会。因为我觉得，文学现在特别需要交流，尤其是不同代际的交流。我们也算是文学同行，都是学中文的，你们今后或许成为文学从业者，或者是文学爱好者。所以，我们这种不同代际的交流，非常需要，也非常重要。

当代文学这几年变化很多、很大，表面上看是出现了许多新的现象与新的形态，其实背后是看法的分化、观念的变异。我现在主要在做一个项目叫《中国文情报告》，是一本文学研究报告，这个报告大概分 10 个方面的问题，如长篇小说、中短篇小说、散文、诗歌、纪实文学、网络文学、戏剧、理论批评等，分门别类地做一个年度综述。在这个过程中，我有很多的感触，那就是有很多文学现状的深刻变化。你不做这种跟踪式的研究梳理，不会清楚地知道它究竟发生什么样的变化。而这种变化之大、之深，是极其惊人的，拿天翻地覆来形容也不为过。我认为你搞不搞文学研究、搞不搞当代文学没关系，但一定要了解这种变化。多少有些了解之后，你就会知道发生什么变化了，你自己处在什么位置。如果你属于文学这个行当，不仅需要了解这些变化，而且要弄清其中的道理，这些变化带来的问题，哪些是值得关注的，带来了哪些挑战，我们应该怎么去关注和应对。所以基于这些考虑来与大家进行交流。

我主要讲四个问题：第一个是简单勾勒30年文学的变化，第二个是这种演变带来的文学结构的变异，第三个讲讲文学的新常态，第四个是几个突出问题。

## 一、30年文学的演变

中国当代文学已经有60多年的历史。最近和当代文学有关的事情很多，习近平在2014年10月15日发表了关于文艺工作座谈会的讲话，这个讲话在2015年的10月14日正式发表，与此同时，2015年10月3日，党中央做出了一个《关于繁荣发展社会主义文艺的若干意见》的决定，后面还有一系列的举措。这些举措与行动的背后有一个原因，那就是文艺的作用越来越重要，但现在还没有起到党和政府所期待的作用。还有就是，经过20世纪80年代、90年代到新世纪这30年的变化，文艺既很丰繁，又很缭乱，我把它概括为八个字，叫“繁而不荣，多而不精”。那么文学成为现在这个样子，是怎么变化过来的呢？我想通过30年的简要梳理，来看看它的运行轨迹和基本运势。

80年代和新时期：以政治浪潮为中心的文学演进。我们讲新时期文学，一般是指从粉碎“四人帮”开始的70年代后期和80年代，主要是80年代。新时期对于当代文学而言，非常重要。重要就在于这一时期既要拨乱反正，又要重新建构。在它之前的“文革”10年，许多作家作品被批判了，封禁了，当时的文艺领域基本上是一片萧条。粉碎了“四人帮”，大家欢欣鼓舞，但具体到文学领域，到底应该怎么认识，怎么创作，大家心里没底，比较茫然。因此，新时期的首要工作就是先在文艺思想上拨乱反正，正本清源。伴随着这种批判与清算，便开始了有关文学重要问题的讨论与争论。

新时期有几次大的文学论争，包括文学与政治的关系问题、人性与人道主义的问题、现实主义的问题、现代主义的问题等。其中文学与政治关系的讨论最为重要，因为在此之前，文学就主要是为政治服务，为了更好地突出政治，还提出了一系列艺术上的要求，比如在创作中有一个“三突出”原则，就是“在所有人物中突出正面人物，在正面人物中突出英雄人物，在英雄人物中突出主要英雄人物”。当时的“革命样板戏”，就是按照这种原则创作出来的，无论男女英雄人物，一出来就是斗士，就是斗争，这个人的家庭背景、人际关系等常常模糊不清，所着力表现的就是阶级性、政治性、革命性、斗争性，别的属性基本都不顾了。这在那个时候是很正常的，今天大家看来就觉得不可思议。

当时的《上海文学》发表了一篇文章《文艺是阶级斗争的工具吗?》，由此引起了全国范围的大讨论。当时，还有不少人思想不够解放，认为文学怎么能不为阶级和政治服务呢？这些人在思想上一时转不过弯来。更多的人倾向于文艺不局限于为政治服务，只为政治服务实际上捆住了文学的手脚。大家不断争论，研讨不断延伸，问题由创作领域延展到理论批评。对于过去的文艺批评，毛泽东有一个说法，即文艺批评是文艺界思想斗争的工具，文艺的政治标准第一，艺术标准第二。也就是说政治上正确不正确，是衡量作品的首要标准，这个要是不对别的就免谈。所以大家接着又对文艺批评中的问题进行了反思，有人提出了文学的历史与美学相兼顾的批评方法，有人提出了真善美批评方法等等。

当时这种讨论不断深入，认识不断明晰，后来就促使中央在第四次文代会之后做出了一个决定，不再提文艺为政治服务的口号。在 1980 年 7 月，《人民日报》发表了一篇社论，叫《文艺为人民服务，为社会主义服务》，这就是今天我们经常讲的文艺的“二为”方向。这样一个口号的提出与确立，是我们长期的教训、论争与讨论的一个结果。

还有一个重要论争，是关于文学与人性、人道主义问题。过去，我们是讳谈人性、人道主义的，认为这都是资产阶级的烟幕弹。这种认知就导致了我们过去的文学写人的时候，只关注到了人的阶级性、政治性，亲情、友情、爱情等都不能突出，不能放大，必须含蓄，不能影响阶级斗争和政治斗争。经过这场讨论，人们意识到人性、人情是人的本质属性，人应该有两种属性，这就是社会属性和自然属性，都是不可缺少的。这样就把人性、人情肯定下来了，包括人道主义也逐渐被认可。这个讨论非常重要，对于文艺与政治关系解脱之后怎么办，它其实又提出了新的可能。

理论研讨上的进而深化的一个重要成果，是刘再复提出的文学主体性理论。他在当时的《文学评论》发表了一篇文章，叫《论文学的主体性》。他认为我们过去在文学创作等各种文学活动中，人的主体性地位全面丧失，所以需要在文学活动中去全面恢复人的主体性地位。他说，作家在写作中要体现作家自己的主体性，作家在塑造人物的时候，要尊重人物的主体性。作为评论家和读者，在阅读作品的时候，也要体现和发挥自身的主体性。在这个理论的影响与推动之下，当时人们的思想观念，都有了或显或隐的变化。

这种文学论争，看起来是理论上的，实际上也给创作带来潜移默化的影响。在文艺创作上，新时期之初，主要是“伤痕文学”“反思文学”，后来又出现了“寻根文学”，包括“新诗潮”“新写实”，在一定程度上都与理论批评的促动有关。所以，新时期起到的非常重要的作用，就是它不但把十年浩劫造成的文学萧条和思想混乱，做了清理和清算，而且使文学恢复到十七年时的繁盛状态，在某些领域甚至远远超越了十七年时期的文学。所以，有人认为新时期是整个当代文学的黄金时代，这个说法有一定的道理。

90 年代文学：以经济浪潮为中心的文学演进。通常我们谈到 90 年代的时候，从评论的角度很难加以描述和概括。为什么呢？因为它和 80 年代浪潮汹涌的情形完全不同，没有群体的文学现象，有的只是分散性的写作。比如我们说到 80 年代的时候，可以拿一个思潮、一个流派来进行概括，如伤痕文学、反思文学、新诗潮、寻根文学等，但这些思潮性写作倾向，到 90 年代完全找不出来了。所以陈思和就讲，90 年代是一个无法命名的年代，它总体性的特点就是写作开始走向个人化，不带有群体性，所以就很难找出相似的一种思潮。

这里必须要说到 90 年代的社会转型，这跟邓小平的南方谈话密切相关，邓小平在 1992 年去南方时做了一些重要讲话，这些话看来零零散散、不成系统，但是掷地有声，非常重要。比如，不要争论姓社姓资了。一个事情该做不该做，衡量的标准是实事求是，就是是否对提高人民生活有利，是否对提高综合国力有利，是否对提高生产力有利。三个都有利就去做，不要去争论。他还有一句话，就是说我们今后的一个很大的目标就是建立市场经济。他做了这个讲话之后，党的“十二大”就确立了建立社会主义市场经济的这样一个决定，这使我们后来的改革开放，真正走上了社会生活以经济建设为中心，经济建设以建立市场经济为中心的道路。

所以我认为90年代的社会转型与经济变革非常重要。有时我们在研究文学的时候，不太关注邓小平的南方讲话，但是它首先把社会生活的重心变了，这个变了之后才会有后来的一系列变化。因为这个变化，后来掀起了一个更加深入的改革开放的热潮，包括有很多观念的更变，比如说勤劳致富、富了光荣、万元户、下海等等，成了热词。社会生活的这种变化，使得在整个社会商业化思潮成为定势，从而对文化生活产生了非常大的影响，当时出现了很多通俗文学的作家，包括国外的通俗文学、港派的通俗文学，如金庸、琼瑶都是这个时候流行起来的。这对大家已有的观念形成了冲击，因为我们这些搞文学的人，基本熟悉了跟政治的东西打交道，但是新的东西超出你的经验，面对汹涌而来的市场经济、商品大潮，我们完全没有主意，所以束手无策。

整个90年代实际上就是这么懵懵懂懂走过来的。现在回过头去看，经济浪潮也给文学带来属于它的影响，形成了别的一些特点，造成了另外的文学景观。这主要体现在两个方面：一个是文学写作的个人化成为定势，一个是促动了长篇小说的长足崛起。

个人化写作最早是从“60后”开始的，具有代表性的是林白和陈染的写作，在她们之后，就是“70后”浮出水面，个人化倾向就更加明显了。她们的写作基本上是个人在生活中的感受、体悟与情感，社会的影子、时代的气息，显得影影绰绰，并不彰显。后来的代表性作者，主要是以卫慧、棉棉为代表的“70后”了。因为卫慧、棉棉的写作倾向遭到严厉批判，“美女作家”“身体写作”成为她们的代名词，这连带着影响了人们对个人化写作以及“70后”写作的研究与探讨。

今天回过头去看卫慧与棉棉，其写作并没有很大的问题，但个人化写作倾向着实明显。这类写作看似淡而无味，闲极无聊，其实她们写出了人们的另一种状态，也即非正常状态，边缘化情绪。从对人的全面反映上看，这种写作可能正好弥补了宏大叙事的一些缺陷，使得文学对人的观照，更细切了，更微观了。

第二个是长篇小说的长足崛起。在80年代的时候，长篇小说每年大概是几十部、近百部，长篇小说的量非常小，没有人敢去写。因为长篇小说写了得有人出，有人看，如果不是小说名家，一般没有人出版，也少有人看。进入90年代之后，长篇小说数量激增，销量看涨，做书的，写书的，看书的，好像突然都冒了出来。大约从1992、1993年开始，每年都往上增，从两三百部，到四五百部，到90年代末的时候，就接近了1000部。这确实令人很是意外，也让人非常吃惊。

分析这其中的原委，我觉得最大的一个原因就是商业化进入文学出版，使文学出版逐步走向市场化，同时也加入了媒体炒作的因素，两相结合构成了长篇小说运作与炒作的不谋而合。出版走向商业化的时候，所走的路线与过去完全不同了。计划时代是看作者，谁有名就出谁的，而商业时代是看读者，谁的有人看就出谁的，关键在于有读者，能赚钱，至于作者是谁不是关键。那个时候出现了很多好看的、通俗的作品与图书，包括国外的，港台的，如金庸小说、琼瑶小说、三毛散文等等。

这里最为典型的一个例子是1993年的“陕军东征”现象，即陕西的五个作家几乎在同时推出了五部长篇，这里有陈忠实的《白鹿原》，贾平凹的《废都》，高建群的《最后一个匈奴》，程海的《热爱命运》，京夫的《八里情仇》。当时连着开研讨会的时候，有记者看到这些作品都是陕西作家写的，就惊呼到：“陕军要东征啊!”陕西在西部，所谓东征就是要走向全国。随后，“陕军东征”就成了一个概念，对五本书起到了整体的包装与宣传作用。五部作品，实际上参差不齐。《白鹿原》堪称当代文学的经典之作，《废都》存有争议，我觉得它可能是贾平凹病态时期的一个文本。其他那几部作品都较为一般，但因为“陕军东征”越炒越热，写得好的和写得不怎么好的，当时都印制20多万册，成了畅销书。“陕军东征”把一个分散的创作现象用一个概念加以整合和放大，可以说实现了商业运作和媒体炒作的一次巧妙的结合。

如果要简要总结90年代，那就是确实带来了挑战，出现了危机，但是也带来了新的机遇，收获了两个新变——一个是私人化写作的出现，一个是长篇小说的崛起。

新世纪文学：以信息科技浪潮为中心的文学演进。到了新的世纪，文学又面临了全新的问题，呈现出另外的一种状态，这就是网络的兴起、传媒的转向，新的信息科技的强力介入文学。这种介入，一方面使它自身发生了系列性变化，另一方面它反过来影响到了整体的文学。所以用一句话来概括新世纪，就是以信息浪潮为中心的文学演进。

80年代是以政治浪潮为中心的文学创作，90年代是以经济浪潮为中心的文学创作。我们熟悉了政治的一套，政治退后了。我们习惯了经济的冲击，又出现了信息科技。而且这个东西因为更先进、更大众，因而更为重要。进入新世纪之后，很多东西的变化超出你的想象，包括网络小说自身的发展，文学网站、文学网络公司的出现。网络小说经由类型化的方式，获得极大的发展，不仅线上线下都颇为流行，而且成为影视改编的重要源泉。而文学网站，更是由自身扩展，同行并购和联手经营等方式，走出了赔钱赚吆喝的初级阶段，已初步形成工业化的生产链条与利益化的行业实体。

网络、新媒体给我们带来的冲击与震撼，远远超出我们的想象，也大大超出我们的已有经验，它给我们带来了新的关系、新的元素、新的能量。过去的文学，关系相对单纯，现在的文学，关系不再单纯了，变得复杂了。以信息科技为龙头，好多东西交织在一起，混杂在一起，这是现在的文学的最大一个特点。

## 二、文坛结构的“三分天下”

经过30年三阶段的演变，现在的文学到底发生了怎样的变化，成为什么样子？因为角度的不同，人们的看法与描述也不尽相同。大家都看到了文学的泛化，文坛的分化，但怎样去进行概括和描述，看法各各不一。

在我看来，真实而准确的描述，就是文坛结构的“三分天下”，也即文坛现在主要呈现出三大板块，这分别是：以文学期刊为阵地的传统文学（严肃文学），以市场运作为手段的大众化文学（通俗文学），以网络科技为平台的新媒体文学（网络文学）。我认为目前从总体上看，主要就是这样三大块。

以文学期刊为阵地的传统文学。过去的文学，没有太多的分化，人们也没有进行过细化，基本上都是大一统的传统型文学。比如说从上到下的文学期刊这样的发表阵地，作协、文联这样的组织机构，集结在文学期刊、文学组织周围的专业作家、签约作家，包括由鲁迅文学奖、茅盾文学奖构成的评奖系统等等。你是作家，一定置身于这样的秩序里边，你要想成为一个作家，要先从期刊上发东西，然后加入作协，参与评奖。过去的文学作者的生存与成长，大致上就是这么一个过程。

现在这样一个板块仍然存在，依然重要，但是除此之外有了别的渠道、别的空间，比如市场，比如网络。但分化之后，这个板块不是不重要，反而是更为重要，因为这里边集中了中国当代文学中顶尖的作家群体，他们也代表了当下文学创作的最高水平。从占有量上看，它可能并不是体量最大的，但它主导着文学的基本走向，标志着当下文学的艺术高度，像莫言、陈忠实、贾平凹，刘震云、苏童、余华等，都是这样一个中坚群体的代表人物。所以这一部分虽然只是“三分天下”占其一，但是它的作用是其他两个板块不能相比的。另外两个板块，可能更多表现的是文学的广度与泛度，但这一板块真正表现的是文学高度和力度。

以市场运作为手段的大众文学。文学中的市场运作开始于上世纪 90 年代，在 90 年代就成为气候，进入新世纪后愈演愈烈。这种现象看似显现于文学的图书市场，实际上是以专走市场的书商、编辑、经纪人和一些写作者共同参与，甚至是合谋的。

这一块的情形我也是逐步认识到的。这些年我一直做《中国文情报告》，里边有一个长篇小说的年度综述，限于篇幅，每年 4000 多部长篇小说，只能从中选择 15 部左右进行点评。为了弥补挂一漏万的缺陷，我在书后附了两个排行榜，一个是新浪读书频道的小说图书点击榜，一个是开卷图书研究所提供的小说图书市场销售排行榜。开始时我没有怎么注意，后来发现这两个东西完全不搭界。比如，我前边谈到的，主要是贾平凹、莫言、刘震云等人的作品，但这些作品在两个排行榜上完全不见身影，排名靠前的多是官场与职场小说，以及青春文学。如有一年排名靠前的是《驻京办主任》《杜拉拉升职记》《诛仙》，我想：这样不行，经典作品一本没有，再展到 20 名看看，结果是《驻京办主任 2》《杜拉拉求职记 2》《诛仙 2》，觉得再扩展到 30 名试试看，那是《驻京办主任 3》《杜拉拉求职记 3》《诛仙 3》，想找的作品仍然不见身影。再往后来，作品变了，换成了《二号首长》《侯卫东官场笔记》，传统意义的好小说根本排不到前 50 名里。

后来我就看了其中一些作品，觉得这些官场小说、职场小说，看起来是文学现象，实际上是文化现象。这一部分作品在市场中占据的份额越来越大，我以为它所提供给人们的，主要是实用性功能和消遣性功能，与文学的审美关系实在不大。但这些作品的持续销行，说明它也适应了一些人的阅读需要。

以网络科技为平台的新媒体文学。网络技术、信息科技不仅成为一种写作平台，而且成为一种传播渠道，一种购物方式，广泛而深入地渗透到社会生活的各个方面。从文学写作的角度看，新媒体文学包含了网络小说、博客写作、手机文学，当然影响最大的是网络小说。

网络小说是经由类型化方式逐步发展起来的。所谓类型小说，就是按照题材和内容分成不同的类型，从文学取向上看，主要分为两大领域，就是虚构类和纪实类。虚构类里又分为什么玄幻、科幻、仙侠、武侠、穿越、后宫、惊悚、灵异、修真等等；纪实类也有很多，比如官场、职场、军事、历史、谍战、特战、婚恋、伦理等等。传统小说常常是严肃里面带点通俗，通俗里面又带点严肃。现在的类型小说就是通俗，就是大众。它把不同的趣味进行分化，形成了不同类型。从某种意义上讲，我们的传统文学没有好好发展通俗文学，在这一方面留下了巨大的空间，而网络写作形成了丰繁的类型小说，使通俗文学获得了新的市场，这是网络文学一个巨大的功劳。

当然网络文学也有很多问题，比如说，有一些特别玄的玄幻小说，从故事到人物，基本上不食人间烟火，和人文、人际、人性、人情都没有什么太大关系。看这样的作品，感觉所谓的超能、超神的比拼，武技、武艺的竞技，和动物界的强者生存的竞争原则，没有什么根本区别，这样的作品看多了，自然会对年轻人产生不好的影响。所以深说起来，里边还是有很多问题，但整体来看，网络小说的类型化的确满足了很多读者偏于通俗的阅读需求。

## 三、文学新常态

以上讲了很多，都是想说明文学发生了新的演变，文坛进入了新的常态。新常态是习近平概括经济形势和描述经济现状的一个概念，我觉得这个概念也完全适用于文学领域。文学经过30多年的持续演变，也出现了许多新的现象，形成了许多新的形态，这使当下的文坛进入了一个新的历史阶段，也即文学与文坛的新常态。

具体来看，这种新常态有这么几个方面的表现与特点：

第一，在文学生产上，日益呈现出多机制与多成分的混合性、混血性，创作的组织，写作的主导，作品的运作，由传统的作协体制、期刊和出版社机制，变成事业与企业、国企与民营、纸媒与网络等多种力量共同参与、多个链条齐头并举的多元状态。

第二，介入文学的元素增多了，影响文学的关系复杂了。过去影响文学的，主要是社会文化氛围，现实政治环境，现在不断加入进来的，既有市场与资本，又有传媒与信息，还有网络与科技，这些元素的介入与强化，使得文学的场域格外混杂，文学的关系更为复杂，影响文学的元素与因素、动能与动力，也更加的多维与多向。

第三，在作家群体与作品构成上，因为新代际的崛起，类型化的分泌，成分更为丰富，样态更为繁杂。严肃与通俗，传统与类型，纸质与电子，线上与线下，各自为战，又相互渗透，总体形态更为丰繁多样。

第四，文学的传播、阅读与接受，因文学读者的年轻化，审美趣味的分化，娱乐需求的强化，在文学类型多样化的同时，文学的阅读也将进而走向分层与分众，多面与多边。经典阅读与轻松阅读，纸质阅读与电子阅读，静态阅读与移动阅读，将在分化中并立，在共存中互动，并带来趣味上的抵牾与观念上的冲撞。

总之，"新常态"包含了两个方面的意思：一个是"新"，是过去所没有的，不常见的，或者不凸显、不重要的，属于新世纪之后新产生、新出现的；一个是"常"，就是说，这些现象与状态，带有经常性，甚至日常性，会比较稳定地存在一个时期。一个"新"，一个"常"，表示了当下文学状态与过去的截然不同。也就是说，当代文学在社会文化生活的剧烈变动与影响下，以及自身的持续分化与不断泛化下，呈现出前所未有的新常态，这种新常态的主要特征是：当下的文学进入了一个凝聚着新力量，混合着新关系，含带着新元素的文坛新阶段。

## 四、几个突出问题

文学在其发展变化之中，产生新的矛盾，出现的问题，是难以避免的，甚至带有一定的必然性，并不足为怪。需要的是不断去发现问题和解决矛盾，以求得新的平衡和新的进取。但目前文坛存在的问题，似乎并没有得到有关方面的发现与重视，且有愈演愈烈之趋势。这些问题从宏观方面来看，主要表现在三个方面。

第一，对于新兴文学板块关注不够，市场化文学与新媒体文学都缺少应有的研究与批评。

自上个世纪 90 年代中后期以来，因为出版的日益市场化，文化的趋于娱乐化，在文学出版中，根据大众阅读的需要，有针对性地策划和运作相应的图书，越来越成为出版行业的流行趋势与通行规则。这使文学出版开始由过去的以职业作家尤其是少数名家为重心的旧的定势，转向以一般读者甚至是大众读者为重心的新的定势。在这种趋势之下，除当代文学的少数名家继续成为图书市场的稳定主角之外，适应青少年读者的青春文学，流行于网络的类型文学等，都纷纷粉墨登场，成为图书市场上新的宠儿。这样两大类文学作品，依托网络等传媒的传播，依靠年轻读者的追捧，在文学图书销售中遥遥领先，在实际的文学阅读中影响甚大。

与这种新兴文学板块迅速发展形成反差的，是有关文学批评的严重缺席。可以说，几年来，对于这样一些行销于市场的图书，无论是单个作者与单部作品，抑或是一种倾向、一个类别，都没有什么评论性的文章加以分析和论说。这种缺席，有两个显见的原因。一是主流的文学批评家不了解又不屑于去介入，以为这些作品少有文学性，不值得去认真关注。二是那些喜欢这些作品的人们，又没有能力站在更高的角度去分析和品评。但畅销不衰和读者甚众，一定有其原因，这种原因也许包含了文化性的因素，还包含了社会性的因素，也许包含了积极性的因素，又包含了消极性的因素，恰恰需要从文学与文化的角度做出有见解力与说服力的分析与评论，从而对这类作品的写作、出版与阅读的各个环节，产生相应的影响。

第二，价值标准多元而混乱，没有形成一定的共识，不同的观念之间也缺乏沟通与宽容。

近些年随着人们思想观念的变革与开放，旧的观念不断更变，新的观念不断产生，各种观念都有存在的可能与生存的空间，整体上真正走向了多样与多元。但同时产生的严峻问题是，谁人都可声扬自己的观点，坚持自己的观念，都认为自己掌握了真理，对不同的观念或者不以为然，或者不屑一顾，不同的观念相互抵牾，甚至在不同的区域与板块流行不同的观念。这使得那些有关文学的基本的、整体的和长远的观点与观念，在相当程度上受到了冷落、遮蔽与淡化，使文坛不同群体、不同板块之间，相互不通气、不服气，也相互不理解、不理会。

市场与媒体在相互借力中的勃兴与盛行，并不只是简单的经济活动、单纯的媒介活动，它们还携带和负载了一定的价值观念，并在实际运行过程中对人们的思想观念发生潜移默化的影响作用。比如，市场交换原则所连带着的实利、实惠的价值取向，市场化出版所体现的只追求读者众多，而不太顾及内容的功利化原则，媒体（包括纸面、影视与网络）所极力倡导的“娱乐至上”，所尽力推行的“吸引眼球”策略，看起来是为了争取和服务更多的受众，其实背后是把受众换算成点击量、销售量，乃至订阅数、印刷数，最终还是落实在最大经济利益的获得上。这里边应该有的一些必要的尺度，在一些急功近利者那里，完全失却了。这样一些文化人、媒体人，实质上成了文化与媒体外衣包装的生意人。

这种行为与观念的盛行，对当下文坛造成了巨大的冲击，而且不只是表面上的，更有深层次性的。在这样一些似是而非的观念与理念的冲击与影响之下，那些本该确定不疑的属于规律性与基本性的观点与观念，现在反倒不那么明朗，不那么响亮，甚至让人们不无疑惑了。比如，在文学创作上，作者要不要葆有“责任感”；在看待文学的功用上，要不要坚持“寓教于乐”；在文学的商业运作中，要不要强调“社会效益”；在文学阅读上，要不要提倡“怡情益智”等等。在这样一些基本问题上看法不一，各行其是，彼此又缺少理解与通融，使得目前在文学活动中缺少一种必要的主导，也使当下的文坛缺少一种应有的和谐。

第三，文学阅读需要引领，对于不同的阅读需求要作具体分析，不要一味强调“适应”与“满足”。

文学阅读的背后，是众多的读者。读者是林林总总、形形色色的，需求也五花八门，不一而足。就不同年龄层次、不同文化层次的读者来说，阅读的需求就很不相同，阅读的趣味也大相径庭。一般来说，年轻的读者更喜欢在阅读中寻求宣泄与娱乐；文化层次不高的读者，则更愿意在阅读中寻找热闹与消遣；白领读者，愿意在职场小说的欣赏中反观自我；女性读者，更愿意在爱情小说的品味中寄寓梦想。这些种种需求，或专于快感，或偏于实用，不能说不合理，不适当，但其中显然也存在着高下之分，雅俗之别，而越是囊括了不同层次读者的大众化的取向，就越偏于“俗尚”，乃至“低俗”，这也显而易见和无庸讳言。

因此，对于不同的读者，不同的需求，既要作具体的分析，也要有自己的定向，如果只是不加分析地去“适应”和“满足”，只能向低俗的方向一路下滑。这样的结果，必然会使图书市场低俗的作品大行其道，并统领市场，而在总体上影响文学创作的质量和整体文学的健康发展。

所以，在面向读者和服务读者的时候，不同的环节都要有一个包含了低端更包含了高端的整体读者的概念，甚至要选取一种就高不就低、就雅不就俗的人文立场与基本尺度，至少用一种中性的姿态，在适应读者中引领读者，提高读者，使文学、文化产品既在经济建设中释放一定的能量，也在精神文明建设中发挥独特的作用。

（录音整理人：王楠楠　徐兴子）

# 网络文学的现状及走向

## ——在山东师范大学的演讲

欧阳友权

**杨存昌（山东师范大学文学院院长）：**老师们同学们，我们山东师范大学文学院的“名家讲坛”，今天非常荣幸地邀请到了中南大学欧阳友权教授来为我们做报告，大家以热烈的掌声欢迎。欧阳友权先生是中南大学文学院的二级教授，文学博士，我国第一个文化产业的博士生导师，国家级教学名师，国家社科基金学科评审组专家，享受国务院特殊津贴，全国网络文学研究会会长，网络文学研究基地首席专家，澳门文化产业研究所所长，湖南省作家协会副主席，全国模范教师，湖南省优秀社会科学专家。他曾获中国文联文学评论一等奖、中国第四届鲁迅文学奖和教育部人文社科优秀成果奖，被授予湖南省“德艺双馨中青年文艺工作者”称号，记湖南省政府一等功。欧阳教授不但在文学研究方面做出了非常重要的贡献，而且在文化产业、文化品牌研究方面是我国著名的专家，对于我们文学院学科建设方面长期以来给予了重要的支持和帮助。我们再一次以掌声欢迎欧阳教授，他报告的题目是“网络文学的现状及走向”。

**欧阳友权：**很高兴来到山东师大，我知道山东师大文学院办学历史十分悠久，著名教授很多，学科力量非常强大。我也是来自文学院，来自中文系，对国内的同行表示敬意，特别是我们山东师大，因为这里有很多朋友。今天我来跟大家交流网络文学这样一个话题，谈一谈网络文学的现状和走向。

### 一、喧闹的网络文学现场

大家知道互联网发展特别快，这个新兴的传播媒体对中文学科冲击很大，给文学研究带来了新的气象。我们应该了解互联网给我们带来了什么，这涉及我们所学的专业、我们的工作和未来的发展。网络文学现在已经成为一个热门的话题。今天跟大家交流这么几个问题：中国网络文学的发展现状是怎样的，这种文学究竟改变了什么，它有什么不足，有哪些短板，它的未来走向是怎样的。

网络文学的话题已经不像几年前那么冷门了，现在已经很热门了，比如最近有几个事件是与网络文学相关的。在暑假的时候，中国作协首次给网络小说做了一个排行榜，排了十部精品榜、十部新锐榜，它意味着给网络文学创作带来了一个标杆。紧接着由浙江省作协挑头，举办“华语网络文学双年奖”。前不久在上海举办了中国网络文学论坛。这些都是很有影响的网络文学事件。

我们使用微信的时候，经常会收到关于网络文学领域的新信息，这种情况在早几年是不可能出现的。我们刚刚研究网络文学的时候，这一文学还不被人理解，研究它的人很少。我自己从1999年开始涉足这个领域，后来带领我们团队做了些事。现在的情况表明这个领域很热，关注的人很多，所以我们把它叫做“喧闹的网络文学现场”。这里有两个意思：一是新兴的媒体发展基于数字传播技术、计算机技术以及互联网技术，特别是手机的广泛使用，使这个领域的技术更新特别快，特别是微信出现以后，给我们的传播方式带来了一场新的革命。今天使用的微信很便捷，明天肯定还有新东西在等着我们，这个变化就像是弓箭追火箭一样，我们很难预测，但这确实是在实实在在地发生。有人说，一个软件工程师如果三个月不走进市场，可能很多新的软件他就不会使用，这些软件技术全世界通用并且进步特别快。

什么是网络文学呢？我知道很多大学都开了这个选修课。那究竟什么叫作网络文学？网络就是传播的一种媒体，文学就是文学，难道说有一种独立的网络文学吗？这种提问方式是有道理的，文学就是文学，难道有纸质的文学？过去有布帛文学、竹简文学，它们传播的载体对于文学只是一个工具、一个媒介。文学是人们约定俗成的，要表达一种精神、一种理念，表现人类对世界的理解和真实想法。但是网络文学的概念约定俗成，大家都这么说，网络文学的各种机构、各种社团，出版的各种著作、发表的各种文章，甚至是这种研究论题，都这么提，所以我们还是要认可它，它是成立的，是客观存在的。

在我看来，网络文学可以有三种理解。首先是广义的网络文学，即凡是经过电子化处理以后上网的文学作品，都叫网络文学。经史子集、唐诗宋词元曲、明清小说，现代文学史上的郭鲁茅、巴老曹、艾丁赵这些著名作家的作品，西方的文学作品，全都上网了。应该说人类所有的文化遗产在今天几乎全部都上网了。比如最新的诺贝尔文学奖，今年获奖者是白俄罗斯的一个纪实文学女作家，我们在网上能马上找到这个获奖作品。原创作品上了网的和用计算机创作的原创的网上首发的，这是一种广义的网络文学的理解。

第二种理解是网络原创文学，即用电脑创作，在互联网上首发，供网友浏览、阅读的这种文学，代表性作品是痞子蔡的《第一次的亲密接触》。作者是台湾的一个学水利的博士，叫蔡智恒，网名“痞子蔡”，他在网上分段分段地写，每天写一点发在网上，被网友广泛地转发和评论，后来就出版纸质作品，被改编成电影、电视剧。原创的网络小说，当然在今天就是网络文学的主体，我们一般所说的网络文学就是在这层意义上使用的，在这里列举的都是在网上红火的、受到很多网友追捧的、热门的网络小说。今何在的《悟空传》，就是根据《西游记》这个故事改编的，这个作品改编得非常好，它刚刚发布时，在一个月里被下载了50万次，这个作品在网络小说里是质量比较高的。慕容雪村有几部有名的小说，《成都，今夜请将我遗忘》是他的第一部，之后被改成电视剧。他后来还有一部小说，叫做《天堂向左，深圳往右》。我把它推荐给我的学生看，告诉他们要好好读一下这部小说，它对人生还是很有启发的，让我们懂得一个人的人生该怎么来度过。这部小说写了一对恋人结婚以后发生的事，生命的各种变化、各种改变，给我们很多启示。还有如《赵赶驴电梯奇遇记》在网上点击率最高，是很好读的小说。《杜拉拉升职记》大家都很熟悉，《明朝那些事》是写历史的，把历史写得那么好读，这些都是很有影响的。《诛仙》被改成网络游戏，受到热捧。还有天下霸唱的《鬼吹灯》，我吃西红柿的《星辰变》《吞噬星空》，何马的《藏地密码》等。

2013年的时候，我带领我们文学院的40多位老师集体去了一趟西藏，在拉萨成立了中国网络文学研究会，就是因为读了《藏地密码》这个小说，我下决心一定要去一次西藏——太神秘了，太有诱惑力了。这小说真的很有意思，写的非常好，值得看。到目前为止，《盗墓笔记》成为2015年最有潜力的IP产品，就是转换为影视剧的产品，因为网上点击量比较大。流潋紫的《后宫·甄嬛传》改编成影视作品，特别是电视剧，从大陆火到台湾、从台湾火到美国，现在不断地重播。中国作协举办月关的《醉枕江山》研讨会时，让我来评价这个作品，小说好读，很吸引人。还有菜刀姓李的《遍地狼烟》。举到的这些都是前两年的热门作品，现在又有热门的小说，我在后面会再列一些。

网络小说数量十分庞大，一个网站，比如说起点网，每天有 1 千多部长篇小说在更新，我们的网站在中国大陆大概超过 500 家，一个大型网站每天可以更新 8 千到 1 万字，每天的原创类型作品累积起来，数量非常惊人，用恒河沙数来形容它，一点也不过分，因为量特别大，谁也没有能力把它读完，我们只能挑选排行榜靠前的作品来读一点，所以今天网络文学的火爆程度是远远超出预料的。原创作品还包括另外一类，就是用计算机程序写作。它也是原创的，但是它是把视频和音频放在一块，或者用计算机程序来写诗、写小说、写剧本。在国外我们了解到他们主要用这种方式来创作，在中国恰恰是把传统的可以纸质出版的小说或者诗歌搬到网上。这里举一个例子，上世纪 80 年代一个中学生设计了一个软件，“峦仙玉骨寒，松虬雪友凡。大千收眼底，斯调不同凡”，如果我不说这是机器自动生成的、是计算机程序写的，它和一个诗人写的诗有什么区别呢？你是看不出来的。这样的例子还有很多，网上有“稻香老农”作诗机，几秒就可以做出一首七律或者五律，做得很工整、漂亮。长沙有个叫“猎户星”的网友设计了一个写诗软件，有一年的中秋笔会，发动网友借助这个软件写诗，一个中秋节晚上写了 15 万首诗，都是机器自动生成的，这样看来我们传统的诗人可能玩不下去了，会丢饭碗。从技术上讲，这种技术已比较成熟。

网络文学的第三种含义特指网络超文本和多媒体作品。我们知道，所谓的“超文本”就是不是单纯的线性文本，通过链接，可以让一个作品变成若干个作品，形成不同的阅读通道。如《平安夜地铁》这个小说很好读的，一开始点题，24 号 12 点的晚上，“我”下班了，“我”每天乘坐这个地铁，但今天跟往日有点不一样，今天的地铁该停的站它没有停，然后就发现所有站它都不停，并且发现这个地铁运转速度越来越快。然后车厢的人就非常紧张，说今天哪里出了问题，然后灯光突然灭了，地铁就在呼呼地转，你说多么的恐怖，感到地球末日就要来了，这时，刚刚坐在“我”身边的一个漂亮的女生，突然倒在“我”身上。“我”一摸，她通体冰凉，这个时候我就感到很恐惧，汗毛倒竖，说是不是出现了什么人命，在这种节骨眼上，它出现了一个对话框，你是选 A 还是选 B？故事暂时终止让你去选，你选 A 是 A 的故事，你选B是选B的故事。啊，然后到每一个关键点上，它都会出现你是选择A还是选择B。一直选择A读下去，最后是一个喜剧的结局——大团圆。原来这个女的是上帝派下来的，来到人间考察真情的，这个男士非常有爱心。看到这个灯光亮了，地铁停了，然后他才发现这个女士是冰雪做成的，到了一定温度的时候，这个冰雪是会化掉。这个男士觉得化掉太可惜了，就把他的大衣脱下来，盖在她的身上，哈哈，按照这个速度发展下去，就是他们两个手挽着手走出地铁，喜剧结局是吧？圆满。如果你选择B走下去，就是一个悲剧的结局，这其实就是一种超文本链接，这种链接在2000年前后在网上挺多的。所以现在这种类型比较少了。（展示《拔河》故事图片）你看这五个壮汉和犀牛拔河，实际上犀牛的力量要比五个壮汉要大很多。但你如果用鼠标点击这个壮汉的头上的圆环，就可以壮大这五个人的力量，拖着这个犀牛后退。然后你点击一次可以出现一句诗，你多点几次出现一首诗，是吧？这种制作，有一定的难度，作品是读者和作者共同完成的。这种例子其实很多，举到这个《诗人行动》，这个作品的目的是要推崇前卫诗人、边陲诗人、地下诗人。他是要批判阿谀奉迎的御用文人的，他要把这种阿谀奉承的诗人推走，露出他欣赏的诗人来。这两种作品它有技术手段，并配有音乐。

## 二、充满机遇的发展背景

由此可见，网络文学有三层含义。第一层是广义的，就是所有的在网上的文学作品。第二层含义指的是它的本义，指网络原创文学。第三种是它的狭义，就是特指网络超文本和多媒体作品。只有多媒体作品和超文本作品才能把这种文学和传统文学区分开来，因为这种文学是不能下载的。它永远活在网上，它是靠网络点击它存活的，不断在网上被人点击，你下载的平面的纸质东西，它不能动，没有了声音，没有了运动，是吧。有一个小说叫作《哈哈大学》，是一个大四的学生写的，他叫李臻，他写了小说以后，就有一个小团队，说你写文字，我给你制作Flash（动漫的一种形式），制作动漫，把它配在一块，你在网上读就很好玩啦，这个文字后面配上说明，包括大学操场的、图书馆的，课堂的、寝室的、饭堂的各种生活说明，制作成Flash，配上各种各样的音乐，把这个和画面衬到一块，读来很有意思。后来这个小说要下载出版，怎么办？那个运动的东西是不能下载放在纸上的，在纸上下载成一帧一帧的页面，配上一段文字，所以《哈哈大学》这本书曾经很畅销，发行量也很大。新媒体它当然不光是指文学，还有计算机技术和互联网所带来的数字电影、移动电视、电子杂志等。新媒体还包括我们使用的手机，中国人现在有13亿人使用手机，使用互联网的人接近6亿。它们对我们整个社会、大众文化，都产生了非常广泛的影响。移动互联网这种数码的广告、数字化的报纸、触摸媒体式，桌面视窗系统，这些已经覆盖了我们生活的方方面面。住宅小区的电梯都悬挂着一个视窗系统在播放着广告。这些都是新兴媒体出现以后带来的巨大变化。

网络文学依赖互联网的发展。根据最新公布的数据，也就是第36次中国互联网发展统计报告——这是中国目前最权威的数据：网民达6.68亿，互联网的普及率是48.8%，手机网民有5.94亿，博客、微博、微信、游戏用户都呈一个井喷式的、爆发式的增长态势。网络文学的网民有2.85亿，这个数字是了不起的。我们知道，在上世纪七八十年代，文学是很热的。但是到了90年代后，市场经济开始兴起，文学被边缘化。文学学科远远不及那些应用学科，如管理学、经济学、法学。但是网络文学把文学带到了一个高峰，几亿人上网去读文学，我们出差在机场里，坐高铁在火车上，看到很多人拿着ipad，拿着手机，下载网络小说和一些视频在那里看。网络文学已经走进了我们每一个人的生活，覆盖整个社会大众文化各个层面。手机网络用户是2.49亿，那么手机网络文学使用率占到42%，这个数字是非常之庞大的。2011年以后，微信开始出现爆炸式的生长，在海外使用微信的华人超过一个亿，在中国本土超过5亿人使用微信，这个数字还在不断地增加。因为微信的好处是它既能发文字又能发图片，视频、音频全部都可以发，并且它不受文字的容量限制，它联网以后可以做出大量的链接来，个人的朋友圈一般是物以类聚，人以群分。你的朋友圈子里的东西，往往是你关注点很高的、你想知道的东西。想想现在的微信公众号，比如说你是做古代文学的，你可以关注哪种微信号。不管你是做当代文学，还是做文艺学，做外国文学，所有学科都有自己的领域，只要你加入了这个微信号以后，它每天准时给你推送，比如说我们做文化产业，我们每天能收到关于文化产业的信息，好一点的我就把它保存下来，收藏起来，在网上可以通过百度搜索把它打印出来，使用非常方便。所以新媒体既是潘多拉的盒子，也是撬动世界的杠杆。它的这种发展速度、影响力是远远超出我们的预料的。互联网刚刚诞生的时候，谁也不知道它能发展到今天这个局面。中国加入互联网业是有准确时间的，是在1994年4月20号加入《国际互联网公约》，成为第77个互联网公约国。1994年到2015年不过是20来年时间。而网络文学诞生在我们中国大陆本土是从1997年底开始算起的。1997年有标志性的事件，这一年在上海创立“榕树下”文学网站，是第一家大型文学原创网站，是美籍华人朱威廉创办的，网易这一年举办网络小说创作大赛等。这些事件也把我带入到这个领域，开始关注网络文学。我们有2.85亿文学网民，有2000万人上网写作，有200万签约写手，职业、半职业的超过3万人。起点网、红袖添香、创世中文网、晋江这些大型的网站，每天的更新数量非常惊人。

这么多的网站，还加上手机段子、文学社区、个人文学主页，它累计起来是一个天文数字，创造了人类文学史上的文学奇观，构成了今天的网络文学现象。网络文学有这么大的创作群体、阅读受众，还有这么多的网站、作品构成我们这个时代的一种现象存在，全社会对其关注度很高。这个学科也慢慢成为一个显学。热门的网络小说，我们举到《永生》《斗破苍穹》《二号首长》《诛仙》，都很火爆。那么大的作品收藏量，有人会说，那些作品谁也读不完，那些作品很多都是垃圾，那些作品叫文学么，那些作品能跟《红楼梦》相比么，能跟我们四大名著、唐诗宋词相比么？确实，你那样比是有差距的，因为你是用2000年和20年比拼，20年是比不过2000年的，我们的文学传统延续了2000年，而网络文学是一个新生事物，它很稚嫩很不成熟，有很多缺点。痞子蔡就曾经形容说，网络文学就像是一个赤着脚，在山间田野小道奔跑的小孩，他跑得姿势并不优美，但是你感到它充满活力，那个小孩长大以后说不定就是奥运冠军。网络文学在今天是不成熟，但是你不要小瞧网络文学，不要说网络文学没有好东西，千万不要这样想。天才在民间，天才在网上，很多网友都是有眼光的哟。你要是在网络上成名，被网民追捧点击，没有几把刷子你是玩不下去的。只不过从总量上来讲，因为它数量特别庞大，带来了一些问题。比如说创作者队伍良莠不齐，爱好文学，就上网去写，作为一种消遣，一种业余生活的乐趣，质量难免不太高。

另外，网络缺少把关人，不像传统的作品，那个把关很严的，要把你的小说放在《人民文学》上，把你的诗歌放在《诗刊》上，那是要层层筛选的，一般水平它是发不出来的。出版社发表小说比杂志要容易点，有时候是要出钱的，但至少也要是个文学。但是网络上确实有一部分，可能称不上文学，只能是准文学，我的判断是三分之一属于文学，有三分之一属于准文学，三分之一属于非文学。三分之一文学里面又有三分之一属于比较好的文学。比较好的文学里有些冒尖的，依然是写得相当漂亮。我多次被网络文学所感动。第一次是2013年的时候，中国作协首次举办五部小说的研讨会，让我评的是《毒胭脂》，讲一个曲折的革命故事，我当时就被它深深感染。第二次去中国作协讨论天下归元的小说《扶摇皇后》，是一部穿越小说，作品很好读，作者的粉丝也很多。网络粉丝打造了今天的粉丝经济，这一块我们一定不要小瞧它。

刚刚在上海开的网络文学研讨会，让我评的是《最强特种兵》，三大卷，一卷40万字，一共120万，这120万字我全部读了，一般来说如果梗概吸引我读下去，说明它好读，故事性强，非常有感染力。小说写特种兵在海上、沙漠、冰天雪地中与国际恐怖组织的斗争，故事性非常强。构思这种故事，不能缺少想象力和艺术构思。这个小说非常适合改编成网络游戏，是一个优质IP（知识产权）。

## 三、网络文学改变了什么？

网络文学改变了什么？首先是改变了今日中国文学发展的总体格局，打破了过去传统文学一家独大、独步天下的局面，变成了三分天下、网络文学一家独大的局面。所谓三分天下，一是传统文学，以期刊杂志为代表，如《人民文学》《当代》《收获》等，它们代表这个时代文学的最高水平；一是图书市场文学，它要讲究市场效益、选题、作品质量等，现在往往是先将作品放到网上试水，看看网友的评价，再确定出不出版，给多少版税。而网络文学在这三大类之中在数量上处于一个霸主的地位。

其次是改变了文学创作的惯例，文学媒介变了，它存在于虚拟的空间，容量非常巨大。上一届茅盾文学小说《你在高原》，是一本很长的小说，但是跟网络小说相比就是小巫见大巫了。有一个网络小说叫《宇宙与生命》，还在连载，超过了2700万字。网络小说要从经济利益考虑，一个网络小说有人阅读它就有钱赚。表意体制变了，知识谱系和观念形态也变了，这是从理论角度来看。

再次是展现了不一样的文学生产方式。具体表现为：文学从专业化创作走向“新民间写作”。网络让每个人都有创作的权利，把这个权利重新下放到每一个网民手中，这一点传统的体制是很难做到的，那个体制约束着你很难成为作家，但是网络就打破了这种垄断方式，每一个想当作家的人都可以上网一圆“文学梦”。在网上把写作作为爱好和职业都可以，既可以阅读也可以发，如果你的文笔还不错，马上就会有网站人员跟你联系，他会告诉你怎么写可以有读者群，很多人就是这么走上网络创作之路的，在大学生中也有很多。

文学媒介由语言文字转向数字化符号，文学传播方式蛛网覆盖，触角延伸，你发的东西在地球上任何角落都能被读到。作品内容与艺术形式都产生了很大的变化。比如说，网络小说类型化占主要分量，类型化满足了网络分众化和小众化的需要，满足了特定人群，你喜欢军事，你就读军事小说，无论你喜欢玄幻、武侠或者其他，都能找到对象。同时网络小说的故事推进速度特别快，因为只有这样才能紧紧吸引读者，网络小说是分段写出来，利用碎片化的时间，白天工作，晚上写个三五字，这就是更新，不更新就会面临“催更”。读者每天都跟踪阅读，作品每天都需要吸引读者，作品一般没有大量的背景交代和哲理分析，故事快速地推进，节奏快，适应网络特点。写传统小说，要改很多遍，征求专家意见，编辑把关，然后才发表。网络作品往往是边写边构思，有大致的框架，还会根据读者的反应不断调整故事框架，例如描写三角恋，可以听听网友的反馈。这在传统文学中是没有的，但在网络文学中是常见的方式。网络文学和传统文学有很多不一样的地方。

## 四、网络文学的短板和焦虑

今天的网络文学还存在一些短板和焦虑。一个新生事物总是有很多不成熟和未确立性，如果它成熟了，它还能叫做新生事物吗？正因为它不成熟，它才有可塑性。

网络文学的第一个短板就是“海量”与“质量”的落差，它的数量非常庞大，我把它叫做“巨存在”，但是质量却良莠不齐。“速成”与“速朽”并存，产生得快消失得也快。这种快餐式的文学，往往不求长久，只求一时快乐。很多网络作者没想成名，当年明月说他从小就读历史书，但是历史书都太枯燥，他就想，能不能写一本好读的历史书，结果就写了《明朝那些事儿》，真的很好看，他把建立霸业打江山写得那么生动有趣。网友对这本书很肯定，他就一卷一卷地写下去。文学首先还是要保证质量，那么这个质量由谁说了算呢？它是由网友说了算，文学作品一定要有人看，有人点击，有人欣赏评说。像唐家三少和南派三叔他们的作品，有强大的粉丝团，有专门的论坛和专门的经纪公司打理，那是一个庞大的产业。

第二就是自由写作中承担感的缺失。这一点，网络小说家他们是不承认的，他们很反感这种说法，尽管他们觉得这话是对的，但是他们不可能照办，甚至认为那是传统作家的事，网络作家如果成天想着这个东西，就没有人看他的作品。但实际上呢，这个问题还是存在，我们说文学自古就被认为是时代的良知，人民的代言人，人类灵魂的工程师，民族精神的火炬。说法很多，意思就是说，从事文学创作不是一个好玩的事，创造的精神产品一旦公开发布它就对我们这个社会精神生活质量产生一定的影响，你必须是健康的，是有利于世道人心的，是要给读者带来一些启发和正能量的。但是网络写作者可能不这样想，很少去想社会的责任感问题，写手更多考虑的是网友的点击量和自己的经济利益，至于文学的人文价值或者考虑不多，或者不去考虑这个，这种现象是存在的。既然是文学创作，还是要承担点责任，因为你这个作品会对人们的精神世界，特别是青少年产生影响。在这方面，网络文学与传统文化相比还有很大差距。有人说网络小说是星星多，月亮少；沙子多，珍珠少；灌水者众，而文学性短缺。有人形容“网络就是马路边的一块木板，谁都可以上去信手涂鸦”。莫言最早说“网络写作是乱贴大字报”，但他后来成为网络大学的顾问了，他现在也屡次对网络文学进行肯定。经典不敌偶像，传统不敌时尚，韩寒排在韩愈之前，郭沫若排在郭敬明之后，这种现象是存在的，这正是今天大众文化的一种表现。获茅奖的小说，倡导要有宏大叙事、深刻主题、艺术创新，要表现人类灵魂的颤抖，表达人性的生动等等。但是网络写作基本上把这些都遮蔽掉了。

第三是类型化写作膨胀，隔断了文学与现实生活的依存性关联。网络小说类型众多：玄幻、侦探、女频、同人、探险等等。现在，类型化小说成为网络小说的主打，而且有各种形式的排行榜。这些类型化作品有利有弊，2011 年网络小说排行榜前十部全都是玄幻、武侠、灵异、穿越等题材，没有一部是现实题材的。网络上写现实题材的作品一是量相对少，二是影响力比较小。2012、2013、2014 年点击量排行榜上的这些作品我想同学们都不同程度地看过。类型化小说，确实有长处，满足了阅读需求、市场分众化的期待，但它确实也有短板，如自我重复和模仿抄袭现象严重，有些作品前半段往往不错，但是后半段就让人读不下去，作者也有种黔驴技穷的感觉。创作没有太多的现实积累，面壁写作，借助动漫、游戏、其他小说的启发写出上百万字的作品比较困难。网络小说常常会被读者的期待“绑架”，为了类型而类型，造成一种模式化，想象力枯竭。我们这里有一个统计，起点中文网目前超过1000万字的并且还在继续更新的小说有4部，有4部超过了900万字，800万到900万字有8部，超过500万字的有80部，超过200万字的有1049部，字数在100到200万之间的有1100部，也就是说超过100万字以上的小说多达2000多部，这些书用纸质出版要堆一间房子，但是网络空间的容量特别大，它可以容纳这种长篇的写作，《宇宙与生命》超过2730万字，还在续更。

第四就是“艺术正向”与“市场焦虑”的困惑。焦虑、矛盾、压力怎么化解？我们知道网络是市场化的产物，是文化资本的一种投资，资本的本质就是要盈利，要追求利润最大化，没有哪个商业网站、文学网站是政府投钱的。财政不会给你拨款，是吗？他们也不会拿工资。它要在市场上自我生存，没有商业模式是生存不了的。正是这样，造成了网络文学今天这样一种局面，它是商业化文化资本操纵的结果，背后是市场这只看不见的手起着支配作用。在市场化和艺术化之间、在文学和技术性之间要寻求一种平衡，达成一致，这是网络文学面临的一大困惑。它必须要接受市场考验，必须要有点击量，必须要有商业模式，必须要有产业链，才能赚钱。否则这些网站只能不死不活的存在。真正能盈利、能赚钱的网站其实是很少的，也只有那么十几家二十来家大概是不错的。现在网站几大巨头，一是百度，成立百度文学；阿里巴巴，它投入巨资进入网络文学市场；然后是腾讯，大家知道今年成立的阅文集团，它就是由两家巨头合并的，盛大文学网旗下的起点网为代表的6大文学网站与创世中文网合并，垄断了中国网络文学90%的市场。最近几次网络文学排行榜的评选，获奖的大多数都是来自阅文集团，今年8月结束的第九届茅盾文学奖，送呈里面有两部网络小说也是来自阅文集团。

还有网络写手的生存困境问题。网络写手其实是一个非常艰难、非常辛苦的群体，他们的生存压力很大。我们只看到排行榜靠前的那些写手，他们每年收入几千万，很令人羡慕。但是你不知道还有很多底层的写手在死亡线上挣扎。发表易，成名难，日日催更成倒逼，逼着你要去写，这是网络写手的一个职业常态。不断地催更嘛，催更犹如催命啊，粉丝就是上帝，一旦没有粉丝的支持，这个作品就会死亡，作者就没有存在的价值了。整天伏案写作，还要被追着骂，这日子是不舒服的，很难过的。工作强度很大，比如说女写手青鋆，因为网络写作把身体写垮了，溘然长逝。她生前就说，有几十天没有见过阳光，没有出过门，整日整夜地去写。还有十年落雪，也是因为网络创作过劳而死。北京有个申先生到派出所去投案，他说我杀人了，最后一查案说，他发现他因为网络写作把自己写成精神分裂，精神出了问题，这可能是一些极端的个案。但是你要看到，大量的网络写手生存艰难，创作压力很大，是一个客观存在的事实。要成为职业写手是很不容易的。当然作为业余爱好写一写，白天该干嘛干嘛，晚上写点小说，消遣一下，那当然是另当别论，那样你很难真正地写成名家。再加上网络上盗版，网络盗版又比我们日常生活中纸质的盗版更加便捷，网络技术使复制粘贴非常容易，盗版不易查处和管理。我们知道网络文学的商业模式是从付费阅读开始，阅读网络小说开始 5 万字、10 万字是不收费的，有的甚至开始 20 万字都不收费。当你被深深吸引欲罢不能的时候，就开始收费，这叫付费阅读。付费当时很便宜，1000 字一般是 2 分钱、3 分钱，特别好的小说千字 5 分钱。好了，就算是 5 分钱，那我 1 万字才 5 毛钱，10 万字才 5 块钱，5 块钱连一碗面条都买不着，但是因为粉丝众多，阅读者众多，依然是能够赚钱的，当然靠这个赚钱是非常有限的。付费就意味着我可以看到这些小说，我还有权力下载。那好啊，我们这教室坐了 100 多人，那我一个人付钱，我把它下载，拷贝、粘贴，放在论坛上，你们都能读了。100 个人有一个付费，99 个人不用付费了，其实也是侵犯别人的知识产权，侵犯了版权的。但这个问题没法解决，法律和技术手段都还没有那么完善。尽管这样，网络写作依然是很多人的一个梦想和爱好，它还是得做。主要在于作为一种爱好，即使很辛苦，他也愿意付出。网络技术为创作提供了开放包容的平台。在写作艰辛的背后它有一个经济的驱动力支撑着他。作为写手，尽管很苦，日子过得很惨，还是有很多人在这个路上继续走。

## 五、网络文学的走向

最后谈谈网络文学的走向问题。第一个是网络文学和传统文学开始打破了互不往来的隔膜，出现了认同和交流的可喜现象。传统文学主动示好，给网络文学递过橄榄枝，采取了很多措施。比如中国作协积极介入，让网络作家加入作协，成为中国作家协会会员；在文艺报开辟网络文学批评专栏；国家级大奖，比如鲁迅文学奖、茅盾文学奖、“五个一工程”奖，都让网络作品参赛，参加评审，给它一个平等的机会；举办网络文学10年盘点，让各省市的作协主席上网去进行网络写作大赛，还有传统作家和网络写手之间的“结对交友”活动，2011年首批就结了18对。我是作为传统作家参与了这项活动，跟我结对的是知名写手胜几，本名叫赵星龙，一个82年出生的小伙子，是起点网的白金写手。他原来是中关村卖电脑的，后来因为写小说把电脑店盘出去卖掉了，专门从事职业写作，他发现写网络小说比卖电脑更赚钱。结对交友也就是手拉手活动，是两种文学相互交流的一种体现。后来2012年又进行第二次结对交友，交友了15对。中国作协举办的网络作品研讨会，让我评论天下归元的《扶摇皇后》，是我和马季两个人点评。还有菜刀姓李的《遍地狼烟》，酒徒的《隋乱》，阿越的《新宋》，以及杨蓥莹的《凝暮颜》。第二次网络小说研讨会是2013年5月，这次让我评的是丘晓玲的《毒胭脂》。2014年7月在北戴河召开了全国网络文学理论研讨会，这个研讨会请了30多家网站主管和30多个网络作家，加上传统的理论批评家和中国作协的相关领导，以及人民日报、光明日报等媒体参与，这个研讨会意义比较重要。还有2015年9月24号在上海开的首届网络文学论坛，这些都表明，两种文学开始交流了，不再是“鸡犬之声相闻，老死不相往来”。很有可能再过若干年就没有这个界限区分了，所有的文学都是网络文学，将来纸质出版物会越来越少，所有文学都在网上阅读。我们现在很多平面报纸已经难以为继，销量不断地下滑，广告量锐减，靠卖报纸本身是亏钱的，它要靠广告来赚钱。但是订阅报纸的人非常少，越来越少，玩不下去，都纷纷转身手机报，向电子化转移。将来的小说可能也就这样了，纸质书只在图书馆、档案馆里面还能见得着，将来这块会慢慢消失掉，都会成为网络小说。

第二个发展的趋势是网络文学产业化趋势。网络文学开始形成一个产业链。这个链条是形成商业模式的基础，大概是这样一个流程：首先是签约写手，签约要签到好作家，只有有好作家才能保证有好作品。然后储存原创作品，然后是付费阅读，然后进行二度的加工转让，下载出版，改成电影电视剧，再改编成电子书、电纸书，开发移动阅读，改编成网络游戏，改编成动漫，改编成漫画，转让海外版权等等。这一条线下来，形成一条长长的产业链。每一个链条的环节都赚一次钱，累积起来这个作品就能赚很多钱。这就是今天网络文学商业的基本模式。2014 年有 114 部网络小说被购买影视版权，有 90 部拍成电视剧，24 部拍成电影。《山楂树之恋》，我们知道是一个文艺片，张艺谋导演的，它是网络小说改编的。《我是特种兵》《失恋三十三天》《裸婚时代》《步步惊心》《杜拉拉升职记》《和空姐一起的日子》《后宫甄嬛传》《倾世皇妃》《千山暮雪》，以及 2015 年非常火的《何以笙箫默》《花千骨》，最近正在热播的《琅琊榜》——一个复仇小说改编的电视剧，还有电影《致青春》等等。你看这都是网络小说改编的作品，成为影视市场上最火的作品。为什么？这里面有商业关系、商业利益的。作品在网络上粉丝很多，改编成电影、电视剧后，粉丝们就想再看看电影、电视剧跟小说有什么区别，从网上吸引到网下。现在网络优质 IP 很热门，IP 就是一个知识产权的缩写，选择一个优质 IP，这成为一个很热门的现象。有一个网络小说，只有一个名字，拍卖了 810 万人民币。神奇不神奇呀？作者是方想，这个小说的名字叫做《不败王座》。它只有一个简要的故事梗概，创了一个奇迹，拍了 810 万。还有 4 部小说，拍了 2700 万。这就是优质 IP 巨大的商业效应。刚刚公布的 2015 年最具影视改编价值的十大网络小说，排名第一的是《高冷男神住隔壁：错吻 55 次》，这题目一看就很有吸引力，怪怪的，是吧？《同宿灾难：我和我的未婚夫》《我的女神是只猫》《侯门悍妻》《大唐狂士》《逍遥军医》《天苍黄》《盛世暖婚》《诛砂》《商踪谍影》，这是一周前刚刚发布的，今年高价版权转让的 IP 作品，我们很可能在电影市场或者电视剧市场就能看到它们的身影，当然也会吸引着你上网点击阅读，或者下载出版。网络小说，你不要小瞧它，千万别小瞧它，有的作品写得非常好，很精彩。作为五星级作品，有一些已经改编了，有一些还在改编。

另外一个趋势就是网络写手的分化和去草根化。网络写手也希望被传统认可，比如说希望自己的小说能够下载出版变成纸质书，跟传统作家平起平坐，希望被招安，他希望传统文学能够认可他，主流媒体能够接纳他，这是一个趋势，向大神靠拢。好的网络小说如《盗墓笔记》《甄嬛传》《何以笙箫默》《古剑奇谭》《花千骨》《诛仙》等等这些作品已经有非常好的收视效果，所以网络小说就成为整个文化市场商业模式的源头，产业链的上游，属于内容创意这个部分。下游就给你加工，把它拍得精彩，据说《琅琊榜》可能会超过《花千骨》。我们特别需要关注网络文学现象，我们学文学的人，对这些东西应该有所了解。类型化写作的问题，影视改编的问题，商业模式问题，主流文学和它的关系的问题，以及网站寡头现象和中小网站的生存困境问题，网络盗版对网络文学生态的伤害问题，这些都可以作为你毕业的选题，可以作为硕士论文、博士论文选题。事实上很多人也在做这样的选题。

## 六、网络文学研究现状

下面谈一谈我们的网络文学研究。网络文学研究现在成为显学，我们当时研究的时候很让人瞧不起，说网络文学怎么值得去研究呢？现在说这个话的人又会换一种说法，说你有眼光，你那么早研究网络文学。有数据表明，我国出版网络文学研究的著作大概是 80 部左右，我们学院的老师就写了四十几部。还有分年度做的论文统计，我们有一个网络文学文献数据库的国家项目，已经结题了。报刊学术论文、硕博论文、会议论文，资料复印转载我们都有收集和统计。这是我们的第一套书，2003 年出版的：《网络文学的民间视野》《网络文学禅意论》《网络叙事学》《网络文学批评论》和《网络文学本体论》。那个时候网络文学不太被人们重视。我们一个团队一直都在做这个领域。我们第二套丛书，其中我的这本《数字化语境中的文艺学》获了鲁迅文学奖，是文学理论评论奖。这是我们第三套丛书：《网络恶搞文化》《网络小说论》《网络小说语言论》《博客文学论》《网络传播与文学》《网络诗歌论》，这些书的作者全都是我们院的老师，是我们团队老师携手合作做的。这是我们的第四套书：《网络与新世纪文学》《网络小说名篇解读》《网络文学产业论》《短信文学论》《数字媒介下的文艺转型》《网络写手论》，这是我们国家项目结题成果的书，也是获得教育部优秀人文社科成果二等奖的书。还有《网络文学 100》丛书：包括《网络写手名家 100》《网络文学关键词 100》《网络文学大事件 100》《文学网站 100》《文学名篇 100》《名作家博客 100》和《网络文学作家评论 100》等。现在，我们倡导网络研究要“从上网开始，从阅读出发”，贴近网络文学实际来做研究。我们有研究基地，有研究团队，有网站，有国家精品课，有优秀教学团队。我们出了第一本网络文学教材，2008 年在北京大学出版社出版的。现在我们使用这个教材，基本上立得住。我们做了一个国家社科基金项目《网络文学文献数据库建设》。已经出版的

《网络文学编年史》，从汉语网络文学1992年在北美诞生开始，到2013年12月为止，我们把每年每月每天的大事件记下来，共计50多万字。另一部《网络文学研究成果集成》，包括所有报纸上的网络文学文章、所有期刊杂志发表的论文、所有硕博论文、所有的网络文学研究专著、所有的会议论文、所有的出版的网络文学作品、把目录清理出来，做成一本书，大概有40多万字。我们有一个中国网络文学研究网，把原文放在网站上让网友分享。当然这里面有一个知识产权问题，我们注明我们是非盈利的，不收一分钱，也希望使用这些资料的人也不要用于商业利益。当然如果原作者提出异议，我们立刻把他的文章撤下来。因为我们没有涉嫌这种版权经营，也没有这种商业的头脑。

另外我们做了一个网络文学数据库的软件，这个软件现在已经在网上运行了，这是一个被鉴定为优秀等级的国家社科基金重点项目。这是我们做的一个网络文学普查，2014年出版。普查了文学写手、网络作品、网络文学阅读、网络文学批评、网络文学语言、网络文学影响力、网络文学产业经营、博客、微博、微信文学、影视改编、视频或微电影以及外国网络文学、网络女性文学、少数民族网络文学、儿童网络文学，这都是首次进行普查，是承接全国网络文学十年盘点以后做的一个基础性的工作，出成了一本书。我们2013年在拉萨成立了网络文学研究会，这个会规模也很大。

网络文学它是一个新兴的领域，我们希望有更多的文学爱好者、文学研究者加入这个团队。再过若干年，网络文学会成为整个文学研究的一个共同话题。在今天看来，传统文学研究的力量还是非常强大的，很多人不认可这一块儿，或者说他无需介入这一块，或者说他研究传统领域已经很有成就了，不屑于做这个东西，但年轻人会很感兴趣，老一代的学者慢慢退去，将来这个学问的天地还是会跟着时代走，因为历史是不可逆转的，科技永远是矢量的，开弓没有回头箭的，这种现象给我们整个人文社会科学带来巨大的变化。这种变化你敏感一点，早点介入这个领域，可能你会占据一定的主动权，否则的话最终也还是离不开网络，离不开新兴媒体。即使你做传统研究，也要借助新媒体这个工具，获得大量的学术信息，这是一个趋势。希望我们更多的年轻学者，希望我们在座的同学，能够关注这一块，可以从事网络创作，也可以从事网络文学研究，可以让它作为你毕业论文的选题。总之这是一个自由的天地，让你的青春在这里尽情释放。

## 七、交流环节

**同学1**：欧阳教授好，教育部前几天刚刚发了一个通知，说必须要清理网络粗俗用语，这个您知道吗？

**欧阳友权**：是的，我知道。

**同学1**：我们很多专家常说网络用语冲击了中文的一些基本架构，包括一些他们所说的非常粗鄙的网络语言。大概在十年前的一些网络用语在今天基本上是绝种了的。但在这两年，特别是《人民日报》什么的，主动运用包括“屌丝”这类的词语，使得它膨胀性地在全国传播，但是到了今天，突然又相当于倒过头来反打了一枪，说这个东西太粗鄙了，我要去调整它，对此您有什么看法？

**欧阳友权**：好的，这是一个很现实的问题，很好。有这么几个信息，一个是我们国家语言文字工作委员会每年要发布一次年度的流行用语，即汉语的一些新词汇。新词汇里面大概有70%～80%是来自网络的新词汇，每年公布了以后，表明了这一年这些词汇的使用量是很大的。而语言本身一个最大的特点是约定俗成，只要大家都这么说，那这个词最终就被我们语言使用者普遍接受了，官方的媒体就会使用。所以像《光明日报》《人民日报》这种国家级大报纸，有时候也使用一些网络词汇，这也正常。同时国家反对粗鄙用语，特别是2014年下半年，有一个重要的净网行动，这个净网行动，我们外界是不太清楚的，内部搞得很紧张。后来就有很严格的规定说哪些字眼你是不能用的，哪些词是不能用的。这就造成网络写手们压力很大，看你怎么使用这个词。从国家层面上讲，禁止使用这些粗鄙的词汇，对社会的精神文明建设是有积极意义的。但网络毕竟是一个自由媒体，它不能限制太多，现在的网络写作要比传统写作管得严得多。因为网络便于管理，你使用什么样的词汇，或是什么样的情节，比如说黄色的、下流的、沾满血腥的一些东西它是一律不能出现的。一出现就会被人抓住短处，你的饭碗就保不住了，很有可能就会找你见面谈话或者进局子。所以2014年下半年的净网行动对网络文学影响是非常大的。国家做出这一行动，我们只能服从、理解，我们没法违背。我们希望网络给我们提供一个干净的、健康的空间，同时我们也希望网络能够给大家更多的自由，使信息能够得到更充分的传播，使网络文学能够得到更多人的合理接受，因为网络就是要让每一个人有权利分享人类的精神财富，这正是网络的魅力所在。如果限制太多，可能会违背网络技术、网络传媒的一个初衷，违背它的本性。我们是社会主义国家，有自己的制度，有自己的法律规范，你生活在中国这片土地上，你就要服从中国的法律规范，服从我们的管理，也只能这样。你如果违背，只会受到惩罚。所以在语言这一块上，总体还是开放的，每年接纳那么多新词汇，同时对粗鄙的词汇进行一些限制我觉得也是有必要的。就是这个情况。

**同学 2：**老师您好。我想请问您几个问题。您认为网络文学对中国传统文学以及中国文坛的发展有何挑战冲击以及影响，还有您对网络文学的态度，它的发展趋势，以及我们当代青少年应该树立怎样的网络文学时代观?

**欧阳友权：**说到对网络文学的一个总体看法啊，我对网络文学是持乐观积极的态度，或是说是持积极肯定的态度。曾经有一个很有意思的争论，我在《中华读书报》发表过一篇文章，发表了之后有一个叫张辉的作者，发了一篇反驳我的文章，反驳的口气非常尖锐，一发出来我就接到很多朋友的电话，说今天有一篇批评你的文章啊，我说好，到时候我好好拜读一下。那篇文章说有一个姓欧阳的号称是研究网络文学的专家，他对网络文学一点爱心都没有，他就是对网络文学批评很多，肯定很少，文章用了很多很有讽刺意味的语气，甚至是“文革”的语言也用上了。后来《中华读书报》约我写了一篇文章，题目叫《哪里才是网络文学的软肋》，后来收入了白烨主编的《中国文情报告》。其实我对网络文学是持一种肯定的积极的态度，我觉得这种文学代表了我们中国文学发展的一个方向，至少是方向之一。它尽管还有许多不足，但这些不足会在发展过程中逐步得到克服，逐步得到消解。它本身问题很多，但有问题不怕嘛，只要我们正确引导它，慢慢的它会接受一个市场的选择和淘汰，不能靠评论家或理论家说它行还是不行，也不是哪个政府所要求的。文学到底是读者说了算，还是市场选择说了算？你老是写这些低俗的东西，网友也不高兴，他读了一篇两篇之后就不读了，这几年的网络文学变化也说明了这一点，要相信网友的判断力，他的欣赏水平，这些不好的东西最终会慢慢克服掉。而传统文学和网络文学会慢慢地相互交流渗透，相互取长补短，它也会提升它的水平。比如传统作家会让他的作品先在网上发，网友评价以后他再拿到图书市场出版。今年获茅盾文学奖有一个作品叫《繁花》，金澄宇写的，写上海的。这一届茅奖我是评委，评审过程我很清楚。这个小说最早是在上海的一个网站首发的，叫做弄堂网，不能因为它是网上首发它就低人一等，恰恰没有，茅盾文学奖代表传统文学最高奖项，这就表明网络上的东西依然有很多好作品。英雄不问出处，不能因为它来自网络就低人一等，也不要有媒介霸权，不要以为只有网络的东西才是好东西。说到底文学还是靠作品本身，它的品质怎么样，那才有说服力，网络小说、网络文学今天还只是一个起步期，我相信它有朝一日会成为我们的主流文学，说不定将来的茅奖、鲁奖，甚至是诺奖，都有可能在网络上出现，那一天我相信真的会来到的，不是吗？

## 八、结 语

**杨存昌：**同学们，在欧阳先生热情洋溢、幽默风趣、娓娓道来、如数家珍的两个小时讲座之后，我相信还有好多同学意犹未尽，我相信还有好多同学希望和先生交流。但我们还要用一个小时的时间才能回到本部去。考虑到欧阳先生今天非常辛苦，所以我们限制了提问的人数，欧阳先生作为网络文学研究的开创者、践行者和组织者，他要向我们介绍网络文学和网络文学批评、网络文学理论的话，绝不是几个小时就可以的，所以在这样的情况下，我们能够看到，在短短的两个小时里，欧阳先生从网络文学的概念界定，到网络文学的现状到网络文学对传统文学的改变，以及网络文学的短板、网络文学创作中出现的一些问题，一直到展望网络文学未来的走向，实际上是一步一步带领我们由关注网络文学到研究网络文学，因为我们是文学院的学生，网络文学是当代文学的一种形态，我想我们大家应该以实际行动，像关注古典文学一样关注网络文学。刚才欧阳先生也介绍了他所带领的团队以及他所管理的网络文学的很多活动。实际上这样一些活动，就在良莠不齐的网络文学现状中为我们做了许多整体的工作。也希望大家能够像感谢欧阳先生今天对我们研究网络文学的启蒙一样关注欧阳先生的网络文学研究，期待着今后能有更多的机会向欧阳先生学习，和欧阳先生一起讨论。让我们再一次以热烈的掌声感谢欧阳先生所做的讲座。今天的报告会到此结束。

（录音整理：李婷婷　丁　园　宋艳洁　张婧玉　孟　艳）

# 网络文学的发展现状与研究

傅书华　马　季　刘　琼　王国平

主讲人：傅书华　《名作欣赏》副总编
马　季　中国作家网副主编
刘　琼　《人民日报》文艺理论评论室主任
王国平　《光明日报》文艺部文学评论版主编
主持人：李宗刚　《山东师范大学学报》主编，教授，博士生导师
时　间：2015年10月16日晚19：00－21：00
地　点：山东师范大学千佛山校区教学三楼3141

**李宗刚**：各位同学，今天晚上我们又迎来了一场学术的盛会。咱们山师中国现当代文学学科，近来喜事不断，我们搞了一系列的学术活动。今天，我们又迎来了一个幸福的时刻，那就是将有四位专家联袂出场，和同学们对话。

关于网络文学的现状与研究这样一个话题，实际上是从2000年前后开始引起大家关注，然后逐渐地从边缘向中心过渡，现在已成为学术研究中的热门话题。王国平老师一直在《光明日报》做文学栏目的主编，这个文学栏目很受读者关注，我看到有不少都是国平老师编辑的文章，他编辑的一些文章引领学术、文学的发展，例如他们在做的《百年诗歌》这样一个栏目，非常好，非常大气。这些策划，对我编辑《山东师范大学学报》带来了许多启发。为此，我还把《光明日报》的文学评论版专门剪下来，集锦起来，将来装订成册。

傅老师是《名作欣赏》的副总编，是较早关注网络文学的编辑。大家都知道，《名作欣赏》是相当辉煌的一个期刊，尽管在市场经济条件下，当前也面临着一些困难，但是他们仍然秉承学术至上的原则。《名作欣赏》的上旬刊，全国学术精英的文章都荟萃其中，像我们一般人的文章能够进入上旬刊

是很难的。他们还有一个在北京大学出版社出版的优秀文章的荟萃丛书，产生了很大的影响力。

下面我们先由“60后”的傅老师来讲。

**傅书华：**很高兴有这样一个机会能够和山师大的研究生做一个对话交流，能见到这么多年轻的学人，真是非常高兴。我先借这个机会把我们这个杂志给大家介绍一下。《名作欣赏》是一个1980年创刊的老牌刊物，是山西出版集团办的一个刊物，在20世纪80年代很有影响。我们这个年龄的人，1980年大都还在大学校园。那个时候我有印象，大概所有的大学校园里都有学生在看这个《名作欣赏》。所以，现在50岁以上的人，都对这个刊物有很好的印象。进入90年代后，文学开始边缘化，这个刊物有所下滑，但仍然有一定的影响力。最近这些年，我们是想把刊物做成中国高端的以人文作品为载体的有相当思想含量的当下性比较强的一个公众读物，不完全是文学知识性的鉴赏，而是把知识论转化为价值论，就是以人文名作为载体，针对当下公众精神困惑的一些问题，通过学界前沿性的研究成果，让高端学者用深入浅出的文字将它转化成公众的精神资源。不是大众刊物，也不是知识分子刊物，而是公众读物，大概是这样的一个定位。然后开始邀请国内各方大家，有目的地去征求这些文章，对当下公众的精神构建，构成一种参与性与在场性，尤其是想在高校引起影响，想影响一代青年学人的精神成长。我们这个刊物现在分上、中、下三刊，上旬刊力图打造成为一个权威刊物，中、下旬刊主要面对的是青年学人。大家如果有兴趣的话，可以来看看我们的刊物，也欢迎大家来积极投稿。我很佩服李宗刚老师对《山东师范大学学报》的投入，那种强烈的责任心，确实很值得学习。

关于网络文学，山师大率先成立网络文学研究中心，这是非常及时的好事。2015年，《名作欣赏》为北大邵燕君教授的网络文学教学中心开设了网络文学专栏，对中国的网络文学做了一些介绍。很高兴山师大也成立了这样一个基地，将来这个研究基地有研究成果的时候，我们也很希望在我们的刊物中有所体现，虽然纸质媒体比网络文学传播的作用要小得多，但是它毕竟是一种渠道。

说到网络文学，我确实没有研究，我这个年龄已经没有精力来研究网络文学了。90年代初我到上海大学开会的时候，就有种很强烈的感受，我们在研究一些知名度很高的大刊上的、在文学圈子中名气很大的一些作家作品。

今天，大家都强烈地感觉到，网络上的一个作品，它的点击量都是以几十万来计算的，而我们文学刊物的受众群体就小得多。特别是现在，纸质文学期刊在邮局的发行量都不大，特别是省一级的文学期刊。如果它在邮局发行量是1500份，每份10个人来传阅的话，有15000个人在阅读，而网络文学它随便一个点击量都会很多。在这种时代的转换中，对于网络文学，我们应该给以更多的研究和重视。

现在一谈起网络文学，大家往往觉得比纸质文学是次一级的。这里有一个判断标准的问题，给我们提出了很多的思考。

第一，网络文学载体导致的文学形态的变化。这已经是一个既定的现实，是不能回避的，而且确实是一个时代的革命性的变化，这种变化的重要性我们怎样估价都不为过。比如在过去的竹片时代，将作品刻在竹片身上，后来有了纸，后来又有了印刷术，也有了从用笔写作到用电脑写作。每一种载体与写作方式的变化，都会带来文本形态、特点的变化。网络文学的传播方式、生产方式、对于受众的思维方式、对于受众观照世界的方式，都会发生革命性的变化。比如说，过去的那种隐形的武侠文化形态、革命文化形态，对于50后甚至是年龄更大一点的人来讲，给他们的青少年时期，打下了一辈子都抹不去的烙印。我记得我们这一代人在孩子时期，最向往的就是打打杀杀，每天盼望着能够打仗。同样，网络文学对于一代甚至几代青少年的影响也是这样。

第二，一种新的文学形态，在刚出现的时候，因为自身不够成熟，也因为受众不习惯，拿它来与以前经过沉淀后的经典作品相比，都会受到轻视。在历史转型期的时候，更是这样。比如我们拿最近的一次历史转型来说，五四时代的老先生们就觉得只有文言文才有水平，白话文章一点水平都没有。对于古典诗词评价很高，认为白话诗就不像诗。胡适在北大讲课，老先生们也认为学术含量很低。但是，我们现在已经看到白话文的重要了。所以，新的文体出现后，它的价值是不容低估的。

第三，在信息时代，网络文学的传播力度是纸质媒体所不能相比的。这一点，大家都看到了。我的一位朋友，他原来是办纸质杂志的，办得挺有影响，但邮局订阅大概也只有几千份。退休后，同样的内容，他办了一个微信的公众号，让朋友们写文章放在里边，这个公众号已经有几万粉丝。这种传播力度，哪能是一个纸质媒体所能比的。

第四，这种传播方式和生产方式，会对今天的精神生产带来很多的变化。譬如，会打破我们习以为常的等级观念。我们的纸质文学的不同等级，过去是在计划经济的官本位的框架下形成的。一个文学期刊，我们会说它是国家级的、省级的或地市级的。这样的等级观念，也体现在人际关系上，或者渗透到文化思想层面上来。但是，网络文学会打破这种观念。网络文学会因为受众的欢迎程度，决定它在社会上被承认的程度。这对于打破官本位的社会等级观念是有很大的好处的。夸大些说，网络文学这种载体、传播形式，对于大众表达自己的声音，对于大众民主意识的形成也是有帮助的。网络文学也许不单单是个文学话题，也是文化思想变革的一种载体、一种形式。

第五，网络文学受市场制约，受资本经济影响，但同时要看到，网络文学中的民间性的存在，这种民间性在中国的今天是非常重要的。计划经济时代，文学创作在一定程度上被体制化了。文学创作者在进行创作时，他会想到体制需求什么，即使不迎合体制需要，他也会被这个体制所认可的文学观念所束缚。当然，这种体制化的文学，因为其中文学性的存在，与体制也有冲突的一面，甚至是激烈的冲突。但是网络文学更多的是表现一种民间的声音，是民间对这个时代最真实的感受。这种民间的自由性，是网络文学的本质属性。中国文学的两个源头，一个是《诗经》，一个是《楚辞》。《诗经》是民间的，网络文学应该回到《诗经》的源头。当然，《诗经》后来是被孔子删改后流传的，网络文学很可能也会经过一个被收编的过程，但那是另外一个问题了。还有，我们一直说，经典文学的产生是要从民间文学中汲取营养的。网络文学，我觉得，有可能就是这样的一种现代的民间文学。

第六，我们应该怎样看待文学的多种功能。网络文学的受众面是一个不争的问题。大众的精神塑形并不是靠精英文学完成的，大众是通过大众文学来构成自己的精神生活的。文学的功能性分为两种，一种是精英文学的功能性，它会影响到文学的发展方向，影响到以后文学的构成。但是，大众文学这种应用的功能性也是不可忽视的。我们这个国家有一个不好的传统，过分重视经院化，把经院化看得非常重要，应用化反而看得不重要。现代社会的应用化是不应忽视的。现在的问题是，精英文学、大众文学都没有得到充分的发展与研究，体制化文学仍占主流。体制化文学形态与民国的文学形态不同，民国的文学形态是资本经济下的文学形态，体制化文学是计划经济体制下对人的精神的一种规训、一种收编。对体制化文学冲击最直接的，可能不是精英文学，而是网络文学。

第七，现在做网络文学的，都是民间的写手，真正的大作家不进入这个领域，学术界进入网络文学研究的人员也不多。大量的文学创作人员、研究人员还停留在原来的文学格局之内，虽然在这个格局之内，文学日益边缘化了。这样，我们就看到一种情形：一方面，是日益边缘化的文学格局内，集中了大量的创作人才、研究人才。另一方面，新文学格局之内，创作人才、研究人才严重不足，或者质量急需提高。这样的一种生产与消费的不平衡，需要文学生产力的转移。因为我来自山西，我想以赵树理为例子来谈谈这个问题。赵树理在创作时，不大考虑原有的文学界对他的评价如何，他甚至说他不想进入文坛，而只想进入“文摊”。只要是大众欢迎的文艺样式，他都不遗余力地创作，包括小的地方戏曲、曲艺形式。他的小说写法，主要是迎合大众的，而不是迎合原有的文学经典标准的。我想强调的是，在今天，我们面对网络文学时，仍然应该提倡学习赵树理的这种精神。

最后，谈谈网络文学的概念问题。我和邵燕君教授的观点不大一样，她认为网络文学的概念宜窄不宜宽，我则认为宜宽不宜窄。我认为只要进入网络传播系统的作品都可以叫作网络文学，邵燕君教授似乎认为只有在网络系统内生产出来的文学，才是网络文学。我在前面谈网络文学，是就我理解的这种比较宽的范围内的网络文学来谈的。我还认为，网络文学和纸质文学应是双向度的，网络文学可以转换成纸质文学。现在，大家对此比较重视，把成功的网络文学在纸质媒体上进一步体现，或者转化为视觉媒体的表现形式。我觉得，纸质文学也可以尝试转换成网络文学。二者应该是双向度的相互生成，这是现在网络文学生产、传播、研究中的一个很大的问题。我不知道，在今天这样一个海量的信息时代，网站是否有可能通过对大量的纸质文学的把握，把一些成功的纸质文学经过重新剪辑、编排，在网络上让它得以流行，成为大众文学的一部分。这有益于提升网络文学的质量。

**王国平：**网络文学这个词，在我们报纸上第一次出现是在2004年2月14日。现在看，关注得有点晚了。我估摸着，当时我们的前辈对网络文学的态度是有些迟疑的，觉得是个新生事物，能走多远？会不会昙花一现？这没有责备的意思，关键是网络文学发展的规模和速度是很多人始料未及的。包括当前，网络文学发展到了这么一个程度，不少人还坚决地抱着怀疑甚至是批判态度。

互联网是一个经济概念，但是和文学接触以后，它就成了另一个概念。网络文学到底何用？仅仅用于消磨时间？就是为了获得一点阅读上的快感？做家长的，如果孩子喜欢看网络文学，允不允许？这些都是问题，都在叩问网络文学的“合法性”和“正当性”。

作为一种新生事物，网络文学遭受质疑是正常的。新鲜事物的出现可能是对已有模式的打破，网络文学的出现也会对传统文学的受众群体产生影响，它也会来分文学这个狭小盘子里的一块蛋糕，传统文学自然对其另眼看待，甚至是冷眼以对。

研究网络文学恐怕首先要解决一个常识的问题。网络文学到底是什么？如何划定概念的边界，达成一个基本的共识，恐怕是当下网络文学研究的一个重要问题。考察网络文学，其生产机制是一个重要因素。对于一个传统作家来说，我写完了，也就完了，反馈是比较慢的。网络文学作家即时地面对读者，这种反馈很直接，也很管用。但问题总有另一面，正是由于互动比较直接，会不会对网络文学作家产生一种网络欺凌？会不会也产生网络式的溢出效应？这些都有必要通过文化、社会的视角加以考量。

这就涉及另一个问题，那就是网络文学研究不应该仅仅局限于网络文学。网络文学可能不仅仅是网络文学的事，而是应该放到一个更大的范畴里边去考察，在大的格局下对网络文学传播进行考察。比如说，在电脑上阅读网络文学作品，与把网络文学作品打印出来阅读，感觉是不一样的。这就涉及网络文学的阅读心理机制问题。研究网络文学可能需要更多的跨学科研究，这样可能会打开局面，具有纵深度，也更具有文化上的意义和社会学上的意义。文学研究一般而言就是三大类，文学理论、文学批评、文学史，对于网络文学文本的分析可能还需要更加深入，而不是从概念到概念、空对空地进行研究。

要用网络的思维来研究网络文学，如果沿用传统的文学研究思维来套网络文学恐怕是盲人摸象。网络文学研究除了文学这个本体之外，还应该更多地回到它本身的怀抱里边，回到互联网这个载体中。以互联网思维进入网络文学研究，对于所研究的文本或者研究对象才是匹配的。如果仍然以传统文学研究的方法来框定网络文学的话，可能就把网络文学自身的本体特点给抹杀了，最终不过是瞎忙，竹篮打水一场空。

**李宗刚：** 傅老师和国平老师给我们上了非常精彩的一课。下面我们请

《人民日报》文艺理论评论室主任刘琼老师谈谈对这个话题的看法。

**刘琼：**我们是较早关注网络文学的。大概是从 2014 年 5 月开始，我们《人民日报》出了一个专栏叫“网络文学再认识”。在此之前，我们就一直有零星的一些文章来关注网络文学评论。“再认识”这个专栏并不是我们自己独家做的，是和中国作协一起来办的。我去年写过一篇文章谈网络对于文学的改变，那篇文章回过头来再看的时候，网络的生态已经有很大的变化。我推荐大家看一篇文章，是我们这个专栏的最后一篇文章，题目是《网络文学：文学自觉和文化自觉》，这是对网络文学的认识比较到位的一篇文章。这篇文章从网络文学的研究对象谈起，谈网络文学应该要解决的一些问题，相信大家看完之后一定会有收获。从近 10 年来的发展看，网络文学已经成为一种客观存在，最初我们想这种东西只是一种新鲜事物。但是互联网已经彻底地改变了我们的生活，甚至有人说我们在 2.0 时代会进入一种网络文明时代，网络的深度介入必然会影响我们的生态，包括文学生态。网络文学就是在这样一种大的文学生态中产生的，它一定会对我们现有的文学传统产生冲击。首先我们要看这样一种关系，就是网络文学与传统文学的关系，这是特别重要的。我们谈网络文学到底在谈什么？我比较赞成一种说法，网络文学是一个通俗文学的架构，通俗文学在我们的文学传统中一直存在。网络文学在写作中向传统文学借鉴很多东西，包括写作形式，类型化写作，传统话本文学里面写到的鬼怪，传统文学中的叙事方法等等。通俗文学就是过去说的俗文学，我们对网络文学的研究，应放在俗文学的脉络上面。我们要研究类型文学，首先要研究类型文学的叙事文体，不同类型的叙事方法有不同的叙事结构，这都非常有意思。比如在起点中文网，作品基本按类型来分，我们研究各个叙事类型有什么好处？我们可以发现当下的网络文学有不一样的东西，这个不一样的东西一定是当下性的存在。另外，还要研究叙事跟当下社会的关系。为什么网络文学会这么容易被大家接受，为什么这么快就成为我们的阅读习惯，在地铁里我们会看到有人拿着 kindle（亚马逊的电子书阅读器）什么的在看。首先，它的阅读门槛低，简单，不用拿很厚的书，这需要研究人的阅读心理，在阅读最初的时候我们要接受的是什么，还有阅读习惯的问题。另外，网络文学活动中，文本为什么会产生这种阅读心理，这跟它的写作对象有关，因为写作门槛低，让全民文学成为一种可能，把自己的内心和看到的东西能通过鼠标和键盘表达出来，形成一个传播的循环。网络文学的主要写作者并不是专业训练出来的，他们可能受过良好的教育但并不是专业的，好多大学生也在写作，比如写青春，写校园生活。他一定是在生活第一现场的，他写观察周围生活获得的经验，穿越也是有生活痕迹的穿越，穿越文也有主体性。我个人觉得要研究文学与社会现实的关系，才能理解网上的叙事为什么会这么容易被大家接受，这与能看得到的生活经验是有关系的。另外要研究网络文学的传播，传播在今天是个特别广的概念。为什么网络文学的传播会这样受到重视，这跟阅读形式有关，跟阅读条件有关。这是一个没有门槛的阅读，网络阅读有参与性、互动性，让大家感觉到在文本形成中的相互作用，形成泛文本的东西。网络传播的特性已经被有资本、有眼光的人看到了，网络文学能带动资本和资本的生成，成为一种商品、一种产业，这不是一件坏事，说明网络文学有它的使用价值。我们要看到资本在介入创作中的作用，既要看到积极作用也要看到干预作用。

另外一个值得大家讨论的问题，就是网络文学要不要经典化。去年好几篇文章都涉及这个问题，这个问题值得不断去讨论，赞成经典化的人有它的立场和思考，把网络文学放在文学场里，从内部关系探讨经典化问题；不赞成经典化的把网络文学作为一种类型，把它放在传统文学里面，与传统文学同时存在。这是网络文学要不要、会不会经典化的问题，还有人问能不能经典化的问题，有没有可能经典化的问题，这是大家关注比较多的问题。网络文学能不能经典化，从我最近的一段阅读体验来讲，在排行榜的作品里面有一部分作品会在纯文学范畴里面，但是量极少，有的是校园文学的写作。网络文学在生成过程中是一定会分化的，类型文学也有精致化的极大可能性，这个分化是不可期待的，会有极少部分走到另外一条道上。从我的理解来说，网络文学基本沿着俗文学这条路走，俗文学的成长也是明晰的道路，即便不一定要经典化。还有另外一个问题，就是网络文学要不要学院批评。这也正是今天我们要不要坐在这里讨论的原因所在。高校对网络文学的关注和介入已经开始了，有的学校开始将其作为本科的课程设置，山东师范大学也是国内网络文学研究的重镇。学院批评其实是比较敏感、复杂的活动，它一定会注意到当下的客观存在，及时地从理论上来看待批评对象。如果我们的话题是文化视野中的网络文学，任何文学我都主张从人类学角度看这个问题，研究人类在历史进程中的变化，思考为什么会有网络文学这样的形式存在，说不定会有其他的收获。

**李宗刚**：刘琼老师给我们上了生动的一课，《人民日报》作为党报，是引领舆论的风向标，它对网络文学的关注，推动了网络文学研究的深入，这可以说是网络文学研究从边缘向中心位移的一个非常重要的标志。

马季老师是著名的网络文学研究专家，现在有请马季老师。

**马季**：网络文学现在实际上是全民写作、全民阅读，并且引发了其他艺术领域的共振。我们的主流媒体，尤其像《人民日报》《光明日报》有一种文化使命和文化担当。当新事物出现之后能及时地把握这种新事物发展的走向，看到里面潜藏的文化价值，积极推动网络文学健康发展。近两年，《人民日报》《光明日报》先后开设了相关专栏，发表了一些从不同角度探讨网络文学的理论文章，随着研究队伍的不断加强，人们对网络文学的认识和理解越来越清晰。

网络文学一直在高速发展，每几年就有一个变化，不断有新人进来，不断出现新的表现手法，因此发展过程中新的问题也随之产生。网络原来仅仅是一个发布作品的平台，后来形式、内容越来越丰富，越来越立体化。从2010年移动互联网商用以后，用户通过手机阅读网络文学，这一次产生的飞跃性的变化，可能是任何一个学者都没有预料到的。由于用户数量的激增，导致了商业资本的大量涌入。网络文学这样的全民写作，政府不可能拿出太多资金来扶持，而网站又需要资金，这就给民营资本带来了机会。但资本的力量是一个双刃剑，它一方面解决了网站的发展问题，另一方面又会引发网络文学向逐利方向发展，导致发展不均衡。这两年网络文学IP（知识产权）热，实际上是资本热潮在网络文学领域的直接体现，网络文学规模化是产生价值的方式，同时也有很多危机在里面。可能大家也都知道IP是怎么回事情，实际上IP是一个核心符号，这个符号和我们的传统文学是有差异的，传统小说主要是讲人物形象，网络文学的IP是与网络作品、作家的形象捆绑起来的，通过多种形式把这个IP塑造起来。盛大文学曾经计划打造唐家三少这个IP，把它打造成一个上百亿的公司，由此可见，IP不只是个文艺概念，还是个商业概念，一系列商业化的产品会通过这个IP派生出来。当然，其核心还是文艺。

中国社会可能也要往这个方向去发展，原来网络文学讲的所谓全版权，是一个比较粗糙的概念，现在它是一个文艺综合形态的东西，核心是网络文学，究竟发展到什么程度，现在看也不太好说，但是危机也是存在的，IP的泡沫化，就是过度地导入商业运作模式。这几年，文学网站已经不通过数字阅读去赚钱了，甚至都可以放弃数字阅读，创造财富的方式已经转换了，原来文学的稿费、版税处在一个较低的水准上，现在网络作家实现了高收入，主要收入来源不是在线收费，而是版权价值的延伸。原来就靠数字阅读养活作家，而现在不是了，甚至很多东西可以倒过来运作。一个电影剧本，可以通过网络作家转换为网络小说，先在网上产生人气和流量，然后再拍电影。我觉得现在文艺的存在感要的就是流量，否则就不存在，流量大了，存在感就有了。写作方式也在变化，我所知道的一些大神都是有自己的工作室，已经不是一个人在创作了，而是一个团队在写，影视编剧行业这一现象更加普遍，按照我们传统思想，这是不能接受的，文学不是个体劳动吗，你怎么弄一个团队在那里写作呢，这还是文学吗？但人家的回答也不是没有一点道理，谁写不重要，关键是能不能出好作品。

现在作家的作品符号化了，你比如说这个作品不一定是某个作家从头写到尾，但如果这个作品产生了社会影响和商业价值，人们就不会关注它是怎么写出来的。因此说，网络文学的生态系统比我们想象的要复杂得多，如果我们仅仅把坐标放在文学上来研究网络文学，是不够的，是不全面的，不完整的。尽管网络文学的主体部分还是文学，作家自己也承认这一点，但文学之外的东西对它的影响，我们也必须研究。有一位知名网络作家，读者反映他近期作品的质量有所下降，我见到他，跟他说了这个情况，他很无奈，告诉我说，不断的有公司联系他，跟他要作品，他说我没时间啊，我手上的作品还没有完成呢。对方回答他，没事，你一天写一两千字就行，我们先打三百万给你。我根本抵御不住啊，我会想趁着我年轻啊，赶紧赚点吧，别到哪一天，我想写也没人理我了。当然，人家花大价钱，也是有要求的，严格来讲，作者不能过于自我，他的创作必须充分考虑用户的需求，这种状态也是我们研究者要关注到的。另外我觉得现当代文学出现这么大的一个变革，我们作为见证者，较早进入这个现场，与网络作家进行互动，大量占有资料，对于研究是很有利的。我感觉改革开放以来，最大的文学变革就是网络文学的出现，这可能比70年代末80年代初那次变革还要大。中国改革开放这么多年，积累了很多东西需要释放，新一代人的思维模式，对世界的认识和理解，不知不觉地发生了变化，对外交流的渠道比上一代人更加广阔，接受世界的信息量也很大，发生变革是自然的、也是正常的。

网络文学的主流实际上是一种大众通俗文学。这与我们的文化传统有关，几千年来中国人有一种习惯，就是通过写作来表达情感，传递思想，后来这种文化传统发生变化了。我小时候还去过书场听书，王筱堂的扬州评话《武松打虎》讲得非常精彩，他讲的武十回，讲一年都讲不完，武松上景阳冈就讲了好几天，你明明知道结果，但还是愿意听。其实我觉得网络写作也是这个传统的延续，它可能有自己的因素，但总体是延续了这个脉络，这跟中国人的文化心理有关系。我跟网络作家谈这个问题时，他们说自己有点人格分裂，参加作协的互动，老师们总是讲，你们要学托尔斯泰、鲁迅啊。我们知道是这个道理，但我弄不了，也弄不成，因此就怀疑自己这样的写作对不对。当然赚到一定钱的作家就会问了，写作有没有意义，你们搞研究的人要给我一个答复，我这样写除了赚钱以外还有没有别的意义，要不要变化。从大众文学的角度来讲，网络写作是有意义的，当然不能因为大众文化的成功，赚钱了，有读者了，你就无视精英写作，但大众文化也有它的价值和作用，两者之间，在一定的时候，到一定程度的时候，是会相互影响相互生成的。村上春树原来就是一个流行作家，典型的类型作家，阎连科高度赞赏《达芬奇密码》，中国没一个作家能写成那样的作品，不管是大众文学还是纯文学，那种严谨，那种对西方艺术的理解，那种掌握故事的能力，中国作家没人能写出来这种作品，它其实也是一种大众文学。一些作家学者讨论这个问题的时候，我觉得可能是两条道，精英作家走的是民族的思想高度，建立一个标高，莫言所做的事情，是我们这个民族的精神标高。大众作家呢，比如金庸、古龙就是为大众服务的，但是他的层次也不低，我认为95%的作家是达不到这个层次的，文化修养、语言能力，95%是达不到那个水准的，大众写作也可以到很高的层面，不是说永远就是下里巴人。但问题是，网络文学现在没达到那个高度，没有一个作家的作品能够达到金庸、古龙的高度，同时在大众里面也很流行。二三十年后，可能会出现这样的作家，他既在大众里有很大的影响力同时又达到了一定高度，但短时期内不可能出现。我们的精英作家写写就小众化了，他可能觉得我就愿意小众化，觉得小众化好，我觉得那也不对，有本事你就让大众喜欢你，同时又在一定高度上，并不是小众化就一定不好，能大众化不是更好吗？

我自己就是从这个角度来看网络文学的，网络文学为我们未来的文学发展做一定的铺垫，做了一个基础，未来的作家首先应有大众意识，这个写作是为读者写的，不是为个人写的。网络文学一直是这个口号，我为读者写作，我为读者活着，同时又有很高的艺术修养，艺术表现能力也很高，这可能是未来作家所拥有的能力。

我跟网络作家讲，我们不是没有纠结，像《功夫熊猫》这样的电影，为什么是美国人原创的？作为一个中国大众艺术的作家，你要思考这个问题，这是丢脸的，我们成天把活体大熊猫送出去有用吗？人家一个电影《功夫熊猫》全球影响力多大啊，这个东西都是中国的吧，熊猫是你的，功夫也是你的，片子却给美国人拍了。你能不能把这样一个东西弄出来，能不能做到为其他民族做贡献？米老鼠、唐老鸭你说中国多少孩子看过啊，美国创造的大众文化对全球文化是有贡献的，对中国也是有贡献的，我们小时候也看过啊。你能不能弄出个东西来让美国孩子看，那你就够了，你搞出这个东西来，不仅在中国很流行，让美国孩子看了也嘎嘎笑，那你就成功了，不一定非得像莫言一样拿诺贝尔文学奖，你搞一个像米老鼠、唐老鸭、功夫熊猫、哈利·波特类似的东西出来，是一种突破，也是一种文化使命。

我跟网络作家交流，他们说我们能做到啊，我们做不到我们下一代人也会做到。在这种理念下，我们研究者要转变自己的思想，要用开放的、开阔的视野来看网络文学，不仅仅局限于文学，还要用文化的视野去看，打破文学的时间概念，把文学史的视野拉长了看，拉到传统文化总的文脉上看。尽管现在有很多问题，但未来文学这条道上，通过大众传播媒介传播出来的作家肯定有跨文化的特点，现在传统文学里面的东西过分民族化，不具备文化转换的功能。中国不可能再回到原来的状态去了，只会越来越开放，与其他民族的交流越来越多。中国当代文学为民族文化做了哪些贡献呢？奥巴马批评中国搭便车也提到过这个问题，他讲的是科技、军事，实际上文化也是一样的，我们有没有创造出一些东西让其他民族去欣赏？中国发展得这么快，能不能在文化上为全球做点贡献？我是提供给大家一种思考的角度，研究工作还是要自己去找切口，我就说这么多吧。

**李宗刚：**马季老师作为网络文学研究的重要参与者和推动者，对网络文学有着较为专业的研究，希望同学们如果从事网络文学研究，要多向马老师学习，好在马老师是我们学科的兼职导师，还有机会经常到过来讲学，届时大家可以多请教。

周志雄老师让我来主持今天这个活动，在各位老师开讲之前，我有一个美好的设想，那就是我们的座谈会，像中央电视台演播大厅那样，有灯光、有舞台、有很高的座位，每个专家人非常优雅地坐在这里交流，形式自由活泼，嘉宾和听众一起互动。遗憾的是，我们的这个教室还不具备这个条件。下面，我们便留出时间，进入我们的师生互动环节。

**学生提问1：**2015年有个影视剧《花千骨》特别火，是由网络文学改编而来的，电影《九层妖塔》也是根据《鬼吹灯》改编而来的，请问老师怎么看待网络文学与影视改编之间的关系呢？

**马季：**刚讲的那个IP启动点就是影视改编，早几年就有了，而且产生反响了，像流潋紫的《甄嬛传》，桐华的《步步惊心》等等。老实说网络文学能不能产生大片，陆川是有这样的设想的，可能拍摄过程中电影审查制度比较严格，有的东西出不来。或许哪一天有可能好莱坞拿去拍了，这也是好事情。2014年网络小说有114部改编成影视剧，超过传统小说改编，成为一个趋势，台湾、香港都到大陆来买网络小说版权，三五年之内拍不完了，他们认为网络小说的版权是很便宜的，买个改编权非常划算，把好的作品赶紧买下来。现阶段文艺发展没有作家抵触影视改编的，至少说，能改好就会尽力改，这一点没有障碍了。很多作家其实也知道很多东西在小说中能表现，影视是不能表现的，像穿越的影视剧是不能拍的，穿越必须是科幻的才能过关，但网络小说中的穿越就很简单。

**刘琼：**我讲个相反的。影视创作在原创上是很疲软的，它必须向网络小说来借材。他们现在要找好的本子特别难，网络文学并不是就好，主要是海量，总能挑到几本好的、故事性强的拍成电影。另外，我觉得是不是可以研究网络文学的叙事跟电影叙事相似的层面，二者可能会交融，都强调故事性。

**李宗刚：**我校曹文慧写的博士论文，就是谈网络文学影视改编的问题，我觉得写得不错，你可以下载下来，对照着这个问题进行一番研读。

**提问2：**网络文学在几年前就达到了一种很高级的状态，很多小说比如《鬼吹灯》《盗墓笔记》刚写出来时，我感觉就已经很经典了，怎么现在很多人有工作室，反而经典越来越少，这是什么问题？该怎样做到经典化呢？

**马季：**发展不可能永远处在高峰阶段，资本进来以后把生产周期压缩，就像拔苗助长一样。不是说这群人不能写好东西，而是说他们自己能写，但等不及了。这是不行的，他一定要有成长周期的，需要日照、水分、阳光。资本进来使他等不及，这是个过程，不可能永远这样，走下坡走到一定程度就会反弹。

**刘琼**：跟股票似的。

**马季**：只不过网络有一个递加效应。

**王国平**：我个人觉得经典这个东西有时候说不清楚。网上说的好书，一般来讲可能是本好书，但是不一定是热书。热书不一定是好书，很火的那些网络作品很可能大浪淘沙就被淘汰掉了。比如卢新华的《伤痕》，现在看来能有多大的艺术价值，但是谈文学史却是绕不开的，这个名字绝对是要刻在文学史上的。网络文学很难谈经典，它是一部热书，可能是商业炒作起来的，可能过段时间就悄无声息了。但别的问题可能会凸显出来，包括茅奖，那么多作品谁还记得，所以说时间太残酷无情了。

**提问3**：一般社会转型期会为文学转型提供一个契机，但无论是通俗文学还是纯文学包括网络文学，都缺乏一种强劲的文学想象力。就穿越文来说，我们不可否认是充满想象力的文体，在发展的过程中，它的类型化、功利目的都有社会的印迹，请问老师们对文学想象力是怎么看的？

**马季**：网络小说里面最多的就是那种幻想类的，玄幻啊，仙侠啊，这一类从商业角度来说是成绩最好的。我思考过这个问题，可能原来传统文学把这块东西排除了，比如科幻小说在原来地位是很低的，没人做这块，在七八十年代大家对科幻文学是不屑一顾的。网络文学在修正我们的一些想法，这个世界变化这么大，发现人类搞不定很多事，人类控制不了大自然，在这个基础上幻想类作品的价值被人肯定了，问题又回到了原点：我是谁？从哪里来？到哪里去？这也是科幻小说的一个立足点。《三体》讲时间可以折叠，瞬间就可以到另外一个星球上了。玄幻小说里的升级，一个人慢慢成长起来，你必须一点一点往上走，跟妖魔打，一点点往上升，升到高级的人物，这跟现实生活也并没有脱离，但它的思维方式可能与我们日常生活的思维方式不一样，它把它游戏化了。另外很重要的一点是用户在这个过程中享受到了娱乐，至于艺术性就淡化了。出现这个情况，研究者和作者的追求根本不是一个方向，现在找不到一个共同的写网络小说的意见，怎么把小说写好，这完全在读者当中，读者不满意这种方式我就换另一种方式。这是网络文学的一种评价标准，作者在不断揣测读者精神结构会发生怎样的变化。

**刘琼**：问题是这个想象力会怎样决定他去想象一个东西呢？

**马季**：成神的作者和普通作者都是江湖的，成神了以后就放开了，怎么写都行，有粉丝宽容，他会引领一部分人的精神形态发生变化，这是不能轻视的。大神发展到一定程度就能这样做了，就能自己主导这个事情了。一开始听从读者的，后来就拉开距离了，在一定距离里考虑读者的诉求，不需要整天想读者的存在了。这也是经典化的一个过程，并不是所有网络作家都听读者的。我认为这是发展到一个新层面了。

我关注过几部特别火的小说，像传统作家有自己各自的特点，网络小说的特点可能跟我们的阅读期待不一样。有的网络小说怎么这么平淡，可就是有读者很喜欢，觉得很好，这是我们想不通的。这可能是因为每一代人的精神形态会发生变化，这就涉及一个读者接受的问题了。两个小孩之间有自己的语言方式，俩人之间的交流开心得不得了，他们的那种娱乐方式你介入不了。如果用原来的文学观念去理解网络文学，那就错位了。

**李宗刚：**时间过得很快，今天的座谈会就要结束了。尽管今天的座谈会时间较短，以后当我们同学在读到今天主讲嘉宾老师的作品时，我们会觉得很亲切，会感受到一种情感的温度，一种人文情怀，一种文化诉求，一种社会担当。今天的讲座就到这里，谢谢大家！

（录音整理：韩　晓　姚婷婷）

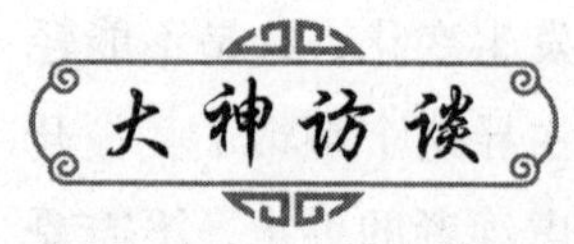

# “我的职业操守是不断地推陈出新”

## ——流浪的蛤蟆访谈录

流浪的蛤蟆等

对话人：

流浪的蛤蟆（王超）著名网络作家

周志雄　山东师范大学教授

房　伟　山东师范大学副教授

山东师范大学2014级中国现当代文学专业硕士研究生范传兴、胡雪姣、江秀廷

山东师范大学2013级卓越班学生李婷婷、刘洋、李淇淋、丁园、陆玮玮

参与人：山东师范大学文学硕士研究生、本科生30余人

对话时间：2015年6月27日

对话地点：山东师范大学千佛山校区文学院会议室

## 一、写作从起点中文网开始

**周志雄**：同学们好，让我们欢迎著名的网络文学大神流浪的蛤蟆来山师讲座！首先我简单介绍一下蛤蟆老师，蛤蟆老师从2000年开始在网上写作，是第一代通过网络收费机制获得收入的作家。这个收费机制就是2003年由起点中文网开创的VIP付费阅读模式，这个机制造就了我们今天网络文学庞大的作者群和读者群。2003年起点一度陷入读者危机时，他以小说《天鹏纵横》为起点挣得了人气，网上的说法是流浪的蛤蟆“一支笔拯救了起点”。

2006年，起点推出首批白金作家签约制度，蛤蟆老师是首批签约的起点白金作家之一。蛤蟆老师还曾是《今古传奇》的玄武写作小组的导师，他在《今古传奇》上指导别人如何写武侠小说。闲话就不多讲了，下面我们欢迎蛤蟆老师开讲。讲座采用答问的方式，有100多个同学阅读了蛤蟆老师的作品，我对同学们写的读书笔记和提出的问题进行了整理，我挑一部分重要的问题先进行提问，然后留一部分时间供大家和蛤蟆老师互动。

有文章介绍说，你大学学的是环艺设计专业，毕业后进工厂当工人，在装修公司做过设计师，后来进入一家动画公司。2000年，你辞去工作，开始在家写作。你是怎么想到要去写作的？

**流浪的蛤蟆：**那个时候，两种原因吧。第一就是那个时候是动画寒冰期，好多动画公司做出来了，但是不给放。那个公司制作了一部国产动画《红色的骆驼》，但是因为国家政策不能放，不能放就拿不到钱，拿不到钱就很难办，只能偶尔接一点插画，收入就很低，时间也空出来了。没有工作了，加上在网上读到的我比较喜欢的那部书的作者不写了，因为是台湾作者，要去服兵役，自己就狗尾续貂替人家写了个续文，写了之后就被人骂。那个时候的人相对单纯，对同人作品不是很认可，现在是觉得无所谓了，而且对原作是一种推广嘛。写了一半我就想，那我就写自己的东西好了，正好自己工作也闲，然后开始在网上写自己的东西。

**周志雄：**我觉得想写作的关键还是你有这方面的爱好，而且你能写。

**流浪的蛤蟆：**那个时候，市面上找不到这么多幻想类的小说，大家就是处于这种阅读的饥渴期，除了几本武侠小说外，就是外国传来的少量幻想类小说，如《魔戒》，基本没有这一类型的书可以看。

**周志雄：**网上有一个你的简介，不知道是谁写的，说“由于俺好逸恶劳，终于还是脱离了劳动人民的行列”。

**流浪的蛤蟆：**那个是我自己写的。起点有一个什么板块让作者写介绍，然后我随便写了一下，后来被转到百度上去了。

**周志雄：**后边还有一段“干脆辞职回家，吃老娘，吃GF（英文女朋友的编写），过起了游手好闲的浪荡子生活”，这都是你自己写的？

**流浪的蛤蟆：**对，也就是半开玩笑。实际上，当初我妈一定要让我去工厂，然后进工厂呆了两天，觉得这个完全没有前途嘛，你看当工人，当一辈子也是那个样子了，然后就自己出来找工作，在动画公司上班。正赶上那个动漫的冬期，就开始网上写作，一段时间之后，那时候其实动漫的行情已开始恢复了，但是觉得，写作比画幅画要轻松，就再也没有去找工作。

**周志雄：**那实际上就是，你2000年辞去工作，在家写作，这个也有一定的被动的成分，不是完全主动的，是吧？

**流浪的蛤蟆：**对，主要是因为工作不怎么赚钱。

**周志雄：**有篇文章里介绍说，你2003年10月收到第一笔稿费1290元。

**流浪的蛤蟆：**对，那是真的。起点那个时候做VIP，它一开始是让大家捐款，捐50块钱，就能拿高V。我的《天鹏纵横》是最早的VIP作品，这本书开始连载的时候，几个月时间，高V读者从300一直涨到了1600，这是起点的第一批订阅阅读的顾客。那个时候订阅是2分钱看1000字，所有的VIP读者都会跟《天鹏纵横》，那时2分钱全给作者，现在是2分钱给1分钱给作者。

**周志雄：**对，为了培育作者，网站有意这么做。

**流浪的蛤蟆：**一个月更新的话也就是几万字吧，第一个月收入拿了1290元，这个我记得很清楚，第二个月拿到了2000多点，第三个月的话是2300，我那本书连载了3个月。

**周志雄：**2005年的时候，你是起点的白金签约作家，是吧？

**流浪的蛤蟆：**那批签约作者一共是8个人，我、血红、流浪的军刀，还有碧落黄泉、周行文、开玩笑、超级肥鸭和云天空，现在只剩下4个人还在写了。

**周志雄：**现在血红还在写是吧。

**流浪的蛤蟆：**血红、周行文、流浪的军刀在写。碧落黄泉去做了编辑，剩下几个就不太好找了。

**周志雄：**你怎么看待国内的网络文学富豪榜？

**流浪的蛤蟆：**网络文学富豪榜大体是真实收入的反映，反正上下浮动不会差太多吧。

**周志雄：**我注意到2013年之前，富豪榜上作家收入都是几百万，后来好像一下子排在前面的大神的收入都翻到了1千万以上。

**流浪的蛤蟆：**就是因为去年有些版权忽然一下子爆发，主要在首轮版权上，我们以前是没有手机上的收入的，这次也是一下子爆发，以前大家网上订阅的话，最高的收入也就是一个月7万块，但是有移动方面的阅读，一个月就多了几十万。

**周志雄：** 这就是智能手机带来的效应。那你 2014 年富豪榜上的收入情况是你自己报上去吗？

**流浪的蛤蟆：** 是网站报的。

**周志雄：** 那是给你报高了还是报低了？

**流浪的蛤蟆：** 差不多吧，实际相差不大。

**周志雄：** 2014 年你参加鲁院首届网络作家高研班，在此之前你有没有参加过类似的作协的一些班？

**流浪的蛤蟆：** 以前没有。

**周志雄：** 那你觉得这个高研班对你的写作有影响吗？

**流浪的蛤蟆：** 有的，其实是很开阔眼界的，讲课的很多内容是我们平常接触不到的，给我们讲课的老师也是我们平常接触不到的。

**周志雄：** 在听课的过程中有印象比较深的内容吗？

**流浪的蛤蟆：** 老师给我们介绍我们上学时候学的散文什么的，介绍这些名家的写作心路历程，当时听了以后就觉得“哦，当时他是这么想的”，我记得有一个是关于音乐考试的。

**周志雄：** 何为的《第二次考试》？

**流浪的蛤蟆：** 对，那个老师就给我们讲，何为老师写这些东西的时候，开始是把第一次也写上的，后来说要压缩字数，压缩了差不多一半，老师还介绍了后来何为老师采用什么手法，怎么构思的，最后变成了一篇很经典的散文。当时听了确实开阔了眼界，他们的创作方式啊，想法什么的，这些东西是我们平常不会接触到的。

**周志雄：** 那这个讲座在哪一点上启发了你呢？

**流浪的蛤蟆：** 它告诉我还有另外一个世界，具体来说的话，我们不会写很短的东西，但肯定是很正面的影响。

**周志雄：** 有没有文学评论家给你们讲课？

**流浪的蛤蟆：** 有一个导演讲外国电影一类的，那个老师放映了外国先锋歌舞。当时就想，啊，还有这种文化，就是纯粹的舞蹈。这些东西都是很开阔眼界的，具体到现在有什么收获一时半会还不好说，但影响肯定是深远的。

**周志雄：** 蔡骏在起步之初学卡夫卡，写存在、孤独这样一些主题，都是中短篇，写得确实不错。后来在网上跟人家聊天，有网友建议他可以写点故事更曲折的作品，如写心理小说，那个网友好像是一个女性，蔡骏就跟人家吹，说你说的这些我可以写啊，后来就真的开始写了，写了一系列的心理悬疑小说，也成大神了，现在他的书卖得非常好。你在网上写作中也会遇到很多人，像读者，网友，各种各样的人，你觉得在这当中遇到的最大的机遇是什么，有没有改变你以前的写作路子的事件？

**流浪的蛤蟆**：这个还真没遇到过，也就是写《天鹏纵横》的时候，当时网上没有仙侠类的东西，而我是比较喜欢《西游记》的，在写这个之前我还写了一些其他的东西，但是感觉一般。别人写我也写，成绩也不见得比别人好，故事也不见得比别人好看，别人也不是特别愿意看。写《天鹏纵横》时发现大家都愿意看，才发现你不一定要跟着别人写，写自己的东西就挺好，你自己喜欢的东西一定也有人喜欢，而且你又会比较喜欢写你喜欢的东西。

**周志雄**：《西游记》你看了几遍？

**流浪的蛤蟆**：50 遍总有吧。

**周志雄**：50 遍？那第一次看是什么时候呢？

**流浪的蛤蟆**：小学三年级。

**周志雄**：你是看连环画，还是看原著？

**流浪的蛤蟆**：看原著。小学一二年级的时候，看的是那种四四方方的连环画，但是那套书好像就出了两本，所以就很难熬，我想看后边但没法看。三年级的时候，书店里有原著，我妈给我买了一套，那套书都被我翻烂了。

**周志雄**：《西游记》是有一点文言的，小学三四年级的学生看还是有一定障碍的。

**流浪的蛤蟆**：它的故事是没有障碍的，反正遇到不认识的字可以查字典，那个时候，一年肯定要看两三遍，四五遍，等到年纪稍微大一点了，一年看一遍，再就是看《三国演义》《水浒传》，反而是《红楼梦》看得少。

**周志雄**：那你喜欢《西游记》里面的什么内容呢？

**流浪的蛤蟆**：喜欢故事本身啊，那个时候基本上找不到跟《西游记》故事相近的小说，像这种古典玄幻的小说其实也没有几本。也就是《西游记》，还有《封神榜》，《封神榜》的故事性比《西游记》要差很多。

**周志雄**：《西游记》简单啊。

**流浪的蛤蟆**：其实那个时候总想，应该把《封神榜》写成像《三国演义》那样的，《三国演义》的故事就很好看。

**周志雄**：《西游记》到现在对小孩还是很有吸引力的，像暑假期间还在不断地放电视剧，而且还是以前的老版本。

**流浪的蛤蟆：**《西游记》是一个故事接一个故事的，《水浒传》也是一个故事接一个故事的。

**周志雄：**这是中国故事的一个基本特点，像羊肉串和糖葫芦，它串起来是一个整体，小单元相对完整。丁园同学提问，你在《赤城》后面列了很多支持你作品的网友的名字，那什么样的网友可以被你写到书里面去？

**流浪的蛤蟆：**那个其实是我们圈里的一个习俗，就是作者对于那些打赏的读者表示感激，那个时候我跟风感谢过一阵子，但是后来没有继续。

**周志雄：**给你打赏的最高的打了多少钱呢？

**流浪的蛤蟆：**打了几千块吧。

**周志雄：**很疯狂啊。

**流浪的蛤蟆：**打得比较多的有打了一百万的。

**周志雄：**给你打赏几千块的那个人是干什么的？

**流浪的蛤蟆：**真不知道。有些读者愿意跟作者交流，有的不交流。我知道有一个人是开药厂的。

**周志雄：**开药厂的，他有多大年纪了呢？

**流浪的蛤蟆：**跟我们岁数差不多，30 多吧。

**周志雄：**他既然打赏，那他肯定是经常在网上。

**流浪的蛤蟆：**别的书他其实也打赏，跟大部分作家都蛮熟的，这种打赏的比较讨作者的欢迎，他只要愿意的话，大部分的作者还是蛮愿意交流的，当然普通的读者的话，作者也愿意交流，比如说你经常针对小说写一些有意思的评论什么的，作者也愿意跟你交流，这个其实主要看读者愿不愿意，读者愿意的话，作者肯定是愿意交流的。

**周志雄：**读者要跟你交流，多数情况下对你的作品是要指手画脚啊，就是你写的好还是不好。

**流浪的蛤蟆：**确实会有指手画脚的读者，这种读者我们是欢迎的，这个我看得很爽，那个我看得不爽。还有些比较高能的读者，他们本身有美术功底，也有写作的功底，他们会将你书中的情节画出来，或者写一段评论，这些都是相当受欢迎的读者。

**周志雄：**你怎么看待打赏？

**流浪的蛤蟆：**对于那些已经订阅的读者，我们觉得让读者额外掏钱的话不太好吧，但是经过一段时间的运行之后，我们发现其实读者很愿意掏钱。那么既然读者愿意的话，我们作者也就没什么顾虑了，作者的表现欲望、读者的表现欲望，都得到了实现，我写的东西你用绘画表现一下，这个算是比较正面的东西吧。

**周志雄：**打赏的读者会给作者提一些意见，他会不会有一些对作品写作上的具体要求？

**流浪的蛤蟆：**这种肯定是有的，但是极少极少，那些愿意给你打赏的是喜欢你的作品的，而那些给你提出各种各样的要求的是不喜欢你的书的，他觉得你应该按照他的想法写，他觉得你写得不好，而这种读者是极少去打赏的。

**周志雄：**这个打赏好像是从2013年左右开始的，现在风气似乎淡化一些。

**流浪的蛤蟆：**是的，也就是几年的时间，现在开始稳定了一些，每个作者获得的打赏其实都是往上走的。

**周志雄：**那么你的写作是否会受到网络读者的影响呢？

**流浪的蛤蟆：**这么说吧，其实一开始的时候，我想一定不能让读者猜中结局，后来我为了不让读者猜中故事写得过于离奇了，但是我觉得这样的创作思路是不对的，所以再去写新的东西时就不会想让读者猜中的问题，这时候读者就很容易猜中我心里在想什么，然后我觉得大家会有共鸣，一起来猜想故事发展的过程。现在我不会再去追求刻意的离奇了，读者猜中了也无所谓，故事安排得好看一些，不要落入俗套就好了。

**周志雄：**魏雪慧同学提问：你的作品多充满男性荷尔蒙（打怪升级、地图寻宝、荒蛮世界），我猜想喜欢你小说的应该多为“geek”（极客）理工男，以女性的阅读偏好而言，很难被吸引。你是否想过要“笼络”一些女性读者呢？

**流浪的蛤蟆：**怎么说呢，之前有一些作品也是比较讨女读者喜欢的，比如说《蜀山》。不是说讨不讨女性欢喜，而是我的创作是按照自己喜欢的方向走，因为我的性别就是男的，我有自己创作的喜好。我日常接触的女性不多，我也不知道女性喜欢什么。而在创作《蜀山》的时候不在于主角是不是男性，而在于这个作品的架构。打个比方吧，很多女作家创作的小说的主角也是男的。

**周志雄**：潘燕同学分析说："蛤蟆的女主人公，几乎都是花瓶。蛤蟆的主人公，几乎全部都是孤独的。主人公总有一些心事，不会对任何人说。《天地战魂》女性角色不够突出，作者以纯男性的视角写小说必然导致女性角色的黯淡，小说中每个女性角色都是浮光掠影地出现，唯一让人印象深刻的是小狐狸顾九薇，但她又不是一个完全意义上的女性角色。"你怎么看这种分析？

**流浪的蛤蟆**：实话实说，主要是我从小到大接触到的女孩子不多，所以对女性角色的把握真的是一个相当大的弱点。

**周志雄**：你看苏童的小说就会发觉，他写女人之间的争风、吃醋、斗狠，各种微妙的心理，他都写得惟妙惟肖，你会感觉苏童比女人还了解女人。毕飞宇也是这样的作家，特别擅长写女性。

**流浪的蛤蟆**：比如说《推拿》什么的。

**周志雄**：《推拿》还不是代表性的写女性的作品，代表性的作品如《玉米》《玉秀》。

**流浪的蛤蟆**：像这方面我不擅长，这个没办法。

**周志雄**：这也没什么，苏童在讲座中讲到福楼拜写《包法利夫人》写得很好，但福楼拜在感情方面是非常失败的，他是一个老光棍，感情上很不顺，受了很多挫折，《包法利夫人》为什么能把女性形象写得这么好呢？福楼拜说包法利夫人就是我。那实际上是通过性别转换来表达，曹雪芹也是，他是个男的，他写得好的人物多是女性。

**流浪的蛤蟆**：这个比方说我本身也算是艺术生，但是写《赤城》的时候我有个想法就是，可以用编程的方式来写书，有些读者会觉得你是不是程序员出身啊，我当然不是啊，这只是一种创意而已。

**周志雄**：你觉得《赤城》的主要读者是什么年龄。

**流浪的蛤蟆**：我觉得应该还是20岁到30岁这个年龄段的男性吧，因为我看过百度上面的数据，跟我想的差不多。

**周志雄**：我在给学生开网络文学研究课的时候，发现大学生中真正喜欢网络文学的人其实很少，一个班上找出几个就不错了。

**流浪的蛤蟆**：我以前觉得每个人都喜欢看小说的，因为小说真的很好看，但是我发现其实看传统小说的人也没有想象中多。

**周志雄**：对。

**流浪的蛤蟆**：对吧，比方说，我上学的时候可能全班40个同学里真正喜欢看小说的只有一两个。

**周志雄**：也很正常。

**流浪的蛤蟆**：还有一个原因就是，比方说，你想去看一个传统小说，你很容易列个书单出来，因为大家每个人都看这几本。网络小说太多了，口味很杂，如果你不是很熟悉的话，你很难说要找你喜欢看的类型，你会说我不怎么喜欢看网络小说。然后我会跟你聊，我问你平时喜欢看什么样的书，我说那我可以给你推荐几本书，你看了之后说，哎，这个很好看啊。

**周志雄**：你刚才说你小说的读者大多应是 20 到 30 岁的人，这个还是让我比较吃惊的，我总觉得网络小说的读者，应是那些初、高中生。

**流浪的蛤蟆**：初中生看得很少，网络文学毕竟是要通过电脑和手机来传播的，初中生拥有自己的电脑、手机吗？

**周志雄**：对，学校、家长管制。

**流浪的蛤蟆**：高中生也受管制，因为他们毕竟要面临考大学，到了大学，就彻底撒开了。另外一个主阅读的群体就是那些上班的白领，比方说要上班，从租住的地方到公司可能坐地铁要一个小时，这个年龄段玩游戏也玩不好，那在干嘛，就是在路上看书，所以白领和大学生比较主动一些，而初中生、高中生还有小学生主要阅读的还是实体书，像唐家三少的《斗罗大陆》出成漫画书就比较受欢迎。

**周志雄**：这是一个关于网络游戏的问题。有的读者读了《蜀山》以后，觉得蛤蟆老师应该是一个非常喜欢网络游戏的作家。这是刘以心同学的提问，他说，在《蜀山》中，作者匠心独运，以游戏为铺垫，描写了玩家之间的对决，对决过程中能量也因事情的好坏成败或增或减，游戏所串连起来的玩家之间的关系具有超强的真实感，《蜀山》显示了作者高度的创意能力和想象力，作者显然谙熟游戏里的各种网络规则，因此写起来显得游刃有余，这个游戏里所串联的玩家之间的关系都有较强的真实感。他的提问是：你非常喜欢玩游戏吗？《蜀山》是你在游戏中得到的灵感吗？你对现在的孩子玩网游有什么看法？还有一个同学是陆玮玮同学，她看到读者对你的评论是，披着马甲写下剑侠类网游《蜀山》，开创了一个全新的网游流派，你觉得这个说法对吗？候欣同学说，他在阅读《鬼神无双》的过程中能感觉到这部小说与游戏中的打怪升级有很大的联系，或者说这部小说是改编游戏经典中的打怪升级最终完虐 Boss（指网络游戏中难度大、打败后奖励高且出现在剧情关键时刻的角色）的过程，如唐旋在一次又一次的组队战斗中击杀神兽获得新的命魂，又如会遇到各种 NPC（指网游中不受玩家控制的角色）似的人物给主人公提供能力帮助，提供一些基本的武器装备，这与游戏的发展情节极为相似，他想请你谈一谈对网游小说的看法。还有一个同学提问《天问》是不是一部根据网游设定的小说。

**流浪的蛤蟆：**我觉得玩游戏是一个很不错的人生体验，不管喜不喜欢都可以玩一玩，喜欢的话多玩一玩，不喜欢的话少玩一玩，只要不耽误学习和工作，就挺好的。当初写《蜀山》的时候是因为玩了《魔兽》，我相信很多人都玩过《魔兽》的，我是玩了十几级就退出来了，当时玩《魔兽》的时候就是觉得这个世界架构非常之完美，完全可以拿来写小说，只不过我把那种西方的风格变成了东方的风格，当然不可能去全盘照抄，而是加入了自己的一些想法以后做成《蜀山》的架构，它也算是玩游戏的产物，但我本人真的不是特别爱玩游戏。再有就是，《天问》那本书的确是给游戏公司做的，它是给宗室网缘公司做的一个游戏脚本，当时正好出了“非典”，整个游戏项目就停下来了，项目组跳槽之后这个游戏就再也没能做下去。像那个同学说的，《鬼神》有游戏的感觉，因为网络小说阅读的这种畅快点跟打游戏的那种畅快点是高度重合的，所以几乎所有的小说都带有游戏的那种感觉，但是很少有小说是专门为了游戏去写，或者说从游戏中弄个什么模板来写小说，但是这种小说和玩游戏给大家的那种心理感觉是高度重合的，大部分小说都会看到游戏的影子，尽管实际创作的时候可能跟游戏是没有关系的。

**周志雄：**对于网络游戏和小说之间的这种重叠，读者在阅读这样的故事的时候，其阅读价值主要体现在哪里呢？

**流浪的蛤蟆：**我觉得就是一种很简单的获取感，像打游戏的话就是能在虚拟中得到一些东西。我记得好像有个日本的游戏，制作游戏的人说游戏的特点：第一是那些宝物，第二是等级的提升，第三是在游戏中玩家的互动。写小说的话差不多也是这个样子，小说中肯定要有人物，不管是传统还是网络小说，这个都是很关键的，然后人物逐渐成长。等级这种东西算是网文中比较特有的东西，它也是一种获取的感觉，一个能力的提升，我能获取一个很特殊的东西，尽管这种获取的感觉是很虚幻的，带不到现实中来，但还是会让人比较迷恋。

**周志雄：**盛大游戏旗下的首款 3D 页游戏《仙葫》，是根据你的同名网络小说改编的，你自己玩过吗？

**流浪的蛤蟆**：没有。我把游戏版权卖出去，后期的事情就不管了，所以我不知道这个游戏做成了什么样子。

**周志雄**：你这里谈到版权的问题，实际上网络作家的版税收入是有多层次的，其中有电子版权、实体书出版版税，还有一些游戏改编的收入，那么在你的版税收入里面，这个游戏改编的收入是个什么情况？

**流浪的蛤蟆**：大概占总收入的一半左右吧。

**周志雄**：能把你的版税收入的整体构成情况详细地给我们介绍一下吗？

**流浪的蛤蟆**：大多数的网络写手包括我在内，都是网络上的订阅占主要方面，有可能比例不是那么大，但主要还是靠网上订阅以及像手机的 APP（手机软件）阅读或者一些订阅的收购。至于版权的话，现在除了个别作者像唐家三少有点例外，大家的简繁体版税都有一些，但是这一块收入不算特别的高，几乎占不到什么比例；至于游戏的比例占得会高一些，但是这个方面的收入是有就有，没有就没有。

**周志雄**：你有没有作品被影视公司买过版权或者即将被改编成影视剧的情况？

**流浪的蛤蟆**：没有。

**周志雄**：《恶魔岛》这个作品是不是被改编成漫画？

**流浪的蛤蟆**：应该没有。

**周志雄**：王兴霞同学提问，在手机 APP 上看《龙神诀》的时候，它上面出现这样的文字："作者后台权限不足，《龙神诀》章节乱得一塌糊涂，但是实在没有办法修改。"这是怎么回事呢？

**流浪的蛤蟆**：这是因为我是纵横的作者，纵横跟起点中文有个合作，也会把章节同步过去，但是那个同步的程序有问题，所以过去的章节都是乱的，但是因为我不是起点的作者，所以我没有那边的账号了，我是没有办法去修改，只能去跟那边编辑协商，但是因为是程序的问题，所以协商了几次之后还是乱的。

**周志雄**：那我们现在读《龙神决》的话只能去纵横上读了？

**流浪的蛤蟆**：嗯。

**周志雄**：纵横上有完本？

**流浪的蛤蟆**：对。

**周志雄：** 现在《龙神决》正在更新，更到什么时候能写完呢？

**流浪的蛤蟆：** 2015 年年底吧。

## 二、网络文学像是古代的评书

**周志雄：** 下面是一些宏观一点的问题。网络上说你是元老级的网络文学大神，你非常熟悉中国网络文学是怎么走过来的，请你谈一谈对网络文学的看法。

**流浪的蛤蟆：** 我觉得网络文学更像是古代的评书，是一种茶余饭后让大家娱乐的东西。至于现在很多人讨论它是不是文学，其实我觉得没有什么必要，因为网络文学肯定是这样的：绝大部分的书质量不会特别的好，只有一小部分书的质量会上去，可能经过时间的检验之后，会把它当作为文学，而大部分的作品不会被当作文学，所以整体来讨论网络文学是不是文学没什么意义。我觉得网络文学是很廉价的平民阅读方式，而且非常之方便。比方说同学们上课、课间或者坐什么公共交通工具的时候，都可以随时随地地去看一看，而其他的娱乐很难在这么短的时间内让大家产生娱乐感觉。

**周志雄：** 你说网络文学整体的质量不是特别的好，那在你的印象当中哪些人哪些作品的质量是好的？

**流浪的蛤蟆：** 基本上在百度排前几十名的都不会太差，因为读者网络阅读是一个很强大的筛选机制，质量不好的肯定会被筛选下去。再一个就是时间，比方说这本书短时间内受到很多热捧，但是一段时间后读者不会再看了，这本书质量可能不会太高，经过读者筛选又经过时间的筛选，留下来的就一定是好看的书。

**周志雄：** 能不能举几个例子来说说你觉得特别好的作品。

**流浪的蛤蟆：** 比方说《诛仙》，比方说像番茄的一些书，还有天蚕土豆的《斗破苍穹》等。

**周志雄：** 说网络小说质量不好，问题主要在哪些方面呢？

**流浪的蛤蟆：** 应该说网上写小说的这些人，本身都没有受过什么特别专业的训练，像我本身是学艺术出身的，刚上网写作的时候，我对怎么去写一本小说是完全没有概念的，当时我就是觉得自己心里有一个好玩的故事，想要分享给大家，这样的故事好看不好看不说，但是写的时候一定是很随心所欲的，写出来很粗糙的。有一些作者天生文字感觉会比较强，有一些作者的本职工作也是跟文字相关的，比如说烟雨江南，他是新华社的记者出身，他的文字感觉就比较强，像猫腻从小就是那种文青嘛，他很喜欢看，很喜欢去写，也会稍微强一些，但大多数的作者没有这方面的专业训练，写出来的东西肯定会有各种各样的弱点或者缺点。

**周志雄：**你这里讲的是作者自身的问题，那么从外在的情况来看，制约网络文学发展的因素有哪些？

**流浪的蛤蟆：**应该说网络文学是直面读者的，我们写出来读者就能看得到，那些评价性的言论，比方说这个书好不好，我们也会直接看到，所以受整个阅读环境的影响还是很大的。现在大家都在玩游戏，所以阅读口味就会往游戏方面偏，而作者们写东西的话也会往这个方面偏，就像我自己写了很多这种东西，我写出来之后觉得很有趣，但是我觉得再有趣，我也不会把它放在网上，因为我知道网上的读者口味是无法接受的。

**周志雄：**还有网站的因素，比如说起点的 VIP 模式，你怎么评价？

**流浪的蛤蟆：**起点 VIP 是 2003 年的时候推出来的，在此之前所有的网络小说都是免费给大家看的，大家也是免费写，属于一种纯粹的爱好，没有任何经济利益在内。但是那个时候网络文学已经发展几年了，大家写书的时候可能还是无忧无虑的学生，但是等写了几年之后就要面临工作的问题，所以很多人就是写了一本就不会再出现在网络世界里了，像《天魔神谭》的作者枪手，他的那本书很火，甚至上过百度搜索前几名，但是他这本书写完后就再也没有出现在网络这个世界里，那个时候起点的几个站长就觉得应该让作者有一定的收入，因为有收入的话他们才能坚持写下去，毕竟写小说不是一种玄幻的事情，然后他们就想到了那个 VIP 制度，有了这个制度之后网文确实出现了一个大爆发，很多人发现我可以靠这个东西坚持下去了，经过这么多年的检验，我觉得 VIP 制度还是很好的。

**周志雄：**这是它积极的方面，但是它是不是也有这样一个消极的方面：因为写网络小说可以卖钱，那么怎么能够卖更多的钱我就怎么写，是不是有这个问题呢？

**流浪的蛤蟆：**应该说网络文学自我净化的能力是非常强的，比如说涉黄、涉黑、涉赌这些东西，是一定会被网站自我清理下去的，当然有些擦边球是没办法的，但想要为了钱什么都去写是不可能的。像我们这样的作者开书，

第一就是问编辑："国家现在有什么政策，什么可以写，什么不可以写。"比方说我写了个小的段子，编辑直接就跟我说，"涉嫌有校园暴力。"实际上就是两个同学因为口角打了一架，但因涉嫌校园暴力就不能写。这种为了钱什么都写的作品，应该说肯定会有漏网之鱼的，比如说编辑没审核过来，但是一般不太可能。不过 VIP 制度也有一个不太好的地方，就是很多人并不喜欢网络小说，他们也不看网络小说，更不喜欢去写它，但是他们觉得我的生活很惨了，而我看到好多大神说一年收入百万什么的，我也要写，我也要发财，是一种像赌和买彩票的那种感觉，然后他们就杀进来了。

我曾经见到一个很可惜的例子，那个作者写了本书叫《沥青时代》，他是北京的应届大学生，他的女朋友对他非常非常的好，他的女朋友应该是家里条件比他好很多倍的。他也很有出息，他在大学毕业之后找到了一个公务员的工作。如果是按照正常轨迹的话，他找到了一个很好的工作，他女朋友又对他很好，他们在北京生活下去应该是非常美满的，但是他觉得他有一个文学的梦想，他要靠写小说来赚钱，他不喜欢那种迎来送往的公务员生活，但是他写的那本书我看了一眼就知道它在网络上面是无法获得利润的。我们都知道应届大学生是一个很珍贵的身份，你如果过了应届毕业生的时机，想在北京再拿到公务员这种工作是很难的。当时我就很不客气地说："你不应该去写，你至少先把工作稳定住再来写，作为一个业余爱好，两边都不耽误。"但是他这个人就认定了：我不要去工作，我就要去写。当时我跟起点的主编方士吵了起来，我说："这种人不要给他签约，签约你是在害他。"但是方士说："我也有一个文学梦。"我说："你有一个文学梦我不管。"当时跟他骂得很激烈，但是最终还是没有能够阻止这个人杀进来写网文，他扑得很惨，我不知道他以后会怎么样，我觉得他在北京这种地方，无论找什么工作都不会有公务员那么好。他的女朋友家里应该也会对他的选择不会特别支持，就算没有家里的反对，我觉得他们的实际情况也不是那么好。所以我觉得 VIP 制度对一些完全不了解这个行业，一定要杀进来捞金的人会造成不太好的影响。

**周志雄：**有这样一种说法，网文是按照章节，按照字数来收费，那你写的越长获得的收入就越多，写作者就会想方设法往作品里面"注水"，拉长作品，就出现随意编造情节的情况。

**流浪的蛤蟆：**这种情况肯定是有的，但是网文它并不是完全靠字数来赚钱，它是靠故事情节。比方说我这一章写得非常好看，有一千个读者愿意订阅。而那个作者它“注水”了，他只有十个读者订阅，就算他写得比我长，他赚的也比我少。他要写到十倍，而且可能写到十倍的时候前面那一百个订阅的读者会走掉很多，所以因为赚钱把情节拉得很长，加了很多不好看的东西，这种情况肯定是有的，但是成绩越好的作者会越介意这种创作手法，因为它损失的其实更多，读者不爱看了，不去订阅这本书了，他们损失的会更多一些。

**周志雄：**作为一个有15年写作经历的网络作家，请你谈一谈我们中国网络文学发展的脉络。

**流浪的蛤蟆：**中国网络文学一开始出现了像痞子蔡那样的作者，但是大家现在默认的网络文学还不是那一批人的类型。最初是在一些论坛，大家做的一些很私人的论坛，一些小网站，我有印象的当时还是奔腾MX133（一种早期计算机硬件）的那个时代，才开始兴起像我们大家说的这种网络文学。一开始大家都不觉得自己写的是网络文学，因为那个时候没有网络这个概念，都觉得自己是幻想类文学，还出了一些以幻想类为卖点的杂志，类似《飞奇幻》《幻想世界》之类的，这些杂志后来都夭折了，但是那个时候网上网下没有什么隔阂，大家都觉得自己写的是幻想类的题材。那个时候几乎所有的这种幻想类的题材实体出版权都夭折掉了，所以变成了基本都在网上发，就渐渐地被大家称作网络文学。网络文学最初起源于西陆，还有一些我已经不太记得的网站，后来出现在一些BBS（论坛）上面，像现在的起点、龙空，还有最老的幻剑，都是在西陆这种论坛上，这种自己就很容易申请的论坛。然后几个论坛合并，找一些懂技术的网友大家坐在一起自己做一个网站，当时做个人网站也比较容易，起点、幻剑都是这么出来的。最早是三大网站：龙空、幻剑、起点，还有像天鹰、爬爬这样的私人网站。

一直到2003年起点开始做网络VIP。其他网站对此反应不一样，龙空认为网上收费是没有前途的，它盯的是实体出版，但是后来它出版的书也基本都夭折了，幻剑和天鹰就跟着起点走，但是幻剑有一种天生的文青底气，它收书卡得非常严，一些比较有争议的书，它会直接从书库里删掉，导致它损失了很多人气，渐渐地被淘汰掉了。其他的一些网站，被政府视为有违规的地方，有一些网站没撑过这个，最后变成了起点一枝独秀，自从有了VIP以后，起点就一直领导着网络文学，后来起点分裂，一部分出走到了17K（小说网站名），再后来又出现了纵横这样的网站，主要还是手机阅读开始兴起之后，其他的网站在 PC（电脑）端都没有办法跟起点叫板，甚至连起点的创始人也去了腾讯，他们制作的创世也没法跟起点在 PC 端叫板。我觉得从 2003 年到 2006 年网络文学不能叫作一个行业，因为只有这么一个网站，一直到智能手机兴起了，各种网站像雨后春笋一样出现，勉强可以叫作一个行业了，因为它不再是只有一个网站，而是有很多网站。

最早的网络文学的题材基本上都是西方的奇幻，比如说仿《龙枪》啊，游戏啊，网络小说那时候 90% 以上的题材都是 ×× 大陆，然后是一个主角开始争霸天下，那种争霸天下的题材很流行。差不多到了 2003 年，萧鼎写了《诛仙》，萧潜写了《飘渺之旅》，才开始有仙侠题材。等到 2004 年左右撒冷写了一本叫《YY 之王》的作品，都市小说开始流行了。在那之前，大家都是写幻想类小说。差不多是在 2004、2005 年，有一批历史功底比较好的作者，开始写历史类的题材。一直到现在，历史都是一个比较大的类别。再到了 2007、2008 年前后，又开始出现了官场小说，网络小说的题材和网站都是在不断变化的。

**周志雄：**大约在 2010 年到 2012 年的这个期间，在起点上出走到纵横的，有你，还有梦入神机、烽火戏诸侯、乱世狂刀这些大神、这个应该可以称之为一个事件，你怎么看这个事件？

**流浪的蛤蟆：**我觉得这个主要还是跟盛大全版全运营的政策有关，盛大的经营理念是陈天桥所说的他想做“网络迪斯尼”吧，但是他的全版权运作是这样子的：我记得有个很好玩的典故，就是说我有两个盘子，比方说都是宋窑的，世上就存在这两个，每个都能卖 50 万，我现在把其中一个砸掉，剩下这一个就不是 50 万，也不是 100 来万，而是可以卖到 500 多万，因为世界上就只有这一个。盛大的全版权运作的思路也是这样的，现在有 100 个网络作家，每个人的游戏版权都可以卖掉，比如说——那个时候比较便宜，就是十几万，但是我把这 100 个网络作家弄死 90 个，剩下 10 个，我就可以卖高价。他这种做法对企业来说，思路是完全正确的，没有人会说企业的这个思路是错误的，但是被弄死的那 90 个作者就受不了了。当时的作者走掉就是因为这种全版运营的思路。我们把版权交给盛大，盛大是不需要掏一分钱的，然后盛大不会把它卖掉，而是把它放在那里，我们就没有任何收入。

**周志雄：**我们知道有一些网络作家，他的书除了在网上阅读之外，实体书出得很多，可是我在网上搜你的实体书，也就有限的几本，是不是也和网站这个全版权运营有关，是不是你的书的出版权被网站掌控了？

**流浪的蛤蟆：**前一段时间在北京跟长江文艺出版社的负责儿童图书出版的副社长吃饭，他跟我说："我觉得你的书很适合我们出版社，但是盛大从来不给我推荐你的书。"这个全版权运营确实是让作者很反感的一件事情。所以作者们，跟17k走了一批，跟着纵横又走了一批，再后来像创世分裂之类的都跟全版权运营有关。

**周志雄：**那现在的创世或纵横就不全版权运营吗？

**流浪的蛤蟆：**准确地说，这个全版权运营企业是一定要做的，因为这个对它来说利益是最大的，但是具体执行上，现在已经都明白无法完全执行了，都会给出一定的让步。

**周志雄：**这个让步主要有些什么措施？

**流浪的蛤蟆：**比方说纵横的话，纵横是一样一样谈，这个版权是给我还是你留下；创世的做法是版权我是一定要的，但是利益我们可以一人一半，五五分。

**周志雄：**你刚才谈到的，网络上热卖的早期出现的都是幻想类的作品，确实我也注意到现在的网络作家富豪榜上那些排在榜首的，基本上也都是写幻想类的作品。在你来山师之前，我临时想了个你讲座的题目《网络文学的想象力和阅读价值》，我想请你谈谈这个问题。

**流浪的蛤蟆：**我是比较喜欢设定一个比较庞大的世界，然后设定一些各种各样的武器、武功，我也觉得自己是很有想象力的，但是写过一段时间之后，我觉得这种想象力对小说的创作来说是一个锦上添花的东西，如果你的小说本身不好看，这些东西看起来只会让你被读者厌烦，而不会让人觉得愉悦。怎么说呢，网络小说毕竟也是小说，我觉得它归根结底还是靠故事写得好看，人物写得丰满，而幻想是网络文学跟传统文学分开的这么一个标志性的东西，就比方说在网络小说出现之前我们想找些那种幻想类小说吧，很难找得到，像古典名著里也只有《西游记》算得上是幻想类小说。那时候我们国家的科幻小说全部禁没了，至于奇幻类小说只能看外国进来的有限几本，所以，没有幻想类这种题材就没有网络小说，但是很沉迷于这种奇幻式的想象，而不去想把小说写好，网络文学的路也会很窄很窄。

**周志雄：**这种幻想类的作品，它的阅读价值体现在哪些方面呢？

**流浪的蛤蟆：**应该说我们每个人都会有一些这种幻想，刚开始的时候，网络小说会被人们称为“YY”小说，就是意淫，比方说我没有钱，可能大部分人都会去幻想我买个彩票中个五百万，虽然我们不可能真的是随便买买就能中大奖，但是我想象我能中的这种过程里，就会感觉到心里很愉悦。再比方说我们某个男同学喜欢上某个女同学，他可能没有追上，但是他在心里想追上了这个女同学，她今天会答应跟他一起吃饭，这个过程他就会感觉心情好一些。而我们的传统文学就是不让大家高兴，比方说毕飞宇老师给我们讲过两次课，一次是起点做的一个培训班，一次是鲁院做的一个培训班，他说他的《推拿》里充斥着社会上一些无奈的东西。所以才会出现像网络小说这种完全反其道而行的，就是为了让大家心情愉悦的故事。其阅读价值可能就是我们在学习中很累的时候，我们有一个短暂的放松，类似于那种精神上的避风港。

**周志雄：**恩，这个问题你已经讲得很透彻了。我念几个同学在阅读你的作品时的阅读体验，也代替你补充一下刚才这个问题。你的小说《天问》中有这样的一段：“一个男孩子很可能努力了好几年，也无法获得一个女孩子的芳心，但是却在某一瞬间让对方感动，这并不是水到渠成，量变到质变的关系，因为爱与不爱从来都只有一瞬间的间隔，不管你是认识了多少年还是只熟识了不过一时，也不管你对她有多么深的眷恋，又或者辛辛苦苦追了多少年，决定爱与不爱其实只有那么一刹那，如果这一瞬间没有来到，你之前的所有努力，所有的时间统统都只是镜花水月，不能在女孩子心目中留下半点痕迹。”有个同学读了这一段的时候特别感动，这一段显然是打中了他心里某个柔软的部分。

李婷婷从《天问》里读出了正能量，《天问》里有这么一段：“这么小年纪的女孩子都知道努力，相比之下，那些在心辰殿高谈阔论的家伙们，真的可以死去了，我也要努力一些……”她分析说，这个小说中，无论正邪都是通过自己的努力来追求更高的境界，懒惰与投机取巧是被看不起的，例如武三一开始就是靠着自己的小聪明投机取巧和靠哥哥生活，不肯踏实奋斗，老想偷懒，后来现实教育了他，让他懂得了努力，他学会了努力，这就传达出很好的价值观，努力才能成功。徐业奇同学在读《母皇》《天问》时，他读出了作品对现实的讽刺，对人性的思考。还有同学从你的作品里摘出了好多警句，如：“只要能有捷径可走，就不必非要去绕远路，最终只要达到目的地便算是成功，一路上多一些或者是少一些什么风景，都是不重要的。”“学生阶段最根本的不是去学习那些枯燥的知识，而是掌握一种行之有效、最有效率的学习方法。”他们在读到这些句子时会停顿、思考。

接下来的一个问题是网络大神和普通作者的差距体现在哪些方面呢？

**流浪的蛤蟆：**我觉得网络作者写作能力虽然有高有低，但差不多都在同一个层次上，除了特别差和特别好的，大家主要的差别就在于观念，这个我觉得更像那种人跟人之间交朋友的感觉，很多人因为他的性格很好，所以他的朋友就很多，很多人性格比较怪异，他的朋友就会很少。而写小说也是这种感觉，他写的东西其实未必文字有多好，也未必故事有多好，因为网文还是有一些套路的，但是他写的东西很符合读者心中预期的那个故事，他的读者就会多一些，而有一些作者他们写作的时候方向是错误的，他觉得我写这个东西读者会爱看，他就拼命去写，他越拼命读者越不爱看，我记得那时候有一个很典型的例子，我已经忘了那个作者的名字，他写的小说叫《永不放弃之混在黑社会》，当时在网上有很多批评，说请作者不要写这样的东西，作者说我这样写是为了让读者爱看，我相信读者爱看，那个时候网文还在免费期，他认为自己的小说是写黑社会的，在台湾会很有市场，但是实际上我觉得正常人都会讨厌黑社会的，所以他那本书扑得极惨极惨。台湾那边的出版社看到这个书的时候说，他有黑社会，又有打架，又有毒品，我们不可能会出这样的书，给他否决了，但他很坚定地认为，我写这种黑社会，应该能让大家很爽，又能欺负人，又能去卖毒品，而且其中还涉及一些强奸之类的事，这就是他走了一个错误的方向，他在这个方面越坚持，读者越不会买账。我看了他的故事，觉得他的故事是比较精彩的，文字也相当不错，但是他表达出来那种观点我觉得大家是很难接受的，作者跟作者之间，尤其是在网络上面，写作能力差别不是很大，主要差别就是在这种观念上，我们要写一个自己喜欢，读者也喜欢的故事，有些人就是他并不喜欢这个故事，他就觉得他能赚钱，但是如果读者喜欢也无所谓，但有些人的故事自己喜欢，但是读者不喜欢，他的成绩就会很差，主要还是接不接地气吧。

**周志雄：**这是赵溪熹同学的问题：为什么唐家三少的小说比你的小说卖得好？

**同学们：**哈哈哈哈。

**流浪的蛤蟆：**这个就是我刚才说的我在很多地方不接地气，三少是很明确地写一个大家爱看的故事，我是很明确地要写一个我自己喜欢的故事，读者喜不喜欢我不管，我那个时候有一种很取巧的想法，我可以写一本大家喜欢的故事，成绩也不差，然后剩下的几本我可以都写自己喜欢的故事，我不需要去管读者，反正差就差呗，然后等到成绩差到不能再差的时候，我再写一本大家喜欢的故事，然后这个名气就可以让我再撑两本只写自己喜欢的故事。

**周志雄：**你是一个有追求的作者，更希望写自己想写的作品而不是写读者喜欢看的作品。

**流浪的蛤蟆：**是的，我一直觉得读者喜欢和我自己喜欢是一张纸的正反两面，只有一面是走不下去的。

**周志雄：**这是陆玮玮同学的提问，她说："现在越来越多的人很少去看主流文学，也有越来越多的人认为，主流文学圈就是一群老头子互相吹捧，今年，你颁奖给我，明年，我颁奖给你，论资排辈。而四大名著都来自民间，很多文学作品都来自手抄本，来自说书的，你认为将来的世界网络文学会逐渐将主流文学淘汰吗?"

**流浪的蛤蟆：**我觉得未来的事情，谁也说不准，毕竟我们没有人是上帝，能看到未来。我觉得创作的方式一定是越来越往网络贴近的，毕竟用电脑打字比用手写要方便得多，而且，电脑的普及是从根源上，从年轻一代一代往上普及的，你要说，现在20多岁的年轻人，完全不会电脑，不会打字，这是没法想象的，这种科技的淘汰是肯定会有的，至于创作的方向是什么样的，我认为是谁也说不好。

**周志雄：**我在贴吧上读到这样的一段文字："为什么大神只要去了纵横，都变得那样呢？神机（梦入神机）是这样，流浪（流浪的蛤蟆）是这样，纵横简直是白痴文的发源地，终究只有起点才是少林寺啊。流浪的新书不如从前也是正常的，萧鼎、萧潜、说不得大师都在出新书，《缥缈之旅》《诛仙》《佣兵天下》哪个不是大名鼎鼎，开创一类先河，但是他们的新书也就是寥寥了。相对于一般读者，尤其是没读过几年书、初中没毕业的还是能看进去，但是相对于以前的水准或者是给人的震撼是远远不如了，退步得非常厉害，不只是作者的原因，也是读者的原因。"对于这一段议论，你怎么看？

**流浪的蛤蟆：**它基本上说的也算是现实。纵横的话有一个问题，就是平台比较小，它是有天花板的，所以读者会相对少一些，而他说的大家的创作水准是在往下降，有两种原因吧，其实我觉得起点呢，应该也差不多就是那样子。一种呢，读者的口味是不断在提升的，而作者的创作水平是追不上读者口味提升的，今天我看网络小说，明天我就可以看世界名著，而我们是不可能今天写网络小说，明天去写一本世界名著的，它是肯定追不上的。第二，我现在觉得整个网络小说写作还是陷入了一些瓶颈的，它需要一些东西来打破它，其实起点的小说，纵横的小说我都在看，就这些年来的小说来看，我觉得起点跟纵横差不多，都是处于相对的平淡期，而之所以读者会有这种感觉，觉得起点好一些，纵横差一点，是因为现在的小说由原来的读者支撑变成了由粉丝来支持，粉丝是只要屁股坐得住就 OK 了。就像我的小说也有很多读者喜欢，他们会拼命地夸奖，但是这种夸奖你看了心里偷着高兴可以，但如果你真的高兴了，觉得自己真的写得这么好，那就完蛋了。

**周志雄**：在你的《天地战魂》的后记里面，你写了这样一段话："我的第六本书是《蜀山》，当时《时空妖灵》扑得一塌糊涂，我非常怀疑自己的写作能力，我披上了马甲，拒绝了三次不明真相的编辑签约，拒绝了知道真相的编辑推荐，没有跟任何作者提起这本书，没有要一个广告，靠无推荐、无广告、无速度，2K 党（指每次更新 2000 字的作者）冲上了点推双榜。"当时你已经很有名气了，但是突然披上一个马甲，换一个别人不知道的名字，连载《蜀山》，结果《蜀山》一样冲到了榜上，这是非常了不起的行为，你当时为什么会有勇气这么做？

**流浪的蛤蟆**：当时是真的怀疑自己有没有创作的能力，因为，我毕竟不是专业写小说的，也没有学过文学，虽然看过一些书，但是对自己写的东西，没有那么自信。一开始成绩好的时候，读者说"啊，你写得真好"，创作起来是没有心理压力的，当写的东西不是那么好的时候，读者反馈回来，自己这种反思是难以避免的，当时我就想，如果我继续往下写的话，肯定是有收入的，但是我也不敢保证这个成绩会是什么样子，那时候很惶恐，很惶恐的结果就是我披了马甲去写了很多东西，不光是《蜀山》，但是最终只有《蜀山》出来了，因为那个时候我也差不多验证出来，我能写好看的小说，但不知道写的哪一本小说读者会喜欢。

**周志雄**：这也算是积极的尝试。前面说的"一支笔拯救起点"有个题为《颠覆从起点开始》的新闻报道：2003 年 10 月的转签风波可以说是起点建站以来最严重的一次危机。在起点的 VIP 之路陷入绝境的时候，刚到起点的网络作家"流浪的蛤蟆"挽救了起点，其新推出的《天鹏纵横》的热卖，为起点带来了大批会员，终于挺过了难关。其间，VIP 章节的提前泄漏，一度导致起点十分被动，好在“流浪的蛤蟆”迅速修改了剧情，同时发布与泄漏章节不同的版本，及时消除了不利影响。请你谈谈当时情况。

**流浪的蛤蟆：**当时起点拉了三四十本书，要做第一批 VIP 阅读，这时候有个起点的资深编辑，他比较活跃，很多作者都是他拉过去的，但他跟起点闹分裂，跳到了天下书盟，天下书盟本身是做实体出版，就是做书商盗版书，他出 5000 块钱一本，把这些书的大部分作者拉过去，起点只剩下两三本书，可以想象那个时候的起点可能真的支撑不下去了。《天鹏纵横》出来之前没人尝试微支付，起点首先提出微支付，在这之前没有国家用几分几毛钱去买东西，总有人说中国人不懂创新，其实好多创新是没有人在乎的，就说这个微支付，苹果公司也参考过微支付，苹果公司特意跑到盛大去学习过。当时起点两个站长都说继续写吧，估计一个月能拿二三十块钱，请女孩子吃饭没问题，当时预期就是那么低，结果《天鹏纵横》上线时 300 多会员都订阅，第二个月开始收费觉得读者肯定会锐减，结果订阅用户到了 1600，读者是愿意为想看的小说付钱的。接下来是血红的书，他的书很快就破万了，大家发现这个制度可以进行下去了。《天鹏纵横》更新的时候为起点撑了两三个月，第二批 VIP 作品上线才缓解。这算是一批朋友在吹捧，也不算什么拯救起点。

**周志雄：**我在你微博上读过这样一段话：我指点作家成绩最好的时候，起点的月票总榜前 50 有 7 本书和我有关，你都指点过谁？

**流浪的蛤蟆：**这个就不说了。

**周志雄：**这是历山学院徐业奇同学的提问，《天问》中有这样一段话：“今天起开通一项业务，凡是有喜欢的女生却不好意思告白的宅男，可以留下女朋友的名字，我可以代人求爱，你们尽量向女孩子推荐我的书吧。”作家与读者的互动有趣而幽默，一下子拉近了距离，请问：你经常与读者互动，你怎么看待你的读者，有没有与读者的小故事可以分享？

**流浪的蛤蟆：**我是比较懒惰的人，别说读者，跟作者也很少接触，所以跟读者还真没有小故事可以说。我刚写小说时，是写着玩的，还没想赚钱，有个读者叫金哥，他在网上主动加我，之后说我觉得你写得很好，我介绍你认识其他作者吧，他是很老的读者，跟其他作者熟，他帮我介绍了老作者魏岳和 × ×，他们加了我 QQ 后，问我你的小说出版了吗，我说没有，他们就帮我出版了，我的前两部小说就是这样出版的。

**周志雄**：2008 年有个事件，30 个省作协主席、副主席，在网上搞擂台赛，想验证传统作家的作品放到网上有什么效应，结果效应很差，网友们戏称：30 个省的作协主席、副主席不敌一个郭敬明。我在你的博客上读到一段对这件事的评述文字："我们这一代无法从主流文学中看到平时感兴趣的那些事儿，无法看到周围这个现实的痕迹，如果，这次擂台赛，能够让这些主流文学工作者，从象牙塔到田间房头来，知道人们需要什么样子的文字、什么样子的文学，我相信，不管经济、商业利益如何，在文学上就是成功的。"这涉及一个问题，网络文学是不是也有和现实脱节的问题呢？

**流浪的蛤蟆**：当时作者们很热闹，大家肯定知道老作家很难获得好成绩，但是有些老作家的书成绩很好，当时我跟一个叫撒冷（付强）的人讨论这件事，他说，你到一个情色的论坛去跟人讨论世界名著，肯定一堆人骂你是傻逼，你要到一个正经的文学论坛跟人讨论小黄文人家一定骂你是流氓，而当时起点从幻想小说起家，已经形成了这种风格，这些老作家的书并不是不适合网络而是不适合起点。打个比方说，好多女同学应该都看过张嘉佳的小说，张嘉佳的小说在起点、纵横这些网站上是不受欢迎的。有一回他给我说他也想去起点发稿，结果我把所有编辑问了一圈，没有人愿意要他的书，但是你看他在新浪微博上连载《从你的全世界路过》，很多人阅读。但是反过来，在新浪微博那种地方，也有很多网络作者在那里更新说："大家来看，我的小说更新了。"但是，转发的量很少。这个不是说那些老作家的书不适合网络，而是没有一个适合他们的平台。至于网络跟现实脱节的问题，很明显就是我们这些网络上写的小说，拿出去在一些主流的媒体平台上，是没有那么多的读者的。就像我自己也原创一些段子，自己觉得还可以，但我发现我拼不过那些微博上的段子手。

## 三、我可以写一本《一千零一夜》

**周志雄**：我在《青年博览》上读到一篇文章，题目是《网络写手的非一般生活》，里面有一段是描述你的："自由大路附近有一间位于五楼的民房，那是王超的工作室。他的生活规律得有些悠闲：每天两到三小时在电脑前敲字，两到三小时陪妻子逛街，两到三小时监督大女儿写作业，两到三小时哄小女儿玩耍。"这个描述就是你的实际生活吗？除了这些以外，你的日常生活中还有没有其他的爱好？

**流浪的蛤蟆：**我是一个在个人方面很没有趣、很枯燥的人，基本上没有任何爱好，不抽烟、不喝酒、不玩游戏，除了看小说之外，偶尔看看电影，动漫的话，学生时代很喜欢，但是随着年龄的增长也不看了，就属于宅在家什么都不想干的。所以，我写小说是有规律的工作，每天一两个小时足够了，剩下的时间你愿意干什么都行，虽然我没有像说的那样，两个小时两个小时干什么，但生活差不多也就是那个样子。

**周志雄：**我看你的微博上有很多忧国忧民的事情，比如说这一条："长春今天极热，出门买东西，打车一路上只看到协警很辛苦地冒着酷暑，总觉得执法部门弄一堆临时工怎么都不对劲，干嘛不给编制啊。"我看到这条微博的时候我觉得你很忧国忧民啊。

**流浪的蛤蟆：**这不是说忧国忧民，我觉得每个人都会对社会有这种反馈，我们遇到这样的事，我希望社会应该是这样的不是那样的。

**周志雄：**那你平时看报纸吗？经常上网看新闻吗？

**流浪的蛤蟆：**准确地说，我上微博不是为了发表观点，我想知道这帮网民们究竟是怎么想的。我有时候会发一些东西，有一堆人在骂；有时候发一些东西，有人在夸。但是我真的很难分清这个言论为什么被骂，为什么被夸。我知道，这个是被骂的，那个是被夸的，但是为什么我不是很搞得懂。所以我会偶尔发一些这种东西，尽量在三观不太偏的状态下看一看网友是怎么反映的，因为网友的反映比读者的反映更直接。

**周志雄：**在《赤城》中有这样一段话："这还是白胜当年做驴友的习惯，身边必备饮水，至于其余的讲究，那是因为他有了法宝囊这样能携带甚多东西的宝贝，在穿越到了阎浮提世界后新近养成。出门旅游的人，不管是背包客，还是自驾游，多半都要准备食物饮水，还有各种东西，只有那些只乘坐飞机火车，去人来人往的景点随大流的人，才不会准备这些，但那些人也看不到真正的好景色，只能看一些庸俗和铜臭堆垒成的浮躁和喧嚣。"有个同学摘抄了这一段，他想问，有这样一种人，他旅游的时候专找那种别人没去过的地方，然后回来就跟人吹，觉得这才叫旅游，你平常出去旅游的话你是喜欢到哪里去玩？

**流浪的蛤蟆：**我肯定挑一些大城市，一些方便的地方，爬山的话是有缆车我就上，没缆车我就不上。

**周志雄**：在访谈高楼大厦的时候，他说他在读中专的时候把从租书店里能借到的书全部都看了。我觉得在十几岁的时候喜欢看武侠小说，为日后写作打下了基础。

**流浪的蛤蟆**：我觉得写得好的吧，大多数都是看这些传统的作品。

**周志雄**：你也是从小就爱看这些通俗小说吗？

**流浪的蛤蟆**：咱们都喜欢看这些小说的，网文写得好的，找不到一个不喜欢这些的。

**周志雄**：我们生活的年代差不多，就那时候我们班上有人看金庸、琼瑶的书，还有人写。我们班上有个男生数学成绩特别好，他甚至上课的时候都看，他是到租书店里去借书。他的书被老师收缴，收缴之后就批啊，我那时候是被老师表扬惯了的那种学生，老师一批金庸，我就不看了，我那时候就没读这些作品。我接触金庸是从电视剧开始的。

**流浪的蛤蟆**：我觉得网络写手大多都是偏爱文史一些，所以才会有后来历史题材小说的兴起，像月关啊、奥斯卡他们都是写这类题材，我看过奥斯卡家里，他有一个像半间屋子大的床，完全是书摞起来的。

**周志雄**：他都有些什么书呢？

**流浪的蛤蟆**：里面我是没办法看，外面都是文史类的书，有一套古代地图册。他自己说他的书都是历史类的，他几乎没有多少小说类的书。

**周志雄**：你家的书多吗？

**流浪的蛤蟆**：大概有个几千册吧。

**周志雄**：主要也是文史方面的？

**流浪的蛤蟆**：呃，我的书有一半是美术类的。

**周志雄**：美术是你的专业啊。

**流浪的蛤蟆**：有一部分是漫画，美术鉴赏类的有五分之一到三分之一的样子，然后是漫画，漫画应该有几百本，剩下的是小说，再剩下的就是杂七杂八的书，属于猎奇类的，就是这本书没听说过，后来听别人说，就要去买来看看。

**周志雄**：漫画都是哪些？

**流浪的蛤蟆**：主要是那些主流的漫画，什么七龙珠啊、圣斗士啊这些。

**周志雄**：下面这个问题是很多同学都提到的，在读你的作品的时候他们都发现你对金庸是非常推崇的，作品很明显受到金庸的影响。我读到你写的文章里面有这样一段话，你说《四海》就在金庸等武侠小说前辈所开辟的道路上，这个工作（开拓创造的工作）要留待其他更天才的武侠小说作者来完成，或者等我的下一个武侠故事吧。有同学读到《天地战魂》中亢玲玉的经历和《倚天屠龙记》是非常类似的。还有你的博客上有我觉得非常好玩的一段："金庸的小说发在起点上会如何？这是一个常被人提起的问题，偶然和一个朋友聊天，发现金庸的小说改改名字还是很符合起点的：《鹿鼎记》——七个老婆爱上我；《笑傲江湖》——和淫贼做朋友，征服尼姑庵；《神雕侠侣》——美女师傅爱上我，娶个师傅做老婆；《天龙八部》——三个妹妹爱上我，小和尚艳遇记，契丹猛男的女仆攻略。"这是你调侃金庸，我觉得这一段写得非常好玩。李晓萌同学的提问是："《乔峰大兄》与金庸的《天龙八部》之间有千丝万缕的联系，你怎么看待自己小说与金庸小说的联系？"综上，你如何评价金庸的作品，你平时的阅读情况是什么样的？

**流浪的蛤蟆**：金庸是开启了武侠新世纪的人。金庸之前和之后的人只有金庸取得的成就最大，他的故事，抛开武侠这个外皮，也是很好看的。只不过他和那个题材结合在一起，就成了一代宗师。我在网上发过那个《葵花大师兄》《乔峰大兄》其实不是为了在网上写，而是看了金庸的小说之后模仿金庸的练笔之作。写《葵花大师兄》时，央视也在放《笑傲江湖》，我跟另外几个腐女作者聊天，当时想到一个很好玩的桥段是，令狐冲和林平之在一起做官方 CP（配对），然后岳灵珊去找林平之的时候林平之跟她说，就是他，让你吃醋，但是林平之就跟她说你不要吃醋啦，你去打个酱油吧，就是因为这么个梗才去写这个作品。它本来就是一个练笔的作品，写完之后自己好玩，而且可以提升一下自己写故事的能力。我平时看书的话，基本上是能找到的所有的小说都会去看，包括各种名著呀，言情小说呀，我看书的时候，是没有网络小说那种东西的，而我们能找到的小说也很多。

**周志雄**：那么你比较喜欢的，我一提你就会反应出来的是哪些书、哪些作者啊？

**流浪的蛤蟆**：肯定是四大文学名著，《蜀山剑侠传》《三保太监下西洋》，还有一些偏神话类的，外国的我比较喜欢像马克·吐温这一类的，再就是有一个跟《魔戒》同名的、差不多齐名的叫什么三部曲来着，它有第一部，拍了电影，就是武装熊的故事，那一个我也蛮喜欢，什么《魔法小刀》，还有什么《黑暗物质三部曲》，类似于这样的。

**周志雄：**这是陆玮玮同学的问题，她问你对国外一些富有新活力的文学形态了解吗？比如说日本的轻小说、西方的奇幻和西方的一些网络文学？

**流浪的蛤蟆：**我觉得西方奇幻其实不算是新的题材吧，好像很久以前就有这样的题材，它们跟中国的小说其实没有本质的区别，区别就在于我们的国情不一样，我们的文化传承不一样，所以最后出来的小说内容形态不一样，但本质都是那种幻想类，包含了每个国家的人的社会思维，比如说西方比较重视人文的思考，中国还是相信白手起家这种概念。

**周志雄：**有这样一个问题，温古金梁黄，这几大通俗小说大师，对我们现在写网络小说，既是可借鉴的资源，同时又是一种影响的焦虑，在文学上有一个这样的命题，就是如何超越前人的问题。我有一次看到沧月有一篇谈创作的文章里面说，如果从个人的学养、修养、功力上想超过金庸，她觉得在她这个年纪是无法做到的，但是她说我有百度，有谷歌，我不懂，我就在网上搜，她说这是金庸比不了我的，当然这只是一种说法。我的问题是，如何去超越这些通俗文学大师，你有没有一些思考？

**流浪的蛤蟆：**我觉得一些大师是无法超越的，就比方说金庸的创作功底，大家是没法超越的，但是有些东西很容易就超越过去，比如说像题材，金庸只会去写武侠，像金、古、温、梁、黄，他们只会去写武侠，他们的思想已经固化了，他们不会再去写新的东西了，而像一些网络小说很容易就在题材这方面超越过去，但是你要说创作故事，这些根本的东西，是要看个人的天分，而不是看整个其他的，也许在整个网络文学领域从来没有出现比肩金庸的人，这是完全没有办法的。

**周志雄：**这是魏雪慧同学的提问，她说，在《魔导武装》的第九回“李克李的传家宝”中，你似乎对“炼金术”了解颇深（如“钢铁岩石”“高纯能量水晶”）。这些是你想象的，还是你细心查阅过资料的结果呢？还有一个相关的问题，是张国宁同学的提问，她说，《大猿王》中所描写的各种兵器、各种异兽，作者是怎么发挥他无尽的想象力想到了那么多不同的称呼为它们命名？是对古代的兵器有过研究吗？

**流浪的蛤蟆：**写幻想小说肯定是要找些资料的，比方说，写小说，很多作者都会遇到怎么给书里的角色起一个大家都喜欢的名字的问题，我曾经也很困惑，怎么会有这么多好听的名字呢，有一天我忽然明白了，当时网上突然有一个征集钓鱼岛保护的网络签名，我就跑过去看，看了一会儿我想，我干嘛自己去想，每个孩子的父母给他起名字的时候，都是殚精竭虑的，起得很精彩，当时我收集了几千个名字，我就想了，我不用再收集了，这个东西唾手可得。像一些兵器啊、功法啊这些东西，我试了一下，网上有很多像道藏、佛藏的东西，你随便在网上找，满地都是的，完全不用去想。

**周志雄：**这跟蔡骏写小说是一样的，蔡骏每写一部小说，他泡图书馆，大量地搜集资料，然后通过语言转化写进小说。他的悬疑小说是知识悬疑，你从他的小说里可以读到很多知识，这个知识经过他的提炼，也很吸引读者。接下来的一个问题是，我在你的微博上读到这样一段话，你说："忽然发现已写过的小说超过20部了，不知道有生之年能不能超过100部小说？"你未来有什么样的写作计划？

**流浪的蛤蟆：**写作没有一以贯之的计划，平常写东西也都是有一个想法记录下来，再有其他的想法也添加进去，写了很多开头，就是我们说的挖坑嘛，有各种各样的想法，不适合现有的就再开一个新的开头，如果适合就再往里边添，这样的话，只要有一段时间积累，手里一定会有一堆可以写的故事，至于哪一本小说会拿出来写，这个是完全不确定的事情。我曾经有一个这样的想法，我小时候看过一个童话故事叫《365夜》，我曾经很想每个开头，开一本小说，一个开头更新一章，我要凑足365夜，写了多年之后，我发现我可以写一本《一千零一夜》。

**周志雄：**赵溪熹提问：有很多早期在网上写作的人，现在早就被淘汰了，为什么你还能坚持到现在？

**流浪的蛤蟆：**我觉得这是一个很实际的问题，我写的第一个小说是类似于同人的，被干掉了嘛，当时网上口诛笔伐，同人这种东西，当时是没有的，没写多久，我第二本小说就出版了，第三本小说《天鹏纵横》也接着出版，《天鹏纵横》还是起点的第一批VIP小说，所以我刚写小说就赚到了钱，这是一个很实际的东西，因为我赚到了钱，所以可以支撑我往下写。第二点就是，我真的觉得，写网络小说实在太好玩了。有一段时间，我觉得不想写了，我要去找个工作，我跑到南京找了一个编辑的工作，上班时就是自己在那儿打字，我的同事，坐在对面的一个人说，你一定写了一个很好玩的情节，因为我看到你整个人都在眉飞色舞，我说，是的。我当时写东西确实心里很高兴，写作很好玩，很愉悦，它不但能愉悦读者，也能愉悦自己。反正能坚持下来，主要就是因为这两点吧。

**周志雄：** 有一次，我在北京参加一个网络文学的活动，那次有沧月、蔡骏、南派三叔，还有一些年轻的刚刚入行的作者，我跟他们交流时，在下面坐着的年轻的作者指着台上的作者说，他们都是前辈。其实沧月、蔡骏他们年纪也不是特别大，这说明，在网络文学群体中，更新换代非常快，可能几年就是一代，那么按照你这个创作年龄，也是网络文学前辈了，有个同学提了这样一个问题，她说："你有没有觉得，你跟不上当今年轻人的潮流"，你有没有遇到过这个困境？

**流浪的蛤蟆：** 肯定有。

**周志雄：** 那你怎么克服啊？

**流浪的蛤蟆：** 这个是没办法克服的，就是说这种代沟问题是完全没有办法去克服的，我只有一个比较取巧的办法，就是我不知道读者需要什么，因为年轻的读者跟我的想法真的是不一样的，我也无法深入那个世界，但是我可以尝试。比方说，我开一本新的小说，我可以开五个不同的开头，然后披了马甲，不用自己的笔名去发，可能我非常看好的开头，读者应该会喜欢，结果读者完全不喜欢，而我随手扔上去一个，当时就是为了凑数的，随便打了几百个字就扔上去了，结果读者非常喜欢，我只能通过这种取巧的办法来知道读者喜欢什么，比方说我开《仙葫》的时候，我扔了五个开头，我自己想写的三个故事全军覆没了。有时，我随便码了一些字，但是我觉得，这个故事应该不适合网络，我当时的判断是它不适合网络小说，但是随手扔上去之后，结果读者很喜欢，这种代沟我觉得完全没办法缓解。

**周志雄：** 这个问题是关于作品修改的问题，像金庸的书，他后来不再写新的作品了，但是他对他原来的作品进行修订。对于网络作品来说，因为要连载，一次成型，有各种外在条件的限制，写完后总觉得留有遗憾，但是这个网络作家一旦成了大神之后，他已经获得了很高的收入，或者有一天他突然有闲情逸致的时候，不再创作新的作品，会不会去修改那些原来没有写好的作品？

**流浪的蛤蟆：** 我个人觉得，这种可能会有，但很小很小。因为网文跟金庸的小说有一个最大的区别就是字数太多了，比方说，金庸说要翻修《射雕英雄传》也就是一百多万字的事，修改个一年两年就差不多了，而如《凡人修仙》我忘了是六百万字还是七百万字，作者写了差不多五年，翻修的话恐怕要十年以上。就是说我们的寿命是有限的，翻修多部几百万字的小说，几乎是在有生之年很难做到的事情。

## 四、我终于不用靠拐棍走路了

**周志雄：**《魔幻星际》的后记中有这样的一段："《魔幻星际》的构思实在过于庞大了，我写出了自己梦想中的故事，却驾驭不来这个虚构的世界。"这对很多作者来说都是很难受的事情吧。你觉得自己哪些地方没有驾驭好？以你现在的笔力，如果重写，你会怎么写？

**流浪的蛤蟆：**《魔幻星际》那时候还是有这种风潮的，就是一本小说要写几年的时间，很长。像《风姿物语》写了 8 年，当时写的时候就是完全把它当成这辈子就写这么一本小说的想法来写的，所以做了 15 部的设定。但是写了第一部之后，我发现这个故事其实是相对比较枯燥的，然后就再也没有写过剩下的 14 部。如果我现在去选的话，我可能不会再去碰《魔幻星际》这个类型了。

**周志雄：**你说当时没有很好地驾驭这个故事，你在写作当中也会遇到很多的困境，最大的困境是什么呢？

**流浪的蛤蟆：**其实最大的困境还是，我虽然有很多想法想要写，但我真的太懒了，一个字都不想去敲。

**周志雄：**下面这个问题涉及你的作品中怎么写人的问题。在《金寻者 VS 流浪的蛤蟆》一文中，你说："我喜欢不同的东西，希望写一些比较有特色的角色，就算脱离故事，也能独立存在，这个应该是每个作者对笔下角色的期许吧。就如很多人没看过《西游记》，但也知道孙悟空和猪八戒；没看过《三国演义》的人，也都知道关羽、赵云、诸葛亮。"你在小说中塑造人物形象的理念是什么？

**流浪的蛤蟆：**在很久以前我跟我的一个朋友争论过，小说究竟是应该以人物为主还是故事为主？我那个时候是很坚持以故事为主的。但是经过一段时间之后发现确实是如我那个朋友说的，故事你看一遍很精彩，看两遍还不错，看三遍四遍五遍之后这个故事就索然无味了。而故事中的人物呢，你看一遍觉得这个人很棒，看两遍觉得他更棒，看个七遍八遍之后呢这个人物就会成为你记忆的一部分，他不会光彩黯淡下去。所以我还是觉得想要让读者记住更久，经住时间的淘汰，还是要看人物的。

**周志雄**：这是贴吧上的一段话："蛤蟆的书，最重要的不是结局，不是结果。而是主角追求结果的过程，以及主角在追求结果的过程中，遇到的各种各样的人、那些感动人心的事。看别的小说，你会发现，那些比较厉害的人，其实智商、眼界、品行和一般人是一样的。但面对蛤蟆大大的书中的高人，你真的会升起一种仰视之心。蛤蟆的书，里面的牛人就是真正的牛人，他们的见识、手笔、眼界都让人高山仰止！"这种感觉我在读你的作品时也有，你跟一般的网络文学作者不同的地方是，你会塑造一些有点仙风道骨超越于实际功利之上的人物，我想"流浪的蛤蟆"这个名字是不是有一种隐隐的对自由的追求的意思在里面。但是你说这个名字就是随便取的。

**流浪的蛤蟆**：哈哈，当时是玩联众游戏，发现自己想到的所有的比较好听的名字都被人注册了，然后我想到几个特别难听的名字，我想的第一个名字是流浪的蛤蟆，一下子就注册上了，幸亏这个名字没人注册，接下去的名字可能会更难听一些。

**周志雄**：这是徐兴子同学的提问，《天鹏纵横》中岳鹏是一个能力非凡的英雄人物，然而强大到无缺的人物总是缺少吸引力，作者是如何看待这种人物的呢？

**流浪的蛤蟆**：岳鹏这个角色嘛，是因为当时那个《西游记》里头有七大圣结拜这个情节嘛，我是从《西游记》里头抽了一个人物出来，就是七大圣之一，岳鹏本身就是混天大圣嘛。然后以这个妖怪的角色来写，然后又把七大圣的能力扩大化了。其实像《西游记》里孙悟空、牛魔王这些人物，并不是很无敌的人物，但是我写的时候是把他的能力扩大了。这并没有什么特别深的含义，就是我们喜欢这样的英雄人物，所以我想把他打造得更英雄无敌一些。当时写小说的时候也就是二十几岁，刚毕业没多久，是没有那么深的想法的。

**周志雄**：李笑然同学问了一个相似的问题：一般的玄幻小说都是主人公从菜鸟慢慢地一步步修炼为大神，而《天鹏纵横》打破常规，主人公一开始就是"金翅大鹏鸟"修炼为人形，几乎打遍天下无敌手。如果一个人从头到尾都是不会被打败的"大神"，会不会给读者造成审美疲劳？

**流浪的蛤蟆**：应该说"升级流"的出现比《天鹏纵横》要晚。在《天鹏纵横》那个时代还没有所谓一定要一点一点地往上升级的那种概念。那个时候"无敌流"还是挺流行的，再加上《天鹏纵横》很短，只有30万字，在网络小说里算是极短的小说了，读者还没来得及有什么反应这本书已经结束了。《天鹏纵横》应该是当时很少的有结尾的小说。因为那个时候大家都是一生就写一本的那种感觉，没有人会说我写一本再写一本。很多作者开了书以后一直就没有结尾，《天鹏纵横》在当时就算不是第一本，至少也是头五本之内有结尾的小说。

**周志雄：**还是关于人物塑造的问题，罗宇宇同学提问，为什么作者在人物塑造时没有对人物邪恶一面的描写呢？

**流浪的蛤蟆：**这是我人物创作的弱点。

**周志雄：**这是李蒙同学的阅读感想："我觉得《时空妖灵》没有必要写那么多的情节为主人公增加力量，太过啰嗦了，有些地方也太过曲折离奇。一直都在打打杀杀，柔软的地方很少，没能把方林空这个人物形象塑造得更加丰满。对于方林空的情感方面写得少了一些，若有一些平淡的地方或许效果会更好一些。"他的这个评判你怎么看？

**流浪的蛤蟆：**网文中间有一个说法叫做"新手墙"，很多人写第一篇小说纯凭爱好，所以会超水平发挥。当时我写《天鹏纵横》和《魔幻星际》的时候，就是完全凭着自己的感觉在写，到了《时空妖灵》的时候，我就撞上了这个"新手墙"，完全不知道该怎么操纵这个情节。而且我头两本小说都很短，《魔幻星际》也只有50万字，第一次要写接近百万字的长篇，其实当时完全是懵掉了，然后开了大概四五个开头，做了一个自作聪明而且很笨的方法，我把这四五个开头都融合到一本小说里，所以这本书写得很杂，当时觉得很糟糕。

**周志雄：**这是贴吧上一段对你的批评："最早开始看蛤蟆的作品，觉得蛤蟆最大的优点是天马行空的想象力，不参照其他游戏小说的设定，世界也能完美而丰富。像《大猿王》《恶魔岛》《母皇》中都有一个丰富而完美的世界。《蜀山》虽然以蜀山为背景，但是却不像其他小说那样斤斤计较于原作品有多少法宝，功法多么威猛，亮点反而在于许多蛤蟆自己设定的东西。蛤蟆的缺点在于能放不能收，好的东西太多了，写着写着主线就失控了，最后太监烂尾。从《焚天》《仙葫》《赤诚》三部曲开始，蛤蟆有一些节省的感觉，以前一书一册都是完全不搭边的，而这次开始省着用设定了，三本书可以说是一个框架下的微调。不过这其实是好事，以前蛤蟆贪多最终主线失控，这次终于有完本了，可《赤诚》最后还是太监了。归根结底《赤城》爽过头了，又一次出现崩溃。《仙葫》三部曲以后的鬼神系列就是彻底的江郎才尽了，设定粗暴，文笔干枯，实在是看不下去。”你怎么看待这个批评？

**流浪的蛤蟆**：我写了一本喜欢的小说之后，就想去写一些自己喜欢的小说，不管其他的东西。不管是《鬼神》《赤城》还是《仙葫》三部曲，当时想的就是我自己架构一个自己喜欢的世界，我把这个世界架构得非常完美，至于这个世界上发生的故事，我就没有那么多精力去照顾了。不过还好，接下来写一本大家都喜欢看的就好。

**周志雄**：那也就是说你基本上还是认可他的看法，对不对？

**流浪的蛤蟆**：对对，确实写得不尽如人意。

**周志雄**：贴吧上还有一个批评意见：“真心感觉，现在的《龙神决》并不是蛤蟆写的了。蛤蟆的作品，最大的风格‘醉洒青牛’现在已经完全看不到了，让敌人甚至自己哭笑不得、无奈的故事再没有了。还有，如果是蛤蟆写的书的话，我感觉宁越完全会脱离帝都这个漩涡，但宁越留了下来。就感觉特别的不像是蛤蟆写的。可能是大纲被蛤蟆给卖了，然后游戏公司找了一个代笔，不然，无论怎么样，‘醉洒青牛’这种风格都应该留下来的。蛤蟆的小说一直是我认为最严谨、设定最合理、情节发现最棒的小说，可是现在这本《龙神决》简直是换了个人写的。我宁愿相信是蛤蟆累了，想试试不用想那么严谨的情节，也不愿蛤蟆落入俗套，去写小白文。”对这个分析，你是怎么看的？

**流浪的蛤蟆**：这个真的是一个不太好说的问题，因为《龙神决》是先跟游戏公司签约后才写的，我没想到游戏公司那边很强势，我觉得一开始我做了一个很好玩的设定，就是主角有一个很逗比的表弟，也就是《鬼神》的那个主角，拿了他的手机，给他班上所有的女同学告白，第二天他上学的时候，女同学们反馈回的消息直接就让他崩溃掉了。这是一个很好玩的东西，但是游戏公司说不行，要叫停。然后又改了七八个开头，最后游戏公司跟我商量说你到我们公司来，我们一起协商做一个大纲。我确实是不太适合这种命题作文，所以实在是写得有点崩掉了。

**周志雄**：但是《龙神决》还要更到年底啊。

**流浪的蛤蟆**：对，我当时是想让《龙神决》更好看一点，还做了一些弥补，比方说把一些练笔写的东西像《葵花大师兄》和《乔峰大兄》穿插进去，让这本书好看一些，我设定了12个这样的小故事，我觉得每个故事写得还可以，但是被叫停了。所以现在《龙神决》已经变成了自己不是特别喜欢，读者也不是特别喜欢的一个故事。

**周志雄：**在网上，网友们戏称蛤蟆是“烂尾蛤”。贴吧上有一段话：“蛤蟆最大的特点就是想象力非常丰富，看他的作品，各种风格类型都有，构思也非常不错，总体结构也还好，就是感觉掌控力有所不足，或者说掌控力也是足够的，就是欠缺耐心罢了！其大部分作品的开头非常棒，展开得也很好，就是后段非常糟，给人的感觉是书写了大半以后突然没有写下去的心情和动力了，然后匆忙结束。所以看蛤蟆的书，通常结束得很突兀，刚到高潮就突然一下没了，这个感觉真不好。”你怎么看待这个读者的意见呢？

**流浪的蛤蟆：**其实包括传统小说在内，这种几百万字的大长篇是很罕见的。像我记得《天龙八部》才150万字吧。而网络一开始对字数是没有那么变态的要求的。现在小说写到五六百万字是很常见的。作为我自己来说我并不觉得自己有驾驭那么长篇幅的能力，我觉得一本小说写到四五十万字，读者很满足了，我自己也写得很满足了，故事也相对完整就行了。但是四五十万字也还没有到订阅的时候，结束了就完全没有收入，只能是逼着自己去写那种长篇。所以当篇幅越拉越长，不光是我，我相信所有的作者都会崩溃掉的。少数作者不崩溃的秘诀就是，他们不需要写特别长的情节，他们可以写循环的情节。比如说有一本很有名的小说叫《凡人修仙传》，我相信大家都看过。它的情节就是，有一个秘宝要出世了，然后所有的门派都要去抢这个秘宝，主角也被卷入其中了。在抢夺秘宝的过程中，主角凭借自己的智慧、勇气和战斗力，把这些所有抢夺秘宝的人都干掉，最后这个秘宝就归他了。第二个情节就是又有一个秘宝要出世了，然后这么一个循环情节四五十万字，然后又这么一个循环情节四五十万字，它可以无限地循环下去。还有一本书叫做《武极天下》，它的主角要拜入一个门派，拜入这个门派要达到一个什么条件，比如修炼到一定境界。然后发生了一些事情，最后达到了，拜入了这个门派。拜进去之后他发现这是一个很小的门派的旁支，他要从旁支进入主支还要再来一个这样拜师的过程，要进行一些擂台赛，要进行一些修炼。拜进去之后他发现这只是一个小门派，我还要进入中等门派，然后再来一个循环。这个中等门派后面还有一个大门派，大门派再来一个循坏，我们要进入另外一个大陆，有一个更庞大的门派。只有这样才不会写崩，但是这样子的话，对创作的热情来说是不好的，没办法去想象我反反复复去写一些完全不算故事的故事。

**周志雄：**上一次和曹毅聊天的时候，他说他写小说有一个严格设定的提纲，写400万字的小说，提纲有20万字，很详细。那你在写一个大的架构的故事之前会不会也有提纲呢？

**流浪的蛤蟆：**我写小说不是拿过来就写，而是提前几年就开始准备，比方说我有一个想法，我会反复往里添东西，添到足够丰满以后，遇到合适的时机就拿来写。我开始写的时候，我准备的内容也有了十来万字，包括故事的大概架构、世界的架构、人物的设定等等。

**周志雄：**提纲如果很完整，那烂尾的问题就能好一点啊。

**流浪的蛤蟆：**我觉得很难把大纲一条线走到底，中间肯定会觉得我有一个很好的故事我要加进去，加进去以后整个大纲就要改，改过几次这个大纲基本就用不了了。但是你不加这个情节的话，可能就会没那么好看。

**周志雄：**就是写作过程中遇到这种思维旁枝斜出的问题。

**流浪的蛤蟆：**还有一个问题，开新书的时候，我和曹毅都会反复修改开头，少的话十几遍，多的话四五十遍，所以开头会相对精炼一些，而更新的时候需要每天更新，几千字几千字地更，是没有时间去反复精炼这个故事的，有些就是写到这个地方，写完发现不应该这样写，但是已经没有时间改了。

**周志雄：**你的博客上有一篇题为《写手的职业操守》的文章，2008年4月写的。看完这篇文章以后我对你肃然起敬，你说："我的职业操守是不断地推陈出新，变换花样，总有一天我会让每个人都说，成仙还是蛤蟆派，总有一天我会让我的读者在二三十年后还记得我的书。"在文学研究领域这是一个常见的问题，一个作家他会有早期作品、中期作品、晚期作品、他在写作过程中要不断变化，从什么时候到什么时候是一个阶段，他追求的是一个什么境界。你写作的过程是不是也可以分成不同的阶段，各个阶段你在艺术追求方面有什么变化，如何考虑突破自己创作的局限？

**流浪的蛤蟆：**要硬分的话可以分成三个阶段吧：第一个阶段是《天鹏纵横》《魔幻星际》的时候，是由着自己的性子写，想怎么写就怎么写。第二个阶段是《时空妖灵》，因为这本书写得不好看，成绩也不好，自己产生一种反思，我是不是有擅长的地方，不擅长的地方。然后就挖了几个坑，《蜀山》出来后，我觉得这应该是比较合适我的文风，按照《蜀山》的风格往下写，写了《恶魔岛》《大猿王》《母皇》，写完以后我发现这种轻松幽默的风格对于作者来说是很难坚持写下来的，你可能写十几章出现一个很幽默很逗趣的地方，但是整本书都是这种风格就很难，有灵感的时候没问题，没灵感的时候真的是写不出来。到了《天问》的时候，我觉得我可能比较适合写仙侠。第三个阶段从《仙葫》开始，就比较偏仙侠，从写完《仙葫》《焚天》和《赤诚》这三个一脉相承的小说之后，我觉得我应该尝试一下新的东西，包括《鬼神》和《龙神》都是一个体系的。有些人认为网络小说是一个等级一个等级慢慢往上升，就像升级打怪一样，应该可以做出一些突破，但是这个尝试不很成功，因为我也不能保证自己每次的尝试都很成功。但是应该差不多摸到了一些脉络，可以在原有的基础上有一些变化，抛弃掉网络小说给人总是升级打怪这种印象。大概就是这么几个阶段吧。

**周志雄：**刚才你说到灵感，在跟曹毅聊的时候，他说你的电脑里有上千个创意，你这些创意是哪里来的呢？

**流浪的蛤蟆：**从哪里都可以来啊，比方说主要是看其他人的作品，觉得这个地方还可以加深一些，比如旅游的时候突然冒出一些想法，更多的时候是和朋友聊天的时候。我跟梦入神机聊天，他说他要写一本小说，我说我要看一下，他当时写的是《阳神》，他把他的那些东西拿过来以后，我说可以加一些东西，他说可以，我们讨论之后，他的《阳神》的体系就比较丰满了，我从他那儿借鉴了一些东西，我的《仙葫》的体系也就丰满了。这两本小说是同时期的，但是看设定的话是看不出有任何关系，实际是两个人交流的结果，你有你的想法，我有我的想法，最后以你的想法为主是一个体系，以我的想法为主是另一个体系。作者的交流很容易产生想法。

**周志雄：**这是缪晓岚同学的提问：《魔幻星际》中写到生体寄生兽、光棱指、瞬间位移，这些有现实依据还是变相借鉴？

**流浪的蛤蟆：**肯定有啊，凯普啊，《星球大战》的痕迹很重啊。

**周志雄：**这是吴霞同学的提问：在小说《天鹏纵横》中，第一回是第一人称叙述，第二回是第三人称叙述，你为什么要这么写呢？

**流浪的蛤蟆：**我一直觉得第一人称小说是很容易阐发自己想法的，以我为中心，小说可以写得很顺，但是网文的读者对网文中第一人称的接受相对较弱，写的时候什么都没想，写完以后发现这个小说很好看，但是有读者说不喜欢看第一人称，所以就改了，这个人称的变化是很任性的改变，没有任何意义。

**周志雄：**还是吴霞同学的问题：在《天鹏纵横》这部小说中，“天使”这一形象被分出了堕落天使的形象，而作为西方灵禽的金翅大鹏鸟以龙为食，这种一改东西方对“龙”和“天使”的固有角色的写法可以说是一种挑战。你这样一反常态的描写有没有遭遇读者的批评呢？

**流浪的蛤蟆：**在刚写的那段时间这不能算是挑战吧，而应该算是随大流，网络小说中，这种很脱现的想法反而是常态，因为网络小说兴起于中国嘛，所以对西方是相对抵触的，到现在为止，如果你是用西方的体系来压东方的体系，这本小说就很不受待见。一般来说我们觉得武功肯定比魔法要弱的，但是这种穿越题材居然很受欢迎，代表作如《张三丰在异界》《少林武僧在异界》都很受欢迎。所以像这种颠覆经典形象的小说，不管对于作者还是读者来说，都是很司空见惯的东西。

**周志雄：**陈晨同学在阅读时发现，你的小说全书充满“无意”和“路过”。例如《天地战魂》中道观被毁后主人公到处游荡，“无意”中遇到两个正在对决的高手，然后“无意”中掺和了进去，接着“无意”中得到了很高的功力，两个高手打完后，他又开始游荡，“无意”中闯进一家饭馆，遇到一群高手在开会，因为身怀绝世功力引起注意，于是“无意”中成了其中一个高手的徒弟，接着他跟着师父一群人跑去对付恶人。你怎么看他的这个阅读感受？

**流浪的蛤蟆：**应该说早期创作肯定是缺乏写作的内在逻辑这种概念的，所以只能是故事不够然后用奇遇来凑嘛，只不过当时实在太嫩了，所以写得很生硬。

**周志雄：**陈淑娜同学的提问：你说《大猿王》是你写的最过瘾的小说，那你认为它最大的魅力在哪？

**流浪的蛤蟆：**《大猿王》是我第一本完全跳出了现有体系的作品，此前呢，我所有的设定都是有痕迹的，像《蜀山》中的游戏体系我借鉴了《魔兽》，故事借鉴了《蜀山剑侠传》，再往前像《魔幻星际》，有很重的《星球大战》的痕迹，但是到《大猿王》，这种借鉴的痕迹几乎没有了，它是我独创的，从开天辟地的神话开始，到整个世界的架构，包括各种武功的设定几乎都是原创的，所以写得特别过瘾，从那个时候开始，我感到我终于不用靠拐棍走路了。

**周志雄：**这是于宁同学的提问：我习惯将当下的网络文学和晚清时期在

报纸上连载的小说进行比较，毕竟晚清小说的创作环境相对来说是很宽松的，而晚晴四大类型小说当中就有科幻奇谭类，而晚清的很多相关作品如《荡寇志》《月球殖民地小说》《新中国未来记》等都各有各的寓意，有为历史作传的，有反讽黑暗乌托邦的，也有描绘中国未来神话的，所以我想知道《恶魔岛》这部小说的创作背后有无寓意？其他作品是不是也有这种寓意？

**流浪的蛤蟆：**因为我刚刚翻了一下大家对《恶魔岛》的评价，好多人都说情色描写多了一点，可是看过我的其他小说的同学应该发现，我的其他小说里是没有这么多情色描写的。《恶魔岛》当时的创作是有一种恶趣味的成分，我们知道这个兴趣爱好很糟糕，但是它真的很有趣，让大家忍不住想要去尝试一下，《恶魔岛》当时就是一个恶趣味的尝试，它的主线是想要把所有的神话，把我能想象和能找到的神话体系全加进去了，包括西方的、埃及的，还有一些巴比伦的，还有什么中国古代的，想要全都加进去，然后以一种全新的方式演绎出来。当时有几个情色小说的论坛，什么元元大陆、黄金大陆，但是，又限于我真的是还不想去写得那么黄，怎么说呢，就是属于那种比较犹豫，又想写一写恶趣味，又想偷着一点，要不然读者看了之后会有很大反感的，尤其是女孩子看了之后会觉得，这个作者实在是太不正经了，但是又真的忍不住去写，就在这种反复矛盾的心态下去创作这个作品。所以作品中会有很多恶趣味的东西，比方说美女召唤卡，我写完了之后就觉得好有趣，但是网上一发就有一堆女读者骂，这就是男人的YY吗？用这张卡片可以召唤到世界上任何的美女到你身边来，陪你24个小时，然后回去之后她就忘掉了，这就是纯粹的YY，而且还是那种很不高尚的YY，但是真的很有趣。

**周志雄：**陆玮玮同学提问：你能不能从你的角度上来讲一讲九州系列小说？我上一次和曹毅也探讨过这个问题，就是关于魔幻世界体系设定的问题。

**流浪的蛤蟆：**实话实说，我觉得九州的七天神等人的创作能力是非常非常强的，但是自从他们开始玩九州之后，就再也没有出现过让人惊艳的作品，其实你想今何在的《悟空传》是多好的小说啊，江南的《此间的少年》也很棒，潘海天是成名很久的科幻作者，但是他们跑到九州这个圈子里之后，他们就像是戴了枷锁一样，完全没有玩出什么新的东西来，现在江南跳出了九州这个框，去写《龙族》，他的小说又变得非常好看了，所以我对九州其实是比较反感的，就我自己的创作来说，我也觉得设定这个东西是为故事服务的，当故事反过来为设定服务的话，这个小说就不会特别好看，我真的希望九州七天神不要再玩九州了，去写一些更好的故事。

**周志雄**：这是陆玮玮同学的提问，她说唐家三少曾经在一次采访中说“我的故事设定比《魔戒》要细致多了”，你怎么看待他这一言论呢？

**流浪的蛤蟆**：就设定来说，很多作者都可以做到三少所写的那样，很细致，很庞大，但是作者本身的写作能力是很难跟那个《魔戒》的作者匹敌的。尽管我们也有一些不错的设定，我觉得读者很难认可三少的设定比《魔戒》好，这个差距不在设定上，而在于写故事的能力上。

**周志雄**：李娜同学提问：《恶魔岛》这部小说的主题是什么？

**流浪的蛤蟆**：就是人生中各种各样的恶趣味嘛。

**周志雄**：这是李婷婷同学的提问，她说看到《天问》的书名的时候，首先想到的就是屈原的《天问》，通过阅读竟然发现其中带有屈原《天问》中的雄浑气势与不受约束、追问苍天的激情，表现出了追求的永无止境。主角月城武身上有一种不甘平庸、渴望强大、睥睨天地的气势，整部作品结构宏大且充满奋斗不止的力量，让人热血沸腾，跃跃欲试，也想到那个书中的世界去闯荡一番。你在创作这个小说的时候，是不是受到屈原《天问》的影响？《天问》到底问的是什么？

**流浪的蛤蟆**：那是给游戏公司做的，所以从设定到名字都是游戏公司定的。

**周志雄**：“阴风惨怅，沉雷滚滚，月城武沉默地跟在一群人身后……”这是《天问》的开头，就是制造情境，快速地把读者带入故事中的一种写法，你对《天问》的这个开头满意吗？如果让你再写你会不会修改？你觉得一个好的故事开头应该具备哪些要素？

**流浪的蛤蟆**：对《天问》的开头基本还算满意吧，如果再重新写的话我也不确定会写成什么样子，因为每时每刻人的想法都是在变化的。至于一个好的开头，我觉得就是要有一个很棒的切入点，就是大家看到的时候就会有期待，然后想还有这样的一个故事我要看，所以我的开头总是追求尽可能的新奇。

**周志雄**：这是李海丽同学的提问，她说读完《魔导武装》可以看出这是一部鲜明的玄幻类小说，当然作品流露出很多对西方玄幻魔法灵异色彩的借鉴。那么请问你认为你的小说与西方这类题材小说的区别在哪？

**流浪的蛤蟆**：《魔导武装》其实是一个相对完整和独立的世界，它的设定虽然也有魔法，但跟西方的奇幻是完全不一样的，它是一种典型的中式的魔幻。要说区别的话就是，它的世界更为开放一些，没有那么多的规则，所有的设定其实都是为故事服务的。当时有一种，其实是一直都有的一种认识就是，我做一个世界，随便弄几个人物，这个世界就可以发生一个故事，再设一个人物就还能发生一个故事。这个设定和框架是一个稳固的东西，至于这个故事是随便可以发生的，那个时候的创作思路就是那样子。

**周志雄：**魏雪慧同学提问，你认为中国的玄幻小说是否摆脱了西方已有的玄幻小说的影响？

**流浪的蛤蟆：**我觉得中国的网络幻想小说跟世界上任何已有的题材都不一样，它本身虽然可以用网络小说这个说法来囊括，但它内部细分的题材至少有几十种，这几十种题材可能对世界上已有的文学来说都是新鲜的东西。

**周志雄：**张妍同学问，在《赤城》中，对如此繁杂的人物设定，你是如何理清这些人物关系的？

**流浪的蛤蟆：**有一个人物表、技能表、门派表，所有的东西都设定好，写的时候会去翻这个表。

## 五、网络作家是一个有偶然性的行业

**周志雄：**在座的同学如果想写网络小说，你对他们写作上有什么好的建议？

**流浪的蛤蟆：**这是一个老生常谈的问题。每个要写网络小说的人，老作者都会劝他先有一份稳定的工作，然后作为业余来写，什么时候你写小说的收入超过你本职工作收入的几倍之后，你就可以按照自己的喜好，愿意业余写或是专职写都无所谓了。因为网络小说有很大的不确定性，可能有一些文笔非常好的，比方说，一些省的作协主席，他们的写作能力一定强过所有的网络作者，但他们就是无法在网络这方面获得足够的收入。这是一个有偶然性的行业，我不建议任何一个同学毕业之后直接把这个当职业。

**周志雄：**这是苏婧同学的提问，这个跟你刚才讲的“恶趣味”有相关之处，她说，在你的作品当中，有一个重要的情节设置就是道兵，在修真的世界里可以把人和妖修炼成为道兵，道兵也可以修炼，但和正经的修道不同，几乎就等于人形的法器，道兵是不可能反抗主人的，在修炼的世界中，修炼者可以在对方自愿的情况下使用一些魔法，使他人、妖怪修炼成道兵，把对方修炼成道兵之后再和这个道兵一起制服下一个人，以此类推，把法力更强的也练成道兵，然后使其对实力次他一级的对手弱肉强食。她觉得道兵的这种修炼里面有一个价值观的问题，这个价值观就是大鱼吃小鱼，弱肉强食，她觉得这个价值观是反动的，是缺乏真善美的，她想问问你怎么看这个问题？

**流浪的蛤蟆：**所有的宗教和政党不都是通过这个方式发展吗，发展了一个会员，然后，靠这个会员再发展一个下线，逐渐形成一个庞大的宗教或是政治团体，每一个团体不都是这样子发展的吗？只不过在玄幻小说里更赤裸一些，更直白一些。

**周志雄：**这是一个关于构思的问题，是肖瑶同学的提问，她说，《仙葫》开头第一回有一段文字："焦飞最喜的《禹鼎志》便是南方第一大家吴承恩编撰，北方名声最盛的，就是自号狐中才子的蒲松龄。此人所著的《聊斋》一书，也不知写了多少才子和妖狐、花精、艳鬼相恋的故事，每每感人泪下，只是焦飞年纪还幼，不喜这些香艳文章，更喜欢旷世英雄，翻天覆地的斗法。"她想问，大唐焦飞喜欢读明清的书，我当然知道这不可能是随便一写，在朝代上看是有明显的错漏的，一定是有意为之，只是作者为什么要有意这样写？

**流浪的蛤蟆：**虽然《仙葫》的年代叫做大唐，但是我觉得开头第一句大部分人就该反应过来，大唐是没有天宝九年的，开头告诉大家大唐是奇幻的大唐，跟现实历史朝代根本没有关系，只不过好多人忽略了这条信息。

**周志雄：**王兴霞同学提问说，在《龙神决》这部作品的开头有这样一段话："父母为求平安，以家中排行为名，自小呼我小七。3 岁时从长辈学文，5 岁神童之名遐迩，名传郡县，贯通史今。8 岁得师尊收入门下学武，博通百家，精通诸般击技，18 岁感悟先天，创出十方幻灭法，超脱武学窠臼，寻找天道之极。20 岁方行走江湖，连败天下高手。"她想问，这段话是对作者的介绍还是内容的介绍？用意何在？读完小说，发现这段话貌似与文章内容没有多大关系。

**流浪的蛤蟆：**忘了第一版的还是第二版的《龙神决》被游戏公司叫停，这应该是在起点的介绍，因为我权限不足，没有去改，实际上在纵横的介绍早已换了新版。

**周志雄：**有个同学问了一个很怪的问题，他说你在很多作品中都提到猴子和猿，你为什么对这两种动物这么有好感呢？

**流浪的蛤蟆：**是啊，还有好多读者问，你是不是属猴的，但我本人是属兔的。这是看《西游记》留下的后遗症，我相信每个人看了《西游记》并且喜欢它的读者，都会对猴子有好感，只不过我更深一些！

**周志雄：**我觉得同学们提出的一些比较重要的问题，我都已经替大家问完了，下面再留点时间和大家互动一下，请大家抓紧时间提问。

**房伟：**我听说蛤蟆老师来了以后非常高兴。因为咱们在网上有过互动，不知道你还记不记得，就是前几年。我原来写过关于穿越的一篇文章，你当时贴到你的博客上了，咱们有一个交流。后来呢，我也看过你的书，我看的不是很多，我看过你的那个《大猿王》和《武皇》，后来还看了《天问》，但是看得也是比较匆忙。我想问一个问题，你是从起点出来的，后来在纵横，你对像天涯社区出来的作者怎么看？

**流浪的蛤蟆：**天涯跟整个起点、纵横是完全不同的体系，它更追求那种文学性。但也有一些天涯的作者被起点挖过去了，比如南派三叔的《盗墓笔记》是天涯上的文章。

**房伟：**它有个“莲蓬鬼话”栏目。

**流浪的蛤蟆：**对。其实好多作者都是从天涯出来的，也被视作网文的一份子。我自己也在天涯上写过东西，只不过写了之后发现那个地方的文风跟整个起点、纵横啊确实不是一个圈子，自己很难在那儿获得天涯读者的好感，所以就放弃了。就像我刚才说的，因不同的网络平台欢迎的是不同的东西，像新浪微博、天涯、起点，它们欢迎不同的东西。

**周志雄：**天涯的读者是不是整体的文化层次稍微高一些？

**流浪的蛤蟆：**可以这么说。天涯上读者们喜欢的东西都是一些故事性相对精巧，篇幅不很长，且有让人很信服的内容的作品，一些天涯上的小说写得很好看，但是由于过于精巧，没有办法在起点这样的网站上发表。因为他们的字数不够，这是一个死线。我觉得不同的平台推出不同的小说是个很好的事情，我们喜欢看什么就可以通过不同的平台找到自己喜欢的东西。

**李淇淋：**我想问一个比较现实的问题，上次高楼大厦老师来的时候，他说能把自己的兴趣当作职业是一件很幸福的事，他是因为非常热爱，所以才会写作，但是，你说你不太支持那个北京的公务员放弃他的工作去写作，你很鼓励我们有一个稳定的工作以后再来从事专门的写作。我想问你，支持你创作的最大的动机是因为谋生，还是因为你的爱好呢，就是你如何看待爱好与职业之间的这种关系？

**流浪的蛤蟆**：我真的不建议任何人把网文写作当作第一职业，因为，我们都知道的，写网文的作者，现在想要找，随便找出个几十万来，不是问题，但真正在这一行赚到钱的，恐怕也只有几百个人，一二百个人左右的样子，就是说这一二百个人可以靠赚到的钱养家糊口，剩下赚到钱的人很多，但是他们的收入在社会上是属于低层次的，他们无法靠这个东西养家糊口，而且，他们很多人是看不到前途和希望的，他不可能说，我这个月凭它赚一千，下个月凭它赚两千，十年之后我们凭它赚多少，而甚至有可能我这个月凭它赚一千，下个月我可能没有收入，明年的话，我可能连续两年没有收入，所以我不建议任何人把它当作一个首选职业，至于你说将兴趣和爱好作为职业，到具体的那个人，每个人可能想法都不一样，没办法，只是给出一个笼统的答案。我写的第一本练笔的小说不说，第二本就出版了，第三本小说就是起点 VIP 的第一批小说，刚开始写就有收入。我真的很喜欢写小说，这只能说，我正好踩到了这个点了。但是如果我一直没有赚到钱，那现在一定是去干别的了。

**李婷婷**：如你所说，你对自己的作品其实没有那么的满意，但也没有那么大的精力去修改。那你会不会有一个想法，写一本从开头到结尾你自己很满意，用全力去认真完成的作品？

**流浪的蛤蟆**：因为网文刚开始出现的时候，就有这种潜伏的潮流，就是要写那种很经典的东西，可能并非每个作者都有这个意识，但都是奔着这个方向去努力的，我也问过一些作者，所以，开始就是框架非常大，几乎所有网文框架都很大，但是这么大的框架并不是每个人都驾驭得了，所以像烂尾这种事情，就目前的创作环境来说很难避免。比方说我们要写一本很经典的小说，像我们知道曹雪芹写《红楼梦》用了十年，而网络小说很难有给你十几年的时间来创造一部作品，每个人都会去想自己写一本完美的小说，但是包括能力以及网上的这种潮流让大家很难做成这件事情，这其实是件很遗憾的事情。

**李婷婷**：你有这个遗憾，你会想办法去弥补吗？你现在是大神级的人物了，所有收入方面不用很担心，你会不会给自己一点时间去用心地创作呢？

**流浪的蛤蟆**：我原先写过的小说已经结尾了，我都会抽空从头慢慢地翻修，但是限于时间的原因，翻修的进度非常慢，一年时间里我只能翻修个几十章的样子，按照目前这个进度，我很难说我能在有生之年翻修到我很满意的地步，所以真是人生苦短。

**江秀廷：**我这个问题是关于创作过程中具体操作方面的。我现在读唐家三少的《斗罗大陆》，我发现他在每一次更新的时候只写一个场景，给人的那种画面感非常强，就像你在看一个镜头似的，他是这样控制节奏的，你在写的时候是怎样控制节奏的？

**流浪的蛤蟆：**控制节奏的问题我觉得是一个熟能生巧的过程，有很多网络写手告诉新手说你用哪种办法来控制节奏，怎么拉仇恨，怎么让你的配角讨厌你，或者是去欺负你，但是这不是一个可以教导的东西。在写作的时候，因为每个作家面对的读者都不一样，比方说奥斯卡他写的是历史类的小说，他每一章之间是没有像三少那样很强烈的画面感，他是靠一个很大很长的情节，最后推出一个高潮来。比如说他现在写的那个《宋时归》，是女真攻打宋朝，他一直在施加环境的压力，说女真的兵只要打到那个城市整个就崩溃了，但他一直没有打到，而通过各种各样的外围的东西来描写怎么去堵这个窟窿，他就是通过这几十万字来把这个情节推出来，所以这是一个熟能生巧的问题，每个人遇到的情况，每个人遇到的读者都不一样。

**陆玮玮：**我在想我们未来的各行各业的精英，什么政界商界精英他们在成长的过程中肯定会不知不觉地受到网络文学的影响，会接触这个网络文学作品，我就看到了网络文学无限的可能性，就是怎么能够在网络文学里面出现像金庸一样能够在文学史上留下一定地位的作家？如果要写出一部经典的作品应该要怎么去做？

**流浪的蛤蟆：**我觉得出现一个很经典的小说是很偶然的几率，有可能整个网文发展史都不可能有。就比方说我们都知道堂吉诃德的小说，西方曾经很流行骑士文学，但是一直到现在我们也不知道骑士小说有什么经典的作品，网文也有可能出现这种情况，可能一直发展到网文消失了，也没有出现这么一个经典的作品。要说到国家领导人级别的话，习大大不是也接见过周大大和花大大吗。给我印象很深的就是现在比较热谈游戏的版权，每次去游戏公司，那边就说看看你的书怎么样，还是很容易在商界精英中找到自己的读者的。至于更高层次的，因为也接触不到，就不好说了。

**胡雪姣：**我觉得网络文学确实给文学的想象力提供了一个特别广阔的空

问，使得文学的想象力得到了张扬，但是以我这种阅读体验来说，我觉得网络小说描写尺度过大，比如说这个情色描写和暴力描写，还有的是意淫小说，我想问的就是网络小说的想象力也应该有底线吧，我关注过一些读者的评论，他们对于这种意淫色彩还是比较反感的。

**流浪的蛤蟆：**一个很熟悉我们的读者，很容易找到自己爱看的书。但是一个不熟悉我们的读者是纯粹凭概率去挑的，他很有可能挑到自己非常不喜欢的书，而且他很有可能连挑十本他都不喜欢，这就会造成一种网文真的不怎么样的印象。现在没有一个非常完善的推书机制，比方说我们想看些古典文学或者一些经典的文学，因为这些书一共就那么多本，每挑一本拿出来都非常精彩，而网文现在就缺乏一种给读者推荐的这种机制，就像你说的网文是肯定有底线的，因为每个网站都会设定这种底线，很多作者没有一个很好的故事，他们就是需要以踩底线的模式来吸引读者。也有一些就像我刚才说的有一种恶趣味，我知道这个东西不是很高尚，但是我觉得它很有趣就是忍不住想写，就像我在《恶魔岛》里还写过另外一个东西，就是一个小女孩召唤卡，你召唤出来的这个小女孩是处于无敌状态，可以扑到你的情敌的大腿上喊爸爸。我觉得这种恶趣味的话每个人都难以避免。至于这个怎么能在大家的底线之上，大家能接受到还觉得有趣，这个应是一种过程，慢慢的大家会淘汰那些底线以下的东西，留下那个底线以上的，这个问题相对复杂一些，但是我觉得你的想法是对的，应该有底线。

**范传兴：**我要问的是，你怎么看待网络作家线下的写作，就是原来是网上创作的作家，现在在线下写作，甚至是不再承认自己是网络作家。第二个问题是，近几年来，随着网络文学的发展，网络文学参评“茅盾文学奖”，你对此怎么看，你有没有想写一部不用来赚钱的纯文学作品？

**流浪的蛤蟆：**这个平台并不是适合每一个写小说的人，有些人觉得网络上的写作对他们是一种束缚，他们反而更愿意下线去写实体小说，实体小说有一个很大的好处就是，不用每天赶更新，他们每天可以去翻修自己的故事，让自己的故事更完美，他们选择了更适合自己的写作方式，也是很正确的一种选择。

因为网络文学评奖，传统文学很希望能把网络文学纳入其中，只要网络文学有真正的优秀作品，不管评不评奖，它都会让大家接受，进入主流就是顺其自然嘛。我曾经写过这样的一本书，但不是你说的纯文学，我女儿读小学三年级时，她的同学看一些杨红樱之类的书，有一次我女儿让我给她买一套什么书，我说我给你写一本，我就单独写了一本《封魔士》，还给她们的同学每人送了一本，是纯粹给小孩看的，比起在网上写的东西，相对干净，故事就是有一个气温界，每年这个气温花开的时候，就会有一些世界之外的妖魔进来，这个世界有一个职业叫封魔士，把这些妖魔封印，利用妖魔的力量去斩杀妖魔，这个故事是很轻松的小冒险。

**周志雄：**这本书我看过，故事很精致，很利落，读起来非常流畅，可以作为叙事学分析的例证。

**流浪的蛤蟆：**如果不写网文，我更愿意去做一个儿童文学作家。

**刘洋：**高楼老师会在小说中把自己设定为角色，你是否也这样写？你的小说中有很多打斗的场面，但你的小说中也有很强的道家色彩，你在写的时候是如何把这二者统一的？

**流浪的蛤蟆：**我个人没有这种习惯，我不喜欢把自己写进小说。就你说的道家色彩，我确实是一个比较懒散的人，不喜欢争名夺利，网络小说中的道家色彩，是因为一开始像打斗的场面，很偏西方化，很偏游戏化，你如果想要给读者一个更新奇的感受，就一定要加入一些境界之类的，就像黄易写武侠小说打斗就跟金庸写的完全不一样，你要推陈出新，最方便的路子就是往道家或佛家上靠，这个跟个人偏好有点关系，但还是为了让小说更好看。

**丁园：**你会不会写短一些的作品？你对网络小说进入文学史有什么看法？

**流浪的蛤蟆：**网络小说的字数，其实有一个发展的过程，像我写的小说，一开始一般是 30 万到 50 万字，读者需要更长的小说，就慢慢写到 100 万字，再后来，网络读者可能有几千几万人，你写几十万字，在这里面很可能就传不开了，你要写到差不多 100 万字，才能传开，但当这个读者群更庞大的时候，你可能要写 300 万字甚至更长，才能在读者群里都传开，因为编辑们是会看那些数据的，在很早的时候，一本书写到 100 万字人气走到顶了，再写更长的话，它人气也不会往上走了，而现在是一本书写到 300 万字，人气仍然往上走，现在一本书写到 500 万字，也会往上走，但是也有这样的，一本书到了 500 万字，人气已经到了极限，再写更多的字数，人气也不会往上走，甚至会下滑，所以作品的写作字数是市场直接的反应。我也写了一些不怎么在乎稿费的短篇，像《封魔士》，还有《四海》《一剑下昆仑》，纯粹是自己的兴趣，比如说一个完整的小故事，这些东西写完后，我就知道这些东西在网上是没法发的，我手里存了好些这样的东西，有机会，有杂志愿意要的话，就会陆陆续续地发掉，对于未来网络文学会变成什么样子，我是不愿意做预测的。

**周志雄：**讲座已经进行了三个多小时，蛤蟆老师讲得很精彩，我觉得收获非常大，相信大家也会有同感。我们的课堂是活的，就是鲜活的作家谈他们生动的创作经验，介绍一线的文学发展现场以及相关思考，我觉得这是研究中国当代文学非常重要的方面，就是和作家交朋友，了解作家创作的甘苦和文学的发展现状。网络文学发展到现在，从海外的中文网络文学算起，已经有 20 多年的历史，在中国几千年的文学历史上，20 年只是短短的一瞬，但网络文学的空间非常大，它代表了一种未来的文学趋势，通过与作家的见面对话，通过作家对写作经验的讲解、交流，我们会更深入地理解网络文学。我觉得网络文学研究有非常广阔的空间供大家施展才华，这次活动有更多的同学参与进来了，同学们交给我的作业有 20 万字，我把它打印出来，有厚厚的一摞，大家的作业都做得很用心，今天早晨蛤蟆老师向我要了一份大家的作业，大家的意见作家都会看到，讲座后大家还可以上线进一步和作家交流。网络文学充满了争议，在大家的作业里，我看到有同学很喜欢网络文学，也有把网络文学贬得一钱不值的，这种矛盾和争议正是网络文学研究的魅力。网络文学研究对研究者本身的智力充满了挑战，我自己读网文遇到了一些问题，也会有读不下去的时候，研究者需要非常开阔的学术视野，比如说你是不是一个通俗文学的爱好者，你对中外的幻想文学了解多少，你对网络文学的创作机制了解多少，你对作家了解多少，很多人其实仅仅凭一点印象，然后开始下判断，大量的网络文学研究文章不接地气，很多都是从资料到资料，不见人，不了解文学现场和机制，所以研究难以深入。我们的网络文学研究中心会给大家提供研究的平台，提供和作家交流的平台，我们还会组织相应的学术会议，邀请全国著名的网络文学研究专家和网络作家到山师来，与大家一起探讨网络文学，期待大家一如既往的参与和支持！最后，再次感谢蛤蟆老师的精彩报告，谢谢！

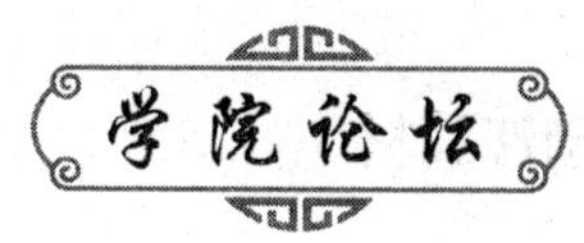

# 试论古典文学传统对网络小说创作的影响

苏晓芳*

**摘要**：网络小说创作受到多种文学传统的影响，中国古典文学是其中之一。古典小说对于网络小说创作的影响主要有四：一、网络小说延续古典小说创作题材；二、网络小说对于古典文学语言的模仿、借鉴与移用；三、网络小说沿用古典小说的叙事方式；四、古典文学人物或故事在网络同人小说中“重生”。网络小说创作对古典文学的传承和借鉴丰富了作品的内涵，提升了作品的文化品位，也使古典文学中的某些题材与叙事方式得到了新的发展。

**关键词**：网络小说　古典文学传统　题材　叙事　语言　同人小说

作为一种新兴的文学形式，网络文学从诞生之日起就更多地与现代科技、现代思维等相关联，随着其产业化转型，网络文学的消费文化、大众文化属性逐渐彰显，研究者则将观测的视点更多聚焦于此。因此，在以往研究之中，大多的研究是从网络文学作为一种文学形式，跟传统文学相比有何不同来着手，更多关注其区别于传统文学的新质。而网络文学作为文学的一种新兴类型，始终难以斩断自身与各种既有文学传统的血肉联系，因此，网络文学中必然包含着复杂的文学基因，中国古典文学便是其一。本文拟从题材、叙事、语言及经典作品人物或故事的重写等几个方面来梳理中国古典文学对于网络小说创作的影响。

---

* 苏晓芳，女，1971 年生，湖南桃江人，文学博士，厦门理工学院文化发展研究院教授。

## 一、网络小说延续古典通俗小说的创作题材

网络小说有着自己独特的题材分类，尽管各大文学网站上的分类略有不同，但基本上不外乎玄幻、武侠、言情、历史、恐怖、推理、军事等诸类型。这种类型的划分与我们通常所说的严肃文学或纯文学的划分方式完全不同，却与中国古典小说的题材分类有着更紧密的联系。宋元之际的罗烨在《醉翁谈录》卷一《小说开辟》中说："夫小说者，虽为末学，尤务多闻。……有灵怪、烟粉、传奇、公案，兼朴刀、捍棒、妖术、神仙。"这里提到的灵怪、烟粉、传奇、朴刀等可视为网络小说题材玄幻、言情、历史、武侠等的滥觞。值得注意的是，中国古典小说中的重要题材类型在网络小说中都有迹可循，而中国现当代文学中比较重要的小说创作题材，如乡土小说、知识分子题材小说、革命历史题材小说等，在网络小说中却十分稀缺。

从1998年第一部中文网络小说《第一次的亲密接触》问世至今，网络小说所走过的历程尚不足20年，仍是一个相对比较年轻的文学领域。以往对于网络小说的研究，更多注重其不同于传统文学写作的新质的辨析与梳理，而对网络小说与传统写作尤其是中国古典文学的传承性的一面关注较少。

范伯群、刘小源在《通俗文学的传统与网络类型小说的历史参照系》一文中沿用李敬泽关于网络小说的基本形态就是类型小说的提法，认为"从农耕文明时代市民文学的代表冯梦龙们到工商资本时代的张恨水们再到信息网络时代的唐家三少们是有着血缘关联的。冯梦龙们—鸳鸯蝴蝶派—网络类型小说是有承传关系的中国古今市民大众文学链"①，并指出，"网络类型小说品种在所谓鸳蝴派的作品中都有他们的代表作，至少已形成了雏形，只是那时的名称与现在的不同，或类型没有现在分得那么细化、那么复杂而已"②。将网络小说的本质界定为通俗文学的当代形态显然是恰当的，但它的主要题材类型似可从通俗文学的发展脉络中寻绎到更为清晰的演变轨迹。

玄幻小说是网络文学中深受读者喜爱的一个小说创作类型，在近年网络

---

① 范伯群、刘小源：《通俗文学的传统与网络类型小说的历史参照系》，《中国现代文学研究丛刊》2015年第8期。

② 范伯群、刘小源：《通俗文学的传统与网络类型小说的历史参照系》，《中国现代文学研究丛刊》2015年第8期。

作家富豪榜上名列前茅的基本上都是玄幻小说作者，玄幻小说的诞生与现代时空观念的更新及《魔戒》《哈利·波特》《银河英雄传》等西方奇幻小说的译介有密切关系。但也不难看出，玄幻小说中还包含着中国古典文学志怪、神魔小说的质素[①]。有人甚至将玄幻小说的源头上溯至更早，并梳理出一条中国幻想文学发展的轨迹，认为“从盘古开天辟地、女娲造人补天的上古神话，到巫士鬼神的《楚辞》、荒诞不经的《山海经》，从神异鬼怪的魏晋南北朝志怪小说，到鬼神仙侠的唐传奇，从满天仙佛的明代神魔小说，到神狐鬼魅的清代《聊斋志异》，中国的幻想文学一脉相承，塑造了一个如梦似幻的文学空间”[②]，在经历因“五四”现实主义文学冲击而退居文学的边缘的短暂低潮之后，随着网络文学的异军突起，“一大批网络玄幻优秀作品，开启了中国幻想文学的新潮流和新时代”[③]。按照这样的描述，尽管玄幻小说中融合了动漫、科技、网络游戏等诸多新的元素，但其本质仍与中国古典文学传统一脉相承，是一种具有浓厚中国传统文化特色的小说类型。

言情小说的源头可以上溯至唐传奇，唐传奇中精粹的部分大多是书写男女情爱的，如《莺莺传》《李娃传》《霍小玉传》等，经大量出现言情故事的宋元话本，至明代冯梦龙的“三言”，到达一个艺术高峰。明清之际，出现了作为人情小说的一个分支的才子佳人小说，这类小说的模式通常为：“男女以诗为媒介，由爱才而产生了思慕与追求，私定终身结良缘，中经豪门权贵为恶构隙而离散多经波折终因男中三元而团圆”[④]，代表作有《玉娇梨》《平山冷燕》《好逑传》《金云翘传》和《定情人》等。20世纪初，鸳鸯蝴蝶派登场，各种艳情、苦情、哀情的言情小说成为最受欢迎的通俗文学类型。在经过了约30年的沉寂之后，台湾的琼瑶等当代作家接续了言情小说的书写传统。网络言情小说则是在延续上述传统的基础上发展起来的一种网络小说类型，它可细分为都市、校园、后宫、穿越等不同的分支，女性写手和女性读者是支撑这一小说类型发展的主要创作主体与受众群体。

中国文学与史学最初并没有严格的分野，司马迁的《史记》既有史实的

---

① 参见拙文：《试论三种网络小说新类型》，《西南大学学报》（社会科学版）2010年第6期。

② 李如、王宗法：《论明代神魔小说对当代网络玄幻小说的影响》，《明清小说研究》2014年第3期。

③ 李如、王宗法：《论明代神魔小说对当代网络玄幻小说的影响》，《明清小说研究》2014年第3期。

④ 林辰：《烟粉新诂》，《明清小说论丛》第1辑，春风文艺出版社1984年版，第84页。

真实性，也运用了多种文学手法，因而，它既是一部史学著作，也是一部文学名著。中国文学虽缺乏史诗传统，但在小说领域却有所谓史传传统，如古代小说中有“稗史”“野史”“小史”“外史”之称，白话小说中有“讲史”一支，如《新编五代史平话》《新刊大宋宣和遗事》《东周列国志传》《三国志通俗演义》等，均以各代历史为纲，所选材料均为重大史实。可以说，中国小说发展至今，尽管史观曾发生过许多变化，史传传统却从未中断，每个时代都有很多作家将史诗性书写作为自己追求的目标。在网络小说中，自然也少不了历史小说的位置，并派生出一些传统历史小说创作中没有的分支，如穿越历史、架空历史等。

网络武侠小说也是一个可以在古典小说中找到源头的类型。张兵认为成书于东汉末年的《燕丹子》是中国最早的武侠小说①，其内容为侠客义士扶弱反暴、以武犯禁、行侠仗义；也有人认为司马迁的《刺客列传》可视为中国武侠小说的滥觞。武侠小说发展到魏晋南北朝时期，最具代表性的作品有干宝《搜神记》中的《干将莫邪》《李寄斩蛇》，刘义庆《世说新语》中的《周处》等。隋唐五代时期被视为武侠小说的形成阶段，唐传奇中出现了一批描写豪侠之士及其侠义行为的作品，如《任渭长剑侠传像》《聂隐娘》《昆仑奴》《虬髯客传》等。清代是武侠小说的繁荣时期，清代中期出现的《三侠五义》是中国第一部长篇武侠小说。清末民初，随着报业、出版业的繁荣，武侠小说异军突起，出现了王度庐、还珠楼主、白羽、郑证因、朱贞木等旧派武侠小说大家，并发展出神怪武侠小说、社会武侠小说、技击武侠小说、言情武侠小说等不同派别。当代金庸、梁羽生、古龙所开创的新派武侠小说，则将武侠小说这一通俗文学类型推向了一个新的高峰。网络文学兴起之后，网络武侠小说又派生出许多新的分支，如仙侠、修真、女性武侠等。

## 二、网络小说沿用古典小说的叙事方式

如果将小说的标题当作读者阅读时遭遇的第一个叙事的话，我们会发现

① 最早提出我国第一部武侠小说是《燕丹子》的是美国学者刘若愚，他在《中国之侠》(THECHINESEKNIGHT－ERRANT) 一书中说：“把历史上的游侠写进小说，最早大概要数《燕丹子》”。但刘认为《燕丹子》成书于公元前3世纪，张兵不同意这个时间的推断。参见张兵：《武侠小说发端于何时?》，《复旦学报》(社会科学版) 2004年第3期。

网络小说的取名方式也是有古典文学渊源的，此处不妨以一种类型为例说明。依据中国传统小说的纪传体传统，古典小说取名方式之一是直接以作品主角名字命名，如《莺莺传》《赵飞燕外传》等，或将小说中主要人物名字组合成书名，《金瓶梅》书名就是取自书中几位女主人公，由潘金莲的“金”、李瓶儿的“瓶”和庞春梅的“梅”组合而成；明末清初涌现出的才子佳人小说，其中相当一部分作品的书名是模仿了《金瓶梅》，如《平山冷燕》书名由四个主角平如衡、山黛、冷绛雪、燕白颔合成。《玉娇梨》《平山冷燕》《金云翘传》《春柳莺》《雪月梅》等均是如此。此种命名方式，为古代才子佳人小说所独有，却并不被推崇，如清代三江钓叟就认为“草率若此，非真有心唐突才子佳人，实图便于随意扭捏成书而无所难耳”①！

网络小说继承了这一传统，如《甄嬛传》《花千骨》就是直接以主要人物名字命名的小说，而《明若晓溪》《泡沫之夏》《佳期如梦》《盛夏晚晴天》则是将主要人物名字嵌入小说名之中，如《泡沫之夏》主人公名叫夏沫，《佳期如梦》主人公尤佳期，《盛夏晚晴天》主人公夏晚晴。还有模仿《金瓶梅》的命名方式将几个主要人物名字组合成书名的，《千山暮雪》是由故事中四个主人公的名字合成的，“千”是取莫绍谦的谐音，“山”是萧山，“暮”是慕振飞，“雪”是童雪；《何以笙箫默》由主人公何以琛和赵默笙的名字组合而成。这种取名方式在中国现当代文学中很难见到。

网络小说发展至今，已经由最初的仅为抒发个人情感的非功利写作阶段走向了流水线式的文化工业时代，并因其临屏写作、即时更新的生产与传播方式，成为一种情节为王的写作，这就要求写手将作品构思的重点放在情节的构筑上。E·M·福斯特认为：“故事是叙述按时间顺序安排的事情。情节也是叙述事情，不过重点是放在因果关系上。‘国王死了，后来王后也死了’，这是一个故事。‘国王死了，后来王后由于悲伤也死了’，这是一段情节。时间顺序保持不变，但是因果关系的意识使时间顺序意识显得暗淡了”②。网络小说看重故事的完整性，更重视情节的精彩、连贯与跌宕起伏。

一般而言，一个能吸引读者关注的完整情节应该包括开端、发展、高潮、结局等组成部分，连接各个组成部分的是因果关系，这也是符合读者的阅读期待的。网络小说语言以叙述为主，切忌过多的描写，即便需要出现描写的

---

① 三江钓叟：《铁花仙史·序》，春风文艺出版社1985年版，卷首。

② 福斯特：《小说面面观》，见《小说美学经典三种》，上海文艺出版社1990年版，第271页。

成分，也应与推动情节的因果关系相关，紧扣情节，而不能造成情节的中断。那些大段的景物描写、心理刻画，对于一个密切关注情节发展的读者来说，显然并不重要，甚至可以直接跳过。这种方式更接近中国古典小说的叙事传统，而与深受西方文学影响的中国现当代文学不同。中国古典小说作者往往按照故事情节的自然发展顺序安排情节，写人物，也一定将人物的来龙去脉交代得清清楚楚。结尾时也一定要说明主人公乃至全部人物的结局，而且往往是善有善报、恶有恶报的大团圆结局。网络小说大多也基本遵循这样的方式来安排叙事。

网络小说创作进入文化工业时代之后，很大程度上已经背离了其早期实验性、探索性的发展路向，网络载体赋予网络小说的某些特性也在市场的自然选择中逐渐被抛弃，比如超文本的非线性结构等，近年走红的网络小说基本上与超文本实验无关。不仅如此，在小说线索上，很少采用多线索叙事这样常见的现代小说技法，而向更为单一的形式回归。目前深受读者追捧的网络小说大多采用单线叙事，最多也不过是类似中国古典小说中所谓“花开两朵，各表一枝”的双线结构，这与普通读者的阅读习惯、阅读心理有直接的关联，也体现了网络写作对于读者阅读思维惰性的妥协与迎合。读者网络阅读的目的大多为消遣、娱乐，太过复杂的叙事线索会给其理解造成一定的困扰，破坏其阅读兴趣。因此，目前网络小说的叙事结构大多比较简单，多以主人公的行踪为中心，用一个个逻辑线索非常紧密而又易于理解记忆的情节来支撑整个故事，如《盗墓笔记》《鬼吹灯》等就是这样，就像一部部由精彩情节组成的系列剧。对于读者来说，每一次阅读都像跟随主人公去体验一个虚拟世界的生活，小说的叙事线索就是读者进入小说情境的路径，带领他们去穿越，去盗墓，去探险，带有游戏性与代入性特点。

有时，在叙述过程中，叙事者会有意延宕情节的进展，甚至造成叙事的中断，这就是设置悬念。所谓“悬念”，即读者、观众、听众对文艺作品中人物命运的遭遇及情节的发展变化所持的一种急切期待的心理。中国古典小说的作者们深谙悬念的设置之道，我们在《水浒传》《三国演义》等古典名著中就能看到不少以设置悬念、延宕情节来挑战读者阅读期待的精彩片段，金圣叹说“读书之乐，第一莫乐于替人担忧”① 就是讲的读者因作品中的悬念

① 陈曦钟等：《水浒传会评本》，北京大学出版社 1981 年版，第 198 页。

而产生的担忧。

网络小说也讲究设置悬念，网络文学术语叫做“挖坑”，即要让故事好看，让读者跳进去了就出不来。整体上要有总悬念，故事的发展过程中要不断出现小悬念，也就是整体悬念与主要场面中的小紧张格局。故事的总悬念是整部小说主要冲突的焦点所在，在故事开始即要提出，并随着冲突的上升而不断加强，直至高潮。它是贯穿整部作品戏剧性结构的情绪支柱。小悬念则属于小说的每一个发展段落或主要场面中出现的局部紧张情势，它起着不断丰富和加强总悬念，并在每一个情节单元结束时，把读者的注意力和兴趣引向下一个情节单元的作用。悬念是通俗小说的命脉。如在穿越小说中，往往是主人公由于某个意外，机缘巧合地来到了一个迥然不同的时空，她的命运如何？这是小说的整体悬念，她在异时空中遭遇的一个又一个危机则是小悬念。至于盗墓小说则更是以制造层出不穷、环环相扣的悬念见长，其悬念出现的频率就更高一些。每天更新的网络小说需要不断设置悬念，吸引读者每天去点击，并在“替人担忧”中去体验金圣叹所说的“读书之乐”。

## 三、古典小说语言风格在网络小说中的呈现

古典小说语言风格在网络小说中的呈现主要体现为对于古典名著语言风格的模仿、古典诗词的引用、古典文学意象及意境的移用上。凡此种种，共同展现出古典倾向的审美趣味。

在语言风格方面，被网络写手模仿得最多的古典名著是《红楼梦》。《红楼梦》无疑是中国文学史上一座难以逾越的艺术高峰，其语言风格在四大名著中也是独树一帜的。自红学创立以来，就有不少学者研究红楼梦的语言，早在1940年代，王力先生就基于《红楼梦》的语言材料写成了语言学著作《中国现代语法》（商务印书馆1947年版）一书。早期的研究认为《红楼梦》所使用的语言是地道的北京方言，如俞平伯就认为“《红楼梦》用的是当时的纯粹京语”①，近些年来，经过研究者更深入研究，认为《红楼梦》的语言是以北方官话为基础，还吸收了下江官话、吴语、湘方言等成分②。至于其语言

---

① 俞平伯：《俞平伯论红楼梦》，上海古籍出版社1988年版，第319页。

② 参见戴不凡：《揭开〈红楼梦〉作者之谜·内证之一：大量吴语词汇》，《北方论丛》1979年第1期；王湜华：《〈红楼梦〉语言的地方色彩》，《红楼梦学刊》1984年第2辑。

风格，则被认为是将“我国古典白话提高到美学的、诗意的境界上了”，是“一种自然纯净、洗炼流畅的文学语言”①。因此，《红楼梦》的语言不仅被人们视为学习官话的理想教材，也成为后世作家模仿的对象，如现代作家张爱玲不仅从小熟读《红楼梦》，在她的小说创作中更不难发现其语言风格上的模仿痕迹。

在网络小说中，最容易找到《红楼梦》语言痕迹的是女性写手写作的后宫、穿越等题材的小说。由流潋紫的《后宫·甄嬛传》改编的电视剧《甄嬛传》热播之后，所谓“甄嬛体”引起了公众的关注，其实所谓“甄嬛体”就是模仿《红楼梦》的语言风格而来。“甄嬛体”对于《红楼梦》语言的模仿主要体现为两个层次，一是词汇与语法，曹雪芹在《红楼梦》中所呈现的芜杂多元的词汇系统是与其自身复杂的经历相关的，他对于不同方言、俗语及文言的融合皆有其独特的渊源，因而模仿并非易事。在《甄嬛传》中，作者使用了不少《红楼梦》中使用频率较高而现代汉语已不常使用的北京官话词汇，有研究者统计，像“物事、忖度、攀扯、方才、今日”等，在《甄嬛传》中多次出现，最多近20次；“没的（得）、促狭、合该、下作、不中用、劳什子、汤婆子”等沿用了《红楼梦》中下江官话和吴方言词汇使用频次不等；而“亦、欲、言、虽、方、必”等夹杂使用的单音节文言词汇的使用频率则比较高，其中，“亦”多达1000多次，“欲”达400多次②。无论是人生经历，还是熟悉的方言体系，来自杭州的女作家流潋紫跟生活于18世纪的曹雪芹都不相同，当流潋紫“因为从小深爱《红楼梦》，为其文学语言所倾倒，在潜移默化中慢慢发现自己的语言风格越来越接近‘红楼体’”③。

二是修辞风格，《红楼梦》除了人物语言生动贴切，切合相应身份之外，叙述语言典雅委婉，富于诗意。《后宫·甄嬛传》在这方面也颇为用心。如第1卷第26章写夏日午后的宜芙馆：

> 白天的辰光越长了。午后闷热难言，日头毒辣辣的，映着那金砖地上白晃晃的眼晕，一丝风也没有。整个宜芙馆宫门深锁，竹帘低垂，蕴静生凉，恨不能把满天满地的暑气皆关闭门外。榻前的景泰蓝大瓮里奉

---

① 李桂芳：《简析〈红楼梦〉人物的语言风格》，《渤海学刊》1996年第1期。

② 康莉：《从“甄嬛体”热看网络文学对古典文学的靠近及其自身的缺失》，《牡丹江教育学院学报》2012年第6期。

③ 齐书勤：《流潋紫是中学老师写〈甄嬛传〉受红楼文化影响》，《半岛晨报》2012年3月24日。

着几大块冰雕，渐渐融化了，浮冰微微一碰，“丁零”一声轻响。

这一段描写让人自然地联想到《红楼梦》中第26回关于潇湘馆的一段描写：

说着，顺着脚一径来至一个院门前，只见凤尾森森，龙吟细细。举目望门上一看，只见匾上写着“潇湘馆”三字。宝玉信步走入，只见湘帘垂地，悄无人声。走至窗前，觉得一缕幽香从碧纱窗中暗暗透出。

同样的季节，同样的时辰，虽然景物有别，但风格情致却非常相似。

除了流潋紫，沧月、沈璎璎、匪我思存等女性写手也都比较喜欢在作品中模仿《红楼梦》的语言风格。

在小说中加入大量诗词既是《红楼梦》《水浒传》等古典小说的特点，也是一部分热爱中国传统文化的网络写手创作上常用的手法。由于大多数年轻的网络写手并不擅长古体诗词的创作，所以，在他们的小说中加入的那些诗词大多是古人的作品。这些古典诗词的移用方式主要有两种，一是直接引用，二是间接化用。

直接引用的，如波波的《绾青丝》中整首（阙）直接引用的古典诗词非常多，第1卷第41章直接引用了两首：

**元稹《一至七言诗》**

茶，
香叶，嫩芽。
慕诗客，爱僧家。
碾雕白玉，罗织红纱。
铫煎黄蕊色，碗转曲尘花。
夜后邀陪明月，晨前命对朝霞。
洗尽古今人不倦，将至醉后岂堪夸。

**白居易《问刘十九》**

绿蚁新醅酒，红泥小火炉。
晚来天欲雪，能饮一杯无？

还有第2卷第99章、第100章分别引用了李白的《邯郸南亭观妓》的前半首和《秋风词：三五七言诗》，第1卷第23章引用了苏轼的《水调歌头·明月几时有》的下阕，第2卷第103章引用了贺知章《咏柳》和李商隐的《无题》，第3卷第134章引用了王维的《画》。

在网络小说引用古典诗词的过程中，写手应注意的是诗词出现的年代与作品中设定的年代不能出现错误，但像《绾青丝》这样的架空历史小说，在年代的设定上相对比较自由，因此也就没有这方面的顾忌。

间接化用更多出现于行文中的片段或网络小说的标题、回目上，卿妃的《月沉吟》中，这两种情况比比皆是：

> 脸上的泪迹已经风干，我一举右手，指向对岸："他日，必将踏江而过，西北望，射天狼！"

这里就是引用了苏轼的《江城子·密州出猎》中"会挽雕弓如满月，西北望，射天狼"的后半句。

这部小说的回目很多化用古典诗词之处，仅前20回的回目中就有："红了樱桃，绿了芭蕉"出自南宋词人蒋捷的《一剪梅·舟过吴江》；"何日送我上青云"化用了《红楼梦》中薛宝钗所做《临江仙》"好风凭借力，送我上青云"；"秋到乾城角声哀"化用了宋代陆游的《秋波媚·七月十六日晚登高兴亭望长安南山》中"秋到边城角声哀，烽火照高台"；"十年踪迹十年心"出自清代纳兰性德《虞美人·银床淅沥青梧老》"背灯和月就花阴，已是十年踪迹十年心"；"把酒祝东风，且共从容"出自宋代欧阳修《浪淘沙·把酒祝东风》第一句。类似的情况也出现在匪我思存、海飘雪等写手的作品中。

此外，在景物描写、环境渲染、人物形象塑造及生活细节的描绘上，网络写手借助文学语言的古典化和文化意象的传统化，使作品流露出浓郁的传统审美情趣。

## 四、古典小说人物或故事在网络同人小说中"重生"

"重生"原本是网络小说的一个类型，所谓重生小说指的是描写主人公保存记忆回到若干年前重新过一遍自己的人生的小说。这里借用这一概念是指借用古典小说中的人物或故事框架进行重新书写的那一类网络小说，即同人小说。同人小说一词，来源于日语同人志，原指一群同好走在一起，所共同创作出版的书籍、刊物。在网络同人志中，可分为原创同人志和改编同人志。本文所说的同人小说特指改编同人志，是利用文学作品中的人物角色、故事情节或背景设定等元素进行的二次创作小说。

马季发现，“网络文学极少有效仿现代文学之作，取法古人的却比比皆是”①，的确是这样。同样，以现代文学作品作为改写对象的同人小说相对较少，而以古典小说为改写对象的同人小说则数量众多。其中，四大古典名著是网络写手进行再创作和改写的首选对象。

在传统写作中，四大古典名著有许多的续书。《红楼梦》刊行之后，就曾出现过多个续写的版本，大多是以前八十回为基础进行续写，改写了高鹗版的情节与结局。仅清代就有《后红楼梦》（清·逍遥子）、《绮楼重梦》（清·兰皋主人）、《续红楼梦》（清·秦子忱）、《续红楼梦新编》（清·海圃主人）、《红楼复梦》（清·陈少海）、《补红楼梦》（清·琅環山樵）、《红楼梦补》（清·归锄子）、《红楼圆梦》（清·临鹤山人）等众多被称为“红楼小说”的续作。《水浒传》的续作也不少，且因续作者立场不同而主题各异，既有延续原作英雄传奇的书写，如《水浒后传》（陈忱）、《后水浒传》（青莲室主人）、《水浒中传》（姜鸿飞）、《水浒别传》（张恨水）等；也有站在对立立场的翻案续写，如《结水浒传》（即俞万春《荡寇志》）、《残水浒》（程善之）、《续水浒传》（冷佛）等都是丑化梁山好汉的续书；还有另辟蹊径的另类水浒，如《新水浒》（陆士谔）、《新水浒》（西泠冬青）等。《三国演义》的著名续书有：《新刻续编三国志后传》（明代酉阳野史）、《后三国志演义》（不详）、《后三国石珠演义》（梅溪遇安氏）、《反三国演义》（又名《反三国志》，民国文人周大荒）等。《西游记》的续书众多，最著名的是所谓三大续书：《西游补》（作者董说）、《续西游记》（不题撰人）、《后西游记》（作者不详）。

以四大名著为重写对象的网络同人小说的创作方式主要有如下几种情况：

1. 基本上遵循传统续书的写法，在继承原著思想与风格的基础上，以自己的理解和设定来重新构撰故事情节、安排人物命运。如水茹王妃的《红楼遗梦——寂寞紫菱洲》以林黛玉为第一人称来写，重新诠释黛玉这一人物。前半部内容与曹雪芹原著情节、内容相似。后半部则按照作者自己的理解，续写了一个跟高鹗版不一样的黛玉结局。

2. 将原作改编为穿越小说，让现代人穿越到原作小说世界，重新演绎故事，有的变身为小说中的主要人物，如卫风的《钗头凤》中，“我”化身为王熙凤；紫竹小易的《重生之宝玉为王》中，现代大学生贾峰在遭遇车祸死

① 马季：《网络文学接续古典“文脉”》，《人民日报》（海外版）2015年6月23日。

亡后和恶魔签订契约，转世重生成贾宝玉，进入已经衰败的贾府；莫惜梦的《红楼非梦》中，玉儿穿越重生为黛玉。有的是穿越到原作中，变成一个原本并不存在的人物，从这一添加的人物出发，重新演绎小说，如南宫双元的《穿越水浒传》写一个现代青年出了车祸后被带到了大宋王朝，奇迹般地拥有了召唤各种武器的能力，结识了《水浒传》中的好汉，最后改写历史，让108将虽然接受招安却都安然地活了下来。野猪小强的《穿越之大闹西游》写工科大学生易潜龙穿越到西游世界中，拜唐僧为师，原著中的师徒四人变成五人，一起去西天取经，他虽然不会武功法术，但凭借他的现代科技常识，跟猴哥一起降妖除魔。

3．让原作人物个别或集体穿越到现代，如叫我小强的《我的黛玉妹妹》中，宝玉变成了现代都市中放浪不羁的富家公子，与黛玉和薛兰馨一起陷入情感纠葛之中；贵州强子的《西游补记》以故事新编的形式，让《西游记》中的人物穿越到现实生活中，但人间仙境世事同理，小说借古喻今，揶揄和鞭挞现实生活中的各种时弊。

4．仅借用原作的人物、人物关系或故事框架等元素，进行重新演绎，生发出不同主题的同人小说。如仓土的《李逵日记》分为《李逵日记之忠义堂》和《李逵日记之聚义厅》上下两本。其内容是一部梁山时代的官场现形记，小说让李逵以亲历者的身份向读者讲述了在以晁盖、宋江为领导核心的权力机关里的官场形态，涉及省级、厅级、地级共108位高层干部，30多个家庭，起义、升迁、调动等官场事件60多起。童瞳的《沙僧日记》完全颠覆了《西游记》中沙僧的传统形象，以日记的形式、另类而幽默的笔调，讲述了一个别样的取经故事，小说借唐僧师徒四人取经之旅，反映了现代都市青年为生活而奔波的酸甜苦辣。而萌教掌门人的《黑熊传》讲述的是《西游记》中黑熊精的人生历程，通过妖与菩萨交错离奇的故事，揭露现实社会的残酷。

特别值得一提的是今何在的《悟空传》，在以古典文学名著为重写对象的网络同人小说中堪称典范。

网络小说创作对中国古典文学传统的传承和借鉴丰富了作品的艺术内涵，提升了作品的文化品位，使古典文学中的某些题材与叙事方式得到了新的发展，也让那些充满东方情调的审美意识在新的文学创作中再度复苏，让更多的读者感受到传统文化的魅力。

# 舌尖上的大同梦

## ——论网络小说中的“美食”书写

陈立群*

**摘要：**美食书写是当前网络小说中的一个流行元素。它不止是中国文学的美食写作传统的流衍，更是当代中国大众心态的表达。网络小说中的美食书写构建了一个感觉的共同体，传播着一种“唯乐大同主义”。但这个“感觉”，又是诸多复杂的文化代码的组织。从而，网络小说中的美食书写从一个侧面尖锐地揭示了当前社会共同体构建进程里的激烈斗争。

**关键词：**网络小说　美食书写　共同体

“吃货统治世界”，这是“媒后台”① 评论晋江原创网上的红文《御膳人家》的文章标题。它很好地概括了当前网络小说中“美食”元素的流行大势。如今，言情文中，美食制作几乎是女主角的必备技能，吸引、治愈着男主们；历史文、玄幻文里，美食也常常是穿越到异时空的他/她安身立命、白手起家的重要手段；即便是“万径人踪灭”的末世文，美食的身影也不时浮现，成为主角收复人心、拯救世界的强援。

但是，网络小说里美食书写的流行，却并非像“媒后台”说的那样，主要是乘了《舌尖上的中国》的东风，实质上，它包含着更为复杂的社会意识心理。

### 一

美食，首先是物质富裕的象征。必得食物不匮，方可“食不厌精，脍不

* 陈立群，女，1972 年生，广西天峨人，华南师范大学文学院副教授。

① “媒后台”，北京大学中文系学生自己开设的一个微信公众号，主要探讨网络文学现象。

厌细”，而言“美”食。中国文学传统中的美食书写，自宋代孟元老的《东京梦华录》、明代张岱的《陶庵梦忆》、清代袁枚的《随园食单》，到周作人、梁实秋的小品，以至陆文夫的《美食家》，表现的都是富足繁华的社会，悠闲讲究的日常生活，大雅近俗的审美意趣。即使有些美食书写带着浓重的怀旧创伤，[1] 但这怀念与伤痛恰恰来自承载着这些意趣的美食的失落，而不属于美食本身。所以，美食书写，是社会物质文明与精神文明发展到一定高度的产物，是世俗的艺术化，日常生活的审美化。

网络小说中的美食书写，首先是这一传统的流衍。在《舌尖上的中国》开播以前，网络小说中已有美食文零星流布。如静官的《食色无双》（起点，2009)、寒烈的《你的味蕾，我的爱情》（晋江，2009)、耳雅的《方大厨》（晋江，2010)、收红包的的《正味记》（起点，2010)，等等。文中那些珍稀独特的原料，精细繁琐的烹调手法，华美考究的形、色、味，透露着对物资、时间、人力的慷慨奢侈的消费，财大气粗地显示了现代社会的“富裕社会”的特征。与同时的其他领域的美食书写——如沈宏非在《南方周末》的《写食主义》专栏，君之在新浪的烘焙博客[2]等等一道，都是当代中国社会物质小康、情趣小资、理想中产的表现。

不过，虽然此时特征鲜明的美食主题的网文尚属少数，但局部性的美食书写已渐渐在一些类型小说中反复出现，尤其是后期的种田文。在后者构建的田园乌托邦里，美食是一个不可或缺的元素。如《随身带着两亩地》里，主角的随身空间孕育了各种美味的蔬菜水果；《小地主》里，原汁原味的东北特产伴随着主角的冒险历程不断被发掘出来，等等。虽然美食来源不同，成因各异，却都有一个不约而同的倾向：对不同个体或群体都拥有不可抗拒的吸引力。它们可以超越年龄、阶级、地域、时代等差异，让所有人获得共同的“美味”感知。

《舌尖上的中国》播出后，美食文大热。而各种类型的网文的美食书写里，美食的沟通功能更被有意无意地强化。晋江言情站 2013 年 vip 金榜榜首文《清穿日常》中，女主对食物的热爱打破了男主的冷漠戒备，带她走进他的心，推动两人齐心协力，建立了一个温暖的爱巢。同年非言情站榜首、修

① 冯进：《中国现当代文学中的“美食怀旧”描写——以陆文夫为个案》，《复旦学报》2013 年第 4 期。

② 君之，西点师，2008 年起在新浪开设博客，教授烘焙知识，迄今访问量 3 亿多人次。

真文《神仙日子》里，主角种菜做饭，先讨好了高冷的师父，后驯服了幼小的孔雀神兽，以及凤凰情人、白鹤师兄、黑乌鸦弟子……他长期喂食的这些人物，最终都成为他的家人，与他共祸福，同死生。《御膳人家》里，尝过主角美食的人，纷纷向主角释放出善意，并结成联盟，为主角的事业保驾护航。而在那些末世文里，食物就是生存的希望，分享食物的人们，必然是同一个战壕的战友。而当食物被源源不绝地生产、享用，末世的绝望前景也就在改变，最终获得救赎。总之，美食现身为一个万能通行证，打破了一切自然与人为的壁垒，无论异性之间、古今之间、敌我之间、异界之间。它激发出食客们内心的善意和爱意，消融人际的冷漠，将所有一起分享它的食客组建为团队、联盟，进而改变世界，拯救人类。

因此，网络小说的美食书写确确实实构建了一个“吃货统治”的世界，一个建立在舌尖上的大同乌托邦。

这个乌托邦的领地一直延伸到文本之外。“媒后台”指出，《御膳人家》产生了“报社”——报复社会的效应，“大半读者评论都在喊饿”。《牛男》写了一章《枸杞花蜜拌枸杞酒》，就有读者说要上淘宝买蜂蜜，“不到两个月买了10瓶，天天喝，还要继续买”[①]……美食也触动了读者，将他们卷入追求食物的“吃货”大军，美食书写—阅读成为一场群体狂欢。读者冲破了文本内外的藩篱，也成为美食的分享者，成为这个共同体、这个乌托邦的一员。

从而，网络小说中的美食书写显示了与传统文学、与《舌尖上的中国》都不同的文化内涵：共同体构建。

## 二

“共同体”概念的创造者、德国社会学家滕尼斯指出，“共同体是一种持久的和真正的共同生活”，是“一种原始的或者天然状态的人的意志的完善的统一体”。[②] 而当代共同体概念，更强调“共同目标、身份认同、归属感”。[③] 网络小说的美食书写构建的“吃货”联盟可以说都具备了这些特征。首先，

---

① http://www.jjwxc.net/onebook.php?novelid=1769629&chapterid=25

② ［德］斐迪南·滕尼斯：《共同体与社会——纯粹社会学的基本概念》，林荣远译，商务印书馆1999年版。

③ 张志旻等：《共同体的界定、内涵及其生成——共同体研究综述》，《科技政策与管理》2010年第10期。

它有一个共同生活的背景：全人类共同的生存活动——吃。因而，它可通过一种最原始最天然的联系将人们统一为一体：味觉，如孟子所说的，“口之于味，有同嗜焉”。另外，它的成员有“共同目标、身份认同、归属感”，他们都有“吃货”的自觉的身份认同及归属感，有一个共同的目标：追求美味。

不过，与滕尼斯及现代学者们讨论的共同体有微妙的差异，这是一个感觉的共同体。

滕尼斯讨论共同体与社会的区别时，曾指出，前者是“现实的和有机的生命”，后者是“思想的和机械的形态”，强调了共同体的感性倾向。但他对共同体的维系纽带——“本质意志”的规定，却不仅仅是有机体的欲望冲动和感觉，还包括理念以及习惯、记忆，等等。而当代学者讨论的各种现代共同体，如学习共同体、实践共同体、知识共同体等等，尽管都有不拘一格、逸出社会体制单位的特征，但都分享着某些观念上的共识。但网络吃货们的联盟，却纯粹系于一种生理快感。美食无视一切社会实体与意识形态的界限，有着万能的沟通效果，也就意味着该共同体内部组织与意识的极端芜杂，意味着这共同体的内在联系的极端单一和薄弱。

显然，这并不是由于吃货们的社会文明程度或个体意识发展水平低下，从而不能将共通感上溯到更深切的精神层面。相反，这里面隐含着对观念、认识、意志、理智的“共识”的有意识的拒绝，对其他共同体联结方式的不信任。

就在美食书写流播的同时，网络小说蔓延着一种趋势：世界设定的“黑化”。邵燕君、颜浩均指出，近几年的女性向言情作品的主题不再是恋爱，而是斗争，宫斗、宅斗、男女斗、嫡庶斗等等。家族、夫妻、父母子女、兄弟姐妹、朋友同事，一切人伦关系都演化为不死不休的利益竞争。[①] 而在男性向的作品里，历史文的民族主义情结日益弱化，主角追求的不再是改变历史、振兴中华，而是个人的功名利禄，《异时空之中华再起》（中华杨）、《山河英雄志》（更俗）转化为《回到明朝当王爷》（月关）、《官居一品》（不戒大师），等等。在“后武侠”“新武侠”的玄幻文中，金庸式的为国为民的大侠失踪了，连还珠楼主那种刻板的正道也消失了，主角是赤裸裸的唯己的

---

① 邵燕君：《在“异托邦”里构建“个人另类选择”幻象空间——网络文学的意识形态功能之一种》，《文艺研究》2012 年第 4 期；颜浩：《论“宫斗剧”的本质》，《人民日报》2012 年 7 月 10 日第 24 版。

"我"，世界是弱肉强食的丛林。① 末世文更公开直接地宣扬不道德的合法性：当人类种群面临着覆顶之灾的时候，一切文明体制均失效，惟余生存本能。

这些"第二世界"的"崩坏"，反映的是当前社会的大众精神危机和心理焦虑：对他人乃至制度的信任的崩溃、传统道德准则的失范、意识形态信仰的动摇，等等。这与彭宇案、小悦悦车祸等公众事件在网络舆论中的持久热议一样，是转型时期，滞后的社会保障制度建设和意识形态建构导致的一种普遍的、长期持续的、焦躁紧绷的负能量大众心态的投影。

从而，美食通行的那些世界大多是充满敌意的、危险的。《清穿日常》中，男主胤禛与父亲康熙、长子弘晖、嫡妻乌拉那拉氏之间的关系如履薄冰，稍有不慎，便生出无穷的猜疑、算计。《神仙日子》里，主角是被父亲无视的私生子，修仙资质低劣，在门派里处处遭遇歧视刁难。他的生父与嫡妻同床异梦，他的师父在战斗中被兄嫂背叛。《御膳人家》里，主角的至亲——叔叔一家是他家最大的敌人，同行都是幸灾乐祸的对手，同学、工人与顾客是漠不关心的路人。由是，这些世界里，情感、道德、理智、利益，无一可靠，无一能成为世界的支柱。唯有感觉，直接关联个体肉身，间不容发，而成为真理的基础。而通过感觉传递的愉悦快乐，成为不同个体之间的唯一可能的沟通，而成为唯一的普世价值。

所以，这又是一个"唯乐"的共同体。快感、快乐、娱乐，是维系这个共同体的根本纽带。这样，我们似乎遭遇了当代理论家们大力鞭挞的现代性社会的一种顽疾——"娱乐至死"：快感统治世界，取消了深度，消灭了一切思考，生活抛弃了一切承担，存在变成不可承受之轻。② 这样的共同体，似乎，既无价值承担，也没有意义生产。它的"共同"，只会将人们导入歧途。

然而，朱军指出，快感有另外一种构建世界的可能：唯乐大同。他说，"都市唯乐大同主义的美学精神可归结为：道德理想主义与娱乐梦想主义的重新契合。在'娱乐至死'的时代，现代人需要回到娱乐的开端处"。娱乐"不应该被消费主义所定义，而应该成为人类大同理想的有机组成"。③

唯乐原则或曰快乐主义的思想可以上溯到古希腊的伊壁鸠鲁。他以为只有感觉是唯一可靠的判断标准，而满足人的自然本性的欲望，是人生的理所

① 参见陈立群：《网络修真小说中的"权力"与"知识"》，《三峡大学学报》2015 年第 2 期。

② ［美］尼尔·波兹曼：《娱乐至死》，章艳译，广西师范大学出版社 2004 年版。

③ 朱军：《当康有为遇见迪斯尼——都市唯乐大同主义的诞生》，《探索与争鸣》2014 年 12 期。

当然的目标。① 边沁将伊壁鸠鲁的快乐主义改造成为一种功利主义哲学，认为追求快乐是人类趋利避害的本能的体现。② 现代与后现代的思想家们多把快乐主义与消费主义挂钩，视它为现代社会的技术统治和物质崇拜所煽动的欲望膨胀。③

从而，快乐主义被看作一种利己主义或个人主义的原则，它与一个利他的友爱互助的道德乌托邦的缔造是格格不入的。在西方文明的传统中，从柏拉图的《理想国》到康帕内拉的《太阳城》、莫尔的《乌托邦》，人类理想社会的建立，从来都是以规则的制定、契约的缔结、道德与理智对感性欲望的控制约束为基础，快乐从未被信赖为人类整体幸福的可靠后盾。正是由于对感性快乐的这种压制，乌托邦的光明图景蒙上了可疑的迷雾，从而，在《1984》《我们》《美丽新世界》等“反乌托邦”经典里，感性快乐的泯灭与被阉割成为“恶托邦”的重要罪证。

然而，按照弗洛伊德的说法，唯乐原则并不是人的本能，人的本能是固有生活习惯、情感活动系统、神经运行机制的强制循环、无限重复。追求欢乐实际上是对僵死的旧有生命轨迹的突破，是对禁锢个体的枷锁的解放。④ 所以，欢乐意味着斗争、解放、自由。正因为如此，席勒与贝多芬将欢乐作为人类终极的颂歌。而巴赫金在考察中世纪欧洲民间喜剧后指出，在肉体解构灵魂、感官颠覆精神的统治的“狂欢”中，“个体”或“自我”的坚固壁垒瓦解了，群众融合为无边界的共同体。⑤ 所以，贝多芬与席勒的幻想——在欢乐女神的旗帜下，人类“消除一切分歧”“相亲又相爱”（《欢乐颂》歌词），并非梦呓。快乐可以铸造“人类”这一共同体，它是人类行进的道路和目的地。

所以，网络小说构建的这个唯乐的、感觉的共同体，并不是简单地回归人的生理本能，抹杀人类向上提升的理想。相反，它是一个唯乐大同世界的创制，是人们在失望于现有的维系共同体的各种无效链接后，发明的规划人

① ［古希腊·伊壁鸠鲁、［古罗马］卢克莱修：《自然与快乐》，包利民等译，中国社会科学出版社 2004 版。

② ［英］边沁：《道德与立法原理导论》，时殷弘译，商务印书馆 2000 年版。

③ ［法］鲍德里亚：《消费社会》，刘成富、全志钢译，南京大学出版社 2001 年版。

④ ［奥］弗洛伊德：《超越唯乐原则》，《弗洛伊德后期著作选》，林尘等译，上海译文出版社 1986 年版。

⑤ ［苏］巴赫金：《拉伯雷研究》，李兆林、夏忠宪等译，河北教育出版社 1998 年版。

生、构建共同体、建设世界的新方案。

《神仙日子》的一篇万字长评里，评论者这样高喊："我不仅仅在吃，我明明包含着感情，在感受着生命的恩赐，我在感谢着世界对我馈赠。吃货是可以拯救世界的，当我们都在吃的时候，这个世界上将不会有战争，这个世界上将不会有纠纷。"① ——吃不仅仅是一种生理行为。吃来自生命最深刻的本源。吃是对生命的捍卫，是对一切残害生命的行为的抵抗。回归吃，回归味觉与美食，不是退化为动物，而是登上更高级的文明台阶。

正如50年前，马尔库塞曾经大声疾呼，用感觉、用性爱、用本能来反对战争，反对帝国主义，反对文明对生命的伤害，② 网络小说的美食书写，也在努力用味觉、用美食拯救这个"崩坏"的世界。

## 三

不过，在古老的中国，唯乐与大同、感性欲望的满足与人类共同体的营建倒是一直被紧紧勾连着的。孟子述说他的王道乐土时，着意强调"老者衣锦食肉，黎民不饥不寒"（《孟子·梁惠王上》）；荀子论先王圣人之治，"必将撞大钟、击鸣鼓、吹笙竽、弹琴瑟，以塞其耳，必将錭琢、刻镂、黼黻、文章以塞其目，必将刍豢稻粱、五味芬芳以塞其口"（《荀子·富国》）。相反，不重感性快乐的思想家往往也不重视共同体建设。如老子鄙薄感性欲望的快乐，道"五色令人目盲，五音令人耳聋，五味令人口爽"（《老子》12章），同时也主张"鸡犬之声相闻，民至老死不相往来"（《老子》18章）。直到《水浒传》，好汉们聚义梁山，打造一个正义与情谊的共同体时，口号也是"大块吃肉，大碗喝酒"。进而，当康有为描述他的半资本主义半社会主义的大同世界理想时，浓墨重彩地大篇幅落在感官快乐的描绘上，这与近代资本主义辉煌的物质财富展示交织在一起，编织了一幅金光灿烂的唯乐大同的乌托邦幻景。③

这或许是因为我们的民族性格天生倾向实用，不惯于追逐一切玄虚超验的目标；或许因为先民已然洞察先机，知晓一切理性的认识、观念、标准都

① http：//www. jjwxc. net/comment. php？novelid = 1771543&commentid = 101338

② ［美］马尔库塞：《爱欲与文明》，黄勇、薛民译，上海译文出版社 2005 年版。

③ 康有为：《大同书》，辽宁人民出版社 1994 年版。

必然陷入意识形态的分裂争斗，唯有本能的直接的感觉愉悦能使人共通和乐，等等。然而，最根本的一点，恐怕是因为我们这个人口基数庞大的古老民族始终挣扎在民生的忧患之中，因而，我们的大同梦首先是要保障生活资源的绝对充足、绝对安全。而欢乐，就来自整个群体自这一忧患的解脱。

这一大同梦的图景在民族记忆里持存着，穿过人民公社时代的公共食堂的饕餮狂欢，延伸到改革开放年代的“小康社会”和“共同富裕”的理想，又在新世纪悄然潜入各种大众文化产品。在这个科技发达、物质空前丰富的时代，在这个阶层分化日益固化、贫富差别日益悬殊的时代，在这个旧有价值体系摇摇欲坠、新的价值标准迟迟难产的时代，人们一面看见唯乐大同梦想变成现实的可能，近在眼前；一面看见它彻底破灭的危险，迫在眉睫。希望与绝望、祈求与愤懑、认同与决裂，诸般心思，诸般谋划，千姿百态，千回百转。网络小说的美食书写，只是其中一斑。

美食，是社会物质富裕的表现。美食流播世界，无视意识形态、社会组织等的歧异，畅通无阻，意味着全民共享社会物质财富，自由、平权。所以，美食共同体的构建，不仅仅是为世界重新确立一个唯乐大同的价值理念，同时还是对社会生产、社会分配的重新规划。

在报纸糊墙的小说、晋江 2014 年金榜作品《牛男》里，我们可以清晰看到这样一个美食大同乌托邦的蓝图。主角产出美食，通过实体与网络两个路径，建构了一个庞大的粉丝圈，获得丰厚的收入。尔后他的生产王国日益扩张，整个产业结构同时是一个完整的生态系统。其他生产者以及附近居民都被纳入，但都是自营产业，各尽其能，各得其金。而且，主角产业扩张不仅仅取决于经济效益，还有社会承担：优质大米做婴儿米糊；极品水牛奶做奶粉；种植药材，招徕中医建医馆，治病救人；主持慈善募捐，免费医治贫困病人；连招小工、童工，获取廉价劳动力的行为，最后都变成给城里人亲近自然、给孩子劳动实践的善行。有读者感慨，读着《牛男》，觉得这个牛王村牛王镇真实存在在这世界上，就觉得很温暖。而读者不仅旁观欣赏这个世外桃源，也在不停提出建议，参与这个乌托邦的建设。

所以，网络小说里构造的，不仅仅是一个“悦己”“亲我”的世界。它不仅仅是书写唯己的人生哲学，还是企图弥补世界的伤口，抹平人群之中的裂缝，用他们贫乏又千奇百怪的想象力，用一个个源源不断的乌托邦，“修真”“种田”“美食”……

然而，这里却又产生了一道新的裂痕。网络、文字如何制作、分配美食？如何传达、分享感觉？

维特根斯坦曾经反复自我疑惑：“词是怎样指称感觉的呢？”“我怎么能借助于语言介入于痛及其表达之间呢？”①德里达也指出，文字自诞生之日开始，就是一种独立的存在，并非感觉的拙劣的模仿。② 所以，感觉的传递与分享，始终是各种文化产品一直被质疑的、一直未完成的任务。而所谓共同的感觉，从孟子的“口之同嗜”到康德的“审美共通感”，也都只是一种不可验证的假定，建立在普遍人性的假设之上。

因而，在网络小说的美食书写中，被分享、被传达的，不可能是食物，也不一定是感觉。从生产而言，许多书写美食的作者并不懂烹饪，也不会做菜，他们对美食的描写来自对各种资料的抄写。而他们描绘的美食与烹调方法，也有许多是凭空虚构，根本不可能实施的。《御膳人家》的作者就承认：“对餐馆这一行真的是不太清楚，现实中也没有特别好的对照，圆子每天写文去翻食材清单和满汉全席菜谱，看的口水汪汪，反复修改，到底也写不出那种了如指掌的底气，这一点真的很抱歉。”③从消费而言，读者们都是望梅止渴。他们在评论里纷纷喊“饿”，恰恰说明美食无法透过网络与文字给他们带来满足。还有许多读者表示，做牛做马劳役一整天之后，无力及无金探索美食的自己正泡着泡面看美食文。这更反映了美食乌托邦的分享、共有的谋划并不能兑现。它是一个想象的乌托邦。美食的“美”，不是肉体感觉传递的，而是想象构建的。

那么，是什么想象呢？如何想象呢？

回溯各种网文美食书写，除了色香味的大肆渲染之外，美食自证其“美”、取信众生的手段其实有三。一是“家园”“故乡”。凭此而生的美食，散发着所谓“妈妈的味道”“家的味道”，而告慰人情，攫取人心。如寒烈的《你的味蕾，我的爱情》，多木木多的《清穿日常》。二是“自然”。此类美食，以“天然”“野生”“原汁原味”为招牌，借助现代社会人们对现代科技的恐惧排斥、对田园乌托邦的憧憬，开拓了相当广大的市场。《小地主》《牛男》属此。三是“技术”。现代大众对知识、技术既恐惧又崇拜。那些需要珍

① ［奥］维特根斯坦：《哲学研究》，李步楼译，商务印书馆2000年版。

② ［法］德里达：《论文字学》，汪堂家译，上海译文出版社1999年版。

③ http：//my. jjwxc. net/onebook_ vip. php？novelid = 2215441&chapterid = 68

稀难得的原料，反复斟酌、千锤百炼的配方，复杂的技艺的食物，也自然成为珍馐美味。《御膳人家》就是典型代表。

而“家园”“自然”“技术”，也是目下主流意识形态致力打造，弥合人与人、人与自然、人与社会的各种冲突的主要的价值理念，也是网络小说的美食共同体曾经努力反抗的枷锁。这些观念获得认同，一方面说明其对群体的链接依然有效，社会没有真实地分裂，另一方面说明网络文学的感觉革命并没有成功。它仍然服从于社会主流意识形态，协助驯化大众。因而，学者们能够这样为网络文学辩护：网络文学传播正能量。①

所以，网络小说的美食乌托邦，最终如同坦塔罗斯的眼见的幻像，栩栩如生，而，只是“如”生。

然而，有更有说服力、更有吸引力的愿景吗？如果网民的哲学是贫困的，那世界的宝藏究竟隐匿于何处？

——所以，美食书写继续流行。除了网络小说，还有报刊的美食专栏、电视的美食节目、网络上的美食博客，等等。在迷惘之中，在无所适从之中，人们选择做吃货。所以，在大众文化的世界里，吃货统治了世界。但是，世界是否就此获得拯救？吃货们其实并没有答案。

① 邵燕君：《“正能量”是网络文学的“正常态”》，《文艺报》2014 年 12 月 29 日第 2 版。

# 暖男：网络言情文学中的男性想象与建构

欧阳文风　都鹏飞*

**摘要**：网络热词“暖男”近年来备受关注与争议，它积极建构着新时期关于男性社会期待和审美理想的文化风尚，同时深刻表征出网络言情文学在男性形象塑造方面的一些颠覆与想象。当前，大众刻板印象中的刚强硬汉形象在人们对阳光暖男的“千呼万唤”中渐行渐远，而暖男的这一文学显现正是社会语境、文化思潮、性别意识和媒介建构等多方面因素合力作用的结果，它既富于多向度的现实价值，又存在一些亟待正视与化解的问题。以切身阅读体验和包容反思心态去辩证认识当下文学暖男这一生动场面，可能远比带着成见漠然应之更具意义。

**关键词**：网络言情文学　暖男　男性形象

暖男，一个新近流行起来的网络热词，一个源于现代社会备受关注与争议的男性符号。它很简单，也许只是我们身边那些默默无闻的普通大众的代名词，它又很复杂，因为它作为一种当下社会文化语境和性别角色意识变迁中都市女性亚文化的具体表征，正显现着文学生产者与接受者对男性形象的某种共同想象与创造。

随着社会经济文化的全面发展与自由平等、多元开放思想的深广传播，传统意义上那些男尊女卑、严父慈母的刻板印象和夫唱妇随、男主外女主内的角色定位已然难以适用于当下主张以均衡方式勾画两性形象、以多元态度审视个体价值的社会批判与文化倡导，崇尚阳刚、坚毅的传统男性性别气质和特征在社会文化及大众媒介的重新建构中正更多地融入温和、体贴、包容等感性元素。而且，当女性受众对暖男满怀期待的同时，男性群体似乎也开始接受这一全新的性别角色规范并将其逐渐内化。2014 年 7 月，一篇名为

* 欧阳文风，男，1970 年生，湖南湘潭人，中南大学文学院教授。
都鹏飞，男，1991 年生，安徽人，中南大学文艺学研究生。

《暖男》的文章仅千余字却打动了无数网民的心，在微信朋友圈里创造出高达百万的阅读量与转发量。文中作者以深刻细腻的文字这样定义暖男："他会关注你，懂得和理解你的需要。他知道你需要被心疼，被关注，需要知道你是他重要的部分的那种安全感。"① 而后，在网友的交流与热议中它又被赋予更为形象的比喻：像温暖和煦的阳光那样，给人传递安全感和正能量，能让沐浴其间的人身感舒适、心生愉悦。他们往往细致体贴、幽默风趣，既会顾家做饭，又善于给身边的人制造快乐，更重要的是能同女性进行情感话题的倾诉交流，能很好地理解和体恤女性感情，并用细腻周全的心思和无微不至的行动给女性带去关怀与感动。

反观现实，当前的社会生活中，虽然那些高大全的英雄人物和铮铮铁骨的男子汉形象依旧为主流文化所推崇，但以暖男为代表的新好男人形象似乎正言说着另一种更普遍化、更接地气的女性期待，它揭示出传统性别气质和特征在现代文明语境中的种种焦虑，掀起了一个时代关于两性性别特质及情感诉求的文化思考。从蓝颜知己到男闺蜜，这不仅仅是称谓的变化，也反映着暖男越来越倾向于女性视角的思维及行为方式，我们以为这点也值得深究。而在文学作品特别是网络言情小说及其衍生产品如改编影视剧中，暖男当道可谓毫不夸张亦非新鲜。翻看言情网文，读者仿佛总会看到一个仪表堂堂、笑容温暖的阳光男子深情款款地走来，他能倾听你的故事、分享你的快乐、理解你的难堪、包容你的任性，无论你幸福与否，回头时总能看到他仍在那里默默而温情地守望。他可能并不是每一部言情作品里的男主人公，却无疑有着给予女主人公情感安慰与依赖的角色设定，而且他的存在总是牵动着每一个读者的心，或向往他的温暖，或心疼他的失意。过去文学作品里奉行男子汉阳刚气概的美学标准所塑造的那些体魄强健、粗犷冷冽的硬汉角色近年来在很大程度上受到"花样美男"的冲击，容貌俊秀、温情谦和的暖男似乎在这个"看颜、走心的世界"里更受追捧。

## 一、网络言情小说中男性形象的变迁

作为通俗文学的一种重要体裁，言情小说以擅描爱情故事、多绘温暖感

① 鲁瑾：《暖男》，北京联合出版公司 2014 年版，第 10 页。

动的特质为人们所熟知与接受。而爱情这一亘古话题历来更得女性受众的关注，在女性群体关于浪漫情感的文学想象与消费中，言情文学似乎正日渐成为一种微妙的女性形式。在上世纪末“琼瑶热”与“席绢热”相继而至，迅速掀起通俗言情小说创作与阅读风潮之后，网络文学顺势接下言情这一类型的创作重担。伴随信息科技与网络平台的迅猛发展，晋江文学城、红袖添香网等早期言情文学网站开始运营，“言情”很快成为最受欢迎的网络文学种类之一。[①] 文化市场的开拓和技术创新的深化加速着国内原创言情网文创作的崛起，其风格取材较之传统言情小说更为多样化，美学特征更偏向娱乐性，角色设定及人物关系也发生着一些新的变化。

早期的网络言情小说创作适逢上世纪末社会政治经济转型期，城市化进程在探索中加速使人们对未来既满怀期待又深感不确定，这一时期文学作品里的男性形象普遍带有一些玩世不恭、调侃人生的“痞子”气质。不同于传统作品中拥有硬朗外表、伟岸身姿、豪爽性情的男主人公，他们多身形偏瘦，看似寡言木讷实则能言善道，给人一种叛逆和颓废的印象。1998 年，台湾网络作家蔡智恒在小说《第一次的亲密接触》中成功塑造的男主人公痞子蔡一角，几乎可以视为当时网络言情小说中最具代表性的男性形象。作为三好学生的痞子蔡与好友阿泰就读于同一所大学，且住在同一屋檐下，却拥有着截然不同的感情态度与人生哲学。相较于阿泰游戏人生、放浪形骸的生活姿态，内敛少言的痞子蔡对感情显得被动保守。但在网络空间中的他又表现出双重性格的另一面，而正是他这份隐于人后的开朗自信和侃侃能谈，让其在虚拟网络上邂逅了自己不曾奢望的真爱。痞子蔡言谈举止间那份颓废而真诚、玩世而重情的精神气质，不仅为他赢得了女孩“轻舞飞扬”（网名）的爱情，也俘获了当时众多女性读者的心。这一人物形象算是 90 年代出现的初具“小男人”样的大男人，[②] 它恰符合女性在社会转型期对于男性的一些期待，真实自然、幽默生动，既有热情真诚、重情重义、有勇有责的一面，又不乏颓废痞气、叛逆不羁的精神气质。第一次亲密接触实是病重卧床的“轻舞飞扬”与赶来看望的痞子蔡第一次也是最后一次牵手，事后看似不在乎的他带着伤痛与回忆重新开始自己的生活，只悄悄在心底铭刻下一段名曰“成长”的经

① 詹秀敏：《试论网络言情小说的美学特征》，《暨南学报》2010 年第 4 期。

② 王志成：《“暖男”：新世纪都市语境中影视剧的男性形象建构》，《文艺争鸣》2015 年第 2 期。

历。相较于深陷痛苦难以自拔，痞子蔡这种不悲观、不张扬的感情处理方式又是他讨人爱、惹人怜的重要方面。

如果说早期网络言情小说所塑造的男性形象在一定程度上还延续着一些传统言情作品里男子的硬气刚性，那么翻篇至新世纪，言情网文作品中则更多地塑造出一群知冷暖、懂心意的“小男人”形象。当然，这一表达并不含某些人因望文生义所理解的卑微化、女性化等贬义意味，它只是相对宣扬男性霸权的“大男子主义”而言。当下言情文学的人物塑造聚焦“小男人”“暖男”这一类型其实并非偶然，它是时代文化风尚与大众审美期待的共同选择，不仅间接地表达出现代女性的社会心理和情感诉求，还具体地表征出网络文学在消费社会语境中以满足受众阅读期待换取被消费的商品属性，加之韩国偶像剧主打的温情、美男等文化消费主题对中国受众的深刻影响，也在促使着女性读者希望在文学作品里看到自身所处的都市环境甚或虚构架空的历史氛围中同等品质的“暖男”的出现。

2007 年，一部得“后宫小说巅峰之作”美誉的《后宫·甄嬛传》使得流潋紫这个默默无名的浙籍网络作家一夜间名动网络，作品中的温实初一时间几乎成为“暖男”的代名词，网友戏称“嫁人应嫁温太医”，“这个真正能和我们把日子过得细水长流、温暖踏实的人”。温实初，一个唯唯诺诺、磨磨唧唧的小太医，我们很容易低看他的冰心玉壶，忽视他那过于粘腻的坚持。当甄嬛初涉后宫有意避宠时是他倾力相助，当甄嬛帝宠加身鹣鲽情深时是他隐忍守望，当甄嬛机关算尽险之将至时是他名识诡计，当甄嬛凌云峰上无人问津时是他殷勤探视，当甄嬛深陷皇亲血脉纷争时是他毅然守护。如果说他的爱对于甄嬛只能是不合时宜，那么在棠梨宫那些冷僻无人踏足的庭院里，那如雪纷纷的梨花和娇艳绽红的海棠，都曾见证过在其温柔陪伴、殷切关怀下，沈眉庄那些悄然而不为人知的幸福。皇家生活的压抑无常使人深感冰冷宫墙里的岁月漫漫，但温实初那隐忍守望、不离不弃的爱温暖了她们每一个寂寞而疏冷的日子。2009 年，独立艺术家鲍鲸鲸在其人气网络日记体小说《小说，或是指南》（后更名为《失恋 33 天》）中成功塑造出王小贱（原名王一扬）这一看似毒舌伪娘实则仗义果敢、温暖坦诚的人物，在女主人公黄小仙遭遇事业、感情双失意的惨淡困境时他挺身而出、温情相伴，两人在打打闹闹中淡淡相爱，也为读者呈现出一幕幕或引人发笑或使人感动的生动场景。作品里王小贱以刻薄言辞唤醒意志消沉、感情迷惘的黄小仙，以高调出手帮助情场受挫、胆怯畏缩的黄小仙，以温柔陪伴守护身陷凄风苦雨的黄小仙，他的这一形象颇富现代艺术元素和大众生活气息，也映射着“剩女时代”情感缺失造成的集体焦虑下文艺作品普遍创造暖男群像的当下使然性与审美可能性。

值得一提的是，当前网络言情小说所塑造的暖男形象虽与上世纪末文学作品里那些面容干净、身形消瘦、衣着整洁的男性人物具有一定形貌上的相似性，但二者的思想性格与精神面貌却存在着本质区别。后者往往作为反面人物登场，且多被冠以“奶油小生”“背信弃义”“吃软饭”等骂名，他们要么懦弱无能、优柔寡断，要么心机深沉、虚伪诡诈。而暖男在当下的备受关注与欢迎不仅仅在于他们的外表，更在于他们能够传达温暖舒心的感觉。这是一种自娱自慰性的文化策略与假设模拟式的文学想象，温柔体贴、无悔守望似乎成为暖男与生俱来的天赋和使命，面对危险或困难时有他挺身在前，遭遇失败受挫时有他陪伴宽慰，感到生活乏味时有他卖萌逗趣。暖男满足了现代女性对于温暖的一切想象，其文学印象彰显出她们面对感情理想与现实差距时的某种补偿心理。显然，女性在一定意义上将情感期待寄托或诉诸文学作品中：当感情世界走到荒芜，失意人生顿觉无望时，蓦然发现身边那个在你无助时第一时间想起、在你需要时第一时间出现的最温暖可亲的人或许才是此生最好的选择。

从刚毅果敢、英勇过人的硬汉到叛逆率性、痞气十足的“酷仔”再到阳光帅气、温柔情深的暖男，言情文学里男性形象的这一流变正微妙地显现出现代都市语境下大众审美趣味的深刻变化与女性独立视域下对男性角色的某些期待。和平年代的人们少了许多仗剑江湖的英雄遐想，更多的是一些关于男性能够理解感受、懂得倾听、包容任性、温柔陪伴的简单期待。正如网络上网友直言调侃道：远在天边拯救世界的硬汉，不如近在眼前可以捂手的暖男。英雄时代的远去，改变的不只是物质生活，关于铁血硬汉的集体记忆面临遗失尴尬的同时，暖男这一新的文学想象正在言情作品里根植成长、遍地开花。

## 二、“暖男热”因何而来?

社情人愿的时代新变和传媒力量的顺势助推对文化生态形成强势冲击与多重渗透，文艺在男性形象塑造方面正逐渐步入英雄淡出、暖男当道的历史转型期。传统的男性刻板印象被颠覆，阳刚男子汉的分明棱角被削平，冷冽硬汉被善意地“挂”上笑脸，昔日备受荣宠的英雄形象在关于温暖的想象与迷醉中只留下渐行渐远的背影……暖男是以“另类”的姿态走进人们视野的，却给文学文化原有的男性想象带来震荡、裂变和转型，短短数年间的关注与表现它似已星星之火形成燎原之势。而这场声势浩大、影响广泛的暖男风潮当是社会语境、文化思潮、性别意识、媒介建构等多方面因素合力作用的结果，对其背后直接推力与深层动因的分析和把握无疑是颇具价值的。

**（一）都市化生存与情感焦虑激化暖男需求**

“暖男形象的建构指向的是传统性别气质与特征在现代文明语境下所产生的焦虑。”① 有学者曾如是说。的确，现代社会正在加速发展，时代讯息也是日新月异，人们每日疲于为生存奔波、为理想奋斗，却往往深陷个人努力成绩有限与社会期待难以企及、男性固有刚强性格与女性寻求温情关怀的矛盾与尴尬中，由此而来的思想焦灼感与无力感正给社会大众造成无形的精神压抑。于是，在男性的隐在被动默认与女性的直接情感表达下，暖男文化应运而生。它用温情抚慰内心的挣扎和忧伤，用暖意疏解都市化生存与情感的双重焦虑。

物质生产与消费是当前大众生活的重要内容，随着现代化建设特别是城乡一体化进程的持续推进，物质追求与依赖成为更多都市群体的基本需要，而沉重的经济压力将是呈于他们面前的最直接、最现实的问题。在过去，传统的社会性别分工主要表现为男主外、女主内，而社会对男性的期待往往要求他们而立之年有所成，放诸现代社会具体而言即买房购车、娶妻生子等。然而，这一期待在当下社会却难以靠个人奋斗在短期内达成，如今社会暗含着很多变动因素，财富积累不仅仅需要勤恳努力、拼搏进取，机遇的把握和时间的考验有时也是指向成功的重要方面。因此，长期形成的固有性别期待与现实间所存在的巨大落差往往会给男性造成心理上的挫败感和彷徨感，加之快节奏生活与残酷竞争带来紧张、压抑等情绪，遂形成现代都市大众特别是男性的第一层焦虑。另一方面，现代女性经济独立自足、受教育程度高，她们有自己的认知和理想，不再受过去“女子不如男”“女子无才便是德”等陈旧思想的桎梏。她们不需要过去“家长式”的异性来主导自己，告诉她

① 甘皙：《“暖男”热因何而起》，《工人日报》2015 年 2 月 15 日。

们应该做什么和怎么做，而期待一种平和温情的陪伴与玲珑可意的贴心。这些由精神关怀和心理抚慰编织而成的安全感更倾向于对女性情感的尊重与理解，而非以往用男子刚健体魄描画安全的简单联想，传统的“大男子主义”强势意志与阳刚血性无疑难以满足当下坚强独立的现代女性对情感照顾与依靠的内需化、感性化要求。小说《失恋33天》中的女主人公黄小仙与前男友陆然之间的感情裂隙其实并非只是闺蜜夺爱这一表层原因，而是陆然内心对带有一定男权色彩的“尊严”的重视与黄小仙对异性温柔贴心的热情期盼之间所存在的矛盾长期作用的必然结果。作为现代都市女性，思想独立的黄小仙在身体保护、物质满足与善解人意、细腻体贴这一关于男性需求的天平上显然会倾向于后者。

**（二）后现代解构主义文化孕育暖男风尚**

我们生活在一个为生存而竞争、为生活而忙碌的年代，朝九晚五、车水马龙、行色匆匆已经成为现代都市的一道别样风景线，同时这也是一个信息泛滥、文化多元却精神空乏的时代，人们紧张工作之余还需承接海量信息的轰炸和浅表文化的“包围”，信息选择与处理的失措正指向精神空间的贫瘠，造成现代大众思想上的焦虑与怀疑。而解构主义文化所内蕴的反叛权威、怀疑理性、破除独尊以及对传统的决绝态度和价值消解策略恰契合大众当下的心理诉求，暖男的文学显现与渐趋普及，在一定程度上或可视为其消解中心、解放边缘的文化意志直接作用的结果。

思想是行动的深层原因。解构主义文化要求突破传统主流话语体系的强势控制，颠覆和消解社会文化的现存秩序与固有认知，在碎片化的生活中积极发现并创建那些多元文化里曾被边缘化的语言符号。这种反传统、反中心的否定意识与超前倾向是对自由开放的时代讯息的某种表征，它作用于当前主要通过数字网络获取信息的年轻一代，使他们与主流话语发生偏离而开始自发地对传统社会性别定位及劳动分工进行解构。当英雄时代的冷冽硬汉在文化消解中沉默远去之后，曾处于次要甚至边缘地位的暖男正依凭着能够给予女性更多的情感理解与精神沟通顺位而上，在欢呼热议声中高调踏上时代文学的T台。暖男这一男性形象符号在现代受众群体中的集体认可与广泛传播，正是后现代解构主义文化思潮影响下性别建构的积极结果。

**（三）女性自我意识觉醒期待暖男陪伴**

相对于过去鲜明的两性角色定位，今日的男女社会性别差异因为平等的教育、就业等因素正在逐渐缩小。一方面，当前的家庭培养与支持模式保证了男女青年进入社会生活后都具备一定的生存及适应能力。另一方面，经济发展方式的集约化转型和信息网络科技的高速化发展又在很大程度上加速推进着脑力工作对体力劳动的替换与覆盖，工作方式的轻捷化、智能化趋势支持着现代社会就业向两性平等开放。社会存在的客观现实往往决定着社会意识，如今的人们不再机械地认同传统性别特质，不再简单地看待男女平等问题，女性自我意识在当下文化语境中悄然觉醒。

事实上，暖男的文学显现正是对男权社会、父性话语的某种精神反叛，对情感理想与现实处境反差的某种心理自慰，对寻求解决性别歧视这一历史遗留问题的某种积极探索。过去，女性长期被视为“第二性”、不完满的人，无论是在社会还是家庭都处于次要和从属的地位。而在文学文本及其创作上，女性不仅被定义为“无足轻重的人”，而且其建构自身权威的主体性遭到绝对否定。她们还被拒绝拥有作者权，一位胆敢握笔的女性甚至要被看作“犯下任何美德都无法弥补之‘过错’的胆大妄为的物种”。[①] 在批驳父权专制及其造就的文本迫使女性屈从并囚禁女性的今天，越来越多的人既承认两性的先天生理差异难以改变，更强调后天形成的男女社会地位及分工等方面的不平等需要重新建构。对于那些固守传统男尊女卑等大男子主义思想的男性已然遭到现代女性的集体反感与鄙夷，网友将这群品格低劣而不自知，固执地活在自己的世界观、价值观和审美观里，经常流露出对女性的不顺眼及不满意，以各种不尊重女性、漠视女性价值的“无下限”言论刷新自身等级的男性形象地定义为“直男癌患者”，[②] 其略带调侃和讽刺意味的话语中透露出她们的些许失望。回看当下的言情作品里，“霸道总裁”式的男主人公要么被暖男直接夺去女性受众的青睐而产生存在焦虑，要么其自身必须偶现暖男标准式的或温情脉脉、或傲娇逗趣的一面来抓住读者，暖男的人气攀升于此可见一斑。当红网络作家桐华的《大汉情缘》系列作品恰映证了这点，《云中歌》里的才子孟珏无疑是陪伴云歌始终的暖男，他为她而来却又伤她不浅，那似有意还本心的柔情蜜语，那因缘巧合中的爱恨纠缠，那聪明一世仍为爱所缚的有缘无分，那沧河畔守护爱恋的回眸深望，他们或许正如小说开头所言及的，

① ［美］桑德拉·吉尔伯特、苏珊·古芭：《阁楼上的疯女人——女作家与19世纪文学想象》，杨莉馨译，上海人民出版社2015年版，第9～11页。

② 直男癌，百度百科，http：//baike. baidu. com/view/13332992. htm。

"在对的时间，遇见错的人，是一场心伤；在错的时间，遇见对的人，是一世无奈"，只能留与读者深深感慨。而另一部作品《大漠谣》中的男主人公霍去病实是心藏暖男潜质的冷然公子，既有史书记载般驰骋沙场的豪情壮志，又富作者细思柔怀下温善笃定的深情痴心。世人皆道他霸道冷酷、狂放不羁，殊不见女主人公玉瑾（后改名金玉）身后那温情陪伴、默默守候的执着身影。"少年轻狂引人视，温柔呵护使人爱"，有网友阅文后感激作者"为曾经史书中生硬的铁汉披上朦胧的细纱，让一代少年英雄不枉此生，有情意相投的美人在侧，弃权野、抛恩怨，携手相伴天地间"。事实上，在言情网文塑造暖男的这一行为中暗含的焦虑不仅迫切需要对女性自由、平等地位加以重新确认，因为这是破除父权制下"厌女症"所隐含的想法，还迫切需要完成女性文学想象中关于男性的多种补偿性虚构意义的空缺填充，因为这是女性通过文字书写形式，将审美理想与情感慰藉寄托在男性形象的能动性、补充性创造上，以期从社会与文学双重禁锢中谋得突破的尝试。

### （四）传媒力量有意助推暖男"升温"

社会性别特质与定位的时代新变作为社会现实发展的基本内容，是大众传媒所要表征和投射的客观对象。然而，媒介在反映社会性别角色的现状与需求的同时，也在以文学想象对大众的社会性别期待进行着积极建构。基于对当前媒介话语膨胀和多维渗透的认识，我们不难理解现代传媒在社会性别选择与塑造中正发挥着深刻的指导价值和助推功能。而且，伴随数字新媒体的多领域介入与联合，媒介的影响力势必将朝着更加深广的方向发展。

当代社会，文化已经商品化，而商品又被逐渐符码化。在大众媒介的间接性作用下，包括文化艺术在内的任何商品的消费都已经演变成消费者社会心理实现和对标示其社会文化品位及选择的文化符号的接受。[①] 暖男这一男性形象符号的适时出现与迅速普及既是人们为了调适自身情感、寻求理解沟通的某种积极策略，也是他们在面对当下快节奏、高负荷工作生活所能作的可行选择，显然，这里面都不乏媒介力量的持续关注与有意介入。从某种意义上而言，网络言情小说可以被视为构建暖男形象的有力传播媒介，它深刻影响着社会大众特别是女性群体的爱情预期和择偶诉求，进而对社会性别的整体建构产生作用。网络言情文学是在互联网络上进行创作与传播的，现代传

① 朱立元：《当代西方文艺理论》，华东师范大学出版社2011年版，第389页。

媒正是通过“唤询”的方式将读者与他们所消费的形象联系起来，它将受众自然而然地引入言情网文所展现的那些爱恨痴嗔的故事语境中，让他们要么幻想自己化身故事主人公，要么作为同故事里的人悲喜相伴的旁观者，沉浸在满溢浪漫感人又偶有虐心悲情的爱恋里，从而在故事虚构与真实言情中对所塑造的暖男一往情深，然后再作用于社会现实，最终对大众关于身边男性的期待产生潜移默化的影响。加之网络言论对暖男话题的情绪渲染和意见碰撞，大众媒介正隐在而热情地推动着社会性别的重新建构与暖男文化的不断“升温”。

## 三、“暖男热”有何作为？

每个人的身边其实并不缺暖男，那些用陪伴与关怀给予你情感依靠和心理宽慰的身影都或多或少带有一定的暖男气息。而暖男进入言情文学领域，化身作品里那个用真情奉献、默默守望温暖女主人公的富有艺术代表性的男性形象，在短短数余载时间里能够迅速普及、广泛接受，继铁血英雄、刚强硬汉这一关于文学男性的时代记忆随风远去之后，完成对当下文学男性观照及期待视野的有机填充，究其根源，或应归结到其内适于社会性别期待、外显于情感化文学寄托的多维而独特的现实价值。

### （一）文学暖男的价值体认

首先，暖男的文学表现是对当前情感缺失补位作用的某种实现，暖男需求背后是女性身处繁华都市而陌生环境中渴望被关注、被照顾的情感诉求。现代社会机遇与挑战并存，人们往往趋于涌入大城市竞争谋生，加之都市生活中诸多变动因素的影响，造成了现代社会人口流动普遍的现状。而女性背井离乡只身在外打拼，熟悉的故土环境与温暖的家庭关怀长期得不到实现直接导致她们面临安全感和依存感缺失的生存及情感焦虑。由于平等教育及就业的普及，现代女性已经基本获得经济上的独立，但情感上缺失的问题却愈发显著。文学暖男在当下的应运而生正满足了精神焦灼、情感无依的她们关于男性任劳任怨、不离不弃、善解人意、温柔暖心的想象与期待。在网络言情小说《爱你，是我做过最好的事》中，作者笙离成功地塑造出男主人公何苏叶一角，他的名字取自一味中药，而他给人的感觉亦如这味中药的药性般温和、暖心。繁忙的都市生活与紧张的工作竞争给了自幼体弱的女主人公沈惜凡失眠的困扰，也给了为情所伤的她在青春的“尾巴”上与何苏叶的偶遇相知。自此，她不再孤单一人，因为在这个城市里她找到了那个懂她、爱她、想她，会为她悲喜为她忧的人。

其次，这也是现代社会性别平等愿景的初步表征。暖男的当下盛行意味着整个社会特别是女性群体对男性需求正进行新的定义的可能，表现着现代女性有意识地追求提升自身角色定位与情感内省的可能，彰显着传统两性关系的固有存在模式趋于破除和优化的可能。这些无疑都将对现代社会男女平等的实现产生积极作用，进而有效维护社会的和谐安定，正向驱动大众的全面进步。而且，女性对男性形象的要求与期待事实上并非今日之新闻，但将女性作为言说及接受主体的言情文学，进入互联网络后以如此公开直接的方式将其表达，却应归功于今人之勇气与智慧，这一行为本身即是一种性别意识觉醒、文艺思想解放的进步。

另外，它对治愈系暖男文学的出现具有助推之功。作为后起之秀，这些充盈着励志言辞与温暖气息的大众读物，其创作正承继着暖男式的思维哲学与行事风格。近些年来，伴随暖男需求的持续“升温”，书写温暖治愈系文字的男性作家开始集群创作，张嘉佳、刘同、卢思浩、张皓宸等一批暖男作家正带着不同的姿态与希望向受众传达着同一份坚持与温暖。传统作家可能更偏向以一个艺术家的身份激扬文字，而将传递温暖、砥砺自我作为创作宗旨的暖男作家，却更明白当下时代能够思想互动以寻共鸣、情感安抚以谋认同的微小化、浅近化文字或许更为受众所需。这是从哲理说教者向故事言说者的一种身份的自觉下调，是从象征主体话语的“我”向“你”的一种换位心态，正如暖男的倾听、理解与宽慰那样没有嘈杂，只是给他人以“润物细无声”般的依靠与感动。有人说暖男文学是对传统写作的反叛，我们却以为它只是一种能动的小创新，是暖男精神气质在文学方面一定意义上的延续和开拓，是探寻和指引人生方向的一种新的认知与见解。[①]

**（二）文学暖男的问题反思**

虽然如今暖男已经成为一种时尚文化，一种全新的社会性别定位与期待，正从大众生活的细微处继续改变着人们的生活方式和审美需求。然而，光华背后所存在的一些问题和潜在危机更需要我们的及时关注与积极化解，当最

① 路艳霞：《文学暖男从你的世界路过》，《北京日报》2014年10月16日。

初的狂呼热议逐渐褪去后剩下的应是适时的、理性的自我反思与升华。暖男的文学显现，在经历了数年来的长足性发展与跨领域联动后似乎已趋于成熟，但心绪沉淀后的阶段性检查与清理或能让这份“暖男热”温度不减、再升新高。

其一，暖男在网络言情作品里越来越普遍的出现将加速情感救赎走向私心化依赖的趋势。暖男的受追捧和暖男文学的热销，共同折射出一种古已有之的女性审美理想及其对异性的期待，在当代文化语境中适时破除与深层“发酵”，从最初男耕女织的生活设想到当下“你负责赚钱养家，我负责貌美如花”的家庭性别分工，现代女性看似独立的生存现状却掩藏着某些贪婪、堕怠、依赖的私欲化倾向。适逢暖男文化的出现，她们顺势而为，自立于道德制高点上向男性提出更高要求：“我需要你的就是对本宫温暖无悔的陪伴、细致周到的照顾、玲珑可意的贴心，读得懂内心看得出忧伤……”① 而中国女性群体的这场“暖男梦”演变至今似乎已越出它应有之“度”，正显示着一种深层意义上的情感势利与道德无知。而且，其所映射出关于现代女性尴尬存在、被动等待他人救赎的现实亦是值得我们思索与玩味的。

其二，暖男的文学显现从某种程度上展示出女性书写中对男性阳刚气质的无意识阉割。暖男形象在社会生活和文艺创作领域的风行，使得传统意义上男女性别气质绝对化的二元对立被打破，两性特质的趋于靠拢虽具有一定的时代适应性与内视补足优势，却也将性别博弈中两性错位的尴尬呈于人前。“女汉子”“伪娘”等网络词汇的出现与传播并非“无风起浪”，当女性过于期盼暖男存在时则生活不免过得粗糙或矫作，而男性在给予女性温柔陪伴中则有可能被逐渐同化，出现双性化人格甚至自身女性气质提升的现象。就言情网文创作而言，当前的很多言情小说在男性形象塑造方面正实行着这样一种策略：一边将女性审美理想寄托在关于男性形象的文学想象上，一边却对男性形象的生命进行着无意识的剥夺。既然阳刚男子汉的形象不能满足当代女性对温柔贴心的构想，那么她们便选择让富有温情暖意的“小男人”更多地出现在笔下。暖男本是对现代女性性别期待下关于男性文学想象的正向美誉，却在当下文学创作中不自觉地演变为被索取温暖、被要求奉献的刻板对象。虽然这只是一种文学表现，但它正折射出女性社会地位提升后在关注情

① 黄佟佟：《“暖男”是谬论“暖男梦”是悲伤》，《新京报》2014 年 8 月 4 日。

感需求方面的某种意义上的失德失范，特别是在很多言情网文里暖男的价值于无形中被机械地设定为情感牺牲品的“备胎”，让人悲哀之余更生怒极反笑之情，无怪乎有网友曾将女性书写中的这一男性压抑定义为“走向死亡的献祭”。

其三，言情作品中的暖男创造还存在着忽视个性碰撞、回避现实焦虑的问题。作为都市女性亚文化，暖男的存在对于传统男性中心主义的颠覆作用是不容否认的。但是，言情文学毕竟多以女性作为叙事视角展开情节，而且多以嬉闹欢快的人物互动构筑浪漫轻松的爱情喜剧，如此性别气质上的冲突就显得表现不足。另一方面，基于文学接受上暖男对于女性受众的情绪舒缓与麻醉效应，使得大部分言情作品的文本本身及其欣赏批评视角，都在不同程度上有意回避现代社会生存焦虑与性别矛盾的客观现实，而醉心于对情感纠葛的故事内容和愉悦畅快的阅读体验加以刻意追求。网络言情小说的这一脱离现实生活的创作倾向，不仅难以实现文学的社会镜像和生活再现价值，难以给予受众真实全面的时代映现，也将造成文学形象塑造的模板化问题与“跟风制造”现象。

一代人有一代人之文学。当前的新鲜生活景观与消费文化语境正作用于以 80 后、90 后为主体的年轻群体的文学创作与接受，他们已与言说哲理、畅谈历史、记叙民族国家的先辈们相去甚远，而更多地关注那些行于社会风尚与文化思潮前沿的艺术形象，如暖男。网络言情小说作为一种记录和张扬青春的文学题材，让当下的年青一代有了诉说自身故事和聆听他人见闻的心理冲动与客化空间。而在这里，暖男无疑已经成为一种文学现实。如今，现实生活中暖男需求的日益扩大与文学作品里暖男形象的渐趋普遍相互作用，正合谋立足走心派、主打温情牌的暖男文化的生动创建。但作为一种已然存在的文化现象，暖男这一带有社会与文艺双重属性的受众印象却似乎并未得到广泛关注与认识，甚至有些评论家以略带不屑的口吻表达出对文学暖男这一热闹场面的不曾了解与毫无兴趣。这是一种被动固守、自欺欺人的思维态度，一种阻碍个人成长、文学优化及社会进步的认知意识，显然并非正视文学新质、把控社会新象的应有之义。我们以为，必须切入文学现场，关注形象变迁，辨识价值真伪，守正社情文思，在“变中不变”与“引领其变”的积极追寻中透视言情网文的人文底色与审美承担，敦促社会风尚的应时而更与正态发展。

# 文化产业视野中网络文学的产业化发展

周根红*

**摘要**：网络文学经过近二十年的发展，已经完成了从文学形态向产业形态的转变，网络文学的商业价值日益凸显，成为市场争夺的重要资源。目前的网络文学市场基本形成了以阅文集团为领导，掌阅、百度、阿里和中文在线相互竞争的市场格局。就产业竞争力来说，相对于资本、内容和人才，平台或渠道有着更为重要的作用。随着今后媒介技术的进一步发展，网络文学将会受到新的冲击和进行新的变革。尤其移动互联网的普及和新型媒介产品形态的出现，将会进一步重组网络文学格局。网络文学已经成为一种新媒体文学、融媒体文学，转向了“互联网 + 文学”的模式。可以预测，网络文学的泛娱乐产业将成为未来最有市场增长空间的新型文化形态。

**关键词**：网络文学　文化产业　泛娱乐产业　媒介技术

网络文学经过近 20 年的发展，已经完成了从文学形态向产业形态的转变，全面辐射到实体出版、数字出版、影视、游戏、动漫等行业，成为文化产业重要的组成部分。网络文学产业结构的完善、转型和升级，进一步拓展了文学的发展空间，形成了比传统文学更为多元的发展路径，创新出了一条适合自身发展的商业模式。尤其是近两年来，随着资本的强势介入、平台的资源整合、媒介技术的发展、新媒体业的变局和产业链的延伸等趋势的出现，网络文学的商业价值日益凸显，成为市场争夺的重要资源，为文化产业的发展注入了新的生机和活力。

---

* 周根红，男，1981 年生，安徽望江人，南京财经大学新闻学院副教授。本文为国家社科基金青年项目“出版机制转型与新时期文学的市场化生产研究”（项目编号 15CZW052）的阶段性成果。

## 一、市场格局与竞争态势

2015年9月，艾瑞咨询发布了“2015年第二季度中国网文行业研究报告”。根据艾瑞咨询iUserTracker和mUserTracker的统计，2015年第二季度网络文学市场格局中，根据PC+移动月度平均覆盖人数的数据统计，阅文集团的领先地位仍十分稳固，以6334.9万人居行业首位。掌阅文学平均覆盖人数3069.7，百度文学平均覆盖人数2171.9，阿里文学平均覆盖人数1718.8，中文在线平均覆盖人数1141.7；根据对网站/频道月度平均覆盖人数的数据统计，阅文集团在原创网络文学网站上优势较大，创世中文网和起点中文网占据行业前两位，行业前10中占据5席的分别是创世中文、起点中文、晋江原创网、潇湘书院、红袖添香。[①] 因此，目前的网络文学市场基本形成了以阅文集团为领导，掌阅、百度、阿里和中文在线相互竞争的市场格局。

在这一市场格局中，各网络文学运营商都有着自身的产业竞争优势，也都有着自身的劣势。具体如下表：

**五大网络文学运营商竞争情况一览表**

| | 旗下公司（合作方） | 优　势 | 劣　势 |
|---|---|---|---|
| 阅文集团（腾讯文学和盛大文学） | 起点中文网、创世中文网、潇湘书院、红袖添香、小说阅读网、云起书院、QQ阅读、中智博文、华文天下等 | 盛大文学的丰富内容资源；腾讯的强势平台资源；腾讯强大的IP开发门类和移动阅读的支付系统 | 除版权出售或合作外，缺乏自身产业链构筑。媒介技术的发展呈现出的下一个新媒体将会冲击微信；微信支付也会因金融政策的规制而受到影响 |

① 艾瑞咨询：《2015年Q2中国网络文学行业研究报告》，http：//www. iresearch. com. cn/report/2436. html。

（续表）

| | 旗下公司（合作方） | 优　势 | 劣　势 |
|---|---|---|---|
| 掌阅文学（掌阅科技） | 掌阅文化、红薯网、杭州趣阅 | 渠道强大：旗下掌阅 iReader 成为最大的中文阅读 App，大概占整个移动阅读 App 市场 40% 左右，用户量超过 5 亿，日活用户超过 1500 万 | 渠道优势比不过腾讯；原创内容缺失；版权运营没有经验；阅读硬件设备是否适应市场尚不可知 |
| 百度文学 | 纵横中文网、91 熊猫看书、百度书城，并整合百度贴吧、百度游戏、百度音乐、百度视频以及 91 无线等 | 搜索引擎和百度贴吧，控制着流量的入口； | 入口过于分散，缺乏资源整合；内容开发合作不够；与百度之外公司合作开发 IP；百度体系内的支持度不高；入口阅读用户规模偏小、热门作家偏少；用户粘性不足 |
| 阿里文学（与新浪阅读、塔读文学和长江传媒合作成立） | 与阿里影业、光线传媒、华谊兄弟等公司达成深度合作关系；拥有国内第二大的手机网游联运平台九游； | IP 的衍生渠道资源：阿里影业、光线传媒、华谊兄弟、九游、优酷。开放版权：不强调绝对控制版权，提倡版权共享；淘宝商业系统与文学、文学衍生品相结合的新商业模式；书旗和淘宝的用户；淘宝的用户大数据和付费习惯 | 原创内容缺失；合作伙伴新浪读书、塔读等作者资源不够；用户在新的平台阅读习惯需要养成；淘宝读书团队的解散风波对种子用户打击巨大 |

（续表）

| | 旗下公司（合作方） | 优　势 | 劣　势 |
|---|---|---|---|
| 中文在线（2000年成立） | 17K小说网、四月天小说网等 | 版权是最大底牌：中文在线与国内近300家出版机构进行合作，签约知名作家、畅销书作者2000余位。截至2014年6月30日，中文在线共拥有数字内容22.35万种，其中独家版权图书近3.47万种 | 与合作方存在较大竞争，如中国移动“和阅读”、中国联通“沃阅读”和中国电信“天翼阅读”；<br>智能手机普及带来的新的移动阅读体验和新的商业模式的崛起 |

通过对网络文学运营商的现状分析，我们还可以看出，网络文学运营商进入网络文学市场的路径主要有四种：一是通过雄厚的资本实力，强势控制网络文学市场的优质IP资源，搭建全方位的网络文学运营平台，其中以阅文集团为主要代表；二是一些运营商发挥自己的网络入口优势，控制网络文学平台入口，切入网络文学市场，如百度文学、阿里文学等；三是开发新型网络文学服务平台，如掌阅文学对移动服务端的开发，小米小说的“多看”APP的开发；四是介入产业链下游市场，专门开发网络文学的影视、游戏等相关产业形态，如阿里影业。那么，在目前网络文学市场格局相对稳定的阶段，其他网络文学运营商如何介入网络文学市场，如何立足网络文学市场，要么遵循以上道路，要么走出一条差异化的道路，进行细分市场，寻找切入市场的新路径：一是根据不同类型的读者提供个性化服务，满足读者的互动需求和社交功能；二是走小而美、专而精的道路，主打某一个或几个文学类型，为读者提供专业化的服务；三是开发新型网络文学平台，走向移动终端的开发和移动终端应用产品的开发。

## 二、产业竞争力

网络文学的产业竞争力究竟是什么，其实很难说清。资本、内容（IP）、渠道（平台）、人才是网络文学产业运营的核心要素，这些都可能会成为网络文学的产业竞争力。

首先，就资本来说，网络文学市场是高度资本化的市场，网络文学的运营开发需要庞大的资本作为支撑，尤其是网络文学产业链的延伸。2004 年，盛大网络以 200 万美元（约合人民币 1500 万）的价格收购了起点中文网，正式进军网络文学市场。随后，盛大又陆续收购了红袖添香网、言情小说吧、晋江文学城（50%股权）、榕树下、小说阅读网、潇湘书院等 6 家原创文学网站，使得盛大文学占据着整个网络原创文学市场 70%以上的市场份额，呈现一家独大的格局。[①] 2013 年 5 月，腾讯与前起点中文网核心编辑团队合作成立了创世中文网；9 月，“腾讯文学”正式亮相。2013 年 6 月 8 日，百度旗下文学网站多酷文学网悄然上线；2013 年 11 月，百度在收购 91 无线之后成立了以 91 熊猫看书为核心的百度阅读产品中心；2013 年 12 月，百度以 1.915 亿元的价格从完美世界手中购得纵横中文网全部股权。[②] 至此，网络文学市场形成了盛大、腾讯、百度“三国争霸”的格局。2015 年 1 月，腾讯以高达 50 亿的价格正式收购盛大文学，成立阅文集团，并成为网络文学市场的领头羊。2015 年 5 月，阿里巴巴与新浪阅读、塔读文学和长江传媒达成合作成立阿里文学。由此形成了腾讯文学、百度文学、阿里文学的新“三国”时代。网络文学市场“三国”格局的变化，充分说明资本重组的力量。可以说，网络文学市场的每一步发展都离不开资本，资本对网络文学市场格局的形成具有结构性意义。但是，无论是对成熟公司的收购，还是投巨资的内部生长，资本只是网络文学产业的外在因素，企业的成长靠的还是内在驱动力。

其次，就内容（IP）来说，内容为王是新媒体时代谈论得比较多的话题，也是一个颇具争议的话题，并且出现了内容为王、渠道为王、营销为王等各

---

① 晏文静、许悦：《从 1500 万到 50 亿盛大文学 10 年为何值这么多钱?》，http：//money. 163. com/14/1126/08/ABVDU47400253G87. html。

② 《从 IPO 梦碎到面临被收购，盛大文学败退的 500 天》，http：//news. pedaily. cn/201411/20141107373399. shtml。

种观点。内容无疑是网络文学可持续发展的保障。如果缺乏内容的支撑，网络文学的发展就是无源之水、无本之木。网络文学内容的竞争力主要体现在两个方面：一是全面和丰富的内容资源，如之前的盛大文学和现在的腾讯文学；二是独特的内容，如类型化的网络文学资源。只有拥有优质的内容资源，才有网络文学产业价值链的延伸，才有所谓的IP开发。网络文学的IP价值是从网络文学改编为影视和游戏开始的，其最常见的就是小说版权被购买影视改编权，而网络作家同时还有可能被购买其作品与作品中人物形象的动漫、游戏、衍生品、海外传播等产权。如唐家三少和他的《斗罗大陆》，天蚕土豆和他的《斗破苍穹》，流潋紫和她的《后宫·甄嬛传》。[①] 其实，网络文学的IP开发自从网络文学的诞生便已经产生，只不过那时的价值链延伸主要集中在实体出版，如痞子蔡的《第一次亲密接触》、今何在的《悟空传》等。它们可以说是网络文学IP开发的初级阶段。2011年盛大文学的影视改编的产业化路径，是网络文学IP的中级模式。如今，网络文学全面进入了IP时代。不过，目前对IP的理解还比较片面，只是注重内容的知名度。这种理解还停留于早期网络文学的产业化转换的思维之中。实际上，当前我们所谈论的IP是一个更具创新意义和独特内涵的概念。正如腾讯集团副总裁程武所说："IP实质就是经过市场验证的用户的情感承载，或者说在创意产业里面，经过市场验证的用户需求。用户情感共鸣是这个概念里的核心元素。"[②] 因此，IP的核心不仅仅是知名度，而是能够让用户产生一种情感认同，是一种价值观和精神内涵。然而，正是目前市场对IP认识过于宽泛，使得IP的开发正处于粗放型阶段、IP资源的浪费严重，IP开发陷入盲目无序，IP价值评估体系缺失等困境。

再次，就平台来说，在互联互通的背景下，文化产业领域正在出现新的平台服务链模式，成为文化生产力的孵化和推广引擎，由此形成平台经济。"平台经济（Platform Economy）"的本来意义，是指参与经济活动的双方和多方之间，依托有效的服务系统，获得广泛的交易和增值服务。[③] 网络文学的渠道或平台"入口"也会形成一个平台经济，并有力排挤着其他竞争者的市场进入，所谓"得用户者得天下"。因此，控制入口成为许多网络文学运营商的

---

① 夏烈：《网络文学的综合治理与时代使命》，《文艺报》2015年3月20日。

② 程武、李清：《IP热潮的背后与泛娱乐思维下的未来电影》，《当代电影》2015年第9期。

③ 花建：《互联互通背景下的文化产业新业态》，《北京联合大学学报》（人文社会科学版）2015年第2期。

市场策略之一。正是在这个意义上，网络文学运营商都非常注重对移动终端和移动阅读软件的开发，并借此占据市场。根据艾瑞咨询 iUserTracker 和 mUserTracker 的统计，2015 年第一季度网络文学十大主流应用榜单的 App 依次是：掌阅 iReader、QQ 阅读、爱阅读、多看阅读、起点读书、熊猫看书、安卓读书、小说阅读网、塔读文学、宜搜小说。① 移动阅读软件是网络文学在移动端的重要分发渠道，是对网络文学内容入口的重要控制途径。根据艾瑞咨询对 2015 年第一季度网络文学十大主流应用榜单的 App 的统计，我们也会发现，这些 App 也反映了网络文学运营商的市场竞争力。

最后，就人才来说，人才当然是企业创新的动力。盛大文学为何出售，各种资料显示其原因之一就是盛大文学出现重大人事变动，尤其是起点中文网团队的集体出走和 CEO 侯小强的辞职。2013 年起点中文网的核心编辑团队与腾讯合作成立了创世中文网，直接促使了腾讯文学的强大。2013 年年底，盛大文学 CEO 侯小强离职，盛大文学再遭重创，腾讯趁机而入。盛大文学的衰落和腾讯文学的崛起，一个重要的因素就是人才。尤其是当前 IP 开发高歌猛进时，人才的意义更加凸显：一方面，当网络文学成为 IP 开发的重要资源时，就需要一种能够进行产业价值评估的体系、准则和方法，这恰恰是目前最为缺乏的。如何通过一个专业的团队或专业的公司去评估、开发、运作 IP，是目前市场需要进一步拓展的空间；另一方面，IP 的开发需要一支专业的团队，需要各个领域的专业创意人才，仅仅依靠现有的网络文学运营队伍显然远远不够。网络文学的 IP 化发展需要一支跨越文学、经营、评估、影视、编剧等各领域的人才队伍，只有这样网络文学的 IP 开发才能真正实现目标准确、选择对路。

但是，不得不说，内容和人才的竞争优势是最弱的，因为雄厚的资本足够买断任何一个内容产品和创新团队。更何况目前所谈论的 IP 存在着太多的问题，超级 IP 的出现更具有很大的偶然性，而人才队伍的培养耗时耗力。而平台则控制着信息的入口，尤其是诸如百度、当当、腾讯、阿里巴巴这样的信息寡头，他们的核心地位很难轻易被撼动。而这些平台的垄断地位本身就是资本的象征。因此，移动互联网时代，平台的入口意义非同凡响。当然，并非说内容不重要，内容确实非常重要，因为读者进入任何一个平台，都是要

① 速途研究院：《2015 年 Q1 中国网络文学报告》，http：//www. sootoo. com/content/651132. shtml。

去阅读作品的，如果没有优秀、海量的作品，读者自然会抛弃这个平台。这里想说的是，相对于资本、内容、人才来说，平台有着更为重要的作用。因此，渠道和内容齐头并进为最具竞争力的模式，如果只取其一，则渠道优于内容。

## 三、媒介技术发展与网络文学变革

我们无疑处于一个媒介包围的世界，媒介不断走向变革，并越来越明显地显现出其技术引领的发展模式。从平面媒体到网络媒体到移动媒体，从音频技术到视频技术到移动互联网，媒介发展的每一步都是受到媒介技术发展的影响。网络文学的发展其实就是以互联网技术的演进为基础而形成和发展的，并因互联网技术的发展而成为一个超越文学样式的新型文化类型。1999年互联网在中国的兴起，使得纸质文学开始走向网络，出现了诸如痞子蔡的《第一次的亲密接触》、安妮宝贝的《告别薇安》等有着深刻的传统文学的烙印和早期网络文学特征的网络文学作品；随着博客、跟帖、评论功能的技术成熟，互联网用户交互性大大提高，网络文学的文本生产方式发生了较大的变化，形成了起点中文网的收费阅读模式；2010 年网络文学呈现淘金热，与其对应的正是移动互联网的兴起；2013 年以来网络文学的 IP 热，对应的其实是媒介的融合和跨界。随着今后媒介技术的进一步发展，网络文学将会受到新的冲击和进行新的变革。

移动互联网技术将会成为影响网络文学发展的重要因素。2015 年，中国互联网信息中心发布《第 35 次中国互联网络发展状况统计报告》显示，截至 2014 年 12 月，我国网民规模达 6. 49 亿，全年共计新增网民 3117 万人。互联网普及率为 47. 9%，较 2013 年底提升了 2. 1 个百分点。其中，我国手机网民规模达 5. 57 亿，较 2013 年增加 5672 万人。网民中使用手机上网的人群占比提升至 85. 8%。在移动互联网的推动下，PC 端的网络使用率进一步下降，网民的互联网应用呈现上升态势。《第 35 次中国互联网络发展状况统计报告》显示，目前排名前 10 的网络应用分别是：即时通信、搜索引擎、网络新闻、网络音乐、网络视频、网络游戏、网络购物、网上支付、网络文学、网上银行。① 随着移动互联网网速加快和资费降低，移动互联网应用将决定着未来网

① 中国互联网络信息中心：《第 35 次中国互联网络发展状况统计报告》，http：//www. cnnic. net. cn/hlwfzyj/hlwxzbg/hlwtjbg/201502/t20150203_ 51634. htm。

络文学的发展格局。比如，如果移动互联网的资费确实能进行大幅下调，用户将无需担心流量的限制。当用户不担心流量限制，那么用户是否会将更多的应用转向音频和视频？如果这样，网络文学能否适应这种音频和视频应用，就成为网络文学运营商所需要面对的。

新型媒介形态或媒介产品的出现，将会改变网络文学的格局。从媒介发展史来看，正是技术的发展推动了媒介形态的革新。媒介形态的革新又进一步产生了许多以媒介应用为基础的产业形式。从BBS到博客、播客，一直到今天的微博和微信，从电子商务、网上支付到网上阅读，这一切都源于媒介技术的发展。传统网络文学网站掌握了大部分作者和文学作品版权，且越是优秀的作者，网站与其签署的合同越长，对其作品的合同限制越严格。最近网络文学网站纷纷不再谋求完全的版权归属，这为作者建立自己的平台提供了可能。作者发布作品的渠道拓宽，也给单纯依靠网站进行“打赏”“月卡”这种盈利模式带来了威胁。《盗墓笔记》的作者南派三叔在2013年5月开通了自己的微信公众账号，8月起正式推出会员方案开始商业化运营。这种微信与作家捆绑的方式为网络文学网站带来一个信号，即签约作家的自媒体营销或可带来盈利模式的颠覆，甚至引发一场行业变革。① 正如前文所分析，目前腾讯文学的重要优势是微信用户和微信支付，阿里文学的优势是其电商平台和金融系统。然而，随着媒介技术的发展，以微信为代表的新媒体和现有支付系统也一定会被其他新型媒介形式和媒介产品所取代，届时网络文学市场将会发生新的变革。正如交通音乐电台曾经因为出租车和私家车的出现而重新焕发青春一样，然而滴滴打车、快的打车等媒介产品的出现，使得交通广播在出租车市场的覆盖率一落千丈。原因很简单，就是出租车司机只顾着抢单，而不去听广播了。

媒介技术的快速发展、媒介形态的不断更新和网民的日益增加，留给市场的一个巨大资源便是大数据。大数据技术的战略意义不在于掌握庞大的数据信息，而在于对这些含有意义的数据进行专业化处理。换言之，如果把大数据比作一种产业，那么这种产业实现盈利的关键，在于提高对数据的“加

---

① 王聪信：《一个微信公众号引发的网络文学变局》，http://it.sohu.com/20130819/n384461357.shtml。

工能力”，通过“加工”实现数据的“增值”。[①] 2015 年 9 月，国务院印发的《促进大数据发展行动纲要》提出，发展大数据在工业、农业和新兴产业等行业领域的应用，推动大数据发展与科研创新有机结合，推进基础研究和核心技术攻关，形成大数据产品体系，完善大数据产业链。纲要的出台表明大数据不仅在政府层面获得共识，更重要的是对大数据产业的政策推动。对于网络文学来说，大数据的产业化应用主要有三个方面：一是通过对用户大数据的分析，勾画用户需求，主动推送相关网络文学类型，实现网络文学应用的精准化；二是通过大数据的分析，主动创作符合用户需求的网络文学作品；三是通过大数据的分析，主动将网络文学开发成用户需求的其他产品。现有的通过网络在线的粉丝跟帖，对原小说进行修改或调整的互动式写作、网络小说的影视游戏改编，只是网络文学创作的一个初级阶段，其中不少具有盲目性。如果能够借助大数据的分析，为用户量身定做相应的网络文学产品，将会进一步促进网络文学的产业化发展。

## 四、泛娱乐产业：重新定义网络文学

今天，网络文学的发展早已经超过了 PC 端，走向了更加多元化的传播平台。随着当下资本的强大渗透力，网络文学的运营主体变得更加多样，如有盛大这样以网游起家的，有中文在线等网络文学聚合平台，有腾讯这样的社交媒体，有当当网、阿里巴巴等电商平台，有小米、掌阅等从事移动终端开发的运营主体，有 360 等从事应用软件开发的运营主体等。这些主体有些与文学有直接关系，有些从事的是相关娱乐产业，还有些资本方则与网络文学没有太大的关联。因此，网络文学发生了两个变化：一是网络文学已经不再是基于 PC 终端或传统网站基础上的文学形式，而是以移动互联网为基础的一种文化业态，并且大大超越了移动终端；二是网络文学的运营商并非是传统的文学内容运营商，它们甚至超越了与之相关的娱乐业。因此，网络文学的内涵变得更加深刻，外延变得更为宽广。网络文学成为一种新媒体文学、融媒体文学，或者时髦地说，网络文学转向了“互联网 + 文学”的模式。当网络文学转向“互联网 +”时，如何能够更好地借助互联网进一步放大网络文

---

① 纪振宇：《大数据应用技术是未来企业竞争力的关键》，http：//tech. qq. com/a/20150407/008100. htm。

学的产业价值，便是我们当下需要思考的问题。

当网络文学走向产业化之后，网络文学的产业化链条指向的无疑是适合用户的娱乐体验和应用功能，网络文学那些不适合市场因素的成分将逐渐淡化，如网络文学的文学性将逐渐丧失。因此，网络文学将进一步与娱乐业接轨。当前的网络文学也走向了影视、游戏、音乐等领域，成为娱乐产业的一部分，形成了“文学+”的发展模式。当网络文学成为娱乐产业的一部分时，网络文学便不再是网络文学，而是一种借助网络的泛娱乐文化产业。它与影视、动漫、音乐、游戏等文化产业没有本质的区别。网络文学甚至只是整个产业链中比较初级的部分，基于网络文学所延伸的产业链价值将超过网络文学本身。2011年7月8日，腾讯公司副总裁程武提出以IP打造为核心的“泛娱乐”构思。这也是整个行业内首次提出“泛娱乐”的概念。随后，腾讯在腾讯游戏基础上，相继推出腾讯动漫、腾讯文学、“腾讯电影+”共四大实体业务平台，目前已基本构建了一个打通游戏、文学、动漫、影视、戏剧等多个种文创业务领域的互动娱乐新生态，初步打造了“同一明星IP、多种文化创意产品体验”的创新业态。2014年，“泛娱乐”一词被文化部、新闻出版广电总局等中央部委的行业报告收录并重点提及。随着小米、华谊、阿里数娱、百度文学、艺动、通耀、360等企业纷纷将“泛娱乐”作为公司战略大力推进，“泛娱乐”在2015年被业界公认为“互联网发展八大趋势之一”。①可以预测，网络文学的泛娱乐产业将成为未来最有市场增长空间的新型文化形态。

---

① 《腾讯互娱“泛娱乐”：从萌芽到趋势》，http：//www. cb. com. cn/index. php？m = content&c = index&a = show&catid = 49&id = 1090210&all。

# 花儿为什么这样红?

## ——对“花千骨”热的反思

吴群涛*

**摘要:** 果果的代表作《花千骨》在2015年掀起了一股网文改编剧收视热潮,受到了亿万小说读者、电视观众、游戏玩家的追捧,是一款名副其实的横跨影视、文学、游戏三大领域的人气“IP”。本文反思“花千骨”热,认为这一文艺现象不只是因为市场的成功运作和各路粉丝的积极参与,更与小说本身的叙事视角、纯粹的爱情描绘和俄狄浦斯悲剧意味有着密不可分的关系。此外,对“花千骨”IP值的开发与利用是投资者对粉丝经济认同的体现。

**关键词:**《花千骨》 女性叙事视角 纯粹的爱情 俄狄浦斯悲剧 粉丝经济

众所周知,网络文学诞生的标志是1998年“痞子蔡”的《第一次的亲密接触》问世,不知不觉中这一新文学样式或曰流派已经走过近20年的历程。在无数网络写手、海量粉丝读者和市场资本的多方不懈努力下,网络文学终于“迎来了真正意义上的大发展时期”①。2015年10月20日,中共中央文件《关于繁荣发展社会主义文艺》指出,“网络文艺已经成为执政党文化政策关注的焦点以及主流文化的重要组成部分”,这是对蔚为大观的网络文学所具有的审美意蕴、文艺价值和社会影响的充分肯定。在此之前,国家新闻出版总局已经明确提倡对优秀原创网络文学作品进行全方位、多终端化开发利用及传播。

---

* 吴群涛,女,1981年生,湖北武汉人,武汉大学文学院博士生,湘潭大学外国语学院讲师。本文为武汉大学研究生自主科研项目“赛博空间的身份认同——基于文艺作品的批判性反思”(编号:2014111010203)阶段成果,得到中央高校基本科研业务费专项资金资助。

① 邹佩耘:《网络小说〈花千骨〉改编的成功之道》,《出版广角》2015年10月,第88页。

## 一、“中华第一仙侠小说”《花千骨》

一般说来，中国网络仙侠小说，继承了传统通俗小说中关于人性、人欲的心情体验，吸收了欧美的幻想与魔幻的形式技巧，迎合了当代青年人的社会心态与兴趣要求，顺应了这种新的文学市场消费模式，它作为一种新的文学形式，传达着一种新的思想，从而更加抽象、深刻地反映了现实。《花千骨》是有关师徒禁恋（虐恋）的经典仙侠文，内容诡异奇幻，凄美动人，情节跌宕起伏。该小说之所以能够成为典型的文学 IP，一是因其文字表达的精美古典，二是因其内容的紧张刺激，三是因其玄幻飘逸的画面描写。《花千骨》中主角多可以上天遁地，拥有变幻无穷的法术法宝，他们通常生存在一个人、魔、神、仙、妖、鬼六界混杂的疆域，它在具有魔幻、武侠、爱情等元素之余，融合了中国上古神话，建造出一个区别于现实的全新世界。

《花千骨》被誉为“中华第一仙侠小说”，2008 年 12 月 31 日独家首发于晋江文学城，是果果的成名之作。这部经典仙侠网文，古典气息浓郁，仙侠奇幻令人大开眼界，故事背景时间跨度大，气势磅礴，情节跌宕起伏，爱情纯美动人，各章节设置环环相扣，荡气回肠。果果以细腻的笔触、优美的文笔和贯穿始终的女性视角讲述了少女花千骨避无可避的宿命，是一部关于责任、成长、取舍的纯爱虐恋小说。对自己的作品，果果认为，花千骨故事是“一个童话，它寓意着每个女孩的成长，寓意着她们的每一次遇见”，也是她“心中所渴慕的，在现实中所没有的纯粹至死的爱情”①。

鉴于该小说在网络文学圈拥有相当高的人气，其粉丝群体不断扩大，国内外各大出版社争相购买小说版权。数据显示，《花千骨》是近年各大图书畅销榜上的常客。例如，在 2014 年 7 月的京东商城图书销售排行榜“新书榜”上，《花千骨》排名 36②。到了 2015 年 5 月同名电视开拍前夕，其在京东排名为 41 位③，而在开卷排行榜上名列第 8，上海大众书局榜上排名前 10，当当网上排名前 5。④ 据腾讯小说排行榜（2015 年 2 月）显示：《旷世绝恋：花

① 果果：《花千骨》（最新修订升级版）（下），湖南文艺出版社 2014 年 7 月版，第 342 页。

② 《出版人》2014 年第 9 期，第 103 页。

③ 《出版人》2015 年第 7 期，第 87 页。

④ 《新民周刊》2015 年第 25 期第 81 页，2015 年第 26 期第 109 页。

千骨》点击量20211，排名第2[①]。此外，多种相关刊物的创立也显示该小说具有独特的艺术魅力：如创刊于2014年6月的非商业杂志《花千骨杂志》，原本属于《仙剑杂志》副刊，由第8期发布之时生成，首发于橘汁仙剑网，后发展成为作者与粉丝、粉丝与粉丝之间交流思想的重要平台。该小说改编的电视剧在上映前后大举造势，吊足了大量粉丝的胃口。难怪《花千骨》在湖南卫视播出以后仅一个月其网络总播放量就超过30亿，单集播放量破2亿，成为名副其实的现象级产品[②]。简言之，《花千骨》是网络仙侠小说的“集大成者”，被公认为迄今为止网络文学改编电视剧最成功的范本，更是一款名副其实的横跨影视、文学、游戏三大领域的人气“IP”。

## 二、网文改编热潮与《花千骨》

据2014年中国互联网络信息中心调研数据显示，网络文学用户有79.2%的人愿意观看网络文学改编的电影、电视剧，对网络文学作者、文学网站和影视剧公司来说，这都是一个诱人的数据。[③] 网络文学始于作者和读者在赛博空间的身份建构与交流，网络文学作品不断传播，网文改编剧将其从无限的虚拟空间引入传统大众传媒——电视，引发更大的关注和争论，从而延续了生命或获得新生。在此过程中，推动其传播与接受的关键因素是读者对文学作品表达形式、主题、塑造的人物形象多方面的认同。

《花千骨》来源于网络，其网络小说的本质，使其获得无数粉丝的青睐，为其传播打下了良好的接受基础。受到了运营商在网络上的多方推广，各类基于小说人物和情节改编的游戏上线，发展出了更多的游戏粉丝。对这一现象，笔者认为是身份认同联结网络文学的读者粉丝与作者，继而推动网络文学改编为电视剧，最终才有《花千骨》的粉丝制造收视奇迹。在小说情节中，花千骨的“转生”多依靠的是其爱慕者坚持不懈的努力；现实生活中，《花千骨》的“转生”则靠的是其各路粉丝的接力热捧以及市场在利润驱动下的顺势推动。每一次大的发展都来自于赛博空间内外力量的联合，在无远弗届的网络世界，文艺作品诞生并不断获得新生。这已经成为中国当代文学，特别

① 《芳草》（小说月刊）2015年第4期，第100页。

② 《证券日报》2015年7月24日第B03版。

③ 祁建：《网络小说进军影视产业的隐忧》，《声屏世界》2014年10期。

是网络文学发展的“新常态”！

从网络小说连载产生，到实体发行，发行量将《花千骨》推至畅销书榜单，从而引起电视台等影视剧制片方的注意，这是当前文化快餐消费的运营模式。其文本自身的魅力当然是重要原因，但并非其走红的主因，当前的文化环境、社会气候、市场动向等综合因素对粉丝经济的充分利用也是其走红必不可少的原因。从《杜拉拉升职记》《甄嬛传》《何以笙箫默》到《花千骨》，“铁打的营盘流水的兵”，一部又一部“现象级”作品登上荧屏。层出不穷的网络小说在数以万计的同类作品中静静地等待读者的点击、垂青，逐渐聚集人气，适时转换发表形式，发展更大的粉丝队伍，在市场嗅到其周围聚集的粉丝数量所代表的利润空间时，其脱颖而出、破茧成蝶则指日可待。从头至尾，粉丝数量都是衡量一部作品可能产生利润的唯一标准。《花千骨》的走红，如同此前大量网络小说改编剧的命运一样，是市场对粉丝经济的挖掘和利用。从这个意义上说，文艺被运作成了“文化现象”，其文艺性被市场利用吊足了粉丝的胃口，毁誉不一在运营商看来不是坏事，有“话题”才能吸“睛”，也必然会吸“金”。鉴于此，笔者有理由推断，催人泪下的古装修仙虐情大剧不会就此一部，其本质也不会发生根本的改变。对广大小说读者来说，此类作品可以打发闲暇时间，缓解精神压力，释放负面情绪，乃至获得某种心理上的暂时满足，但是不应沉溺其中无法自拔，更不值得反复回味。我们需要更理性的读者，更理性的观众，不被市场盲目利用。市场自身也应受到政府有关部门的监管，不能任其肆意利用粉丝来追逐利润，否则将会导致当代审美文化的变质和堕落，当代青年世界观和价值观的扭曲。

总之，借助线上传播（含手机阅读）打下的良好基础，实体出版畅销测试市场反应，周边游戏上线推波助澜，影视剧改编“吸睛（金）”，多管齐下造就当之无愧的“中华第一仙侠小说”。然而，这些都还只是“花千骨”热的表层原因，究其根本，是该故事的叙事手法、纯美的爱情故事和俄狄浦斯式悲剧因素在起关键作用。

## 三、网文《花千骨》的艺术特征

《花千骨》是一部采用单一视角叙事的女性小说，作者以花千骨不同年龄段的视角来讲述故事。作者果果在写这个故事的时候，还在读大学，对爱情和生活都充满了热情。[①] 女作家写女主人公从女孩到女人的蜕变，再由唐丽君女士任总制片人改编成电视剧，果果受邀亲自参与编剧，保证了各种改编形式的花千骨产品都是女性叙事视角，风格统一。例如故事一开始，花千骨的悲惨童年立刻就戳中了女性观众的泪点。作为神的转世，她带给身边亲人朋友诸多不幸，她所在意的一切生命都难逃死亡的厄运。因为她是人世间最后一个神，她的血液具有神奇的力量，辟邪，解毒，疗伤，召唤十方神器集合。她是一个孤女，一生都在追逐一份不可能的爱情——师徒之恋。无数人为她奋不顾身，她却只求师父白子画的一份爱，为此，她宁愿放弃整个世界。这份执著与坚守，粉身碎骨，魂飞魄散也在所不惜的付出，怎能不令人动容？

花千骨拥有独特的女性魅力，从洁白无暇、超凡脱俗到妖艳摄魂，从小女孩到成熟女人的蜕变，始终是美的化身。她的善良，在无数恶意、恶言、恶行、恶人的欺瞒打压中愈发显得可贵。她的爱，虽曾遭遇多方“诱惑”，却始终只心系一人，她对白子画的爱情是日久生情，也是无法避免的命运。她生来注定就是他的“生死劫”。中国人素来不喜悲剧故事，俄狄浦斯的神话是伦理悲剧，画骨之恋亦如是。师徒关系在中国传统文化中如同君臣、父子、长幼、尊卑的两极对立，具有伦理意义。师徒之间不合伦常的恋情，通常会引发全社会的批判。这是儒家传统价值观统治下的社会秩序，容不下任何一点不道德的行为。更何况白子画是长留上仙，道德模范，担负着守护苍生、维护人间正道的重任，不可能出现任何道德瑕疵。此前就有“天下第一美人”紫薰上仙对他一片痴心世人皆知，而他丝毫不为所动。在这种情况下，花千骨的出现自然成为一个巨大的悬念：相貌平平的小女孩如何打动冷落冰霜的长留上仙？小徒弟如何瓦解师父的道德操守？在君临天下与爱情之间，女人将会如何抉择？对观众，特别是女性观众来说，好奇心和斗志同时被激发出来。她们对花千骨的同情与喜爱，即是对女性主体身份的认同和渴求。历来依附于男性，被称为“第二性”的女人，如何在众多男性的爱慕与帮助下赢得心仪对象的爱情，成了广大女性观众的“集体无意识”式的“白日梦”。果果以女性的视角建构了一个完美的梦境，读者观众随着梦境中的人物悲欢离合而大喜大悲，获得极大的心理满足。

对于花千骨对师父的刻骨迷恋，果果如此解释：“每个女孩心里面都藏着

① 果果：《花千骨》（最新修订升级版）（下），湖南文艺出版社 2014 年版，第 372 页。

个神仙师父”。白子画代表着美好、纯粹的爱情，他不需要世俗的恭维谄媚，永远在每一个女孩的心底占有一个位置。“我们企盼他，可是永远无法靠近他，而宁愿自己是梨花瓣上沾染的那一点烟火红尘”①。“仙界最无情无欲”的白子画遇到“祸国殃民”的花千骨，一段有悖儒家伦常的师徒之恋是整个故事的主线。② 花千骨被未知的命运推动，一步步探寻神秘莫测的身份。知晓她身份的人，有人利用她，有人爱护她，有人要杀她，无论是爱还是恨，各种反应都是因为她的身份。

即使是白子画凭着仙人的直觉，“无论他如何算，都勘不破这个天机”。他知道这是上天早已注定的，避无可避。不过，“他就偏不信，他改不了她的宿命”③。在她的眼里，“他是天底下最完美的人”④。可是，她的命数他从来都看不清。也许，不识庐山真面目，只缘身在此山中。终于，谜底是“花千骨，你是这世上最后一个神啊……”⑤ 美人鱼蓝羽灰揭开了花千骨的真实身份。她一手策划妖神出世，就是为了救出被逐蛮荒的爱人斗阑干。东方彧卿，异朽阁阁主，无所不知，却“永远只能当一个无可奈何的旁观者”⑥。妖神出世，是花千骨前世注定的命运。无论白子画如何精心掩护，被他血咒封印在花千骨体内的妖神之力还是被蛰伏蛮荒的竹染识破。花千骨独具的“神之身”，在南无月看来，“才是能够承载妖神之力最完美的容器”⑦。白子画对此有着清醒的认识，“如今神之身再加上毁天灭地的妖之力，这孩子怎么了得”⑧！但他不信命，给熟睡中的花千骨下了密密麻麻的血咒，大胆挑战冥冥中无可扭转的命运。他的良苦用心却正好一步步将她送上了妖神之路。

正如希腊神话中俄狄浦斯的生父、生母，还有那善良的牧羊人，没有人下得了手杀害一个无辜的孩子，即使神谕已经启示：他注定会弑父娶母。每一个爱护他的人，都在无意中促成了俄狄浦斯悲剧的发生。花千骨的命运也是同样。她善良、纯真，恶人多方利用其异能，善人尽力助其生，无论出于何种目的，众人的行为都在命运之轮运转的轨迹内活动，悲惨的结局始终还

---

① 果果：《花千骨》（最新修订升级版）（下），湖南文艺出版社 2014 年版，第 342 页。
② 果果：《花千骨》（最新修订升级版）（上），湖南文艺出版社 2014 年版，第 299 页。
③ 果果：《花千骨》（最新修订升级版）（上），湖南文艺出版社 2014 年版，第 139 页。
④ 果果：《花千骨》（最新修订升级版）（下），湖南文艺出版社 2014 年版，第 26 页。
⑤ 果果：《花千骨》（最新修订升级版）（上），湖南文艺出版社 2014 年版，第 360 页。
⑥ 果果：《花千骨》（最新修订升级版）（下），湖南文艺出版社 2014 年版，第 5 页。
⑦ 果果：《花千骨》（最新修订升级版）（下），湖南文艺出版社 2014 年版，第 23 页。
⑧ 果果：《花千骨》（最新修订升级版）（下），湖南文艺出版社 2014 年版，第 24 页。

是来临了。对此，果果在“后记”中说：“或许很多人不能接受这样一个结局，毕竟爱到最后，竟只落得一人疯癫一人痴傻才能在一起。这样的结局就算不是悲剧，也不能说是喜剧了。然而对于这对师徒来说，恐怕这已是唯一的出路。”“《花千骨》一书，可以简单地看作一个在爱中坚持的故事，许多人对这样的感情或许都无法认同，只是情之一字，本就伤人。”① 甚至可以说故事中师徒禁恋与俄狄浦斯悲剧意味最令人回味不已。

《花千骨》是一个古代中国童话的现代转生或西方神话的中国版本。现实也许并不美好，但是童话总能给人慰藉。“花千骨”热，其实就是中华儿女内心深处对纯粹爱情的渴望，不信命，不怕难，坚信只要两情相悦，有情人终会成眷属。

## 四、对《花千骨》IP 值的开发与利用

IP 即知识产权作品，如网络文学、游戏、动漫等。好的 IP 具有天然的粉丝优势，还能进行多种形式的改编，实现经济效益的最大化。IP 改编剧的火热，“源于知识产权法规的完善健全，知识产权意识的觉醒，优秀 IP 的数量增多”等多方面的原因。② IP 是网络文学研究绕不开的关键词。该词本是“Intellectual Property”的首字母所写，其汉语翻译有多种，“知识产权”“知识财权”“文学财产”，甚至“文学潜在财产”等。虽然翻译成了汉语，但是并未被普遍采用，而多以 IP 两个大写英文字母构词的形式出现。大量网络小说，籍由其无数粉丝持续关注，吸引到了各路运营商在网络上的多方推广，各类基于小说人物和情节改编的游戏上线，发展出了更多的游戏粉丝，而小说改编的影视剧所掀起的收视狂潮，造就了更多的观众粉丝。其实所谓“现象级产品”“粉丝大剧”“中华第一仙侠小说”等称号只是噱头，其本质是一个典型“IP”。文本、影视剧和游戏产品看似不同的艺术类型，在粉丝的推动下，成为具有极大市场价值的 IP。

网络文学作品多是作者在与读者的互动中完成的，坚持阅读、积极发表意见、参与创作、关心作品命运的读者就成了作品最忠实的粉丝。一部作品

① 果果：《花千骨》（最新修订升级版）（下），湖南文艺出版社 2014 年版，第 341 页。

② 吴月玲、张成：《在调整中挺进的中国电视——2014 年中国电视回眸》，《中国艺术报》2014 年 12 月 31 日第 6 版。

要在浩如烟海的网络文学世界引起读者们的注意必须迎合网文读者的审美需求，满足读者不断变化的阅读品位，也要根据市场形势调整定位。果果也不例外。在《花千骨》再版的后记中，她感谢很多读者的建议，也相应地做了一些调整。这就是网络文学不同于传统文学的地方，开放的空间，频繁的互动，作者发起创作，却在作者和读者的交流中完成，天然拥有大量读者。在与粉丝读者的积极互动过程中，作者完成了作品，但并非“独创”，作品中很多人物、情节、环境的设置和发展，很可能是“集思广益”的成果。特别是当某些作者在粉丝的强烈要求下修改人物形象、调整故事结局时，粉丝俨然成了幕后真正的作者，而作者则退化成了“傀儡”，受制于粉丝的意见。一方面，粉丝能够推动作品行文结构的发展，他们对作品的态度无外乎两种：赞美和批评，俗称点赞和吐槽。受到多次点赞的人物和情节会鼓励作者多下笔墨，重点渲染，而被不断吐槽的部分，则会被修改或消除。在这种读者与作者的互联互动中，作品逐渐被完成。另一方面，粉丝还能够推动作品生存空间的发展。当粉丝的意见被作者采纳之后，读者的热情被极大地调动起来，他们在不同社交空间内积极地宣传该作品，成为高效的“传播者”和“传播工具”。

粉丝的数量和忠诚度意味着市场和价值。读者所喜，读者所恶，对作品的生命具有重大影响。读者对文艺作品的作用在新媒体技术发达的当代更是发挥得淋漓尽致。不仅作者创作前要考察市场上流行的读者的口味，创作过程中要考虑读者的综合意见，创作完成后的实体出版、影视剧改编和网友开发更是离不开读者的推动。原因在于，一方面，网文读者在网文发展的过程中并非被动的受众，只能“袖手旁观”，而是拥有“生杀大权”的决定者。一部网文作品能走多远，能红多久，大部分都取决于粉丝读者。另一方面，市场对“粉丝经济”具有敏锐的把握，粉丝的动态是衡量一个作品 IP 值的重要指标。文学作品的 IP 值在市场的开发利用下，其粉丝群也不断发展壮大。由此，文学 IP、市场与粉丝形成了互联互动的三角关系。粉丝们不断攀升的阅读点击量一步步将网络文学从虚拟文本变成实体书，吸引更多文学爱好者的注意，图书持续畅销最终促成作品改编成影视剧，甚至网络游戏。

综上所述，网络文学作品及其改编影视剧和游戏产品成为粉丝的身分认同凝聚对象，在这个共同的场域中，粉丝们对待小说、电视和游戏的态度，是他们身分认同的表现，并非铁板一块，有一个发展变化的过程，认同与不认同反复较量，最终造成《花千骨》IP 值飙升。若小说读者、影视剧观众和游戏玩家三位一体，则这一网文 IP 值就会最大限度地开发出来。在这一过程中，粉丝在无形中被投资者所利用、操纵。投资者对粉丝经济的认同是促使其联合开发此类网文 IP 的重要原因。

## 五、结 语

网络文学进入快车道，佳作迭出，形势一片大好，但是如何才能让这种良好的发展态势长期保持下去呢？关键可能在于网络文学作品本身要经得起沉淀。依靠文学艺术深层的审美价值，避免投机取巧的文化快餐行为，才有可能成为令人回味的经典之作。针对当前网络文学改编影视剧的热潮，有人早已指出："从古至今，一部好作品的标准从没变过，那就是经得起漫长时间的磨洗、广大读者的涤荡。而改编的文学作品好，影视剧自身才能好，这也是颠扑不破的道理。因此，网络小说改编影视剧，切莫将耐心积累、慎重选择彻底抛却，一味依赖和倚仗人气、粉丝，否则，恐怕最后只能成为影视剧市场中的泡沫。"如今，回望近年来曾经红过的一些作品，的确如作者所言，大多如同"泡沫"转瞬即逝。[①] 希望"花千骨"热长久一些，也希望有更多的"花千骨"们能赢得大众的喜爱，满足不同层次人们的审美需求。

① 楚卿：《网络小说改编剧让影视创作退化》，《中国艺术报》2014 年 10 月 10 日第 1 版。

# 谈网络小说中的“虐心”模式

陈玉蛟*

**摘要：** 网络小说中出现的各种各样的“虐心”模式是与读者内心的欲望与需求相对应的。从“原罪”之虐到“横祸”之虐，从爱情之虐到亲情之虐，作者通过多种“虐”点的制造，达成各种各样的“虐心”模式，实现读者情感上的不同“爽点”。透过这些“爽点”，我们可以窥探到部分当代人内心的隐秘部分。与此同时，这类模式在一定程度上也起到了分担当代人负面情绪的积极意义，但在另一方面，读者对这类模式中的复仇/报复心理所展现的热血也表现出一种扭曲的快乐获取手段，带有一定的负面效应。

**关键词：** 爱情　亲情　原罪　横祸

当前的网络小说中存在着各式各样的“虐”点，从主人公自身所带有的“原罪”之虐到生活中所遭遇的“横祸”之虐，从男女主人公之间的爱情之虐（“虐恋”）到与亲人相处中所感受到的亲情之虐，作者通过多种“虐”点的制造，达成各种各样的“虐心”模式，从而实现读者情感上的不同“爽点”。透过这些“爽点”，当代人内心一些比较讳莫如深的隐秘倾向亦可得到一定程度的窥探。

## 一、爱情·亲情：亲密关系之虐

这类模式中，小说中的“虐”主要是为了给主人公情感上的“逆袭”做铺垫，在从“虐心”到“逆袭”的情感落差间，使读者获得情绪上的“爽点”。此时，主人公“逆袭”的过程中通常都夹杂着报复/复仇的一种心态，而这种心态则又往往是基于一种自己“被亏欠”的心理，通过“被亏欠”的

* 陈玉蛟，女，1990 年生，江苏南通人，山东师范大学文学院硕士研究生。

不断叠加，主人公长久地稳站道德制高点，不断地凸显出对方之“渣”，而其最终的“逆袭”成功则又是往往以对方的痛苦与悔恨作为标志。这其实在一定程度上反映了当代人内心渴望能用一种道德绑架的姿态，获得某种无法企及的情感的愿望；同时，也在无意识间流露出当代人身上所存在的自恋与自怜情结：那种不够开朗的、略微沉重的阴郁部分，带着点愤怒，以及对悲剧感的诗意沉迷。

首先关于爱情之虐。行为主体大多为女性角色，其模式主要表现为：暗自牺牲→自我崇高→委屈感/被亏欠感→不同方式的报复（以伤害自己为主：离别远走/玩消失，或者自杀等；以伤害对方为主：当面痛声自述、含泪控诉、挥剑动武等）→目的：之前的暗自牺牲被揭露，使对方感动、愧疚、追悔莫及→爱情的报复于此完成（结局：原谅对方，从此在一起，对方对其感情进一步加深；永不原谅，对方永远生活在悔愧中对其无法忘怀，而其自身则在远方或暗处自伤到暗爽）。这种模式中，女性在感情上所带有的某种自我牺牲意识、博弈意识、表演意识等有着很明显的体现。如在匪我思存的《来不及说我爱你》中有这样一段“虐心”情节：男主人公慕容沣在其军队腹背受敌陷入困境的局面下，接受了与一直以来爱慕他的程司令的千金程谨之的联姻，并准备把其真正的爱人尹静琬送往国外。而此时的静琬其实已怀有身孕，当得知自己的出国真相时，她无法接受这样的侮辱，愤然逃离男主，然而却最终在风雪奔波之中流产。此后的尹静琬在很长一段时间内都对慕容沣心生怨恨，并表示无法原谅，慕容沣则在痛苦与悔恨中感受到自己永远地失去了女主。这一情节中，女主人公的“愤然逃离”就是对男主的一种报复，而“怀孕”与“流产”则又是一种之后即将向男主揭露的“牺牲”，其目的是使男主对自己之前的行为感到愧疚、痛苦，从而追悔莫及，以使爱情上的报复得以完成。这样的完成往往会让以女主视角为立场的女性读者在情感上获得某种平衡般的满足，而同时，我们也可以感受到，女性在爱情上始终存在着一种以“牺牲”为代价的博弈，以“报复”为手段的抗衡，而无论“牺牲”还是“报复”，在此都属于一种消极的弱者姿态，它是以女性的消极出击来制造出一种女性在爱情上处于某种“主动”状态的假象，却无法在根本上掩盖其真实所处的“被动”地位。当爱情无法再以完满与无瑕的状态展开与完成，女性会通过不断深化其进程中的悲剧性转而实现它的深刻度，从而发掘出某种带着悲剧美的浪漫。这是女性在爱情中的一种表演，也是其对爱情的一种拯救。

又如唐七公子的《华胥引·宋凝篇》，其“虐心”程度可说是达到了整个故事的覆盖，大概内容为：黎国大将军宋衍之妹宋凝与姜国镇远大将军沈岸对阵于战场，一战倾心。后沈岸兵败，宋凝冒险于万千尸骸中找寻沈岸，终将昏迷中的他救回，背着他奇迹般地穿越雪山，来到姜国的医馆，将他托付给神医柳时义和他的孙女柳萋萋。因思及隔着国仇，故而宋凝未曾让沈岸知道自己的真实身份，等到沈岸恢复过来时，他将柳萋萋误认为了那名救他并被他爱上的的女子，而柳萋萋也未曾否认，及至宋凝满心欢喜地主动接受联姻嫁过来的时候，沈岸始终不愿相信她就是当时救他的那名女子，反而痛恨她成为他和柳萋萋之间的第三者。此后，二人在婚姻中不断地相互折磨，直到宋凝死去。这其中，女主人公对男主的终极报复是其最后的自尽，而报复的最终圆满完成则是通过别人构织的华胥幻境中所展现出的当日女主拯救男主的真实画面，即对女主过往“牺牲”的揭露，来进一步触发男主的痛苦与悔恨。这里面，女性爱情中的自我牺牲意识、博弈意识和表演意识依然存在，但此处所要进一步讨论的，则是其中所带有的“美人鱼”式的悲剧模式。

就故事的轮廓上不难看出两个文本中的相似性。同样是拯救，同样是错认，同样是相逢不识，同样是“虐心”的悲剧收尾，只不过童话故事中的女主以全然宽容和成全的姿态，顶着圣洁的光环，没有分毫类似报复的情绪设定；而在网络小说文本中，女主情绪上的怨恨与不满是得到了充分渲染的，且能够明显被读者感知到的。相比童话故事的冷静克制，网络小说所带有的情绪化欲望化的书写特点在此得到了全然的凸现。情绪的放大带来人物内心的“黑化”，最终在结局上指向进一步的“虐心”和惨烈。如果说“美人鱼”的童话故事是透着天真的童年幻梦，尚带着不忍，寄予了“永恒灵魂”的光明与希望，那么《华胥引·宋凝篇》则是以它为原型的润色改写后浓墨重彩的青春宣泄，淋漓而直接，将生命与爱情都于绝望的梦境中埋葬。从心理学角度来讲，原型是人类心理结构的普遍模式，是先天固有的直觉形式。“荣格及其追随者执意认为：作为心理结构成分的原始型与神话和神幻故事中的情节和形象相近似。”① 此处，“美人鱼”模式的故事原型是人类在爱情中的一种原始心理结构，它存在于人类的不同生命阶段，以不同的面目和形式展现，

---

① 转引自陆黎雅：《论爱情故事中的“小人鱼”模式——安徒生、茨威格、蒲宁三个相似故事及其含义》，《外国文学研究》2003 年第 2 期。

而《华胥引·宋凝篇》则是人们的这一原始心理结构在青春期阶段的表现形式之一。青春期作为人类情感波动幅度最大的一个时期，爱恨情仇各种情绪相互交织，而青年人又血气方刚，因而很容易趋于极端、趋于激烈。网络小说作为青春文学的一种，必然在文本中承载了大量的青春情绪，于是和童话中的故事原型相比，其在文本中的表现必然显得更加沉重而复杂，冲突更多，情感起伏更大，色彩也更加的浓烈斑斓。可以说，从“美人鱼”的故事原型到此处网络小说改编后的文本，这过程其实是一个成长，从对悲剧命运的逃避到直面悲剧命运的走向，人在从童年走向少年、青年的路途中，其应对“虐心”境遇的心理承受能力变得越来越强，开始“敢于直面淋漓的鲜血”，而同时，这一爱情中的原始心理结构也在逐渐趋向悲观。

其次是关于亲情之虐。它主要表现在以长幼关系（父母、师徒等）为主导的关系中，行为主体多为几个子女/徒弟中的一个，其模式主要表现为：不受宠，被冷落→成长环境不幸，但自有一套变优秀的途径→与人交游，涉及童年与长辈话题，流露被亏欠感→一鸣惊人，长辈愕然，开始重新审视和重视→不屑长辈的重视→长辈斥责→对长辈的怨念爆发→长辈伤心、愧疚、尝试补偿→达到心理上的某种平衡（结局：与长辈的情感裂缝得到弥合，和乐融洽；无情亦无恨，两清状态，与长辈陌路）。比如天下归元的《凰权》中，有这样一段虐心情节：主人公凤知微早年随母亲和弟弟寄住在身居要职的舅舅府中，过着寄人篱下、饱受欺凌的生活。而这其中，母亲对弟弟的放纵和无底线的宠溺与对她的淡漠形成鲜明对比，造成极大的心理落差。当她被府中奴仆诬陷偷窃，而弟弟也转而将偷窃之罪嫁祸于她时，在弟弟的说辞和自己的辩白之间，母亲选择了相信弟弟，而放弃她听凭她被赶出府邸。出府之后，她凭着自己的机缘、才智和努力不断取得成功，结交了好友，并最终以魏学士的身份稳站朝廷，高调回府。这一过程中，主人公的回府之举带有很强烈的报复心态，并最终以府中众人的“被打脸”换得内心的平衡，于此完成报复。这在文本的“回府”一章中有着淋漓尽致的体现，在这一章节中，作者通过对主人公语言、表情、动作和心理的描述，勾勒出一个意气风发、满含得意、带点刻薄和寡情的瞬时形象，而主人公对之前府中得罪过她的人睚眦必报的行为虽显得不够大气，却能使读者在阅读过程中达到一个情绪上的“爽点”，一扫胸中的气闷与郁结。同时，对这一“爽点”的沉溺也在一定程度上说明了当代人内心堆积了很多怒气却隐忍着无从发泄的压抑部分，这一部分无时无刻不在寻求着爆发，而网络小说中的这种“爽点”则无疑给了它最直接的发泄契机。将负面情绪借助网文发泄出去，这也是网文所带来的积极意义之一。然而，在这一文本中，更令人感到虐心的则是之后真相的进一步揭露：原来母亲对她的淡漠是一种出于对她的保护，而对弟弟的宠溺和纵容一方面是为了混淆外界的判断从而为她的真实身份打掩护，另一方面则是母亲知道弟弟终将在年少的时候代替她死去，于是尽其所能地满足他的要求以此作为补偿。而到故事的最后，她却发现，竟连母亲自己都不曾知道，那个代替她死去的弟弟，即母亲一直所以为的养子，实则却是母亲真正的亲生儿子。这样一种对真相一波三折不断反转的揭露，大有一种小林正树在其电影《切腹》中的叙述风格。

## 二、原罪·横祸：外部境遇之虐

这类模式中，小说中的“虐”一方面带有向读者示弱博同情的意味，偶尔流露的自怜与自恋情绪也很易于让现实生活中遭遇不顺的读者产生“代入感”，然而，其最主要的目的还是以此彰显主人公的与众不同，从而赋予其命运以独特的走向。“原罪”也好，“横祸”也好，无论它们以如何荒诞的理由出现，至少能在逻辑上为主人公找到一个合理的人生动力或人生使命，之后随便你夺宝、寻爱、救苍生还是争权、称霸、当英雄，单在那不一般的“虐心”遭遇中，主人公总能从其内心深处提炼出一口硬气、骨气和志气，一路“开挂”走向巅峰，从而达成某种阅读上的快感。从这个角度来讲，小说中的这类“虐”实际上也是“主角光环”的一种，是对主角其不凡人生的一种预热。

首先关于“原罪”之虐。这种模式中，主人公往往具有其自出生时就带有的与他人相异质的特点，比如主人公身属天煞孤星，克父克母；或者主人公身属半妖、半魔等这类异界混种，不为任何一界所容，无所归属；又或者是主人公乃上一辈不伦所生，于世所不容，常被嘲讽？等等。在这样的设定中，主人公的悲惨遭遇看上去悲惨之极，然而与主人公之后在“开挂人生”中不断表现出的欢乐与得意相比，作者笔下的这点设定只是皮毛之痒。事实上，在作者与读者的潜意识当中，这样的设定在一定程度上斩断了很多有碍于主人公行动的牵扯和羁绊（多为亲伦关系），使其在行为上免于约束，从而获得相当高的自由度。而其亲伦关系中亲情的缺失又往往引发人的心疼，于是最终以师友们和爱慕者们众星拱月般的方式使其得到弥补。比如在 Fresh 果果的《花千骨》中，主人公花千骨出生时命格诡异，“八字太轻，阴气太重，天煞孤星，百年难遇”。[①] 出生时母亲难产而死，满城鲜花尽数凋零，故取名花千骨。而因其体质太易招惹鬼怪，抚养她的父亲也终因邪气缠身离她而去。自此之后，花千骨彻底沦为孤儿，举世无亲。她想听从父命前往茅山，却在误打误撞中最终去了长留。这一过程中，她获得了长留上仙白子画的师徒之谊与最终的爱情，获得了异朽阁主东方彧卿和西蜀皇子孟玄朗的爱慕之情，获得了妖魔之主杀阡陌的兄妹之情，获得了轻水和落十一的友情，等等。这些人代替了她的亲人，成为其生命中最浓墨重彩的部分。她与他们相知或相爱，得他们的保护和帮助，无数次度过难关，垒积出生命的厚度与情感的深度。这样的叙述实则在一定程度上体现出了当代人在人生奋斗的路途中企图淡化出身，淡化家庭背景，转而更倾向于依靠朋友，重视个人努力的一种心态，这是其积极的部分。而另一方面，对亲情的边缘化处理和冷酷性扫视，则又在一定程度上泄露了当代人内心深处的自私与伪饰。此外，考虑到网络小说文本所带有的青春文学的性质，其文本中这类对亲情的处理也可在一定程度上理解为一种出于青春期对其家庭与父母的叛逆情绪，而对爱情和友情的集中式凸显则又在其与青春主旋律的相应和中显得无可厚非。

其次是关于“横祸”之虐。这种模式中，往往是主人公个人或其家庭遭受了极大的变故，从而进入一种“虐心”的境遇。比如亡国之灾、灭门之祸、遭人仇杀、构陷入狱，又比如武功尽失、筋骨尽废、记忆皆失、容貌尽毁，等等。这样的设定中，主人公身上通常都带有一种很强的使命感，或为复仇，或为重建颠峰，目的性明确，性格中往往夹杂着一种让人难以靠近的孤绝与沉重，而这孤绝与沉重又往往会在难以觉察间酝酿出一种近乎自恋般的陶醉。此时，小说中的“虐”实则是暗藏了主人公必然浴火重生的强大意念与能量，是一种对抑到深处必将反弹的伏笔。比如在海宴的《琅琊榜》中，主人公梅长苏原是赤焰军统领林燮之子林殊，亦是当年“金陵城内最明亮的少年”，然而 12 年前，他作为赤焰军的少帅跟随父亲外出征战，却在梅岭一役中因遭受朝中奸臣的构陷，眼看着跟随自己出征的 7 万炽焰大军全军覆没。他从地狱

① http://www.jjwxc.net/onebook.php?novelid=316358&chapterid=1

之门拾回残命，历经至亲尽失、削骨易容之痛，终化身为天下第一大帮江左盟盟主梅长苏，以“麒麟才子”之名，借养病之机，凭一介白衣之身、病弱之体重返帝都，从此踏上复仇、雪冤和夺嫡之路。这一过程中，文本中的“虐心”主要表现为两个层面，一是12年前的那场变故给文本主人公带来的“虐心”，它赋予了主人公以余生复仇与洗冤的使命；二是主人公的隐忍、因面目全非而导致的旧友间的相见不识与误解，以及残病之躯终无法再愈命不久矣的情节设定所带给读者的“虐心”，它触发了读者对主人公的心疼，对其行动的热血，和希望其目的能赶快达成的急迫感。二者之间相互重叠，造成了读者心理层面上对文本主人公知己般的默契，使读者能够如临其境般地因主人公的一举一动而受到其情绪上的牵动。与此同时，浴血而归涅槃重生的人往往犹如把淬了火又淬过毒的宝剑，其性格不再是单纯的简单、善良与明亮，而是变得复杂，多了很多阴谋与腹黑的部分，带有一点“黑化”的性质，而这“黑化”的部分则又是其新增力量的最主要体现。

又比如在折火一夏的《独家》中，主人公杜绾在7岁那年的一次地震中失去了父母，从此沦为孤儿，靠村镇上好心邻居们的接济和照料维持生活。之后因一次机缘巧遇男主，被其带离西部的远山，去到城市中生活。这一过程中，主人公的失父失母即是一种“虐心”的设定，但同时，它也为主人公走向另一种人生状态奠定了机缘，使孤身一人的主人公能以一种没有任何心理压力的心态跟随当时尚不算成熟的男主去到另一个地方，过另一种方式的生活，这在一定意义上其实是在以一种现实的“穿越”方式来完成主人公身份、角色和生存环境的转换，以对过往归零的方式来对人生进行重新洗牌。此外，作为一个网络言情小说文本，其唯情主义也使得作者笔下的主人公更多地是将自己的喜怒哀乐投注于爱情上，而对丧失亲人之痛则显得有点易于遗忘。在唯情主义的牵引下，小说女主人公在追求真爱的过程中独立于世俗，对物质财富、权势弃之如敝履的姿态也显得冠冕堂皇不无矫饰。“小说中，女主虽然无意追求物质，却通过与强势男主的结合，不着痕迹地得到让世人艳羡的地位和财富。这一切是无心插柳，得来全不费功夫，反映出女性矛盾的价值观，虽然标榜遗世独立、摒弃物质，潜意识中未尝不向往衣食无忧的生活。小说以显、隐两种方式将女性的唯情主义和依附世俗的物质崇拜巧妙地缝合在一起，既实现了对现代女性的情感抚慰，同时又满足了她们对于物质的渴望。”[①] 从这一层面上来说，小说中主人公所遭受的“横祸”之虐为主人公所开启的起点，在作者与读者的潜意识情绪感受中，未尝不是一种上天赐予的另类“垂怜”与“恩泽”，亦即所谓的“必有后福”。

## 三、结　语

网络小说中出现各种各样的“虐心”模式不是作者的随意为之，它是与读者内心的欲望与需求相对应的。通过这些模式的叙述，读者在其中触摸到自己情绪的压抑与隐忍部分，找寻到契合自己情绪宣泄的触发点，从而以阅读的方式重新找回自己情绪与心理上的平衡。从这一意义上讲，网络小说中的这类“虐心”模式有着其不可忽视的积极效果。它以一种温和而不激烈的手段帮助现代人不着痕迹地倾泻掉其内心的负面情绪和阴暗心理，使其能在真实生活中以即便不是积极向上至少也是健康平和的心态面对现实，是一种对现代人情绪的积极分担。

然而另一方面，这类“虐心”模式所充斥弥漫的报复/复仇心理在给人带来热血与快感的同时，却也如催化剂一般进一步放大了读者内心的阴暗面。它所着重传达的是一种以斗倒他人来获得快乐的扭曲心态，而不是一种宽容友好的共进姿态。在这样的心态中，人变得狭隘、自私、自大，逐渐被膨胀的负面情绪所吞噬，若读者在阅读过程中迷失在这样的情绪里无法跳脱，则会给其来极大的负面影响。此外，这些“虐心”模式还承载了太多当代人性格中的沉重部分，这样的情况下，读者们对其进行阅读，反而会在一定程度上加剧其内心的沉重。

最后，就网络小说的总体文本来看，其文本中的“虐心”设定都带有一定的夸张和荒诞色彩，甚至有时还会在其悲剧性中捕捉到一丝显而易见的喜感。这也在一定程度上防止了读者对其的过分入戏，使读者能以一种“小说就该当作小说来看”的娱乐心态来进行阅读。因而，对于网络文学中的这类“虐心”模式，有关其带来的负面影响也无需太过多虑，毕竟读者们知道什么是真，什么是假。然而，面对当代人在自身生存状态下所产生的多种现代情绪，网络小说作为文学的一部分，仍应力所能及地展现出它自身的社会价值，

① 徐晓利、张婵：《网络言情小说中的虐恋模式》，《文学教育》2014 年第 1 期。

并在其文本中注入更多的人文关怀与心灵关照，找寻自身的积极意义。

本文所涉及的网络作家：

1. 匪我思存，国内原创爱情小说领军人物，编剧，湖北省作协成员。多部作品被改编为热门影视剧。代表作有《来不及说我爱你》《千山暮雪》《东宫》等。

2. 唐七，原笔名唐七公子，兼职作家。其作品《华胥引》曾获第一届西湖·类型文学双年奖铜奖，入围 2013 年度“大众喜爱的 50 种图书”；《岁月是朵两生花》参评 2015 年第九届茅盾文学奖。代表作有《华胥引》《三生三世十里桃花》等。

3. 天下归元，潇湘书院 A 级作者，中国作家协会会员，江苏省作协签约作家，镇江市作协理事，第七届全国青年作家创作会议代表。曾获 2011 优秀女性文学奖，2012 年镇江市政府文艺奖。代表作有《扶摇皇后》《凰权》等。

4. Fresh 果果，超人气新兴小说作家，晋江文学城最受欢迎的作者之一。代表作有《花千骨》《琉璃般若花》等。

5. 海宴，起点中文网签约作家，曾于 2015 年 11 月凭《琅琊榜》获第一届网络文学双年奖银奖。代表作《琅琊榜》。

6. 折火一夏，晋江文学城签约作者，代表作有《独家》《狐色》《挥霍》等。

# 网络文学的生产与传播特征探析

欧造杰*

**摘要**：网络文学作为一种大众文化，在消费文化语境下已被贴上消费时代的标签。在消费文化与电子传媒的影响下，网络文学的生产表现出写手的年轻化与多元化、写作的自由化与个性化、目的的功利化与非功利化等特征；而网络文学的传播则具有主体的泛化、速度的快捷化、过程的互动化、媒介的多元化等特征。

**关键词**：消费文化　网络文学　生产　传播

网络文学的出现对整个中国当代文学产生了巨大影响，并逐渐成为学术研究的焦点。而我国当前的消费文化在对人们传统价值观、审美观产生强烈冲击的同时，也对网络文学的研究及发展产生了重大影响。在消费文化语境下，网络文学作为一种大众文化和通俗文学，它在文学生产、传播等方面表现出与传统文学不同的特征。本文对网络文学的这些生产与传播特征进行探讨，以求对我国网络文学的发展和研究提供一些参考。

## 一、作为大众文化的网络文学

消费文化是人们在长期的经济生活中所形成的对消费的一种相对稳定的共同信念和文化规范。消费文化产生的前提是消费社会的兴起，在消费社会里，文化也成为一种供人们消费使用的商品，满足人们多方面的精神文化需求，并成为一种重要的文化产业和景观现象。波德里亚认为，“消费社会是工业文明的典型模式，其核心便是对物质占有的无穷欲望，为物欲所控制，物成了符号体系，对物的消费是社会结构和社会关系的唯一基础”。① 早在20世

* 欧造杰，男，1977年生，广西环江县人，河池学院文学与传媒学院副教授。

① ［法］让·鲍得里亚：《物体系》，林志明译，上海人民出版社2001年版，第97页。

纪30年代，德国的法兰克福学派就开始研究文化产业和消费文化现象。在我国，消费文化是20世纪80年代的改革开放之后从消费理论界引进的一个新兴概念。受全球化浪潮和外来消费理念的影响，我国的消费观念不断深入人心，消费文化得以蓬勃发展，并构成了社会文化的一个极重要的组成部分，消费文化的语境也随之产生。

市场经济的法则对文学活动产生了重要的影响。古代的文学生产，不论是集体性的文学创作，还是个人性的文人创作，都更多地带有自由的精神生产的性质；而文学的消费，无论是下层民众以文学自娱自乐，还是王公贵族以文学愉情励志，也都更多地具有精神享受的性质和追求审美享受的目的。近代的文学生产，规模无限扩大，以文学创作和传播为职业的人群数量增多，文学消费的产品遍及各个社会阶层和群体。现代社会中连结于商品经济的文学生产已不同于传统的文学创作，文学消费也不再等同于通常意义上的艺术欣赏。

消费文化的出现对我国文学产生了强烈的冲击，“传统的文学被脱下神圣的外衣，原本高雅的审美倾向及使命感渐渐被消解，取而代之的是消费文学文本”。[①] 在市场经济的法则和消费文化的影响下，文学艺术的商品化、功利化、世俗化特征更加突出，一方面文学作为一种商品，它的出版发行必须遵循市场的法则，去满足社会大众的精神需求；另一方面，大众文学的盛行使得传统的精英文学也进行自我调整，以赢得读者的关注和社会的支持，求得转型与发展。因此，在商业社会里，大众文学又称“消费文学”，而网络文学则是大众文学的经典代表，它具有明显的营利性和较高的商业价值。网络文学的生产、传播及消费过程都受到消费主义思潮的影响及市场化行为的制约。在大众传媒和网络媒介的作用下，网络文学的生产、传播与消费的整个过程势必受到消费文化语境的巨大影响。

网络文学可以说是网络文化和通俗文学相结合的产物，作为一种大众文化出现，它同样表现出消费化的倾向与特征，以快餐化的方式极大满足了文学网民与爱好者的精神需求。网络文学的生产也像商品一样，表现出制作工艺的流程化。与此同时，网络文学也以娱乐性为主要目的，它不再以传统高雅文学的思想启迪和教育功能为目标，而变成了文化快餐式的狂欢与消费，

① 张思宁：《消费文化语境下的中国网络文学探析》，2013年内蒙古大学硕士论文，第8页。

富于消遣和娱乐功能。网络文学在思想内容方面，通常通俗易懂，浅显明白，和传统的精英文学针锋相对，特别是网络小说方面，以武侠和言情小说最为流行；在艺术形式方面，网络文学也十分简明易懂，很少有重大的创新与突破，甚至是简单的模仿与重复。从痞子蔡、安妮宝贝、宁财神到如今蒋方舟、吴子尤等作家的网络文学作品都被打上消费时代的烙印。总的来看，网络文学不以思想性见长，而以机智性、幽默性、娱乐性赢得读者。文学由以往的"创作—接受"模式转变为"生产—消费"的模式，形成新的文学生产与传播系统，使得创作者的创作心态、文本的审美特征以及读者的阅读审美趣味等都发生重要的改变。网络文学内容上的情感化和个性化，传播上的开放性和流动性，欣赏上的互动性和即时性，使它成为流行文化的重要组成部分。

## 二、网络文学的生产特征

网络文学的生产既包括作者的文学创作，还包括出版社的出版。网络文学的生产和其消费关系密切，一方面是生产决定消费，没有网络文学生产就没有文学消费；另一方面消费也对生产具有重大的反作用，网络文学消费有力促进了文学生产活动。在消费文化和大众文化的双重影响之下，网络文学在创作的过程中，和传统文学相比，表现出创作主体的年轻化、创作目的的功利化、创造理念的娱乐化、创作过程的自由化、创作内容的通俗化、文学出版的盈利化等特征。

### （一）创作主体的年轻化

网络作者是网络时代出现的一个新群体，和传统文学相比，他们在年龄上普遍的青年化。以年龄在20～35岁之间的居多，他们对计算机和网络技术非常熟悉，并喜欢在网络上发表自己的文学作品，渴望通过网络文学找到自己的知心朋友并进行交流。这些网络作者的文学作品最具有青春的气质与活力，以青春成长的经历作为主题，以表现学习生活或爱情生活为主要内容。以在校的青年学生为主要读者，他们有着相似的生活经历，容易引起共鸣并沉溺于网络文学之中。网络文学创作主体的年轻化，使其比传统文学的作家更容易成名，也更容易交流沟通。"由于创作主体的年轻化，网络文学常常带有搞笑的语言游戏和流行的网络专业术语，显得生动幽默，具有口传文学和大众化的审美特征，而这也符合了网络新生代们自主性、开放性、创新性的心理特征。”①

网络文学的创作主体还表现出多元化的特征，很多网络作者并非专业的作家或者学习文学专业出身，而是由于休闲、好玩甚至无聊，无意识的在业余时间中加入了网络写作的队伍，他们的文学作品先在网上受到网民好评，尔后与网站签约，最后才慢慢地变成专业作者的。在展示自己的文学才华的同时，他们通过网络成名并获得报酬。网络文学创作主体的多元化使作品内容五花八门，个性丰富多彩，满足了不同背景和类型读者的阅读兴趣，从而反过来促进了网络文学的大众化发展。

**（二）创作目的的功利化**

在市场经济出现以前，文学创作的目的主要是为了抒发自己的情感，和文人朋友们相互交流，自娱自乐；近代商品经济出现以后，文学作品变成一种商品可以在市场上出售，文学创作目的开始变得复杂起来，除了抒发作家个人的情感之外，文学创作还可以盈利，带来实际的经济利益，甚至出现了一些自由撰稿人和职业作家，使文学创作变为一种谋生手段。从市场经济的角度看，文学创作变成了文学生产，文学由以往的“创作—接受”模式变为“生产—消费”的模式，形成新的文学生产与传播系统。与传统作家相比，网络作家更乐于谈论文学创作的“名利”问题，不回避自己为了功利写作的目的与动机。一些著名的网络作家在接受采访时，就直截了当地回答了网络文学写作及其出书的动机：“我需要钱！”在市场经济和消费文化的语境下，网络作者的文学创作变得更加功利化和商业化。有相当数量的网络文学作者写作就是为了出名和赚取稿费。例如《鬼吹灯》的作者“天下霸唱”毫不避讳地这样说：“我最看重的就是利。名都是虚名，名只会唬人。写书有利当然更好，但有名就没必要。多赚钱才是实在的。”② 为迎合网民的点击率和阅读量，网络作家常常加班加点、废寝忘食地进行文学创作，导致网络文学逐渐地速成化、快餐化。

**（三）创作理念的娱乐化**

中国传统纸质媒介文学的作家们在创作理念上，非常重视“文以载道”

---

① 欧造杰：《网络文学的审美特性》，《新东方》2007 年第 6 期。

② 朱曦：《当年明月，你咋这么有才?》，易网娱乐 2008 年 10 月 16 日，http：//ent. 163. com/08/1016/10/4OCB0LIV00032DGD. html。

的文学的政治教育、伦理道德功能，作品多具有比较深刻的主题，给读者带来思想上的启蒙却相对轻视了文学的娱乐功能。而在后现代文化与消费文化的环境中，传统的宏大思想主题被解构，网络文学作者拒绝承担传统道义和神圣的人文使命，他们只为读者的消遣娱乐而写作，同时释放自己内心的情感与压抑。在网络文学中，作者的创作很容易转化为私人化的创作，把自己在现实生活中的独特感受和体验，通过独特的网络语言和叙事方式表达出来。如安妮宝贝的《告别薇安》、郭敬明的《小时代》等都市言情小说，都体现出很私人化与个性化的自传色彩，并解构当前主流的意识形态和价值观、婚恋观等。而网民们也不以解剖作品的深度和社会意义为己任，而是以消遣、娱乐和宣泄个人情感欲望为目的，阅读网络文学文本所获得的喜悦与快感就是目的本身。网络文学的这些创作理念迎合了现代网民的阅读心理和审美趣味，造成了网络文学消费“娱乐至死”“快乐至上”的文化现象，而网络文学作者“正是通过文学写作、论坛言语、在线聊天等各种行为来塑造个人的网上形象”。①

**（四）创作过程的自由化**

和传统纸质出版的文学相比，网络文学创作是最为自由的文学样式。互联网的开放性特点使网络文学作者可以不受时间和地域的限制来从事文学创作，只要网络作品一经上传文学网站发表，就可以在瞬间被读者所看到。因为没有编辑的审核与把关，网络文学作者可以以匿名的方式出现，按照自己的文学理念创作出文学文本，而无需满足编辑的各种苛刻性的要求，无需理会出版社对作品的封杀等，甚至完全不受市场因素的影响和制约。网络文学创作过程的自由化，还体现在作者写作方式的灵活多样，他可以业余写作，也可以专职创作，还可以即时接受读者反馈的意见，对作品进行必要的再修改，使之不断地趋于完美。网络文学作者自由地运用多媒体技巧来写作，自由地表现写作的内容，大胆地宣泄自身的情感体验。榕树下网站创始人 Will（朱威廉）说：“现在的网络文学追求的就是一种写出来就爽了，就舒服了的感觉，是一种非常自由的状态。”② 网络文学内容上的自由给文学创作者以心灵上的极大解放，这种自由写作、发表与交流充分体现了网络文学创作的自

---

① 孙宜君、桂国民：《论我国网络文学创作特点》，《北京理工大学学报》（社会科学版）2003年第5期。

② 《热效应：出书与评奖》，《文学报》总1120期。

主性和自由化的特点。

### （五）创作内容的通俗化

网络文学作者为了赢得更多读者，他们创作的作品内容也变得更加通俗化，即具有题材上的类型化模式，思想主题浅显，语言表达通俗易懂，完全符合大众化的审美标准和需求。例如石悦的《明朝那些事儿》，一改历史学家的严肃和传统历史小说的严谨，而以轻松活泼的幽默笔调来书写明朝的历史，既塑造了生动的历史人物形象，又发表了作者的一些个人评价与观点，让读者在获得历史知识的同时，还体验到一种新的文本阅读的审美快感。网络文学内容的通俗化极大满足了我国当前城市知识青年快速增长的审美需求，也使其读者群得以大量的增加，男女老少，只要不是文盲，都可以无障碍地去阅读文学作品，就像自由欣赏电影电视剧一样，这对网络文学的普及和社会影响产生了积极的作用。

### （六）文学出版的盈利化

文学出版社同样追求商业化与盈利化的效果。为了追求经济利益的最大化，出版社对网络文学的出版通常以作品在网络上的点击率为重要依据，根据作品的受欢迎程度来获得预期的发行量和销售量。文学出版社从选题、定作者到宣传发行等环节，对网络文学作品进行了系统的策划，它们尽力运用各种现代传媒手段，制造文学市场的热点和卖点，将新兴的网络作家与作品推向市场。在出版的过程中，出版商先从作者或者文学网站那里购得作品的版权，然后经过策划、宣传、包装、广告，以达到商业利益的最大化。有时候，文学网站也会和传统的出版社联合打造网络文学的纸质出版，或者自己成立出版社，经营网络文学的出版业务。网络文学的这种产业化模式和操作方式反过来又影响到网络文学的生产过程。出版商的包装与介入，使文学生产从手工作坊的操作转为一条现代化的生产流水线，而网络文学的作者则变成了流水线上的作业工人。

## 三、网络文学的传播特征

网络文学借助于电子计算机网络和多媒体技术，以前所未有的信息增值和超时空扩散特性，形成了对网络信息的快速处理和及时传输。和传统纸质文学相比，表现出传播主体的泛化、传播速度的快捷化、传播过程的互动化、传播媒介的多元化等基本特征。

**（一）网络传播主体的泛化**

网络文学的传播主体表现出泛化的特征，对于受众文化水平的要求相对较低，其传播具有极大的广泛性和普及性。它不再是单一的出版主体，而是有众多的、广泛的传播者同时在进行信息传播并同时成为出版主体。一方面是网络文学创作主体表现出大众化与多元化的特征，在一个平等、开放网络创作环境中，文学爱好者可以在互联网上自由发表自己的文学作品，改变了传统精英文学由少数人把持的特权，而释放出民间的广泛力量，让文学走进人们的日常生活当中，甚至消减了传统文学的权威性，具有游戏、戏谑的意味。同时，网络文学喜欢张扬情感与个性，创作成为人们情感倾诉或宣泄的方式，创作的过程所获得的快感远胜于发表的喜悦。很多网络文学网站比如博客中国、搜狐、新浪、网易等从网民中招聘有写作愿望和写作实力的作者，让他们专心从事文学写作，在文学网站发表专栏文章，通过读者的广泛阅读而获得较高的知名度。网络文学爱好者集作者、编辑和读者三位于一体，可以既是作者，又是编辑，又是作品的阅读者。网络文学传播主体的泛化使网络文学带有更多的同质性书写、模式化书写和复制性书写的特征。

**（二）传播速度的迅捷化**

光是传播主体多元化，还远远不够。没有一个便捷的传播渠道，网络文学不会得到如此快速的发展壮大。只有具备了迅捷的传播手段，才会反过来作用于网络文学的传播主体。传统文学以纸质媒介为传播渠道，其速度受制于交通手段、时间和空间的限制，其沟通会受阅读群的限制，一份文学期刊或者书籍从出版到读者手中一般需要一个月或数月的时间。而网络文学的速度则以比特为单位，没有体积和重量的限制，可以把你的文章第一时间呈现在受众面前，世界上任何一个角落的读者都可以找到它并进行阅读。网络文学通过计算机互联网技术，实现了信息的远距离超时空快速传输，其复制、储存与传播信息内容的能力强大。传播速度的迅捷化，使网络文学成为一种文化融合的信息载体，来自全世界的读者都可以在这里进行文学创作、阅读、交流和传播。网络文学传播的迅捷化和阅读的全球化特点，使之具有了传统纸质文学无法相比的优势。同时，传播速度的迅捷化，使网络文学成了一种文化快餐，成为“即时性”的文化享受和消费，成为一种流行现象，不断吸引人们的眼球而成为潮流性的社会事件，也极大地激发和满足了公众的日常消费需要。

### （三）传播媒介的多元化

传统文学是以纸质为载体，读者的阅读方式比较灵活，但是受制于纸质媒介的限制，内容与形式显得相对单调乏味，读者主要通过文学语言的阅读来获取间接的审美体验和乐趣。相比之下，网络文学的载体是以电子技术、数字技术等为特征的国际互联网络，读者只要坐在电脑前阅读，具备一定的网络知识，就能够上网读取文学作品，显得方便自由。互联网媒体整合了传统印刷、广播电视、电子技术等媒介的优势，实现了文字、图片、声音、图像等传播手段的有机结合。网络文学的出版由原来的单一媒介传播走向多媒体全息传播，具有高度的逼真性与现场感。一些以多媒体方式制作的网络文学作品，在文本中嵌入声音、图片和音像资料，使阅读者的阅读感受变得丰富多彩、奇妙无比。例如，网络写手非常创作的作品《非常故事之不见不散》中，大量用到了 MP3（一种音频格式）、电子贺卡等网络所特有的东西，使文学文本具有了多重的张力。在这类多媒体化作品中，语言文字和各种声音、画面、色彩有机融合在一起，文学表达显得更加生动有趣。读者可以一边听音乐，一边阅读小说，同时欣赏着流动的画面，在图文并茂、书画融合的立体真实的多元化媒介中直接感受网络文学的多重魅力。多媒体的传播特性，使网络文学作品在接受方式上更为人所喜欢，更能满足现代青年网民时尚的阅读期待与心理需求。

### （四）传播过程的互动化

网络文学的传播过程还具有互动化的特点，这种互动性和网络传播媒介的互动性是相辅相成的，互动性既包含一人对一人的互动，也包括一人对多人和多人对多人的传播方式。因此，网络传播媒体具有逻辑拓扑结构的双向交流的特点，较之传统媒体而言，这种传受双向交流的发生更为经常也更为深入。互动性的形成正是时间层面、空间层面上的开放性带来的。时空的开放赋予传播更多的深度与广度。因此，网络传播媒介最大优势之一就是其网民之间的互动性。而互动性赋予了网络文学的广泛参与性与自由性。在这里，网络文学向每一个人开放，没有权威和等级，任何人都是作者，也是阅读者，而网络写作成了一场“匿名的狂欢”。网络文学传播过程的互动化不仅丰富了文学的载体、题材、内容、形式等因素，为读者提供了更广阔的文学阅读空间，而且促进了文学交流的平等和民主化，使作者与读者，作者之间，读者之间的沟通日益丰富多元。

总之，在市场经济和消费文化背景下的中国网络文学，在其生产、传播与消费等各个环节中都体现了消费社会文化的属性，在创作和传播上与传统纸质文学有着不同的特点。网络文学的这些创作和传播变化具有多方面的意义，它不仅使创作的门槛变低，充分满足平民大众对文学写作与消费的精神需求，而且方便快捷，使优秀文学作品得以更广泛持久地传播。网络文学与图像、声音、动画的结合改变着文学的书面语言特性，并蕴藏着形成新艺术样式的可能性。

# 重审新世纪以来的网络文学理论研究

刘 静*

**摘要：** 新世纪以来，网络文学研究日趋深化，不仅网络文学的内涵、网络文学的特征、网络文学的生态问题备受瞩目，而且网络文学原理、网络文学文体创新、电子媒介和数字媒介促成的审美新变、网络文学的影视改编等问题也为学界高度重视。因此有必要对新世纪以来的网络文学理论研究予以回顾和总结，并在此基础上进行批判性反思。

**关键词：** 新世纪　网络文学　理论研究　文体　审美　理论建设　影视改编

新世纪以来，网络文学研究摆脱了最初的“命名的焦虑”，网络文学的内涵、网络文学的特征、网络文学的生态问题备受瞩目。新世纪以来的网络文学研究以媒介转型研究为内核，不仅探讨了网络媒介和数字化技术，以及由此形成的全媒体格局在哪些方面，在何种程度上冲击了此前的印刷文学传统，影响了既往的文学生态，① 而且，逐渐深入网络文学原理建构、数字美学原理建构的层面，网络文学文体创新、电子媒介和数字媒介促成的审美新变、媒介转型影响下的文艺理论建设、网络文学的影视改编等问题也为学界高度重视。因此有必要对新世纪以来的网络文学理论研究予以回顾和总结，并在此基础上进行批判性反思。

---

* 刘静，女，1990 年生，山东沂水人，鲁东大学文学院在读硕士研究生，从事文艺理论与批评研究。本文为国家社科基金项目“数字化语境中新世纪以来的文艺审美实践研究”（项目批准号：13BZW027）的成果之一。

① 参看刘静、秦凤珍：《新世纪以来网络文学研究的回顾与反思》，《廊坊师院学报》（哲社版）2015 年第 5 期。

## 一、网络文学原理探究

对网络文学进行学理性研究面临许多问题，首当其冲的便是过于强势的网络、数字技术很容易导致研究向技术分析模式的倾斜，而传统文学研究的惯性则容易使网络文学研究依旧沿用既有的文学性、审美性分析的套路。

网络文学，尤其是超文本文学本来就是数字技术枝桠上盛开的花朵，尽管就目前而言，用传统文学手法在线创作的作品依然是网络文学的主流，但是面对日新月异的技术进步，依托网络多媒体和数字化技术创作的多媒体文学，以其图、文、声、色并茂的技术优势和对文学性的关照，势必在网络文学创作中更为引人注目。因此，网络文学研究既要注重从学理上把握网络文学的文学性，又要对网络文学进行技术层面的分析。尤其是超文本文学，对之进行技术层面的分析显然是更好地切近这类网络文学创作规律的必要前提。

新世纪以来，欧阳友权和黄鸣奋分别在网络文学的学理层面和超文本技术层面对网络文学创作进行了深入分析。代表了国内新世纪以来网络文学原理探究的两种类型。

2004 年出版的《网络文学本体论》是我国第一部网络文学博士论文，从中可以看出欧阳友权在网络文学原理建构方面的努力。经过分析哲学史上由本体论转向认识论的必然性，欧阳友权指出“认识论作为人类认识的来源以及认识发展过程的哲学学说，究其源还是以‘思’来认识‘在’，即认识存在的本体。本体论严格区分观念与本体的界限，它不把主观与主体混为一谈，也不把客观与客体视作同一，因为主观、客观都是观念，主体、客体同属本体，主观客观最终都要趋向本体”。[①] 显然，他旨在从更高的哲学基点上去认识和把握网络文学的外在表征和内在本质。在行文思路上，《网络文学本体论》一书，分为上、下两篇，上篇对网络文学作本体存在的现象学还原，从现象学角度探索网络文学的存在方式，下篇从价值论的角度考辨网络文学的存在本质。[②] 在以显性的现象学还原、隐性的价值论考辨来从哲学本体上把握网络文学本体特征这一大的理论架构之下，面对具体的网络文学现象，欧阳友权运用了许多后现代理论家的理论观点。例如，顺着希利斯·米勒分析从

① 欧阳友权:《网络文学本体论》，中国文联出版社 2004 年版，第 6 页。
② 欧阳友权:《网络文学本体论》，中国文联出版社 2004 年版，第 165 页。

照相机、电话到互联网等一系列科技产品给人们的生活带来决定性变化这一思路，分析图像符号所造成的艺术霸权；对仿像与复制技术所带来的后果的分析也借用了本雅明《机械复制时代的艺术品》中所反复强调的艺术品“光韵的消失”和鲍德里亚所提出的“超真实”理论。

另外，单小曦的《现代传媒语境中的文学存在方式研究》《现代传媒的文学本体性地位——电子传播时代文学理论范式研究之三》也对传媒对文学存在方式的影响、现代传媒语境中传媒具有了与原先“世界、作家、作品、读者”文学活动四要素同等重要的地位等问题做了阐述。意在从学理逻辑上分析数字媒介文学的存在方式，探究网络文学的基本原理。

黄鸣奋等人所作的技术层面的分析与上述学理层面的把握虽然存在一定程度上的交叉，但也有明显差异。黄鸣奋多年来专注于超文本诗学和数码艺术研究，在《超文本探秘》《后结构主义与超文本理念》等论文中，黄鸣奋从学理层面把超文本纳入了后现代历史语境中，揭示了超文本与后结构主义理论家福柯、德里达、罗兰·巴特的相关理论之间的通约性。《超文本美学巡礼》则介绍了超文本美学的来源、超文本美学的代表人物、超文本美学研究的特点。

计算机、网络、人工智能技术的迅速发展深刻影响了文学和艺术。尽管越来越多的人认识到了这一点，但大多数学者仍认为作为人类智力成果的技术性要素毕竟和产生自心灵的文学和艺术有着明显分界。与众多学者的这种研究思路不同，黄鸣奋则似乎更倾向于从技术本体化的角度研究数码艺术，他对计算机、网络、数码技术在与文学、艺术相遇时会“兑换出怎样的价值”进行了细致的剖析，认为“人工智能与电子超文本网络的结合，无疑将创造艺术活动的新态势”①。他由互联网上的匿名在线交流引发出对网络戏剧潜能的思考，认为虚拟、仿真、人工智能会为艺术发展开辟出广阔的空间。他充分发掘新媒体技术影响下的泛动画产业的文化渊源，认为手机的使用会滋生出一种新型的拇指文化。由此可见，他更关注技术要素在生活和艺术中的作用，认为技术与艺术都是人类的制造物，在当今社会二者已经密不可分。

在此，值得我们高度重视的是依托日新月异的技术发展起来的数码艺术所带来的审美泛化问题，即便“一时代有一时代之文学艺术”，作为审美对象

① 黄鸣奋：《艺术、人工智能与网络：世纪之交的走向》，《东方丛刊》2002 年第 1 期。

的文学艺术毕竟还要诉诸心灵。技术对艺术的影响不仅体现在广度上，技术在多大层面上提升了我们的审美质量或许才是问题的关键所在。

## 二、网络文学文体论析

上述网络文学理论研究最为显著的特点是重现象分析和学理把握，意在建构数字化语境中新的文艺理论版图。对网络文学作品、网络文学文体、网络文学与传统文学的关系问题却关注不够。相比之下，周志雄、邵艳君等研究者则更关注当下的网络文学现场，对具体的网络文学作家作品、网络文学创作运营状况等进行了深入分析。其中周志雄侧重对网络文学与影视改编、网络文学与当代文学的界限、网络文学批评现状、网络文学与当代文学史的撰写等问题的探讨。邵燕君则强调了媒介新变对文学所起的重要影响，在她看来，网络文学并不能简单等同于大众文学，她强调对网络文学抱宽容的态度，积极介入网络文学批评，以对话的姿态促进网络文学创作的成熟。

但在网络文学作品研究中研究者更多关注的是网络小说。就目前的网络文学创作来讲，已有一部分超文本诗歌、散文问世，但目前的网络文学作品研究对超文本诗歌、散文的研究明显力有不逮。抛开数量尚且不多的超文本文学，单从诗歌、小说、散文、戏剧文学等传统的文学分类标准来看，目前对这四类文学的研究也很不均匀，基本上是沿着当代文学研究的路子，网络小说是重头戏，网络诗歌次之，网络散文、网络戏剧则研究的比较少。网络文学文体问题也成了当前网络研究中一个无法回避的难点。网络文学与传统文学的一个显著差异就是网络文学的文体界限并不明确，一些以在线接龙的方式创作的“小说”，严格来说并不是小说。利用超文本和多媒体技术创作的超文本文学、超媒体文学更是不能用传统的文体分类标准加以厘定。

那些依托新的媒介载体而产生的诸如短信文学、微博文学、博客文学等文学现象也日益引起研究者的重视。欧阳文风在《“博客文学”的兴起及其对文学发展的影响》《博客文学的形态特征初探》等论文中对博客文学创作进行了肯定。针对短信文学的创作，在《论短信文学的文本特征》《论短信文学的人本意义》《论短信写手的创作心态》《生活的诗学——论短信文学的文学史意义》《短信文学的勃兴与文艺学的应对》等一系列论文中，欧阳文风对短信文学的文本特征、短信文学的人本意义、短信写手的创作心态、短信文学的社会功能、短信文学的文学史意义、短信文学对传统文学的冲击以及文艺学的应对等一系列问题也进行了深入地分析。但是也不乏学者和社会各行各业人士对这类文学的身份提出质疑，例如，就对人们日常生活中所起的作用而言，短信的影响无疑是巨大的，然而以短信形式创作的“作品”究竟算不算文学？平板电脑、智能手机等一系列新一代电子产品早已被研发出来，无线覆盖使得可移动的电子产品上网变得更为方便、快捷，利用QQ、微博、微信等软件发布信息的及时性、互动性等等都显示出了电脑终端所不具有的优势。它们的流量包月在价格上也比短信套餐便宜不少，这些都势必使短信的受众群体日益缩小，“皮之不存，毛将焉附”？依托手机短信而发展起来的短信文学是否也会失去其存在的基础？就博客文学来说，博客文学究竟是不是网络文学的一种？它在多大意义上具备了构成自身独立存在的特质？这些问题也值得深究。也有许多学者对“博客文学”这一提法持怀疑态度，在“博客文学的兴起及其对文学发展的影响”座谈会上，针对“博客文学”命名的合法性问题，许多学者就提出了不同见解，支持者如欧阳文风认为，凡是博客中具有较强审美性、情感性和趣味性，体现了写手对现实生活、人生和人性的某些思考、文字较优美的作品，都可以称之为“博客文学”。但谭德晶认为，尽管与网络文学相比，博客文学具有私密性、真实性、圈子化等特点，然而在本质上和早期的网络文学并无差别。周秋良也认为，博客文学是否具有区别于传统网络文学的独特性，以至于要在概念上从网络文学中单列出来，还值得商榷。魏颖也认为博客文学属于网络文学，“博客文学”纯粹是由商家炒出来的一个概念。①

在笔者看来，依托这些新媒介所进行的创作是否具备文学性，我们固然不能完全按照传统文学的判断标准对之加以衡量，然而，在“网络文学”这一偏正结构的词语中，“网络”是一个前缀和修饰词，这显然意味着网络文学与传统意义上的文学是有很大共性的。新世纪以来，许多研究者似乎过于强调网络文学与传统文学的对立，“从各类网络文学赛事中可以看出当前‘网络文学’参与者的普遍偏差，即丝毫没有意识到‘网络文学’是否应具备自身独立的特性，与一般文学有所不同”。② 网络文学自然与传统文学存在很大的

① 欧阳文风、谭德晶、唐祖敏：《“博客文学”的兴起及其对文学发展的影响》，《湖南人文科技学院学报》2008年第1期。

② 许苗苗：《纸媒化是网络文学的发展还是消亡》，《文艺报》2010年6月23日第2版。

差异，它的自由化、娱乐化、民间狂欢化特征不容忽视。然而就目前的创作现状而言，采用传统的文学手法，在网络上发表的作品仍构成了网络文学的绝大多数。网络文学不是纯粹由技术催生、脱离文学母体的“变种”，过分突出和强调网络文学与传统文学的差异容易使网络文学失去文学性的魂魄。

## 三、网络文学与审美

“在西方学术界，是维尔施、波德里亚、费瑟斯通和波兹曼等人建构了‘日常生活审美化’这一理论，其中的核心论题是图像化和审美化，以至我们可以说，‘日常生活审美化’就是‘图像—审美化’，图像的增值造成了普遍的‘审美化’。”①波德里亚通过对消费社会和大众传媒的分析提出了“拟像理论”，尼尔·波兹曼在《童年的消逝》和《娱乐至死》中对电视这一生产图像的媒介所带来的社会生活的娱乐化倾向忧心忡忡。可见，传媒、图像和审美化是息息相通的。新世纪以来，随着媒介的转型，数字媒介所产生的早已不只是图像了，它把各种媒介融合在一起，把图像变成了连续性的视频，虚拟技术的发展更是让人眼花缭乱。

具体到研究内容，不少学者把电子媒介放在了影响当下审美问题的关键点上，对电子媒介、视觉文化、图像文化进行研究，蒋原伦侧重于媒介和媒介文化研究，在《媒介文化：传播中的开放体系》中他论述了媒介文化的开放性、包容性特征。在《媒介环境与当代文化》中他认为媒介环境的总体变化有力地构造着当代社会文化。在《媒介批评与当代文化》中他指出当前文化现象的复杂性带来了批评的复杂性，媒介批评开拓了多样的批评样式。在《媒体价值观》中他认为媒体价值观渗透进了大众媒体和媒体文化中，是媒体文化与市场的内核，在市场消费中发挥着积极作用，引导着文化消费的走向。总体来看，他把媒介和媒介文化看作是影响当前文化和批评样式的关键因素。但是，他并没有深入分析媒介与审美之间的关系。针对媒介转型与视觉文化、图像文化之间的关系问题，周宪在《文化的转向：当代传媒与视觉文化》《视觉文化的三个问题》《视觉文化的转向》《视觉文化的消费社会学解析》等论文中偏重于对视觉文化转向问题进行研究。金惠敏在《图像增值与文学的当

---

① 金惠敏：《关于“日常生活审美化”理论的若干注解》，《江淮论坛》2010年第4期。

前危机》《从形象到拟像》《“图像—娱乐化”或“审美—娱乐化”——波兹曼社会“审美化”思想评论》《对“日常生活审美化”理论的若干注解》等论文中则对图像增值与日常生活审美化问题进行了研究。

与此同时，何志钧等人对媒介转型与当代文艺生产消费机制、审美文化实践的新变化之间的错综复杂关系进行了研究。在《媒介力量与当代审美文化的新态势》中何志钧分析了渗透进当今政治场、经济场、文化场中的媒介力量与当前审美文化的世俗化、消费化、拟像化趋势的关系。在《媒介文化生态的剧变与文艺美学的重构》《新媒介文化语境与文艺、审美研究的革新》两文中，他强调面对数字媒介转型，当代文艺学应自觉进行范式转换。从传统文艺学的语言学思维模式转换到数字媒介文论研究模式。改变传统的线性思维、链状模式，积极建构非线性、立体化的网状模式的文艺美学。[①] 在《网络传播正在改变审美范式》与《信息文化潮流与当代审美文化的范式转换》两文中，他论述了网络传播对审美情境、审美主体、审美客体、审美情状、审美心理、审美创造接受惯例的改变等方面所产生的影响。欧阳友权在《网络审美资源的技术美学批判》中则呼吁文艺美学建设应消除技术崇拜和工具理性，实现高技术与高人文的统一。

总体来看，多数研究者都把数字媒介的转型看作是影响当代审美文化的关节点，针对数字媒介对传统审美范式的冲击，积极进行文艺研究的范式转换。但与此同时，我们也应看到，传统审美范式与媒介新变所带来的审美范式转换之间，不仅有为研究者所关注的“断裂”关系，也有内在的“续承”。目前，对于网络文学与审美化问题的研究大多借用的是西方理论家已有的理论成果，其中麦克卢汉、尼尔·波兹曼、保罗·莱文森等北美媒介生态学的理论家，波德里亚、费瑟斯通、维尔施等后现代理论家以及本雅明等法兰克福学派的理论家的相关理论是重要的理论资源。讨论文学和审美问题当然离不开后现代文化语境和日益明显的消费化趋势。但在审美问题上，我们的确面临着与西方大为不同的状况。可见，目前网络文学审美问题的研究对本土资源的重视、对本土问题特殊性的关注还远远不够。立足于中国本土文化资源，分析数字媒介转型背后传统与新变之间的内在关联将是未来网络文学和媒介文化研究中需要解决的重头问题。

---

① 何志钧:《新媒介文化语境与文艺、审美研究的革新》,《学习与探索》2012 年第 12 期。

## 四、网络文学与影视改编

由网络文学改编成影视作品，说到底是文学在不同媒介上的延伸和拓展，媒介自身的特质决定了依托此种媒介的文学作品会保留、延伸或者丢弃原来的哪些特点。尽管网络小说为了吸引更多的读者，在故事性上下足了功夫，使得作品好读，情节引人入胜，与电影、电视有着鲜明的共性，但二者毕竟还存在着许多差异。最为明显的是，电影、电视讲求情节曲折、场景宏大逼真、视觉听觉效果富有震撼性。自2000年，改编自同名小说的电影《第一次的亲密接触》开启了中国网络文学（网络小说）的影像改编之路后①，一大批网络文学作品被改编成电影电视，2010年更是被称作“网络小说改编年”②，关于网络小说的影视改编问题也日益引起研究者的注意。

翻看大多数关于网络小说影视改编的研究论文，不难发现这些文章主要涉及以下几种情况：一、分析网络小说改编成影视作品取得巨大成功的原因，具体来看，即从市场和受众的角度分析，指出网络小说和影视作品符合受众的口味，具有庞大的消费市场，如吴尚昕在《浅析网络文学改编影视作品之现象》分析了大众文化的兴起、消费时代的到来，为网络文学和影视作品提供了庞大的市场需求；严焱在《当下文学创作与影视改编对受众的解读》中从受众欣赏水平和趣味的角度分析了受众在消费社会中所占的话语权其实就是市场机制得以形成的基础；路春艳、王占利在《互联网时代的跨媒介互动——谈网络文学的影视改编》中分析了影视产业快速发展为网络文学改编成影视作品提供了有利的市场支撑；冯元超在《关于网络文学影视改编潮流的思考》中把良好的受众基础、迎合受众口味看作是网络文学影视改编潮流兴起的重要原因；二、分析目前网络小说的影视改编存在的问题，如周平在《试论当下网络文学影视改编中的问题》中指出了网络文学低俗化、娱乐化对文学性的伤害；严焱在《当下文学创作与影视改编对受众的解读》中分析了当下文学创作的大众性和影视改编的平民性，使得文学受众地位提高，但同时也造成了低俗化、性与暴力渲染的倾向。

由此可见，对于网络文学改编影视剧的研究还有待深化，对于网络小说

---

① 高凯：《网络文学影视改编：沙里淘金的困境》，《文学报》2012年12月13日第23版。

② 薛胜男：《核心价值观的疏离：网络文学影视改编的隐忧》，《电影理论》2014年第12期。

改编成影视后存在的受众不买账、改编失真的现象不应止步于剧本和演员的选择、市场营销策略等外部因素的分析上，还应挖掘出其背后的根本原因。目前研究者很少从网络小说并未完全脱离印刷文本的特点，依托于网络媒介的网络小说自身所带有的印刷文学的特点使它与电影、电视等依托图像、视频等载体的表现方式仍有着很大区别这一方面。可以说，在网络文学改编过程中出现的问题从根本上说是由不同媒介的不同特性导致的。张同胜在《文学名著改编新论》中认识到了这一点，他运用北美媒介生态学家的理论分析了媒介对文学作品的影视改编所起的决定性作用，然而，他侧重的是《西游记》《水浒传》《围城》等文学名著的改编问题，是依托于印刷媒介的文学作品与电影、电视这类媒体之间的区别，而不是依托于网络的文学作品，尽管，网络文学与印刷文学作品有着许多相同点，但是，网络文学毕竟不完全等同于印刷文学，对于网络文学的影视改编问题还需要从媒介特性的角度进行具体分析研究。

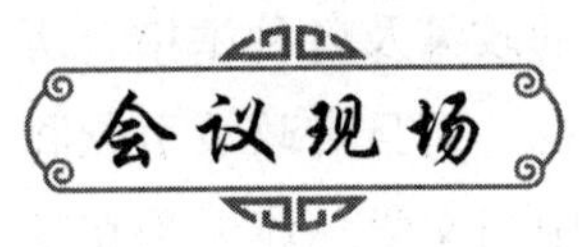

# 大视野下的中国网络文学

## ——“文化视域中的网络文学”学术研讨会综述

范传兴*

2015年10月17日，在泉城济南召开了“山东师范大学网络文学研究中心揭牌仪式暨‘文化视域中的网络文学’学术研讨会”。本次会议由中国文艺理论学会网络文学研究会、山东师范大学文学院、山东师范大学中国现当代文学国家重点学科以及山东师范大学网络文学研究中心联合主办，来自全国各地的40多名专家学者与会。

学术研讨会分为三个阶段，专家学者们围绕着会议的主题“文化视域中的网络文学”，就网络文学的特点、网络文学的价值、研究现状、存在的问题、未来前景等问题进行了广泛而深刻的讨论。

### 一、历史上最好的文学时代?

中国社会科学院研究员白烨认为，对中国当代文学以及网络文学而言，我们目前面临着一个历史上最好的时代。他把“繁荣”一词一拆为二，指出当前文学是空前的纷繁，但是谈不上“荣”，即是多而不够精。白烨提到习近平总书记在讲话中关于网络文学发展的论述，一年之内就文艺问题做决策、做部署，发动文艺界提意见，这是前所未有的。讲话中第16条是大力发展网络文艺，其中的两个提法都非常好，比如说推进传统文艺和网络文艺的创新性融合，鼓励传统文学创作的作家通过网络来传播自己的优秀作品。接下来

* 范传兴，男，1990年生，山东德州夏津人，山东师范大学文学院硕士研究生。

会有落实这个文件的全国性的推荐会，还会有一系列的政策及各种举措，所以说我们处在了一个前所未有的好时代，中央高度重视，而且有政策引领和制度保障，这也是前所未有的。同时，白烨又指出，中国文学总体上是在变化的，网络文学的崛起给文学带来了更大的变化。他认为网络写作正在不断地繁衍，构建各种关系，从而形成一个系统，其对中国文学的整体影响是天翻地覆的，比如网络文学带来了文学与网络传媒、文学与信息科技、文学与产业、文学与资本等多方面关系的变化。网络文学还给学术界带来了新的观念，这是需要每个业内人士思索的。

北京大学副教授邵燕君认同白烨先生关于网络文学处在一个最好的时代的说法，她认为，对网络文学来说，这也可能是一个最坏的时代，原因就是它吞下了印刷时代最大的那块商业蛋糕，而且它得到了粉丝们的反哺。媒介是网络文学爆发的最大的一个机缘，在网络时代，作为印刷文明的遗腹子，网络文学可能并不是最受宠的，它很可能尚未入驻便已不受宠。她认为，现在最迫切的问题，不是网络文学和传统文学谁争主流，而是两者已经坐在一条船上了，要争取承担主流文艺的职能。网络文学发展十几年带来的激变具有“孵化器”功能，这个“孵化器”诞生于网络文艺，它真正地进入了政治、资本、文化互相博弈的文学场中。这个文学场中的作品有官方榜、商业榜，学院派的任务是引入一个学院榜，学院派要坚定不移地站在网络文学这边，站在网络文学原生力量一边，站在网络文学部落文化一边，把网络文学自身的原则与古往今来伟大的文学传统相联通，把粉丝们的爱与千百年来人们对文学的爱相联通，在这个意义上，履行学院派知识分子的职能，也就是引渡文学传统。

在学院派就如何进行网络文学研究展开争议的时候，三江学院已经完成了另一项重大举措，该学院已经将网络文学写作与编辑设为本科专业并开始招生，在会议上，三江学院文学院院长王勇详细介绍了他们的专业设置以及招生情况，他们申请了 30 个招生指标，全部招满，全部都是第一志愿录取。报到率是100%，是三江学院近 50 个专业唯一一个 100% 报到的专业，这说明网络文学是有市场的，网络文学有读者支持，是有需求的。

爱读文学网总编辑吴长青对王勇谈到的内容十分赞同，同时他对山东师范大学成立网络文学研究中心这件事给予很大的肯定，并对接下来的成果表示了很强的期待。他认为应该尽力把这个中心真正地做起来让社会认可，刚刚受聘的每一位研究员都要有一种担当，要有一种责任，共同地做出成绩，结出硕果。

中国青年出版社副编审庄庸认为我们进行网络文学研究这件事有值得思考的地方，比如从事这种研究，对我们自身，对于培养青年学术梯队，以及对我们高校文学学科培养的学生未来的就业、创业，到底意味着什么？他认为分析习近平总书记关于繁荣社会主义文艺的意见的讲话，了解国家顶层设计对文学的设计，把握新的文艺变局，预测未来三至五年这个新文艺大变局，这些对我们高校文学研究的转型和新生代学术梯队的培养、就业都有指导作用，我们应跟社会需求和未来社会发展趋势接轨，而不是脱节。

## 二、网络文学研究的角度

杭州师范大学单小曦教授呼吁网络文学批评规范的建立，他认可学界存在的一种观点——网络文学需要有效的批评。他认为，净网运动、行政命令干预是对网络文学的一种外在干预，的确可以解决一些外在的问题，但是解决不了其自身存在的问题，根源在于网络文学还没有形成一个行之有效的自身规则和评价体系。当下存在学者批评、读者自发的批评、作家的批评再加上学者和作家同一个身份的第四种批评等几种批评形态，这几种批评在相互斗争、批判、辩论，单小曦认为这种说法对传统文学适用，但是对网络文学并不恰当。他提出了合作批评的概念，就是专家的批评、作家的批评、读者的批评和编者的批评互相合作。他设想合作批评有这么两种结构形态：第一种是金字塔形的，金字塔型的两个底，一个是作者，一个是读者，他们一个从需求的角度，一个从创作的角度去谈网络文学，是一种基本的批评话语的生产。再往上一层是编者，编者利用自己的身份来沟通读者和作者，用初级的话语进行加工，形成进一步的理论话语。金字塔尖上当然是专家的任务，要对它进行提炼，进行新的理论提升，这样可能会形成一种有效的、非常有学理性的批评话语。第二种是四角形的，每个人站在一个角上，形成一种联动性，从作者到读者到编者再到批评家的这样一种循环，在循环过程中不断地进行话语的商讨，不断研讨，不断加工，形成一种批评话语形态。单小曦认为这种批评范式转变的创新性体现在：一是批评主体新，这个主体不是个体的主体，而是形成联动的主体；另一点是机制的创新，这种新的话语机制是一种互动式的生产。

保定市作协副主席桫椤（于忠辉）认为，作为粉丝经济的产物，网文具有强烈的工业性，而流水线上的工人绝对没有选择的权利，作家既然选择写网文那就无从逃避这个流水线的规则。网络作家是在一只看不见的手的操纵下写作的，为了利益是身不由己的，他认为批评家应该面对这样一个现实，尊重网络文学的特殊性，才能生产出合法的批评。而合法的批评还有赖于呼之欲出但是又隐隐约约的网络文学评价体系，而确立这样的评价体系首先要解决网络文学经典性与经典化的问题，网络文学的经典化问题和传统文学又不能统一，也就是必须承认它们的差异，令之合法化，说到底还是个专家、学者入场的问题。关于网络文学经典化的问题，苏州职业大学副教授石娟提出，一个文本，怎样成为一个经典作品？现在所有的大资本运作，网络编辑参与的所有的运作，包括电影、电视、动漫、电视剧、图书等等，实际上这些努力都是为网络文学走向经典化做出的。

南京大学教授赵宪章指出了一个新的研究网络文学的方向，即研究“网络文学与图像的关系”，他认为借用符号学的研究方法进行网络文学研究，对文学与图像的关系进行阐释，是非常必要的。西北师范大学副教授王小英在发言中也运用符号学的理论来解读网络小说《梦回大清》，通过分析，她认为网络类型小说是有思想性的，有的作品还有深刻的思想性。

苏州大学教授汤哲声着重强调了文学网站在研究网络文学中的重要性，他说研究网络文学文本重要，研究网站更重要，研究网络文学不能不研究网站。他指出，中国现当代文学研究只注重文本研究，但是并没有注意到背后的市场的手，研究网络文学必须研究网站正是出于这样的反思。他认为，网络文学的出现实际上并不只是对精英文学的观点提出挑战，对于传统的通俗文学研究也提出了挑战，这些都需要研究者转变研究思维方式。

山东师范大学教授孙书文强调了网络文学与科技的重要关系，他认为，在网络文学与科技、网络文学与市场、网络文学与大众这三重关系中，网络文学与科技的关系占据重要地位，因为它是其他两层关系的根源与基础所在，处理好文学与技术之间的关系，让互联网成为网络文学发展的翅膀，而不是它的阻碍，这是网络文学发展比较关键的一个因素。西南科技大学副教授周冰提供了另外一个研究网络文学的视角，即心理学上的阅读成瘾，这是一个重要的网络文学研究切入点。厦门理工学院教授苏晓芳认为，研究网络小说应注意网络小说与古典文学的关系，网络小说创作对古典文学的传承和借鉴丰富了网络作品的内涵，提升了作品的文化品位，也使古典文学中的某些题材与叙事方式得到了新的发展，但我们也应警惕，网络小说创作在继承传统文学精华的同时，也可能让那些保守陈腐的思想观念借助形式的复苏而死灰复燃。

## 三、网络文学的现状

在谈到网络文学的现状时，起点中文网总主编杨晨的发言颇有警示性，他以从业者的身份看网络文学的现状，他认为，网络文学发展到今天是很好，但是它本来可以两条腿走路的，可是现在已经瘸了一条。他举了作家写抗日小说的例子，说明不是作家不愿意写现实题材，也不是作家不能写，而是他们不敢写，因为越是现实的作品，越是主旋律的作品在网上就越容易犯戒，就越容易被禁。在这样的情况下，杨晨认为很有必要为网络文学制定一个明确的标准，让作者知道什么可以写，什么不可以写，从而真正做到百花齐放。

中南大学教授欧阳友权探讨了茅盾文学奖视野中的网络文学，他认为网络文学和茅盾文学奖获奖文学可能代表了文坛的两级，茅盾文学奖是一个国家级的精英奖，而网络文学一般认为它是一个大众化的文学。这两种类型不同的文学，摆到同一个平台上进行评审，便可以很清晰地看到各自的所长和所短。他认为，网络文学有三种推力：一是文化资本的推力，即来自市场和商业的推动；另外一个巨大的推力是读者；三是来自于竞争的压力，他说网络文学写手能赚钱的是极少数，大多数写手有一种是来自寻求认同的焦虑。

傅书华认为网络文学发展到今天越来越不容忽视，它能够影响青少年的精神构成。这其实也就是杨晨说的如今的年轻的一代看得更多的是日本的漫画、好莱坞的电影等，他们从小心目中的英雄是保护美国、争做日本第一，而跟中国一点关系都没有，跟我们的传统文化一点关系都没有，而唯一能和它们抗衡的网络文学里是没有中国的，因为作者不敢写，只要涉及中国一定要避讳，一定要避开，因为一旦写了中国，那很可能就是违禁了。这就是网络文学的一个现状，表面上看上去发展很好，实际上却是存在着严重的问题。另外，网络文学的功能性和体制文学的功能性最好不要混同，网络文学最好不要被体制文学所收编，因为如果收编了，网络文学存在的独特性质也就不复存在了。

周根红从网络文学产业的视角谈到的问题是，如今如火如荼的网络文学的核心竞争力到底在什么地方呢？他归纳了网络文学的一些基本要素：资本、内容、渠道、平台和人才。周根红认为这几个要素中最有影响力的当属渠道或者平台，因为内容再好，你的网站再好，最终在你的移动客户端上都得有一个入口，当你没有一个入口，没有这个平台，酒香也怕巷子深，永远都不可能让读者看到。

山东师范大学副教授房伟认为现在大家对网络文学的评价是成两极化的，要么一味贬低，要么盲目抬高甚至鼓吹，为什么我们的网络文学作品不能是既好看又深刻？这的确令人深思。关于网络文学如何经典化的问题，苏州职业大学副教授石娟的观点有一定启发性，她通过曹雪芹写《红楼梦》的写作时间来对比网络文学的生成速度，提出在线发布的网络小说充其量只能算作一个初稿，这个几百万字的初稿我们也没必要去像曹雪芹那样“批阅十载，增删五次”地去细加工，它其实已经获得了一个身份，也就是邵燕君所谓的“孵化器”。掌阅文学副总经理谢思鹏认为，阅读平台如何将好的作品打造成好 IP，这是网络文学发展到今天面临的一个实际问题，他提出缩短作品变成 IP 的时间周期就变得重要而且迫切起来，这样可以在短期内最大效率地获得粉丝经济带来的价值。

沈阳师范大学教授贺绍俊认为，如果以传统文学为参考系的话，网络文学的发展是朝着两个方向走的，即向左和向右两条路线。向左就是要发展成一个与传统文学截然不同的要和传统文学分庭抗礼的全新的文学样式，向右就是与传统文学逐渐靠拢，与传统文学成为你中有我我中有你的两兄弟。他认为，一个时代的文学革命的发生必须符合两个条件，一是新媒介，二是新语言。网络文学似乎同时具备了这两个条件，但似乎并没有形成一场文学革命。原因在哪呢？贺绍俊认为，在世界范围内是存在彻底“左”的作品的，也就是欧美的数码文学或者说是电子文学，他认为中国的网络文学从严格意义上没有抓住网络最革命性的因素，原因在于中国作家的身分与欧美的“左”的文学作者不同，换句话说，中国的网络文学作家多半是由文学爱好者发展而来的，而欧美的数码文学或电子文学的作家多半首先是一个网络技术的高手。中国网络文学处在了一种尴尬的境地，它并不彻底“左”，而传统的“右”又还没有做好彻底接受它的准备，于是处在了一种边缘的境地。

中国社会科学院研究员陈定家认为，我们把网络文学写手和作家的差异看得太重，传统作家实际上可以被网络文学所淘汰，他们的网络基础比较差，他们没有办法和年轻人相比。所有的经典作品都有类型化相伴，类型化不是现在才有的，通俗也不见得就是幻想，网络文学类型化是值得研究的。

## 四、网络诗歌的自由品质

网络的普及给诗歌戏仿带来一种便利，齐鲁师范学院副教授胡峰认为，网络诗歌把对包括经典在内的文学作品的消费变得更加轻松自如，在网络空间中作者很容易滋生出一种自己成为诗人的强烈念头和舍我其谁的心理。这种借水行舟式的戏仿有着独特的优势，它可以省去自己收集素材与提炼总结的许多过程，广大网友通过对名篇进行戏仿，可以使戏仿者对自我创造能力得到一种正面肯定。他认为网络戏仿诗歌是值得肯定的，其对原文本有双重性：一种是对原文本神圣、崇高价值的消解和破坏，另一方面是能促进原文本的流传。

菏泽学院副教授曹金合认为，所谓网络诗歌的最本体特征或者说整个网络文学真正的本质是它的自由性，没有自由性就没有网络文学。网络文学要是没有了自由性，很难说它与传统文学有什么不同。山东师范大学博士研究生徐红妍从生存体验的角度探讨网络文学，她认为网络诗歌很自由，门槛很低，能够让生活在边缘、底层的人参与其中，它打破了以前的诗歌写作格局，但是越来越日常化的内容使诗彻底消解了宏大的主题，网络诗歌完全是在写自己琐碎的生活。

山东大学博士研究生马春光认为，目前的网络文学研究对网络诗歌重视不够，研究者注意到的更多的是网络连载小说，它们商业气息浓重，某种程度下不自由，而网络诗歌则是无功利性的自由精神的结晶。他提到了网络时代各种流派诗歌，不管它们的创作实绩如何，它们代表了网络自由精神，换句话说，网络小说在商业利益的规训下是读者至上的，而诗歌则恰恰相反，它们是作者自我至上。

## 五、网络文学的文化视野

贺绍俊认为，真正地仔细地去推敲什么叫网络文学可能会有多种答案，而流行的、约定俗成的网络文学可能就是指那些具有市场号召力的网络小说，他呼吁我们应该有一个网络文学的大视野。他提出，新媒介技术带来的文学新现象都应该是我们的研究内容，要是用新媒介技术带来的文学新现象这样的标准来衡量的话，网络诗歌是网络文学，博客时期的那些类似于传统文学的网络散文，甚至比较好的个人主页里的文章都是可以关注的。贺绍俊认为，把这些文本纳入到网络文学的范畴是有意义的，它们共同促成了网络文学的丰富性，或如白烨说的“纷繁”，如果少了这些作品，仅仅研究那些商业利益规训下的网络小说，那文学的原创精神、自由精神，反商业、反主流的精神就大大淡化了，这是不可想象的。

本次会议的主题“文化视域下的网络文学”，是有重要的探讨意义的。山东师范大学教授周志雄认为网络文学在思想性、艺术性，在精美和复杂程度上，无法和五四以来的新文学比肩，但是它的价值在于它的文化贡献！《垃圾文化、通俗文化与伟大传统》这本书的作者告诉我们：所谓的垃圾文化其实是古往今来的文学传统的一个翻版和转化。网络文学依托的是兼容并蓄的网络文化，也是自由创作的网络文化。网络文学为读者提供了丰富的文化产品，针对读者进行分层、分类，不同的读者阅读不同的作品。根据性别分男频文和女频文，根据题材分都市、玄幻、校园、悬疑、盗墓、职场等。而同类的作品形成相应的读者群，形成粉丝群，读者交流群，围绕一部作品进行对话交流。网络文化中最活跃的部分是青年亚文化，包含“萌”“腐女”“小萝莉”“耽美”“屌丝”等多样性群体生存的文化场。

中南大学教授欧阳文风探讨了“暖男”的文化价值。在网络上，所谓“暖男”就是时刻关注你、懂你。理解你的需要的男性，他知道你需要被心疼，被关注，他细致体贴，幽默风趣，顾家做饭，又会心疼人，制造快乐，更重要的是，他能与女性进行情感话题的倾诉，能很好地理解和体贴女性感情等。总起来说，所谓“暖男”就是不求回报、不离不弃，默默地关心呵护你的那个男人。他列举了《甄嬛传》里的温太医，《失恋三十三天》里的王小贱，来表明以“暖男”为代表的新好男人形象符合一种更普遍化更接地气的女性期待。这个形象揭示出传统性别气质和特征在现代文明里面临的种种焦虑，引发人们对一个时代两性情感诉求的文化思考。欧阳文风从几个方面分析了“暖男”引起社会关注的原因：第一、都市化与情感焦虑激化了对暖男的需求；第二、后期文化发挥了主要作用；第三、对性别意识的探讨；第

四、媒介的推动功能。他认为，“暖男”形象在网络文学中是已成事实的存在，我们研究者应该切入现场去把握，去给予能做到的最恰当的评判。

华南师范大学副教授陈立群探讨了网络小说中的美食文化，通过分析网络小说中的美食书写，阐释了“感觉的共同体”这个概念。在网络小说中，美食往往是一个万能通行证，它打破一切自然的、人为的壁垒，美食书写构成了感觉的共同体，成为一种群体的狂欢，快乐是这个共同体的纽带。她认为，唯乐大同可以归结为道德主义与梦想主义的重新结合，在我们的大同之梦里面总是关联着社会财富的平均分配，美食乌托邦的这种幻想，意味着美食是社会富裕的表现，意味着全民共享社会物质财富，所以美食共同体的构建，也是对社会生产，社会物质分配的重新构建。

厦门大学助理教授杨玲从粉丝经济的角度分析了网络文学中耽美社群文化。她认为，网络文学是粉丝经济的产物，就文化领域而言，粉丝经济的根本意义在于打破了中心文化的权力结构，为消费者赋权，促进了文化生态的多样性。山东师范大学研究生陈玉蛟阐释了网络武侠小说的创新性与包容性，她认为，目前网络武侠小说在艺术个性、思想的深刻性这些层面上仍然不及传统武侠小说，没有超越传统武侠小说的经典化高度，但是网络武侠小说思想的前瞻性、天马行空的想象力、创造力是传统武侠小说所不可比拟的。在网络武侠小说中，越来越多的新类型小说的出现，为中国武侠小说在内容、形式、审美等多方面的突破做出了重要尝试和贡献，是整个武侠文学史进程中不可忽略的一页。

## 六、总　结

贺绍俊教授最后对大会发言进行了学术总结，他认为这次大会有四个方面的特点：

1. 这是一次信息密集的学术研讨会，会议从多个方面对网络文学进行了学术的定位。王勇老师发言中谈到，我们要探讨网络文学的合法性，这一点是很重要的。很多研究者对这个问题进行了探讨，大家提出的媒介革命也好，文学革命也好，它都涉及一个重要问题：网络文学的新质是什么？网络文学为什么会产生，这是和我们的思维变化有关的，我们进入了一个读图的思维时代，赵宪章老师的发言非常有启发性。网络文学人史，不仅仅是在当代文学史的章节中加上网络文学，其实还涉及整个文学史的价值取向问题，这也需要思考网络文学的新质和特质在哪里。如果说传统文学是一种文字的审美，那么网络文学是一种想象力的审美，我们在网络上阅读网络文学的时候，我们不会在意它的语言，更多的是进入一种想象力审美的快感之中。欧阳老师所举的一个小例子很能说明问题，他说他对一个网络作家说，你这个小说非常好，就是密度太大，节奏太快。然后那个网络作家回答说，你提的是对的，但是假如我要是这么改的话，我就会失去我的粉丝。这个现象背后实际上涉及审美的变化，就是那些粉丝在阅读网络文学的时候，他不会悠闲地去品尝这种文学的意境，去体会文字的奥妙，他更多的可能是进入一种想象力的快感之中。

2. 网络文学研究者应该有一种自豪感。这次研讨会在方法论上展示出网络文学研究非常广阔的学术空间：既有文本研究，也有生产方式的研究；既有宏观的论述，也有微观的细读；既有纯学术的研究，也有网络从业者的经验之谈，避免了我们的研讨成为一种空对空的高谈阔论，尤其是几位从业者的经验之谈给人的启发非常大。庄庸的发言有一种编辑的职业敏感，他非常娴熟地使用了政治的新术语分析我们当下文化走向的特点。赵宪章老师运用符号学理论研究网络文学，他是在修正符号学，对符号学进行一种创造性的建设。网络文学是中国所独有的一种文学现象，我们所面对的是一种特别的、有中国特色的文学样式，它具有极大的诱惑力和特别大的挑战性，我们也许可以通过网络文学建构一种新的文学理论、一种新的文学体系，网络文学研究者应该有一种自豪感和优越感。与此相应的是，网络文学研究如何从传统文学研究思维定势中走出来是一个我们必须面对的问题，大家的发言很精彩，但有些观点还是从传统文学或者精英文学或者叫既成的文学思维体系来研究网络文学，这并不是不对，因为这同样具有一种有效性，但可能会遮蔽掉网络文学的新质和特质，或者说我们将这些新质和特质按传统理论加以阐释的话，就难以彰显它的新和特在哪里。在这个会上很多人都感觉到这一点，大家在提出一个问题：网络文学理论建设的迫切性和限制性。

3. 应该建立网络文学的大视野。流行的、约定俗成的网络文学是指那些具有市场号召力的网络小说，但如果从这样一个视野去看网络文学的话，会影响我们对网络文学的深入研究。网络文学研究至少还应该关注网络文学的市场化运作，像白烨老师提出的网络文学的三大特点：读者至上、舆论第一、利益为重，这个应该是指市场化运作下的网络文学。会上几位研究者探讨网络诗歌的发言非常精彩，这让我们看到了网络文学的丰富性、多面性，网络诗歌是不能用我们总结网络小说的特征去描绘的。马春光同学谈到网络诗歌的特点是自我至上，这和读者至上是相冲突的，恰好表现了网络文学的多重性。他还谈到网络的本性和文学的本性构成了网络诗歌的多层悖论，网络的本性是快，文学的本性是慢，这种快和慢是有一种悖论性质的，但是它怎么构成网络文学的张力，是值得讨论的。曹金合老师认为网络诗歌的特点是自由，自由本来是网络文学最重要的特点，但是这种自由精神在市场化的消磨下在类型小说中越来越淡化，而在诗歌中得到了充分的体现。杨玲的发言谈到网络文学虽然有被商业化收编的可能性，但是网络文学中也有反商业、反主流的冲动。总而言之，我们对网络文学的研究应该具备这种大视野，才不会局限我们的眼光。另外，随着新媒体的迅猛发展，网络文学的内涵也在不断丰富，短信、微信、微博也应进入网络文学研究的视野。在这方面，周根红老师的发言很好，他谈到了技术革命改变了网络文学形态，我们要注意技术革命在网络文学中的内在动力作用。

4. 怎样处理网络文学和传统文学的关系。很多人都谈到，随着网络文学的发展，网络文学的未来会归入到网络文学和传统文学的关系话题中。有人提出当代文学的主流就是网络文学，陈定家老师引用一句话说，一切文学都是网络文学。从目前发展的趋势看，两者的融合、交汇、渗透是显见的。但无论如何，网络文学作为一种独立的存在，必然有其内在的合理性。邵燕君老师对网络文学未来的预想是：把粉丝的爱和青睐与对文学的爱进行联通。这个提法很好玩、很新鲜、很有意思。我觉得在这种提法中间，关键点就是粉丝的爱，这是网络文学独有的，如果我们不把对粉丝的爱研究透彻，就难以对网络文学的发展趋势做切中要害的阐释。总之，网络文学研究是个非常有吸引力的研究空间，但是，从目前的处境看，网络文学研究多少有些尴尬，就像吴长青老师提到的：你到教育部去查，在科目分类中没有网络文学。从这个角度看，网络文学研究还是任重道远的。

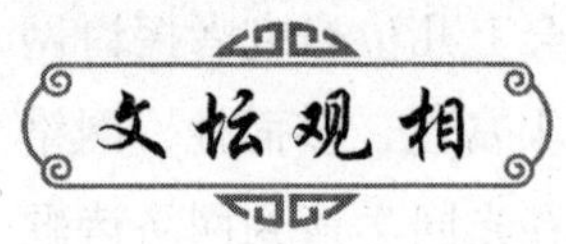


# 网络文学：向左还是向右？

贺绍俊*

十多年以前，网络文学开始风生水起，人们感到了网络文学咄咄逼人的来势，当时就有人惊呼：网络文学作为新的文学样式，将取代传统文学。那时候基本上是将网络文学作为传统文学的对立面来思考网络文学现象的，因此在讨论网络文学时，背后总有一个传统文学作为参照系。如果以传统文学为参照系，那么网络文学的发展将是朝着哪个方向走呢？有向左和向右的两条路线。向左，就是发展成一个与传统文学截然不同的、要和传统文学分庭抗礼的全新的文学样式。向右，则是与传统文学逐渐靠拢、会合，与传统文学成为你中有我、我中有你的两兄弟。七八年前网络文学风生水起时，人们也在纷纷预测网络文学的未来。我也做过这样的事情，那时候我特别看重网络文学的新因素，并期待这些新因素导致一个全新的文学样式的诞生。我当时倾向于网络文学会向左发展成一个新的文学样式，甚至我认为网络文学呈现出一种文学革命的征兆。我曾把网络文学的兴起与上个世纪初白话文运动所带来的文学革命对比来看。文学革命有两个重要的条件，一是新载体，二是新语言。上世纪初的中国就具备这两个条件，新载体是大量涌现的现代报刊，新语言则是现代报刊催生的白话文写作。于是就带来一场翻天覆地的文学革命，从此以文言文为基础的古代文学就基本上退出了文坛。我们现在所说的传统文学就是指这场文学革命所诞生的现代汉语文学。今天的网络文学之所以也具有革命性，因为同样也具备了新载体和新语言这两方面的条件，新载体就是网络，而新的语言就是在网络上流行的网络语言。所以我认为网络文学也像当年的白话文文学一样，具备了导致文学革命的可能性。在新世

* 贺绍俊，男，1951 年生，湖南长沙人，沈阳师范大学教授。

纪前后，网络文学明显向着左边的方向奔去，那时候，我就在疑惑，网络文学莫非真的要带来一场新的文学革命？那时候，像我这样的疑惑是普遍的，一些人甚至比我还要悲观，认为网络文学不仅要完全取代传统文学，而且在强大的网络文学的压迫下，传统文学终将死去。但十多年过去了，事实证明，网络文学并没有成为吃掉传统文学的恐龙。相反，它在向左的行进中逐渐放缓了脚步。现在，我有了新的疑惑，这就是从网络文学发展的趋势看，它到底是向左，还是向右，这是一个哈姆雷特式的问题。

从网络文学这些年的发展来看，我当年对于网络文学的新语言的判断有误。我把网络上流行的网络语言看成是以网络文学作为基础的新语言，是能够导致文学革命的条件之一。现在看来这种判断是不慎重的。网络语言尽管有别于现代汉语，但它还只是零碎的词语，不构成一个语言体系，不可能构成网络文学的基础。但网络文学还面对另外一个新语言系统，这个新语言系统就是网络的技术语言。网络的技术语言才是一个全新的语言体系，也才真正具备了革命性的因素。如果网络文学以这种新的语言体系作为基础的话，便有可能导致一场文学革命，并形成全新的文学样式。这一文学革命在中国的网络上并没有发生，但是在欧美的网络上发生了。欧美将这种新的文学样式称为数码文学或电子文学，这是建立在网络技术基础之上的超文本、超媒体文学。欧美的数码文学或电子文学可以说是网络文学彻底向左行进的结果。所以严格说来，中国的网络文学从一开始就没有抓住网络最具革命性的因素，那么，它最初显现出的向左行进的姿态只是给人们的一种错觉。或者说，中国的网络文学最初是以一种对立的姿态表示它与传统文学划清界线，以这种姿态争取自己的话语权，它向左并不是彻底的，它在向左行进的途中不断地在往回看，最终有一种文学的惯性将它逐渐往右拉，它逐渐偏离了左的方向，越来越向右靠拢。如今再看网络文学，与传统文学没有根本的区别，几乎就是两个亲兄弟。

这只是我的一种感觉，但这些年来我的这种感觉越来越强烈。我很对不起大家，在这次专门研讨网络文学的研讨会上，却表示我有这么一种扫兴的感觉。但这些年来参加一些网络文学的活动，这些活动都在印证我的这一感觉。比如我参加网络文学的评奖，也参与过有关政府部门对网络文学的审阅。在这样的活动中我所接触的网络文学作品基本上与传统文学没有区别。另外，网络文学“落地”的现象也越来越普遍。凡是在网络上红火的作品，几乎都

"落地"在出版社出版了纸质图书。我们谈论网络文学时，似乎偏重于网络小说，它基本上是以类型小说的形态出现，而网络的类型小说基本上就是传统文学中的通俗小说。如果把视线扩展到诗歌、散文类的话，网络文学中的诗歌与散文更与传统文学没什么区别。首届网络文学节进行的评奖，就分了长篇小说、小说集、诗歌、散文等几种类型。

下面我想探讨的是，为什么中国的网络文学没有像欧美的网络文学那样抓住网络的革命性因素。这应该有多方面的原因。其一，作家身份的不同。能够对网络的技术感兴趣并具备网络技术知识的人才有可能娴熟掌握并运用网络技术语言。虽然我没有这方面的数据，但我猜想欧美的数码文学或电子文学的作家多半首先就是一个网络技术的高手。而中国的网络文学的作家多半是由文学爱好者发展而来的。其二，文学动机和诉求的不同。欧美数码文学追求一种技术美学。而中国的网络文学最初是由于网络这一新的媒体给人们的个性表达提供了一个前所未有的自由空间。也就是说，网络这一新媒体最吸引具有写作欲望的中国人的，并不是它带来的无穷变化的网络技术语言，而是可以逃避严密的审核制度、比较自由地表达个性思想的发表渠道。所以，中国的网络文学最初表现出的革命性是一种不彻底的革命性，它不过是因为空前的自由表达而将过去被严密审核制度筛选出去的一些内容呈现了出来，让人感到新异而已，与传统文学并没有实质上的不同。另外，网络的自由也是一把双刃剑，它也让大量的精神病菌得以充分自由地繁殖，因此网络文学难以构建起自己的精英化方式。于是它不得不借助传统文学系统，来实现网络文学的精英化。在这一过程中，网络文学向左的姿态就大大打了折扣。从这个角度看，没有条件建构起自己的精英化方式，是中国的网络文学发展的最大瓶颈，它逐渐改变了向左的姿态，慢慢向右转身，朝着传统文学靠拢。

现在的形势是，传统文学不断向网络文学渗透。首先传统文学机制积极接纳网络文学，包括吸收网络文学作家为作协会员，主持各种网络文学的评奖和大赛，开办网络文学研究刊物，畅通网络文学"落地"出版的渠道等等；特别是影视系统越来越热衷于到网络文学中寻找资源，更加抹平了传统文学与网络文学的差别。但是，我要问的是，网络文学是否就会一直向右向右，最终与传统文学走到一条道上来呢？

网络文学一直向右，对网络文学研究意味着什么？我以为最关键的问题有两点。其一，我们研究网络文学不能脱离传统文学来研究，应该关注到二者的交互作用。其二，我们不要以静态的、稳定的思路来研究网络文学，应该看到网络文学仍处在动态的、不确定的姿态之中，所以要关注网络文学的动态变化。无论如何，任何文学作为一种独立的存在体，必然有其内在的合理性。随着新媒体的迅猛发展，网络文学的内涵也在不断丰富。所以我们有理由相信，网络文学研究大有可为。

# 网络文学主流化及其前景

马　季*

## 一、变革中的“迎刃而上”

文学永远是面向未来的事业。20 年后，将是 95 后、00 后走上中国文坛的时候，而今天他们正在接受文学启蒙，今天的阅读将会影响他们未来的创作，甚至影响他们的生活。在课外，这一代人主要通过网络进行阅读，网络文学自然而然成为他们最广泛接触的文学读物，他们阅读网络文学，和上一代人阅读文学期刊和书籍，在心理需求上是一样的。他们会习以为常地认为，这就是文学。而他们的父辈或年长者中，相当一批人，无法接受网络文学，或嗤之以鼻，或视其不存在，更无法理解下一代人对网络文学的“痴迷”。这样，两代人之间关于文学的认识和理解，在不知不觉中就出现了差异，久而久之，便会产生断裂。

当前正处在一个社会变革、媒体交替的历史转折时期，知识精英阶层仍然掌握着文学话语权。若能运用自己积累的经验，对网络文学在急速成长过程中出现的问题正面疏导，及时校正，乃至于“扶上马，送一程”，可谓功莫大焉。若仍未意识到，或者对网络文学被普遍阅读这一客观事实视而不见，实际上就等于放弃了参与新世纪以来出现的文学变革，那么 20 年后，不管网络文学发展如何，知识精英阶层都将失去话语权。

十多年来，在涉及网络文学发展、网络文学主流化、精英化等若干议题时，我们总是在讲如何引导和帮助网络作家进行自我提升，如何提高网络文学的思想性、艺术性等等。对创作的引导当然十分重要，但是，如何站在时代高度，深刻理解和认识这一新的文学现象，是不是也需要加以引导呢？我

---

* 马季，男，1964 年生，江苏镇江人，中国作家网副主编。

认为，在当下做好后面的工作或许更加重要。文学界、理论界如果仍然以常规思维，仅仅凭“经验”面对网络文学，而不是深入内部做细致的研究，做“田野调查”，所谓引导网络文学发展有可能只是一句空话。进一步说，这是一项双向的工作，无经验可循，引导者先去学习，先“引导自己”弄清楚搞明白，再去引导别人，才会产生实际效果，才是对网络文学发展负责任的态度。

网络文学的影响之大、存在的问题之多，超出了人们对文学的通常认知。然而，不管是否愿意接受，文学生态的变化，已经是摆在眼前的事实。这个变化，一方面源于中国社会史无前例的变革，另一方面源于媒体的巨大变革。面对双重作用力之下文学生态出现的变化，知识精英阶层能否“迎刃而上”，接受挑战？前不久，王安忆在凤凰卫视《锵锵三人行》做嘉宾时说，她所关注的是在急速变换的时代中“那些一直不变的东西”，从古自今，文学对永恒的期盼与追求从未停止过。可以说，王安忆的观点代表了主流作家对文学的基本诉求。当代文学沿袭的是五四新文化传统，但在时空概念上，新的传统仍然是旧有传统的变革与延续。我们再看莫言、格非、苏童也是一样，他们的作品无论在形式上走多远，其根本仍然是对中国古典传统的接续。中国当代文学的主流化，与中国社会对内改革、对外开放阵痛过程中的新生，所遭遇的历程是一致的。今天，我们还可以汲取《红楼梦》的养分，但《红楼梦》绝不可能是我们今天的主流文学，否则，人类社会将失去继续发展的必要。那么，在这一框架之下讨论“网络文学主流化”，不仅不构成对当代文学的颠覆，反而是在探讨如何延续和发扬中国的文化传统。

## 二、现实与虚拟之争

对于文学而言，现实世界与非现实世界同样属于表现范畴，并不存在孰优孰劣，而个体世界的差异才是丰富的文学生态的源泉。但就现实而言，在网络文学生态系统中，非现实世界占据了主导地位，这恰是其迈向主流化的一大障碍。网络文学形成如此的生态系统，主要因素有三个方面：一是文学网站应对政府管理对创作做出的引导策略；二是网络作家自身的素养与文化积累，偏向于虚拟空间而非现实生活；三是读者对幻想世界的愿望达成（即所谓的 YY）。网络文学的文本形态，正是在这三者不断磨合中逐渐形成的。

当资本大量涌入文学网站之后，情况变得更为复杂。网络文学开始在商业价值和文学价值之间摆动，资本给尚未确立的网络文学评价标准带来了新的不确定因素。当然，一部网络小说若想获得资本的青睐，必须先经过读者也就是用户这严苛的一关。唐家三少的《斗罗大陆》、流潋紫的《甄嬛传》、南派三叔的《盗墓笔记》、天下霸唱的《鬼吹灯》、天蚕土豆的《斗破苍穹》、梦入神机的《佛本是道》、猫腻的《择天记》等一批网络文学作品，从在线阅读到各类版权延伸，随处可见资本的魅影，数千万乃至上亿的资金打造一部作品已经司空见惯。尽管如此，能够获得专业认定的网络文学作品却是凤毛麟角。

毫无疑问，中国现当代文学的主流是以现实主义创作方法为基础的文学作品，近百年来，非现实主义文学林林总总，影响最大的当数 80 年代的先锋派小说，而其中完全脱离现实主义的作品，为数不多，多数是混合型作品。先锋派小说代表作家近年来的作品，如莫言的《蛙》，格非的《江南三部曲》，苏童的《黄雀记》等等，与其说这些作品回归现实主义，不如说是回归古老的文学传统，他们与大行其道的庸俗现实主义不可混为一谈。

网络文学选择的是另一条道路。我们从《悟空传》（今何在著）、《庆余年》（猫腻著）、《惊门》（徐公子胜治著）、《天才相师》（打眼著）、《锦衣夜行》（月关著）、《步步惊心》（桐华著）、《琅琊榜》（海晏著）、《浣紫袂》（天下尘埃著）等一系列网络文学“神作”中可以发现，他们的共同特点有两个，一是非现实主义手法，二是对传统文化的接续。显而易见，文学的虚拟性在网络文学这块地盘上获得了成长，但它的出发点并非是对纸媒传统文学的背叛，它是新世纪社会大众通过互联网参与文学写作形成的集群效应。但在客观上，网络文学选择的这一条道路，与当代文学之间形成的“观念”鸿沟着实令人担忧。北京大学副教授邵燕君认为，“需要对文学传统有了解的人，把文学的传统引渡到新的媒介中去，而不是任由媒介革命带来文化、文明的中断”。我以为，这是比较冷静、客观的看法。同时，传统文学界、理论界要求网络作家向托尔斯泰看齐，以鲁迅为标杆，不仅不切合实际，更是对网络文学的误读。

如何从理论上界定网络文学？在这个问题上，我赞同范伯群先生对大众文学发展脉络的指向，即冯梦龙—张恨水—金庸，网络文学由此接续。这条主线将网络文学纳入中国大众文学范畴，应该是对网络文学主体较为准确的定位。五四以来，西学流行，国难当头，文学被赋予“启蒙”“唤醒民众”“救国存亡”之重任，大众文学被边缘化并不奇怪，此后的革命文学、先锋文学、寻根文学一路走来，似乎也没有大众文学的发展空间。上世纪 80 年代开始，中国经济社会高速发展，物质问题基本解决之后，民众产生了极大的文化心理需求，恰逢互联网普及运用，大众文学终于借网络实现了爆发式成长。网络文学的“落地开花”“野蛮生长”说明文学的大众性有其历史基因，一旦气候温度适宜，就会蓬勃再生，星火燎原。由此，值得思索的是，知识精英建构的经典文学价值体系，在新的历史时期如何应变，以适应民众不断增长的文化需求。

## 三、网络文艺，文学领风骚

当前，在网络文艺领域，网络文学发挥的是领头羊的作用。从 1998 年发端，网络文学是网络中最先起步的文艺样式，受众最广泛、内容最丰富、形式最自由，由其衍生出本土网络游戏、网络动漫、网络剧、网络有声读物等，它们构成了一个全新的“网络公共话语空间”，为新世纪我国文艺发展打开了辽阔的空间。

由此，网络文学的主流化问题，受到越来越多的关注。我个人认为，其关键在于如何处理供求关系和读写关系。因为，任何一种文艺样式，要想深得民心，获得多数人的认同，其价值观、审美观必须经得住时代的考验。供求关系和读写关系显示出网络文学同时具有商业性和文学性两个特征，两者之间如果是共生关系，网络文学就会在不断创新的征程中，产生新的美学价值。在过去的十多年里，网络文学在坎坷中摸索前行，逐步形成了一套自我修复功能，但仅凭这一点还远远不够，新的主流化文学必须承担起创立新的中国话语，讲述新的中国故事，塑造新的中国形象的历史使命。这一点，正是人们对网络文学未来的期许。

从发展的角度看，网络文学的主流化不仅是网络文学自身的需求，也是时代的需求和历史的必然。有人提出网络文学的商业化是其主流化的拦路虎，历史上的“法兰克福学派”也曾持有同样的观点，他们认为，文学作品一旦迎合消费目标，将丧失其纯粹性。上述观点的确应该引起重视，当前网络文学存在大量跟风、雷同，乃至抄袭现象，都是商业化在作祟，值得警惕。然而，从大众传媒的角度来看，商业性需要一定的时间去缓释；从大众需求积极性的角度来看，网络文学存在的症结也基本上是广大读者所排斥的。更为重要的是，国家在文化层面上已经形成战略思维，“大力发展网络文艺”字字千钧，当然包含对网络文学发展的支持、引导和管理。

近年来，国家新闻出版广电总局、中国作家协会等机构，已经在网络文学产业发展、作家队伍培养、作品研究推广、从业人员培训等多方面深入实际，摸索积累了一些工作经验，并取得了一定的成效。浙江、上海、广东、四川、江苏、北京、安徽等省市先后成立了网络文学组织机构，主动关心网络作家的成长。北京大学、中南大学、山东师范大学等一批高校也陆续建立起网络文学的学术研究平台。凡此种种均说明，社会各界已经初步形成共识，网络文学是一项新兴的社会事业，需要多方合力，才能确保其健康成长、蓬勃发展。我们所处的正是网络时代，网络文学、网络文艺的繁荣发展，将是时代进步的重要力量。

# 学界的进击

## ——网络文学主流化的最后一座天王山

刘　英*

网络文学从诞生之日起，就一直有主流化和商业化两大趋势。

相比于突飞猛进的商业化乃至产业化进程，网文的主流化道路却一直比较坎坷。这些年以来网络文学受到社会上各种不公平待遇，一谈到网络文学，必然要谈泥沙俱下，要谈不出精品，甚至前两年还有人放出来“垃圾论”，对网络文学伤害巨大。

今年习近平主席提出来要“大力发展网络文艺”，确实是给网络文学定了调子，也给从业者以巨大的鼓励，长期笼罩在网文主流化道路上最大的阴影没有了，对我们来讲，真的是艳阳高照，当然我们也要感谢中国作协及其他官方机构在其中起到的作用。

网络文学的主流是大众文学，是类型文学，是通俗文学，它是一个文学场，也是一个名利场。我们不应讳言，也不应刻意避开不谈商业化对网络文学的巨大推动作用，不应回避盛大文学、中文在线等业界商业公司在其中起到的作用，因为这不是做学问的态度，不是求真求实。

同样，我们也不能忘记学界同仁在网文大发展中起到的重要作用。

欧阳友权、马季老师等诸多网文研究大家在1999年、2000年网文尚未成气候时就开始关注网文，并且十余年以来一直给予网文鼎力支持。

正是因为业界与学界的共同努力，读者、作者、编辑、评论家四大群体的合力齐进，才造就了网络文学今时今日的地位。

在过去的十多年时间里，业界一直在寻求建立自己的创作理论和批评体系，但最终的结果仍然是“三缺一”，理论批评、创作研究的工作主要由编辑

* 刘英，男，1981年生，山东威海人，笔名血酬，17K小说网创始人、网文大学常务副校长。

代为完成，在座的有我多年的好友也是资深的编辑杨晨和谢思鹏，说实话，我们这块工作完成的也不好。业界在评论体系上的缺失，导致了读者、作者、编辑、评论家四大群体不能形成自洽的体系，不过对于刚开始批量入场的学界来说，因为天然的学院派教学相长传统，却恰恰可以做到“四大全补”。

我曾经刻意地探求过武侠小说大家金庸的主流化进程，说实话，金庸有今时今日的地位，学界同仁尤其是北大功不可没。今天北大的邵燕君老师也在，她这几年为网络文学做的各种贡献很大，尤其是她和庄庸老师带领北大的同学们对网文进行“入场式”研究，取得了很好的效果，为业界和学界搭建了一条桥梁，也给我很大的启发。

可以说，没有学界的参与，网络文学圈就缺一块。

今天，山东师范大学成立了网络文学研究中心，这个事情并不是一件小事，也不是一件孤立的事，它有可能带来一个根本的变革：重塑大学的文学院教育。

我们现在的文学院教育很发达，基本大学都设置这个专业院系，下设有中文系，有新闻系，有文秘专业，有影视文学，有编辑出版等等，看起来蔚为大观。

但这几年我去了不少大学做落地活动，我发现我们现在的文学院教育存在着巨大的问题，最主要的是不接地气。

好多学生喜欢的东西，老师们不关注，甚至是刻意贬低。老师们不睁眼看世界，不“入场”研究，都只讲书本上的东西，只靠过去的经验积累，对时兴的、当下的，看不上、看不起、看不懂。

做活动时，学生们经常问我的问题是具体而详细的：网络文学是什么，网络小说怎么写，怎样看小说改编的热播影视剧？

我说：这些你们老师不教么？

学生们说：老师们都不看网络小说。老师也说了，文学院不培养作家。

我大学读的是法学，所以我真不知道文学院不培养作家，那培养什么？

我认为文学并不是孤立存在的，光看看纸书，学学文艺理论就能把文学学好？

读书、创作、评论、编辑必然都在其中，不谈创作，那还叫什么文学院？

当然，我知道学界入场，面临的压力很大。政策的风险之前肯定有，我们在场的一位教授曾和我讲：他研究网文的时候，同事和他说，你研究网文有什么用啊，能发核心期刊，还是能评职称？

所以，得感谢现在还在研究网文的学界同仁，这些年大家都过得不容易。

另外，想当好一名研究者，首先得是一名合格的读者，网络文学的文本量很大，读一本几百万字的长篇，可能要花掉很多人几个月的时间。

但没有海量的文本阅读，又不和作者进行细致深入的交流，导致很多想研究网文的人不得其门而入，提到网文也是人云亦云，讲大面的现象多，看谁都知道的问题多，讲到点子上获得作者认可的却很少。

我们大多数想入场的学界研究者，并没有准备好，没有第一手资料，看书也只看纸质书，对网络阅读并不在行。

客观的困难一定很多，但我觉得，首先咱们态度得端正，不能以俯视的态度入场。我也不主张在没有做好准备的时候，就贸然开口“批评”。

我认识的一个网文作者，在听了山师大李掖平教授的讲课后，赞不绝口，因为李教授是真把网络文学当文学在研究，把网络作家当作家在看。

网文积累了十几年，并不是一个浅薄的东西，即便是最简单的现象，也有它形成的内部机制，有它的历史沿革。一上来就要探求本质，要直指人心，我觉得是不负责任。

不研究外在的东西，就很难理解网络文学的实质。

比如我们就拿最简单的作品“更新”来讲。网文为什么一章是2000字，3000字，网文的更新频率为什么选在中午和晚上的多，作者零点更新是为什么？

这还只是表面现象，还没有深入创作里面去，更不用谈如何评价了。

（囿于篇幅，创作的问题我在另一篇论文《我们为什么要学习写作》中会提到，本篇不赘述。）

读、写、编、评，最终还是会落到“评”上面。

网文的批评家应该怎么做，网络文学的精品如何挑选、如何推介，网络文学的历史地位如何评价，这些问题，都是学界要去解决的。我这里抛砖引玉，先谈谈我自己的看法。

我认为，我们评论界应主动承担网络文学发展的三大使命：

第一，为网文保驾护航。我们了解网络文学，但这并不足够，我们还应以专业的学识和严肃的态度，承担一部分与政府监管部门、行业协会、主流媒体沟通的职责。

第二，为网络文学评奖做准备。现在我们已经有不少网络文学的评奖活动，包括中国作协在推的网络文学榜，浙江举办的网络文学双年奖等。困难很多，我们专业的评论家数量不足，也缺少统一的评价标准。但我建议大家迎难而上，不要求大求全，先建立自己的评价规则，然后再求同存异，逐步形成共同的评价标准。

第三，要开始做“网文入史”的准备了。网文入史是必然的，但谁来写文学史，谁能进文学史，这两个问题得先解决。之前我在上海的网文高峰论坛里提了一次，刚才我听说社科院的陈定家老师和中南大学的欧阳教授都在做这方面的准备工作，苏州大学的汤哲声教授待会也要谈这个问题，我很高兴，没有什么比这更振奋人心的了。

从业界到学界，是网络文学主流化进程要爬的最后一座高峰，跨过去海阔天空，中国通俗文学的传统一脉相承，得以延续，跨不过去业界与学界就只能分道扬镳，各干各的，我想这对网络文学来说，必不是福。所以，诸位同仁，无论如何争吵，请为网文大业保持正常的沟通和交流，让两界四大群体能在我们建构的网络文学研究平台上和谐相处。

如此，功在千秋，善莫大焉。

# 网络文学定标准、开枷锁已经迫在眉睫

杨　晨*

经过十多年的快速发展，网络文学有了翻天覆地的变化，取得了一系列瞩目的成就。但不可否认，发展过程中难免会带来各种各样的问题，它们有些成了网络文学的缺陷，有些则在阻碍网络文学的进一步发展。其中，比较突出的一个问题是网络文学越来越向幻想类型集中，现实类型偏少，尤其是主旋律题材偏少。而且，即便是幻想类题材，作品品类也同样有所缺失，许多本应大有可为的领域成了无人触及的真空区。这使得网络文学在欣欣向荣的表象背后，存在着题材单一化、内容同质化、多样性不足的隐患。

对此，以阅文集团为代表的网络文学企业，进行了一系列的努力，包括与上海市新闻出版局合办的现实主义题材征文，与腾讯集团合办的 next idea 原创文学大赛等，这些举措带来了一定的成效，但对于行业整体的影响依旧是很有限的。

究其原因，网络文学内容标准的缺失，是造成这种状况的根源。在没有明确的标准，在从业者不确定哪些能写、哪些不能写的情况下，对于各类敏感题材，大部分作者就不敢去写，即便有作者写了，大部分网站也不敢收。而与之对应的，是越接近现实背景的题材，具有越多的敏感性，越显现主旋律的题材，带有越多的雷区，这就逼迫作者们与现实题材渐行渐远，向着越来越纯粹的幻想、虚构背景靠拢。

值得注意的是，越是知名的作者，越是大型的网站，越不敢触碰雷区，而少数几位底层作者带来的影响力，可以说近乎于零。所以整个网络文学，正无可阻挡地向着幻想虚构的方向滑去。

举个简单的例子，抗日题材对于缅怀先烈、铭记历史、激发爱国热情、弘扬民族精神具有极大的天然优势，按理该是一个非常主旋律、正能量的题

---

* 杨晨，男，起点中文网总编辑。

材选择，但在实际操作中，这却是一个极大的雷区，作者面对这个题材，会茫茫然不知所措，无论怎么写都无法确保安全。因为不能写主角参加国民党抗日，不能写主角是八路军高层，也不能写主角率领八路军抗日，更不能写主角自建势力抗日救国，甚至，就连详细描述一下日寇烧杀抢掠的暴行，都会被认定内容违禁，使作者辛苦浇灌的百万字作品付诸流水，颗粒无收。

同样的，反腐、打黑、禁毒，这些原本也都是主旋律题材，但在网络文学领域，却是十足的违禁雷区，因为这些作品涉政、涉黑、涉毒，这不能不说是一个极大的讽刺。

事实上，我们都明白，这些内容其实并不真的违禁，并不是什么毒害青少年的糟粕。一本因为涉毒被禁的作品，很可能是在讴歌那些出生入死的缉毒先锋；一本因为涉黑被封的作品，往往是在描写警方如何有勇有谋地与黑势力作斗争。然而，因为没有明确的标准，当前的状况是即便我们都觉得没问题，但没有人敢于站出来担保作品不违禁，只要它们被举报，只要它们被查到有涉黑涉毒剧情，就只有被封禁的下场。

甚至就连相对容易鉴定的情色问题，当前也因为标准的含糊，造成了网络文学与传统文学的双重标准。这也让诸多由传统文学转型的作者感到无所适从，因为原本好端端可以写，可以出版的内容，甚至一些已经在文学界被广泛认可的名句，发到网上，却成了淫秽色情，这让他们倍感困惑。

这样的现状，带给作者们的困惑还在其次，更可惜的是，本因两条腿走路的网络文学，先天就已经瘸了一条，一大批富含正能量、极具教育意义的题材被行业所废弃，而这个天生的思想传播、青少年教育，乃至文化出口利器，并没有真正发挥出它应有的作用。

网络作家想要宣扬爱国主义时，却用不了中国、中华民族这样的名称，只能用遥远宇宙中的夏族、勒雷联邦这样的设定来替代，这不能不让人叹息。而在这样束手束脚的情况下，效果自然也会大打折扣。

在西方文化广泛传播，在日本动漫、好莱坞电影大行其道的今天，为网络文学定标准、开枷锁，已经是刻不容缓。否则的话，再过几年，我们就会看到新成长起来的青少年一代，提到人生理想会说争做全日本第一，提到的英雄人物都会以保护美国人民为己任，而我们数千年传承的传统文化，则会被丢得一干二净。

只有明确了标准，将真正违禁的范围严格、清晰地区分开，而不是笼统地“一碰就死”，网络文学才能焕发出它真正的生命力，成为我们弘扬民族文化，宣传社会主义核心价值观的最有力武器。

# 批评的合法性及网文作家的使命

杪椤*

五年前，当我在文章中提到“网络文学”时，一定要写全称，而不能简称“网文”。先不说别人能否理解，我自己都觉得这个简称非常不严谨，它不该是一个规范文章中可以有的词。但是今天，我已经能够正大光明地应用这个简称，甚至都可以把它用在标题上。我的心理接受过程可以从侧面佐证网络文学被社会接受的过程，从“犹抱琵琶半遮面”到“堂而皇之”乃至“不可一世”不过数年。所谓“不可一世”，是说网文的胆子越来越大，它们一波接一波对既有的文学理论发难，甚至动摇了“五四”新文化运动以来建筑起来的新文学大厦。在发展态势上的“不可一世”，是北京大学邵燕君女士曾经预言过的那样，“如照此势头发展下去，十年之后，中国当代文学的主流很可能将是网络文学”①；在创作方法上的“不可一世”，以南派三叔创办的《超好看》杂志的办刊宗旨最能证明：“事实上，凡不以好看为目的写小说都是耍流氓。”② 这样的说法，对于传统文学来说是晴天霹雳、振聋发聩，真可谓是文学百年以来“未有之大变局”——从语言艺术的角度，当下我还不能得出网文的出现能够比肩百年前白话文学发生与发展的判断。

问题在于，网文是否能够顺利成为文学意义上的“主流”？

## 一、“二元对立”的冲突现场

传统文学（在本文中指新文化运动以来的新文学）的写作并不把好看作为目标——假如文学史是依据网文写成的，则百多年的传统文学都是在“耍

---

* 杪椤：1972 年生，河北唐县人，原名于忠辉，保定市作协副主席。

① 邵燕君：《面对网络文学：学院派的态度和方法》，收入《网络文学的兴起——中国网络文学发展文献史料辑》，周志雄编，人民出版社 2014 年版。

② 王科、黄葆青等：《写小说不以好看为目的是耍流氓》，《钱江晚报》2011 年 9 月 15 日。

流氓”。平心而论，也别说传统文学的理论家、批评家对网文刻薄，“耍流氓”这样的说法也显示了网文对待传统更刻薄。一来二去，文坛又成了“二元对立”，说好的和谐共处、多元共存、分层填补阅读细分市场的约定哪去了？我认为网文和既有的传统文学之间，不是“西风压倒东风”的关系，也不是谁把谁打倒“再踏上一只脚”的问题，而是着眼于读者分群，各自发挥自己的优势，为不同读者提供不同层级的文学读物，这与既需要鲁迅，也需要张恨水、张资平，既需要老舍也需要金庸是一回事。这些年来，无论从管理界还是理论界，都在尝试建立网文的评价体系。但这个理想中的评价体系还没完善就存在着天然缺陷：它带有强烈的传统文学立场，有着强烈的想招安网络文学的企图。而网文的力量再大，产值再高，起码在理论上还没有撼动传统文学的“霸主”地位。——网文说传统文学在“耍流氓”，是网文试图用自己的标准来衡量传统文学的尝试，似乎仍是不自量力的做法。在这个“二元对立”中，网文被诟病的“垃圾”还在，纯文学的“流氓”也还在“耍”。于是，当下的文坛，不是“公说公有理，婆说婆有理”，而是“公说婆没理，婆说公没理”。

其实网文自有一套评价方法，它掌握在创作者、网文编辑和通过解读网文文本形成理论体系的一线网文评论家手中，各种网络文学创作教程、写作秘笈、培训教材，是这个评价体系的规范性表述。尽管它们宣称“它不指导谁，没人需要指导”①，但这不是真的，网文作为形式感、设计感和工业感极强的文学形态，依靠强大的技术而不是个体经验为支撑，它定有训练的必要，说穿了，它的内在机理表现为技术而不是思想。与传统文学理论对作品要求不同，网文在自评价体系指导下的创作，核心是训练网文写手如何“不耍流氓”，即怎样把故事讲得更好看，目下最火的网文指导类作品《网络文学新人指南》②《网络文学创作原理》③《别说你懂网文》④ 等都在起着教科书的作用。在传统文学之中，一直存在着作家能否被培养、被训练出来的争论，但网文显然已经对此有定论：网文写手不仅可以被培养而且应该被培养，文学网站的“青训营”以及像“中国网络文学大学”⑤ 这样的组织应运而生，与

---

① 千幻冰云：《别说你懂网文》封面语，黑龙江教育出版社 2014 年版。

② 血酬：《网络文学新人指南》，http：//www. 17k. com/book/42828. html。

③ 王祥：《网络文学创作原理》，中国人民大学出版社 2014 年版。

④ 千幻冰云：《别说你懂网文》，黑龙江教育出版社 2014 年版。

⑤ 张贺：《中国首家网络文学大学成立莫言任名誉校长》，《人民日报》2013 年 10 月 31 日。

此相似的“创意写作”课程和专业也被引入大学教育。

传统文学与网络文学各不相让，除了读者，再没有一个可以保持中立的“第三方”评价者，论争仍将继续。或许将裁判权交给读者才是最好的办法，我们判定网文仍然是文学，是某种形式的意识形态——显然，全世界的读者都面临自己的宿命：他们无权决定意识形态——这也是网文的宿命。所以，从这一点上说，传统文学占尽先机，时间的早晚固然重要，更重要的是它并不依赖读者存在，它要做的只是作家以独特的审美感受反映社会生活，表达思想感情，反倒与意识形态发生紧密联系——无论是拥护还是反对。基于读者和网文的宿命，也许，传统文学对网文“恨铁不成钢”的期待过重了。以自评价体系为圭臬的网文创作没有那么高远的抱负，网文教程传递下来的各种纲目的设定、各种桥段的安排只有一个终极目的：取悦读者，除此无他。或许这是对网文的大不敬，但千幻冰云（黄志强）建构的“网络写手实力影响力数字模型”，“主要是从读者、收入、名气、版权增值收入四个方面进行综合考量”①，这四个指标都以读者的多寡为基础，所以说“读者至上”是网文创作的出发点和归宿并不为过。

我之所以不认为这样的目标对作家不利，是因为网文的叙事目标和文学要旨不是网文作家可以自主选择的，网文作家的自由度极其有限。作为粉丝经济的产物，网文具有强烈的工业性，而流水线上的工人绝没有选择的权力。作家既然选择写网文，就将无从逃避这个“流水线”的规则。在这样一只“看不见的手”的指挥下，网文同质化的现象成为必然。如同那些琳琅满目的手机，它们或许有着不同的相貌，但却有着共同的原理。在此，我认同约翰·费斯克的说法：“官方文化喜欢将其文本（或商品）看成是特殊个体或艺术家的创造：这种对艺术家和文本的尊敬难免会将读者置于臣属地位。通俗文化则清楚地意识到它的商品是文化工业制造出来的，因此并没有独一无二的艺术品地位。”② 而这与传统文学每一部作品都试图流芳百世的目标完全不同。

## 二、批评的合法性与经典性的变化

当前，除了读者在网文作品章节页面上的跟帖之外，网文的批评现场主

---

① 千幻冰云：《别说你懂网文》，黑龙江教育出版社2014年版，第6页。

② 约翰·费斯克：《粉都的文化经济》，陆道夫译，收入《粉丝文化读本》，陶东风主编，北京大学出版社2009年版。

要还集中在研讨会这种传统的方式上。但是，线下研讨的方式讨论网文是有风险的。研讨会常常由官方或学术界发起组织，乃是政治和学术权力的表现，其出发点关注的是作品的社会价值和艺术特征，但是所讨论的对象——网文又只以娱乐性和消费性为目标，这本身就是一个吊诡的局面。作为消费型文本，它的商业和工业属性极为突出。在传播和生产机制上，包括网文的 IP 特征，已经与工业化生产和商业化运营不可区分，它要赢得读者的青睐，要满足阅读市场，要创造经济效益，但这都不应该作为文学研讨的内容。由此就产生了一个问题，我们对网文进行文学批评的合法性在哪里?

按照费斯克的观点，网文尽管没有“独一无二的艺术品地位”，但它被赋予“文学”之名而不是其他，使得它仍可归类到艺术品之中。网络文学这个概念主要指什么？这在当下的理论界仍然有争议，比如在理论性的网文研讨会上既有关于网络小说的讨论，也有关于网络诗歌的讨论。但是，在文学网站和大众层面，已经有一个较为明显的共识，即网络文学指网络小说。也因为看到这种共识，批评家李敬泽对网络文学进行了如下的概括：“就网络文学来说……其实很明白，大概主要就是指在网上生成和阅读的那些长篇小说。”[①]尽管这个表述并非严谨的学术表达，但是在目前阶段，这是一个既注意到了网络性（产业性），又注意到了文学性的综合性、全面性的概括，我认为这是符合网络文学当前的发展实际的。只有肯定了网文在网络性之上的文学性，我们才获得了对其进行文学批评的根据和前提。文学性是我们讨论网文的合法性和必要性——但我们要看到，对于网文自身来讲，它的消费属性使得对它的评价“评论与不评论，它都在那里”，从这一角度说，我们对网文的评价一定是被动的；而从另一方面看，网文的自评价体系是一种自身的生产标准而非“第三方”的评价标准，对网文文学属性的评价是文学的需要，或者说是文学在履行自己的意识形态使命，是意识形态对具体文本的评判，甚至是权力意志对艺术创造成果的评价。

可见，文学界对网文的评价是文学的职责所在，是“天赋神权”。在社会价值的层面上，对网文的评论也十分必要。邵燕君预言十年后网络文学将成当代文学主流的文章发表于2011 年，我相信，当年6 月 30 日统计得出的2.27 亿文学网民[②]已经让网络文学成为读者意义上的“主流”，而无需再等十

① 李敬泽：《网络文学：文学自觉与文化自觉》，《人民日报》2014 年7 月 25 日。

② 白烨主编：《中国文情报告》（2011—2012），社会科学文献出版社 2012 年版，第 144 页。

年——网文的真正动力正来自于这个庞大群体的支撑。霍弗在《狂热分子》中说“人群需要引导，狂热者的盲目是他们力量的源泉，但也是他们智力贫瘠与情绪单调的原因”①，因此，对庞大的阅读群体通过网文给予正确的思想和观念引导，是文学的职责，是文化和文学管理部门应尽的责任。

解决了网文批评的合法性和必要性，接下来的问题是我们的确需要有一套网文评价体系，正是这个尚未成形的评价体系与既有的传统文学评价体系之间的冲突，导致了当下的“二元对立”局面。在评论现场之中，我们得以看到网文作家与传统批评家之间的分歧所在，就一些基本问题仍然没有形成共识，仍然需要假以时日。而这个评价体系的形成，首先要解决网文“经典性”和“经典化”的问题，这是评价体系的至高目标。邵燕君经由麦克卢汉“媒介即信息”的说法推断出纸媒标准下的“网络文学经典化”是一个伪命题②，这个推断与费斯克关于工业文本的特征总结遥相呼应：“因为这些工业文本并非是需要保留的艺术品，它的瞬时性更不值得一提；实际上，它的随手可弃，它的新奇、刺激，以及它那种能够为人们所接受的即搜即得的功能恰恰是其最宝贵的特征之一。”③

邵燕君认为，在新媒体时代，“来自古老传统的‘经典性’必然要穿越印刷时代，以‘网络性’的形态重新生长出来”④，也就是说，网文的经典并非通常意义上纸媒标准下的经典，而应当体现为网络性的经典——同样，这不是网文自身的需要，而是文学对网文的期许。作为“民间化的国家话语方式”⑤，我认为网文的“经典化”并非是要产生像“四大名著”那样几部能够在文学史上流传后世的名著，而是要整体提升创作水平，为当代读者提供优秀通俗文学文本，满足读者高层次的文学消费需求。就此看，网文的经典化有两个因素，在内容和主题方面，要符合大众文学的艺术特质和人类普遍的道德价值观念，符合中国国情和主流价值体系，幻想类作品还要建立在人类既有的知识体系之上；在表现形式方面，既要符合网络传播特性和读者阅读习惯，也要反映中国语言文字的审美追求。要实现这两个目标，当下的网文

① ［法］埃里克·霍弗：《狂热分子》，梁永安译，广西师范大学出版社2011年版，第193页。

② 邵燕君：《媒介革命视野下的网络文学“经典化”》，收入《网络文学评价体系虚实谈》，中国作协创研部编，作家出版社2014年版，第129页。

③ 千幻冰云：《别说你懂网文》，黑龙江教育出版社2014年版，第6页。

④ 千幻冰云：《别说你懂网文》，黑龙江教育出版社2014年版，第6页。

⑤ 马季：《从传承到重塑》，中国书籍出版社2014年版，第16页。

创作过程和传播方式都需要调整。

## 三、古典传统和网文作家的使命

网文的经典性并不是纸媒意义上的经典，而应当呈现网络时代的新特性。但是，作为大众文学，网文应当从传统之中获得启发，通过提升水准而保持长盛不衰。在文学的“二元对立”时代，传统文学与网文之间形成了不同的表达习惯和文本范式，出于对繁荣文化生态的需要，当前还在思想和艺术价值上作为主流的传统文学“要抵制把自身的文化价值标准应用于生活在十分不同的背景中的人身上”①，但这并不意味着网文可以千人一面并忽视自身的发展进步。网文的前途掌握在网文自己手上，网文的合法性来自于对文化和社会规则的遵循以及对自身品质的要求。倘若不能给大众提供独特的审美体验，丧失了向上的力量，随着教育普及后社会审美水平进一步提高，网文要么被纯文学收编，要么其IP收益大幅度萎缩，网文的前途堪忧，尽管这个过程不是很快。

因此，网文应当有危机感，化解危机的方式是增强使命感和责任感，并因而获得品质提升的动力，从而适应社会前进的步伐，而不是不断夸大消费性麻醉读者和社会的神经，成为阻碍文化提升的障碍。文化的厄变经常来自于对优良传统的不间断抛弃，网文要向传统通俗类型小说“寻根”。中国历来有类型小说的传统，除去民间故事和隋唐以来的传奇和话本小说，自《三国志通俗演义》和《水浒传》“确立了‘章回体’这一新兴小说类型的叙事规范”② 之后，中国古典小说一直在类型化和通俗化的道路上前行，“四大奇书”以及后来的《红楼梦》等作品积累了丰富的形式和主题经验，它们应该是网文参照的典范文本，而文学界也一直在期待，能够有网文作品达到这样经典化的高度。

在古典长篇小说中，作为幻想小说的代表作《西游记》和《封神演义》，从某种角度上看，它们可以算作中国网络玄幻和神魔小说的鼻祖，但它们的艺术成就和文学史地位却是不同的，前者远远高于后者。如果鲁迅在《中国小说史略》中说它“较《水浒》固失之架空，方《西游》又逊其雄肆，故迄

---

① ［英］安东尼·吉登斯：《社会学》，赵旭东等译，北京大学出版社2003年版，第34页。

② 李剑国、陈洪主编：《中国小说通史（明代卷）》，高等教育出版社2007年版，第1062页。

今未有以鼎足视之者也”[①] 的评价是依据所谓“纯文学”的标准做出的话，那么在普通读者那里，《封神演义》的不足则更直观：“第一，……作者在细节处理上却比较粗率……情节上前后不一、有头无尾之处颇多。……第二，人物形象大多单薄，缺乏个性，脸谱化的倾向十分严重，除哪吒等少数人物外大多不能给读者留下印象。第三，作为一部以斗争为题材的小说，战争场面模式简单雷同。……”[②]

为什么会出现这些较为明显的缺陷？虽然《封神演义》“同样是一部先经时代累积，后由文人参与改写创作的作品”[③]，而且作者究竟是许仲琳还是别人尚有疑问[④]，但是，我们从文本中分析，出现这些缺陷，一方面与作者自身的写作素养有关，这反映在情节前后矛盾、线索有头无尾，以及人物形象的塑造和场景的创设等技术性因素上；另一方面，是作者自身的思想观念所致，“作者自身思想逻辑、价值判断体系混乱，使作品缺少了思想层面上的感染力；在种种妥协之下，作品中的人物毫无独立意志可言，从而无法给读者以心灵的震撼”。[⑤] 而通过整部小说看，作者是具备较高写作能力的，否则还是无法将故事写得错落有致、脉络清晰、布局匀称的，且作者的语言功底和想象力并不错，行文运笔文雅工整，想象奇幻，作品引人入胜。我据此相信，除了上述作者自身的局限性之外，放松自我要求和艺术追求，更是造成这部作品水准不高的重要原因。

尽管这样，对当下的幻想和神魔类网文具有直接影响的，不是《西游记》，而是《封神演义》，“（《封神演义》）还建构了一种双重世界的叙事模式……天上世界与人间世界平行发展，相互交织。……甚至在当代的网络小说中，这一模式也被借鉴、使用”。[⑥] 就连前文引用述及的《封神演义》的两项不足，在网文中也是最为明显的缺陷——网文不仅继承了传统类型小说的故事范式，甚至连缺陷也“原汁原味”地收入囊中。出现这种“就低不就高”的现象，除了网文的生产创作方式和传播方式之外，比如追求速度和数

---

① 《鲁迅全集》第9卷，人民文学出版社1982年版，第170页。

② 李剑国、陈洪主编：《中国小说通史（明代卷）》，高等教育出版社2007年版，第1063～1064页。

③ 李剑国、陈洪主编：《中国小说通史（明代卷）》，高等教育出版社2007年版，第1062页。

④ 李剑国、陈洪主编：《中国小说通史（明代卷）》，高等教育出版社2007年版，第1061页。

⑤ 李剑国、陈洪主编：《中国小说通史（明代卷）》，高等教育出版社2007年版，第1064页。

⑥ 李剑国、陈洪主编：《中国小说通史（明代卷）》，高等教育出版社2007年版，第1064页。

量、不断被“催更”等原因，最主要的原因，来自网文写手自身的局限性和主观意识，可以说，网文作家犯了和《封神演义》作者同样的毛病。古代通俗小说也要追求读者偏好、主角至上，也要坚持欲望叙事和白日梦的策略，《红楼梦》就是典型的“yy”文，但是为什么既有《红楼梦》这样享誉世界的名著，也有《封神演义》这样的二流作品？显然，这不是类型小说这种文体决定的，而是由作者决定的——网文的品质偏低是作者无法抵御商业诱惑而急功近利所造成的，它与“网文”这个文学新形态无关，甚至无关网文的工业品质：同样是手机，有各种各样低劣的“山寨机”，但也有“苹果”这样的堪称工业艺术品的高档货，这完全取决于它们各自不同的目标定位。

## 四、结语：市场前提+文学规定性

现在“网文是什么”的问题虽然没有彻底解决，但传统文学界和理论界日渐变得理性，这是社会的进步，也是当代文学在信息时代的进步。而有关各方对待网文的态度虽然各不相同，但关于网文的属性是应当能够形成共识的，即网文的基础和前提是市场①，而内在规定性是文学。在这个共识之上，文学界和理论界对网文的批评获得合法性，因而有助于警示网文作家肩负起面向大众的使命，从而在主观上提高网文的品质。在这个路径下，网文获得健康发展的机会，一定也能够出现大众文学意义上的、网络性和文学性都具有经典性的作品，或许到那时，文学意义上的主流就将是网文了。

① 血酬：《不离市场，方得网文》，收入《网络文学评价体系虚实谈》，作家出版社2014年版，第209页。

# 网络文学创作生态与非市民化文化表征

吴长青*

有着16年左右发展历程的网络文学随着中共中央政治局审议通过的《关于繁荣发展社会主义文艺的意见》的出台再度引起人们的关注与热议。

另据中国互联网信息中心（CNNIC）发布《第36次中国互联网络发展状况统计报告》，截至2015年6月，网络文学用户规模较2014年底略有减少，降至2.85亿，较2014年底减少了918万人，占网民总体的42.6%，其中手机网络文学用户规模为2.49亿，较2014年底增加了2282万人，占手机网民的42%。①

网络文学作为一种随着互联网技术发展起来的新型经济业态已经形成了相应的规模。速途研究院报告显示：2012年我国国内网络文学市场规模仅为27.7亿元，2013年达到46.3亿元，环比上涨67.1%；2014年国内网络文学市场规模达到了56亿元，相比于2013年上涨了21.0%，而随着全民阅读时代的到来，巨头们的纷纷发力，以及对于盈利模式的积极探索，预计2015年国内的网络文学市场规模可达70亿元，环比上涨25%。②

从公开发布的资料分析，网络文学的消费和经济规模可以通过互联网运营商技术平台进行技术分析与反馈。毋庸置疑，这些为考察网络文学创作生态提供了一手资料。但仅有这些还是远远不够的，或者说这些只是反映网络文学发展的显性因素。笔者试图通过本文从网络文学的内部创作诸要素分析网络文学的创作机制与影响网络文学生产的文化根源。

---

* 吴长青，男，1970年生，江苏射阳人，中国当代文学研究会新媒体文学委员会秘书长。

①《CNNIC报告称网络文学用户达到2.85亿》，来源：网易科技报道 http://tech.163.com/15/0723/14/AV7EQUO4000915BF.html。

②《2015年Q1中国网络文学报告》，来源：速途网 http://www.sootoo.com/content/651132.shtml。

## 一、网络作家生存现状分析

关于网络作家的生存现状，网络传媒和传统纸媒有不少采访与评述。笔者因工作关系，已经连续三年参加中国作家协会“全国网络文学联席会议”每月一次的例会，参会者为全国38家重点文学网站的主编或是高级编辑。中国作协已经连续6年坚持每月一次这样的例会，目前已经是第68次。据全国各大文学网站对在籍签约作家的统计，目前处于创作活跃期的重点网络作家人数在600人左右。这是一项比较权威的数据，另外，大大小小的写手人数在几十万不等。

另外，笔者曾于2014年7月，受邀参加共青团北京市委联合清华大学媒介调查实验室共同开展的《网络作家生存现状调研报告》课题评审工作。这份报告从四个方面对网络作家的生存现状做了系统调查与分析。

在实际工作中笔者还接触了不少一线的网络作家，对他们的实际生活状态和心理状态也有所了解。因此，立足创作主体的研究是研究创作生态的核心要素。

### （一）创作主体的流动性生长分析

16年的网络文学发展既是中国互联网技术发展普及的晴雨表，也是见证中国全民写作的重要指标。农耕文明中民众对于知识分子的崇拜情结与传统的民间写作氛围以及日渐宽松的互联网写作环境，使得一批有表达欲望的知识青年在互联网上发言。传统的文学叙事迎合了这波思潮，因此以城市青年亚文化为表征的网络文学日渐进入人们的视野。

随着互联网企业发展的内在需求，特别是文学作为网络商品消费的业态的形成，资本对于网络文学内容的青睐，客观上刺激了网络文学的快速发展，以及网络作家的名人效应和金钱体量的不断壮大，吸引了大量青年投入到这项自发的民间写作的洪流中去（详见本人另一篇论文①）。网络文学的职业化写作和文学网站企业的上市进程以及全媒体版权的实行，以及网络写手到网络作家的转变，正是创作主体在普遍意义上完成了从自发状态到自觉状态的

---

① 吴长青：《民间叙事传统与网络文学创作》，《华语网络文学研究》，浙江文艺出版社2015年版。

根本性转变，标志着网络文学生态的全面形成。

从民间到政府都在对网络文学保持关注，从企业层面上，文化企业不断进行资源型开发，由单一版权向全版权方向全面开发，所谓“IP”制度的确立预示着对网络作家资源的新一轮发掘将更为急迫。互联网企业之间的竞争也在日渐加剧，企业之间的并购、重组以及IPO（首次公开募股）新三板的上市进程也是持续加快。

社会组织参与网络文学人才培养的节奏明显加强。继2014年上海视觉艺术学院与原盛大集团的合作办学，2015年江苏三江学院与中国当代文学研究会新媒体文学委员会合办“网络文学编辑与写作本科专业”，预示着网络文学的人才培养同样引人注目。

从2009年开始，鲁迅文学院陆续举办网络作家培训班和高研班。2010年，当年明月、唐家三少、月关等当红网络作家首度被吸收为中国作协会员。同年代表中国最高文学奖项的鲁迅文学奖、茅盾文学奖，也首次将网络文学作品纳入参评范围。网络文学创作也被纳入政府扶持项目序列。

另外，组织体系化进一步加强。2014年浙江省作家协会首先成立“网络作家协会”，目前已经有上海、广东、四川等省相继成立省级网络作家协会，并正式吸收会员开展活动。另有江苏、辽宁等省份成立了“网络文学工作委员会”，均由作协一名副主席兼任主任。这一系列的举措在政府层面给予了网络文学创作主体的合法性身份与组织管理。

由内在自身的创作诉求到外部创作环境的不断改善，中国网络文学发展由自由流散的状态向组织化方向迈进了重要的一步。2015年9月11日中共中央政治局审议通过的《关于繁荣发展社会主义文艺的意见》中明确要求：“大力发展网络文艺，加强文艺阵地建设，推动优秀文艺作品走出去”，同时要求“做好新的文艺组织和新的文艺群体工作，努力建设德艺双馨的文艺队伍”。

值得期待的是网络作家将会从非主流的文化层面逐渐走向主流文化层面，网络作家的合法性身份同时得到保证，在制度层面上的职称评定、社会保障以及接受继续教育等方面也将陆续得到完善。这也将会是中国网络文学从粗鄙化向经典化方向发展的重要保证。

### （二）网络文学生产过程的经济学分析

网络文学不是单纯的纸和笔以及作家的劳动时间的单一生产过程。在网络文学生产消费过程中，由于阅读方式和传播方式、企业生产过程以及版权制度等综合因素的影响，对网络文学的生产过程的经济学分析是目前研究网络文学的空白。

因此，研究网络文学创作生态必须对网络文学的生产过程进行全面分析。经营性网站的传播覆盖率、网站与网络作家的签约制度、版权制度以及作家的粉丝量等等均影响到网络文学的创作，势必纳入到研究者的视野。

章培恒曾就传统文学文本与经济关系做过这样一个论断："第一类例子包括《诗经》中的两部作品：《召南・摽有梅》和《郑风・将仲子》；第二类分别出于明代后期汤显祖的《牡丹亭》和凌濛初《二刻拍案惊奇》中的《通闺闼坚心灯火，闹囹圄捷报旗铃》。如果从这两组作品来看，前秦时期和晚明时期的'历史地发生了变化的人的本性'的差别的重要内涵之一就是自我意识的强弱。那么，对欲望、享乐（罗惜惜的所谓'极尽欢娱而死'）等的大力肯定，对束缚个人发展是某些社会规范的反拨，对个人幸福的狂热追求，在晚明已有了相当力量的市民的思想特色；因此，在杜丽娘、罗惜惜身上所显示出来的'历史地发生了变化的人的本性'，其实是跟当时的市民的意识相联系的。如果没有这样的市民意识，就不会有此种形态的杜丽娘和罗惜惜。而市民意识的产生和增长，当然是经济发展的结果。所以，经济与文学的关系之一，乃是经济通过对人性的影响而影响文学的内容。另一方面，文学的形式（包括体裁）的演变也与经济有关。"①

相比传统文学，网络文学与经济的关系更加明显。至于每年公布的"网络作家富豪榜"则是这种分析中的一个常量，并不足以全面反映网络文学生产与消费的全貌。

因此，网络文学具有一种综合性的文化生产特征，既有经济层面的生产和消费环节的经济学功能，又有着文艺审美等方面的社会文艺学功能。作为特殊的商品也符合马克思政治经济学范畴内的劳动价值论，同时又对劳动时间决定商品价值的理论有所超越。无疑这是一门新型的学科。技术背景下文学创作生态的深层次变革将是影响网络创作主体生存状态的最为核心的要素。一方面将传统文学研究方法边缘化，另一方面呼唤新的研究方法的诞生。

因此，经济学分析将是网络文学研究未来一条漫长的道路。

---

① 章培恒：《经济与文学之关系》，《学术月刊》2006年第5期。

## 二、公民身份建构与非市民化表征

网络文学的在场性在于一是技术层面的公民民主意识的唤醒，二是创作主体的草根性与民粹色彩的狂欢。这是网络文学具有商品特征的同时还具有的政治性与社会基础，当然，这二者之间未必是同步发展的。

### （一）公民身份建构

毫不讳言，网络文学初始阶段的创作者基本上是以城市大学生和社会青年作为主体的，前提是有一定的时间和基本的生产资料。后来随着电脑的普及和商品特性的金钱的刺激，大量农村青年大学生也加入到写作大军中来，网络文学队伍日渐庞大，各类成员的身份也显得更为多元。

据笔者所掌握的网络作家创作主体及阅读人群的数据来看，大量从农村迈入城市的农村青年是网络文学的生产者与消费者，这也是网络文学一直是以草根阅读和非精英写作为价值的文化取向的原因，在美学上显然与中产阶级审美趣味相悖，一直为精英文学所诟病。

与这组人群相呼应的则是文本所呈现出的类型化写作倾向。作为通俗文学意义上的大众文学既有历史上出现此类文学景观的生成逻辑，也有着历史未曾有过的对于公民身份建构的强烈诉求。我曾经对此有过这样一个比较乐观的判断：“从文学生成与创作心理考察，并不立足现实主义创作手法，针对问题的揭示也不是对于社会建设的有关意图及设想，而是先天具有明确消费为目标的商业的特性，与来自离乡青年或是变革时期他们对于生存及既定思维模式的一次否定与重新叙述。也是一次标新立异式的话语变革。一方面有为大众生产娱乐的动机，另外也是表达自我，寻求与社会对话，凸显自我存在的方式，后者极其隐蔽也是网络环境下公民社会民主诉求的朴素体现。从接收者的角度考察，离乡、孤独、碎片化的空间等网络文学阅读更具个性化。优秀的作品，体现出作者为市场写作的自觉意识，突出以契约为前提的公平交易，更加注重文学商业价值的发掘和商业文明的建立。”①

反观文学接受同样与接受者的身份认同具有高度的同一性。由于国家意

---

① 吴长青：《作为商业写作的网络文学的评价标准》，http：//www. chinawriter. com. cn/2014/2014 -07 -15/211188. html2014 年7 月15 日。

识形态基础上市场经济形态的确立，传统社会的分化也在不断加剧，伴随着这种加剧，文化和身份上的“个体化”已经从政治层面变成一种具体的实践。“个体化”作为一种全球化潮流，建基于全球市场的拓展、专业分工与个性消费的普及、信息和通信技术的进步，以及工作流动性的增强等多重因素。① 而互联网化后智能技术终端的移动化，人与人之间的“缺场”交往也成为常态，因此加剧了传统集体社会为主体的“断裂”。

因此，以两大主体人群为主的生产者和消费者为核心的网络文学生态圈有别于以往任何一种文化生态圈。这两大人群按照汪晖的说法就是新穷人和新工人。所谓的新穷人就是：“在政治和文化领域更为活跃的，是既不同于传统工人阶级，也不同于新工人群体的所谓‘新穷人’：他们同样是全球化条件下的新的工业化、城市化和信息化过程的产物，但与一般农民工群体不同，他们是一个内需不足的消费社会的受害者。他们通常接受过高等教育，就职于不同行业，聚居于都市边缘，其经济能力与蓝领工人相差无几，其收入不能满足其被消费文化激发起来的消费需求。除了物质上的窘迫，学者们也常用所谓‘精神贫困’、价值观缺失等概念描述这一人群（即便描述者的精神并不比其描述对象更为富足）。这类贫困并不因为经济状态有所改善而发生根本变化，他们是消费社会的新穷人，却又是贫穷的消费主义者。新穷人遍及整个世界，尤其是那些进入或部分地进入消费社会的部分。”②

这部分人的文化特性汪晖同样分析认为：“中国的新穷人萌芽于社会主义体制向后社会主义体制的转变过程之中，他们的命运与劳动价值之中心源泉向资本价值增值之中介的角色过渡息息相通；但与欧洲和美国的状况相似，这一群体是新兴媒体的积极参与者，显示出较之新工人群体强烈得多的政治参与意识和动员能力。从微博等各种网络传媒直至纸面媒体，‘新穷人’都异常活跃，其话题遍及各个社会领域。”③ 从思想史角度考察这个主体得出的结论恰恰在文化诉求上与网络文学的文化表征有着某种同质性。

对于接受者的“新工人”这一概念在汪晖看来：“就是人们习惯称呼的农民工。新工人无论在行业、地域和待遇方面多么千差万别，却是一个客观存

---

① 相关观点参见保罗·霍普《个人主义时代之共同体重建》，沈毅译，浙江大学出版社 2010 年版，第 5～14 页；另可参见乌尔里希·贝克、伊丽莎白·贝克—格恩斯海姆《个体化》，李荣山、范譞、张惠强译，北京大学出版社 2011 年版。

② 汪晖：《汪晖：两种新穷人及其未来》，《开放时代》2014 年第 6 期。

③ 汪晖：《汪晖：两种新穷人及其未来》，《开放时代》2014 年第 6 期。

在的社会群体，即工作和生活在城市而户籍在农村的打工群体。”① 汪晖从现实出发分析了这两个群体之间的差异以及有别于以往历史时期两大阶层的会合的可能性，对“新穷人”短缺的政治意识进行了理性批判。

“就‘新穷人’群体而言，他们并不是传统制度崩溃的产物，而是一个市场扩张中拥有一定教育背景的、怀抱上升梦想的、消费不足的群体。他们对个人权利及其相关政治变革的关注与这个正在生成中的新的社会—经济体制的基本价值观没有根本性的冲突。恰恰是在媒体高度发达的当今时代，阶级分隔现象日趋严重，在‘新工人’群体与‘新穷人’群体之间难以产生真正的社会团结和政治互动，从而也无从通过团结或互动产生新的政治。当代中国的知识阶层受制于职业化和社会分层的情况也同样明显。与之形成对照的是：不同阶级成员之间的互动和结合推动了20世纪普遍的社会动员，产生了全然不同于旧的社会构造的新的社会主体，如上文提及的曾经极为活跃而如今已经被彻底摧毁的工人阶级。”②

对此，我的观点是新型网络文化的培育将是破解两大阶层分化、分离的难题的要素。

这是技术发展和产业发展所不可避免的现实。一是以消费为导向的技术发展，所有人都有可能被裹挟，另外就是以生产为主导的技术革命将知识分子与民众之间的距离弥合，这两条路逼迫着两大阶层形成共识。

熊易寒做过一项农民工文化消费调查：“以受访者的首要娱乐开支为例，上网占40.7%，购买书报杂志和支付手机娱乐费用等开销较低的活动共计33.5%。”③ 也就是说消费为技术导向的盈利模式也在慢慢渗透进产业技术中。两者形成互融共生的关系。因为“产业阶级”，即由这“无法抵抗的文明进程”所创造的民众构成，他们深受偶然性和贫穷的摆布。不论“穷人还是富人……都想象着新的”或者前所未有的“享乐”，这些想象成为他们的“需求”。从某个时刻开始，这些人类需求已无法单独由“耕种土地”来满足，越来越多的人就必须从农业人口向工业人口转变。那些“离开了犁而操起梭子和斧子”并“从草屋搬入工厂的人们……遵守的是有组织社会发展的永恒规

① 汪晖：《汪晖：两种新穷人及其未来》，《开放时代》2014年第6期。

② 汪晖：《汪晖：两种新穷人及其未来》，《开放时代》2014年第6期。

③ 熊易寒：《新生代农民工与公民权政治的兴起》，《开放时代》2012年第11期。

则”。[①] 这些特质呼唤市民文化的兴起。而在当下户籍制度下是不可能形成的。在两大主体之间形成了委婉的文化张力，这张力某种意义上正是文学叙事的“施为力”和“生成力”。

**（二）非市民化表征**

近代以来，随着西方现代化进程的推进，欧洲各国城市化迅速加快，城市原住民和大量涌入的农村劳力、手工业者、雇佣流浪民众等逐渐融合成为现代意义上的市民，他们定居城市，不再拥有土地，具有合法的城市户籍，生活靠自己固定的职业给养。市民，首先是公民，在确立了公民社会的价值观念后，才谈得上现代市民的意义。当下中国的“新工人”群体虽然在农村有着可以经营的土地，但是他们在城市里没有自己的文化身份和政治身份，注定了这个阶层的离裂性。创作者中也有来自这个阶层，消费群体中来自这个人群的也相当多。因此，当下网络文学的文本特征同样符合这样的逻辑。

为此，有学者经过研究认为：“对此，少数‘都市青春叙事’试图直接呈现权力资本桎梏下青春难以安放的冷硬现实。如《蜗居》和《裸婚时代》《北京爱情故事》都包含了这样的叙事主线，但在呈现残酷之余，这些文本却几乎并未提供在当代都市中重建青年主体性价值的可能行径。”[②] 情况远比这复杂，还以“都市青春叙事”为例：“还有一类‘都市青春叙事’并不直接切入当下，而是以对校园生活的怀旧叙事为主体，以反衬‘后校园生活’的苍白无奈。如电影《致我们终将逝去的青春》《同桌的你》等都是显例，这类文本表面上都有着若隐若现的大时代脉络，而实际上更钟情于深挖个体的成长体验，到最后往往只是归结为一声‘新写实主义’式的喟叹，也并不纠缠于任何方略性的建构或反思。除上述两种倾向外，更多的‘都市青春叙事’则一直在试图提供富有个体化色彩的、想象性的解决方案——粗略地说可以分为偏物质性和偏精神性的两种。其中，偏物质性的解决方案通常导向个人奋斗，即通过遵循丛林法则来赢取世俗成功，最终获得‘笑傲江湖’的资格；而偏精神性的解决方案则通常导向心灵提升，即通过爱情、亲情、旅行、公益或其他各种标志性事件实现自我救赎，最终以某种超越世俗的姿态达成与世俗的和解。前者典型的如电影《小时代》《中国合伙人》和电视剧《奋斗》

---

① 劳乐（Peter Augustine Lawler）：《托克维尔论社会主义与历史》，韩锐译，《回想托克维尔》，刘小枫、陈少明主编，华夏出版社2006年版，第149～150页。

② 张慧瑜：《当下青春剧的文化想象与蜕变》，《南方文坛》2013年第5期。

《我的青春谁做主》《杜拉拉升职记》《浮沉》；后者典型的如电影《北京爱情故事》和电视剧《北京青年》等。”①

非市民化的表征表现为：一是有着强烈的时代参与意识，不满足现有意识形态的束缚，具有明确的抗争性；二是抗争的指向性不明，与商业暧昧不清，甚至有坠入以逐利为根本目的商品特性的趋势；三是媚俗的美学倾向，由于前者的摇摆不定所导致的倾向不明。社会断裂与分化所导致的美学异化与文化的非市民化倾向恰恰是刺激网络文学生产、消费的内在机制。随着网络作家主流化的过程，网络文学的特质也将随着变迁。这也是文化特性所决定了的客观规律。处于中国改革发展进程中的文化景观势必也倒逼着政治做出让步与妥协，将考验着新型政治建设。“在中国的现代化进程中，有两个重要的关键节点，分别有不同的政治类型。第一个节点是乡土中国，在一个高度分散的乡土社会的基础上，产生出政党和领袖权威为中心的动员型政治，政治推动着社会。当下中国正处于现代化的第二个节点上，社会日趋活跃，并对政治提出更多期待，回应型政治应运而生，社会推动着政治。在政治转型中，需要强化政治回应的及时性、主动性、整合性和包容性，注重宏观政治设计、时序选择和地方基层探索。”② 国家未来对于网络文艺政策的大规模出台也许是对此做出的最好回应。

## 三、结 论

非市民化的文化表征从另外一个侧面反映了网络文学创作生态具有不断分化的文化图景，也就是说它不可能是一成不变的，时刻处于一种变革之中，这样的不确定性也是孕育优秀网络文学作品避免不了的历史进程。由此观之，这个流动的进程本身也是研究的对象本身。同时，密切关注网络文学创作生态也是改良、推进国家意识形态建设步伐的重要举措，时代在发展，美学方式也不会一成不变。需要我们对网络文学给予切实的人文关注，技术变革所带来的历史机遇和时代之困相克相生，怎样转劣势为优势，化腐朽为神奇不仅仅是网络文学创作者、研究者的事，也是国家治理进程中不可绕开的主题。

---

① 盖琪：《“少无所依”：中国当代主流影视剧中的青年主体性话语》，《文艺研究》2014 年第 12 期。

② 徐勇：《现代化进程的节点与政治转型》，《探索与争鸣》2013 年第 3 期。

“借助网络沟通形成的社会认同具有实践的品质，它焕发出来的精神力量是网络化时代具有实践基础的社会权力。这种社会权力来自于基层，流动于网络，是传递于广大人民群众生活实践之中的新型社会权力。”① 因此，大力发展网络文艺的基本功能的圆心又回到了本文论题的起点，即要改进网络文学创作生态，提升创作与消费、传播与评论的质量，同时为新型社会建设提供新鲜的现实案例。

① 刘少杰:《网络化时代的社会结构变迁》,《学术月刊》2012 年第 10 期。

# 阅读《最强特种兵》

周志雄　李　丽*

网络小说是写给网络上的读者看的，据介绍，丛林狼的《最强特种兵》于2013年12月底在腾讯文学创世中文网发布后，长居创世中文网军事类销量榜榜首，《最强兵王》获得腾讯文学网销售第一，“和阅读”历史军事销售榜第一，无论在线上还是线下都拥有巨大的影响力。这两个“第一”说明，这是一部深受读者喜欢的小说。这部小说为什么会受到读者的喜爱?

这是一篇热血小说，采用了网络小说常见的“升级流”模式，升级模式小说的主导倾向是向上的，倡导人应该通过积极努力获得成功。主人公罗铮从一个平民子弟成长为最强特种兵上将，他的进步是靠自己的艰苦努力得来的。通过艰苦的训练和血与火的严峻考验，历尽艰辛，主人公一步步变强，符合读者的阅读心理期待。

小说详细展开了一个最强特种兵成长的过程，小说的人物故事设置很抓人：一、主角具有天赋异禀的个人体质，出身猎户，对丛林非常熟悉，作为猎人有先天敏锐的嗅觉，而罗家家传的秘密呼吸法让他总是能在疲惫中很快地恢复体力。二、主角的成功离不开奇遇。小说一开篇将人物置身于险境之中，与美女蓝雪相遇，蓝雪是精英特种兵，带着任务在丛林作战，罗铮在战斗中救了蓝雪的命，与蓝雪互生情愫，获得了蓝雪的指导，蓝雪有超强的个人本领和显赫的家世，亲自教导罗铮，并与罗铮立下两年之约。这个故事设置和金庸的《射雕英雄传》中郭靖与黄蓉的故事是相似的，穷小子得到了名门小姐的青睐，穷小子武功太低，逼迫穷小子必须要挑战自己的潜能，要成长到足够强大才有与名门小姐恋爱的资格。因为是名门小姐，罗铮还要面对情敌宋阳的挑战，要战胜宋阳家族的强大阻扰，经过努力，罗铮最终排除了千难万险，变得很强大，也如愿收获了爱情。三、主角罗铮自身的精神气质

---

* 周志雄，男，1973年生，湖北黄冈人，山东师范大学文学院教授。李丽，女，1976年生，山东济南人，济南锦苑学校教师。

非常有光彩，不怕吃苦，有勇有谋，讲义气，有拼命三郎的个性，能忍辱负重，又敢于反抗。尤其是罗铮非常聪明、机智，有着超强的直觉，不按常理出牌，在战场上总是能灵活地运用战术，既能发挥个人的能力，又善于全面考虑，配合战友机智地消灭敌人获得胜利。他还是一员“福将”，运气是一流的好。这个人物让人想起金庸小说中的少侠，《第一滴血》中的蓝波，《亮剑》中的李云龙，但又与这些形象明显不同，罗铮身上有现代军人的元素，他是成长型硬汉，素质全面，既强悍、勇猛又精明、细腻。从故事的设定和人物性格的设定看，这注定了是一篇“爽文”。

小说是一篇充满正能量的作品，小说中罗铮与蓝雪的爱情很感人，罗铮和战友们的生死友谊让人赞叹，罗铮勤奋向上、不怕苦、聪明、机智的个性值得学习。这是一篇能让青少年读者喜欢，也能辐射不同年龄层读者群的作品。

小说的好看还来自对军事知识的运用，作者对丛林作战的技术有深刻的了解。如林中识路、钻木取火、丛林找水、射击技能、手势指令等等。有些介绍相当详细，如射击中测量的方法分为跳眼法和步测法，狙击术分眼狙和心狙两种，特战五人小队的战术分工分为指挥、狙击、侦察、爆破和突击，还有各种狙击枪的型号、性能、特点等等。作者显然有丰富的特种兵战术及各种军事知识，这些知识的介绍非常科学，读者在阅读时可以增长自己的见识。

人物语言很符合人物的性格，有不同的风格。如蓝雪的语言简洁、明了，她与罗铮之间的交流心有灵犀，说出的和意会的非常自然，恰到好处。大队长的语言很粗，很豪放，但他粗中有细，很善于捕捉细节，有很强的观察力和分析力。罗铮的语言朴实、简洁，思维清楚，符合个性特点。蓝雪的妹妹蓝星的语言俏皮，充满风趣，蓝星与蓝雪在一起的对话展现了姐妹俩不同的个性：一个古怪精灵，一个端庄厚重；一个青春活泼，一个精明干练。人物语言达到了很高的个性化特点。小说在人物典型化方面达到了很高的程度，除了主要人物外，配角宋韵、鬼手、书生等人物形象也塑造得栩栩如生。

作者有很高超的叙事技巧，小说的叙事非常成熟。《最强特种兵》叙事有变化，错落有致，摇曳多姿。看起来大致相似的情节，主人公罗铮先训练，然后接受任务出战，完成任务后归队继续训练，再接受任务出战，但每一次训练的内容都不同，每一次作战的情况都有变化。

罗铮两次被下放到伙房做饭，但两次情况完全不同。第一次是罗铮被教官误作关系兵受到教官的不公平对待，罗铮默默接受教官的安排，为部队做饭的时间之外，自己训练自己；第二次是罗铮受到宋家的迫害，被迫去炊事班做饭，但大队长对罗铮很关照，在炊事班跟老柳、老常学到了指刀、打穴杀技、硬气功等战技。

罗铮执行的任务有丛林作战，有草原作战，有反间谍保卫战，有集体作战，有个人作战。不同的任务，罗铮采用不同的战术，呈现不同的精彩，故事富有变化，险象环生，令人惊心动魄。罗铮第一次作为新兵编入特战小队，其特殊的判断能力，顽强的拼搏精神，都表现了出来，他的主要战术是牵着追兵跑，并不断地射杀敌人。故事以罗铮跳崖，昏迷三天，蓝雪出击寻找到罗铮结束。第二次接受任务的情况就复杂得多，大队长让罗铮隐藏实力，在赛前表现平平，在会上还受到了司令的批评，这么做是为了伪装迷惑敌人。总司令亲自拿出签名的密令，让罗铮拿出任命书就可担任队长，表面上队长让书生吴靖担任。如何用好这道任命书，就看罗铮的个人发挥，这就为这一次的战斗过程增添了悬念。

小说叙事详略得当，富有变化。蓝雪教给罗铮战斗技巧和狙击技术写得非常详细，小说细写罗铮如何按照蓝雪的教导刻苦训练的过程。而罗铮在特种大队三个月的训练一笔带过，小说只用一句话“三个月后，西北军区特种大队基地”，却详写罗铮与山虎的对抗过程，山虎是特种大队搏击第一人，罗铮在山虎的手下坚持了两分钟，还逼得山虎节节后退，不分胜负，以此突出罗铮在蓝雪的教导下快速成长的情况。这种处理方式避免了重复，让故事更紧凑。

小说也有一些小的瑕疵：一、主角的对立面宋家有强大的家族背景，为对付一个小人物不惜勾结国外势力进行灭杀，这个情节设置有些不太合常理。二、罗铮回老家在家乡遇到地方恶势力牛魔王带着猎枪行凶，他强悍地杀死了几个地痞，并勒索了地痞1000万元，分给受伤的乡亲们。罗铮的做法没有受到警察的追查，因为罗铮的几个弟兄都有“上面的背景”，一个电话就什么都摆平了，这个故事的处理有些简单，不太符合人情事理的常态，有些失真，有失分寸感。三、用词上缺少变化，将人物快速地行动比喻为“猎豹一样”，人物一瞪眼形容为“虎目一凝”，快速爬行是“巨蟒一般”，比较简略，这样的描写多次运用，有重复之感。个别地方用词有误，如对钻木取火的介绍很科学，很详细，“硬木高速旋转产生热能，当热能达到沸点后”，这里的“沸点”应该改为“燃点”。

这篇小说是一篇网络通俗小说，也反映了当前网络小说的普遍特点：没有深刻的思想，没有对人性的深层表现，没有繁复的艺术手法，在网上连载，只供读者阅读一遍，着眼于读者的“悦读”享受，让主角在主角光环下一次次地面对挑战不断进步，获得成功，故事波澜起伏，悬念迭起，始终紧张而让读者欲罢不能。这体现了目前的网络商业机制对网络小说的影响，让小说“好看”，要爽点不断，要能抓住读者。而在目前的网络文学机制下，作者的高下和作品的优劣体现在作者自身的文学功底的差异上，《最强特种兵》的作者有良好的文学素养，写作技术上非常成熟。语言活泼、优美，又明白、易懂，没有丝毫的拖泥带水，没有冗长的景物描写和人物心理描写，简单的景物烘托，白描式的人物刻画手法，人物对话简洁、明快，细节描写含蓄节制，又舒展自如，情节推进环环相扣，收放自如，张驰有法，节奏鲜明，这也是这部作品在众多的网络小说中脱颖而出的原因。

# 从《大圣归来》到“新西游记”

## ——新文艺大变局视域中的网络文学研究前沿

庄　庸*

2015年9月11日，习近平主持召开中共中央政治局会议，审议并通过了《生态文明体制改革总体方案》《关于繁荣发展社会主义文艺的意见》。

至此，十八大以来我们一直在研判和预判的“新时代新文艺”国家顶层设计理念和体系终于渐成雏形——

国家文艺的顶层设计，被纳入“伟大中国三部曲”国家治理体系和“命运共同体三部曲”全球秩序重建新思路的中国国家战略顶层设计之中。

这进一步揭示了我在学习北京文艺座谈会重要讲话精神时所研判的“国家文艺顶层设计的四个‘重X’性”：主流新文艺的重塑，国家文艺治理体系的重建，党管新文艺的重构，中国好时代重新开创的全新思路、逻辑和智慧……

而网络文学/网络文艺“第一次”被纳入整个国家文艺的顶层设计之中，重新寻找和确立自我的意识、身份和位置。

至此，可以预判未来三到五年，一场新文艺的大变局势在必行：大力发展新文艺，重塑主流新文艺，将成为基本国家战略；从中央各部委到地方各有关部门决策层和管理层出台新文艺相关政策与管理措施，到当下高校各文艺学科转型以及网络文学、网络文艺等新文艺专业或学科建设，再到当下和未来泛文化娱乐全产业链商业模式和从业行为的重塑，必然会发生前所未有的大变革。

---

* 庄庸，男，博士，副编审，中国青年出版社新青年读物工作室主任。

这其间，到底发生了什么？

当下又发生了哪些细微却重大的变化？

如何研判和预判下一步新文艺大变局中主流新文艺发展的大势和趋势？

网络文学要如何“重塑”自我，才能对接上这样的大势和趋势，“取势而为”？

网络文学研究与评论，又如何进“场”，才能站到最前沿、富前瞻的位置，重新发挥并提高“自己在场发言的能力”，并且提炼、总结、提升新的理论、思想和智慧资源，以推动网络文学以及整个新文艺可持续的发展？

思路决定出路。我们亟需超越现有的经验和想象，让自己升到空中，去看到一个更大的格局和视野。拘囿于现有的视野，是看不到新的历史地平线的。我们必须要有新的理论、思想和智慧资源。

## 一、以“点”见“面”：从《大圣归来》到“萌西游”说起，网络新文艺承续中华文脉的优势、焦虑和中国故事的世界化

从《大圣归来》到《琅琊榜》，我们可以看到：

以《西游记》为代表的四大名著、中国古典文学、中国传统文化等故事原型、类型模式和文化母题，在当下网络文学、网络文艺等代表的新时代新文艺形态与业态中是如何表达与表现的。

最重要的是，网络文学中的核心力量，是如何渗透并改变网络文学主流类型文，进入社会大众文化流行化和主流化，并成为主流新文艺重塑的重要组成部分的……

### （一）从当下热捧的《大圣归来》说起

在我看来，《大圣归来》具有三大核心特征：

1. 在把一个好故事讲得很好看的故事模式上，采取了好莱坞典型的“英雄之旅”模式。当然，它并不完全符合这种英雄冒险的套路。比如，师父这个形象，本应该是导师（智慧长者）的角色，抚养并开启江流儿的觉悟意识；然后，江流儿再去“唤醒”大圣……这个线索，根本就不成立。这也是它故事不成熟的地方，以及可以提升的空间。

2. 从“萌唐僧”的人物设计，到江流儿身世的“重译”，再到“妖乱长

安”等世界体系设定等，彰显了大众流行文化文本对年轻受众的二次元/亚文化等全面吸纳。这一点，可以参看整个华人地区以及亚洲乃至世界范围内有关西游记题材的不同文艺作品表现。

3. 对“西游记”故事原型、类型模式和文化母题的重译与重释、重述与重塑，以及这种“重X”在网络文化中的二度解构与重构，直接切中了中国人当下普遍的大众心理、国民心态和集体无意识。

比如，江流儿为什么想大圣去救傻丫头？因为大圣是他心中的英雄。符合江流儿心意的大圣，才是他的大圣，想回花果山不理世事的大圣不是他的大圣——这跟当下网民以及民意对英雄的集体情结甚至“绑架”心态是一致的。

**（二）倒逼和追溯近30年《西游记》重述史**

从萌化等二次元/亚文化潮的元素和类型模式上，可以见出《大圣归来》植根于整个网络文学/网络文艺21世纪以来15年中对西游记故事原型、类型模式与文化母题重新阐述的潮流之变：

1. 从《悟空传》到《朱雀记》再到《娘西游》。

从世纪之初《悟空传》反映中国人面对变化寻找自我的意识和分裂的青春哲学性思考，到《朱雀记》对“佛陀阴谋论”集大成者的考问，再到《娘西游》所嵌入的整个网络文学与文化“二次元”萌化潮……一代又一代的年轻人通过解构和重构经典名著，表达了自己不同于上一辈人的亚文化和青春哲学。

2. 从《大话西游》到无厘头、焦虑和反思的青春世代。

这是华语地区第一部解构主义的西游记题材电影，影响了70后整整一代人的青春政治——它让一群从小崇拜名著的年轻人发现，原来经典可以这么读。它基本上影响了互联网诞生以来，网络中有关“西游记”的三大亚文化流变：一是网络小说的西游记类型文；二是网络文化中的后西游文本，如《大话西游》《萌西游》以及各种恶搞文本等；三是游戏等泛娱乐产业链中的“西游记”题材。

3. 经典的文统传承仍在《西游记》的重播框架内。

央视《西游记》至今3000多遍的重播次数，说明其仍然承载着经典对青少年“正统、法统、文统、传统体系”的普及与传承作用。

这30年里，“中生代”的文艺工作者，并没有找到超越它的重新讲述

《西游记》的新模式。所以，《西游记》电视剧两个版本的重拍（张纪中版、浙版）都还是在既有的传统框架内。

《大圣归来》在某种意义上是一种突破，突破的力量正是来自于网络。

**（三）网络新文艺的优劣之辩：对中国文脉的承续和焦虑**

这种“西游记”文化母题在网络新文艺中的重新表达，也体现在《红楼梦》等四大名著中。也就是说，它们成了许多网络文学作品与网络文化现象的精神鼻祖与原型母题。

除了四大名著之外，女频古言、主站东方玄幻仙侠等类型文的流行，也体现了当代年轻人们对古典文脉的继承和发扬。

1. 互联网+时代：中华传统文化承传创新获得新的途径与生命力。

正因为它们的重译与重释、重述与重塑，中国古典文学/传统文化/中华文明才在互联网+时代得到了复活、重生和文脉的承传与延续。

这一现象传递给我们的，是非常令人振奋的启发：当下的互联网+时代，正是中华传统文化承传创新获得新的途径与生命力的最好时机。

2. 现时的焦虑和拷问：中国文艺如何接续中国的传统文脉和现实地气？

同时，这一现象也引出如下思考：

就像@观者顺所说，当鬼片一样的《新红楼梦》对经典名著解构得更多时，更年轻的一代对名著是不是更没有神圣感？当年被《大话西游》影响的人感觉到了焦虑，文化的道统是不是没有了？

再加上流传的“崖山之后无中国”“中国文脉已断”，更加重了这种忧思。

从网络文学到整个当下和未来的中国文艺，又怎样才能接续中国的传统文脉和现实地气？

**（四）从“中国故事”到“世界故事”：如何从《大圣归来》到“一带一路新西游记”**

这也让我们思考：

1. “一带一路”或许是一个好的探索：带动大中华区域/地域并重建中国主流文化。

如何在全国多样性的区域/地域文明、越来越多的“地方文化强势”和“断裂性社会”中，通过挖掘区域文明题材的“中国化”主流表达，找到一个“共识性”“统一”和“主导”的国家发展思路和整体文明重建的主流思路？

2. 如何利用一个耳熟能详的“文化母题、故事原型和类型故事”等中国化题材，来重新阐述诸如一个全新的“一带一路西游记”、走向全中国、走向全世界的世界化的中国故事？

比如，《西游记》中的长安需要“取经”（尤其是取西方经来解决当下问题：这可以映射近两百年“向西方寻药解决中国病”的心路历程），这似乎是民国以来的长安，而不是大唐的长安；但现在的“一带一路新西游记”，是要把中国文明和中国形象/理念/智慧带向世界，并重新宣传我们的“大中华”，有点像是“郑和下西洋”、“丝绸之路”……

但又跟这种传统的把中国宣传向世界不一样，一带一路除了把中国带给世界，也有和世界对话，以及求解人类命运共同体的重建；因此，这又不只是简单要恢复万国来朝、宗主朝拜的梦回大唐体系，而是要在世界新秩序的重建中，寻找中国的重塑。

**（五）从《大圣归来》到《琅琊榜》：颜值背后的力量**

从《大圣归来》到“新西游记”，从网络文学当年红文《琅琊榜》到2015年霸屏的颜值影视剧《琅琊榜》，我们看到某种答案可以暴露的线索——

网络文学中的核心力量正在从网络亚文化（如二次元中“萌、宅、基、腐”四大元素）进入网络文学的“主流类型文”（如《娘西游》和网文《琅琊榜》），再进入社会大众流行文化（如颜值剧《琅琊榜》中“腐文化对流行文化的全面总攻”邵燕君语）和主流文艺的重要组成部分（如《大圣归来》对中华传统文化母题的网络文艺、西方形态、传统传述的杂糅式表达）……

于是，在新文艺的大变局中，网络文学的接地气，对中国文脉的接续，对世界优秀文明的转译……带来一种新的可能性：或许会重写当代文学史，重塑我们的文艺新观念。

这种新可能性的关键问题是：那种网络文学中的“核心力量”，到底是什么？它是我们系统梳理这个问题的切入点。

## 二、切入点：从中国人尤其是年轻人“重组”的需求出发，发挥网络文学/网络文艺中“亚文化X微社群”的核心力量

这个切入点是什么呢？就是受众（当下中国人尤其是年轻世代/下一代和

海内外青少年）在人群细分之后，重新“组织”起来的互联网+时代“亚文化X微社群”需求和轨迹。

**（一）当下中国人尤其是年轻人正在亲历互联网+时代的重组（微社群X亚文化）运动**

当下整个中国社会，最普遍和显著的特征，就是社会类型化运动的重组（重新组织）运动：中国人尤其是年轻人正在分类型、分阶层、分群体地进行人群细分，然后按照互联网+时代的思维模式，正在重新聚居起来，重新组织起一个个跨越新媒体和社会现实生活的微社群X亚文化部落。

这种微社群X亚文化部落有三个重要特征：

1. 每一个中国人尤其是年轻人正在这种新的微社群X亚文化部落中寻找自我意识、族群认同和文化构建，亦即寻找和创建内部的规范、规矩和规则，形成新的秩序。

2. 不同的微社群X亚文化部落之间，正在寻找安全边界，并重建彼此的规范、规则和规范，亦即，在寻找和形成彼此间的契约和秩序。这是近年来撒裂的社会重新弥合、无缝对接，且达致共识、形成新的生命共同体的关键轨迹。

3. 这种中国人特别是年轻人的社群部落，构成了一个中介和桥梁的新公共话语空间，以寻找“个人（族群）—社会—国家（党—国家—民族）”对接的通道，重新形成整个国家新的秩序和规范。以此重新确立中国人特别是年轻世代的自我表达力和“中国”意识形态认同（党—国家—民族认同的论述能力）的框架体系，重新寻找、确立和塑造执政党的领导、核心和中流砥柱身份、作用和位置。

**（二）它是全媒体变革的轴心：从新组织方式、文艺形态业态、商业模式到舆论政治**

从传统互联网生态到移动互联网新业态的大转移，又到互联网+，不断更新着中国人尤其是年轻人新的组织方式，形成了许多特殊化的微社群X亚文化组织。

1. 对于中国人尤其是年轻人来说，这是一种新组织方式。

他们在人群细分之后重新聚集起来，并在这种重新组织的运动中，寻找自我意识、族群认同和文化建构的最佳路径。

2. 对于文艺文化来说，这是新文艺形态、业态、语体和文体产生的源泉。比如，所谓的“特化”，就是我用来形容网络中一直都在发生的，由于85后、90后等更年轻的世代原住于网络后，越来越明显的分化、细化、窄化现象——越来越“特化”为某一类特殊化的人所创作、表达和分享的作品、类型以及组织方式。

我用它来描述三种现象：

一种就是在现在网络文学的主流样式即类型文发展趋势中，越来越细分出一些特殊的类型，只有特定的人才能阅读得有趣、有感觉、有兴奋点。

二是现在的主流类型文作家作品及其粉丝之间垂直形成的一个粉丝文化、经济与社会政治组织。

三是指垂直和横向交织的，越来越更亚文化、更分众化、更小众化的新媒体小部落。这些部落越来越具有强烈的自我意识、族群认同和文化建构，并逐渐形成越来越强烈的进入壁垒：黑话系统，认证机制，排外情绪和隐蔽性生态——别说外界的人很难进入，就是身在网文中央的人，也是咫尺天涯，越来越难进场。

恰恰是这三类“特化”，不断地探索和实践着新的话语体系、新文学/文体样式和价值观念——这种先锋性和实践性的文本、话语和价值观念，为商业化、类型化的网络主流文提供了创意和创意的源泉。

3. 对于商业资本来说，这是寻找下一个最佳商业模式的机会。

这种变革，意味着新的商业模式的诞生，甚至是，孕育着下一个伟大的中国公司。所以，无数小而美的网络文学新业态，不管是简书，还是南派三叔的自媒体订阅……都是针对这种新的组织和部落群体而诞生的，探索能够切中他们生活方式和需求轨迹的商业模式，以及能够满足他们未经满足的新需求和细分需求的内容与创意——这都是未来网络文艺新样式的胚胎。

4. 对于执政党来说，这是捕捉思想情报、掌握舆情、引导舆论潮流最为明显与重要的路径。

对于执政党来说，这意味着年轻人新的组织方式——年轻世代正在被新的网络形态以新的方式被组织起来。他们聚居的方式和新的诉求，很可能会预示着一种新的政治运动方式。而执政党现在一个很重要的工作，就是要按照年轻人聚居和组织的方式，建设跟他们的生活轨迹和需求轨迹相对接的接触点与工作着力点……

这是一个完全陌生的领域。尤其是当“特化”越来越显著的时候，也就意味着年轻人的组织沉得越来越深，越来越隐蔽，越来越滑向未知的领域——未知的领域最危险。

因为年轻人重组的过程，其实就是失序和秩序重建的过程，而这一过程总是从叙述方式的变革开始的，叙述方式的变革就意味着话语权与文化领导权的争夺。就像我以前曾经说过，21 世纪第一个 10 年至今，网络文学/网络文艺创造了新的文学样式、新的文体和新的叙述模式。而每一次叙述模式的变革都意味着话语权的争夺，尤其是年轻一代的自我意识、族群认同和文化建构。这导致了年轻世代不断地在网络空间里迁徙，而每一次迁徙都意味着文化商业模式的转移：从天涯到豆瓣，再到知乎……于是，对执政党来讲，这种文化文学的风向标，代表着舆论阵地重心的转移，从微博到微信/微视——“管理”进入的路径是什么？成为被拷问的问题。

**（三）在互联网 + 时代微社群 X 亚文化重组中的主流新文艺重塑，成为执政党年轻化以赢取下一代的战争，以及国民化以重建社会共识的战略**

在这种态势之下，执政党在全媒体重塑主流文艺的管理和舆论的导向，以及党在微社群 X 亚文化中“新组织”的角色和作用，成为重要的抓手：

1. 中国共产党的“年轻化”，是当下一个非常重大的理论、现实和政治命题。中国共产党 + 不但要成为全民的领导党，也要在细分后重新聚居的微社群 X 亚文化中，建立起全新的甚层新组织体系——要按照年轻人的重组过程，重新建立执政党垂直、纵深和渗透进网络中的新组织体系。并且，重新寻找和确立自我的意识、身份和位置——中国共产党不但要成为全民的领导党，还要成为年轻人新组织的轴心，要成为年轻人的政党。

2. 主流新文艺的重塑，需要借助又要有助于中国共产党在互联网 + 时代的年轻化重组与重塑。

“主流新文艺”的重塑意义重大，因为其不只是一种文化工程，更是执政党一场赢取下一代的战争：不但赢取中国当下的年轻世代（下一代），还要赢取海内外大华人圈的年轻世代（下一代），同时还要赢取地球村的年轻世代（下一代）。简而言之，谁抓住了年轻人，谁就抓住了现在；谁赢得了下一代，谁就赢得了未来。

**（四）以年轻化（“萌化”）和国民化（“国民焦虑”）为例：从传统的产品中心论到用户中心论**

这是当下泛文化娱乐全产业链跨界、边界重塑的特征之一。主流新文艺的重塑，以中华文化的重新讲述和传承为例，必须进入泛文化娱乐全业链跨界、重新整合和重塑中。也就是说，要“进场”，在场中央寻找自己的新生、重生和第二人生。

1. 从用户和用户的需求出发，“重新发掘中华优秀传统文化对当下生活发言的能力”。

这个立场的核心关键是，必须切中到这个全产业链变革的真正核心：用户在哪里，我们就到哪里；需求要什么，我们就做什么。要从用户和用户的需求出发，“重新发掘中华优秀传统文化对当下生活发言的能力”。

我们以前的思维，是产品中心论。是从我们自己出发，做好产品，然后，再找渠道，卖给用户，亦即是说，为产品寻找用户。但是，现在，一切都逆转过来。不是先做产品，而是要先找用户。先发现用户在哪里，发掘用户的需求……用大数据来精准地定位和量化用户需求，然后，再倒逼过来做渠道，做产品。

2. 国民化：以中国智慧帮助变化中的中国人直面并求解人生和时代的困境。

从20世纪末到新世纪第一个10年之初，以“三化”（全球化、互联网化、市场化）为标志，揭开了2002—2015这个“变化的大时代”的序幕。从此，中国进入了“三千年未有之历史大变局”中：整个世界在剧变，整个中国在巨变，全体中国人都处在“遽变”之中，是谓“变化中的世界”，“变化中的中国”，“变化中的中国人”。

这种遽变、巨变、剧变，给世界、给中国带来深刻、深邃、深远的影响和作用，也使每一个普通的中国人面临着前所未来的挑战、改变和困境——我们正在进入一个“小人生，大困境”的时代。

比如我是谁？“我”们是中国人，但是，中国人是“谁”？在变化中的时代和世界，生而为中国人，我们更容易失去自我意识，更迫切地需要寻找到自我意识——中国人在变化中必须不断提问的，已经不仅仅是“我是谁”，最重要的是：我在何时何地，我是何种状况，我到底要向何处去，我如何才能过上幸福、体面和有尊严的生活？

这是一个国家全体国民的身份之问：大国崛起、复兴之路、中国道路……变化的中国以及变化中的中国人，一直都在变化的世界中寻找和确立自我的身份与位置。

这也是一个奋斗蚁族、一群寻梦草根的生存之问：生活更幸福，生存更体面，生命更有尊严……在复杂如牛筋一样盘根错节的社会现实生活之中，我们每一个人，都在寻找腾挪转移的“中国式智慧”。

小人生有大困境，大时代需要大智慧，我们需要生活、生存和人生的大智慧，让我们能够适应这个时代的变化，生存和发展得更美好。

这种智慧从哪里来？答案就是：向中国传统文化汲取——中国传统文化是中国智慧的宝库和源泉。比如“论语热”“国学热”……都是中国人从传统文化的中国智慧资源出发，希望借助传统，重塑自己的思考方式、行动模式和结果创造模式。希望获得洞察时代发展趋势，解释社会现实生活，寻获个人适应、生存和发展道路的能力、知识和智慧；培养起自己应对变化中的世界变化中的中国变化中的中国人的洞察力、解释力、行动力、创造力和结果力；让自己能够以变应变，时时、处处、事事都能解决所面临的挑战、改变和困境，让自己能够生活、生存得更加美好、幸福、体面和有尊严……

3. 年轻化：以年轻人能够接受的三个层级（萌化、自助互助共助、共同体浸染式养成）来传承中华优秀传统文化。例子主要有：《大圣归来》《那兔那年那些事儿》及复兴路上工作室国家领导人报道的“萌模式”。

根据它们的特点和已经取得成功的经验和教训，得出三个层级的推进：

第 1 个层级：了解并对接年轻人“二次元（如萌文化中）的传统”。

我们曾经误以为 80 后、90 后以及之后成长起来的新生代，对国学、古典、传统文化了解得不深，不爱好，受的只是肯德基等西式消费文化和日韩动漫流行文化的浸染与渗透，与中国整个文化传统断裂，是全球化浪潮的飘移族——在没有自己文化之根的大陆上飘移的一代人。

事实上，他们有着自己亚文化中的传统认知和理解。如萌文化中的传统，网络文学中的知识考古和知识谱系重建。我们必须正视、了解并对接这种二次元文化和网络文学类型文中的传统认知体系。

第 2 层级：借助于年轻世代自助、互助、共助的“传统文化普及与传承体系”。

由于自觉或不自觉，年轻人通过互联网 + 时代的自助、互助和共助模式，对传统文化仍保持着某种程度的延续。在高校、网络以及各种青春文艺组织中，活跃着相当一批痴迷于古典、传统、国学、历史与人文的草根青春派。互联网 + 的“微社群 X 亚文化”为这种“文化己解”提供了一种新型的写作圈模式。

第3个层级：从传统的教导和主导式“教养”，转向自觉自为的“共同体浸染式养成”教育。

如何恢复年轻一代与这五千年辉煌文明的关系？这些年，我们经常讲读经典，但是怎么读经典，怎么引导年轻人读经典？这个问题却常常被忽视（钱理群）。这其实是在说，对于年轻一代，与其教育他们该怎么不该怎么地“普及文化”，不如启发他们自觉自为地“承传文明”：在他们年轻时候一点一滴地培育他们的兴趣，让他们养成一辈子和中华五千年文明链接的习惯，不断地自我教育和提升，在一个人的血液里承传着伟大的中国人的光荣和梦想。

《大圣归来》等“西游记”案例证明，这是一种共同体浸染式的养成教育，而非传统的教导、教育和教养。

**（五）从网络文学/网络文艺到主流新文艺重塑的新机制：从类型数据库到文化母题和经验与想象共同体**

1. 类型数据库：跟帖比主帖更重要。

观察与分析这种互联网+时代的网络文艺/网络文学，发现它们正在形成一种类型数据库的现象——一种类型小说的类型人物、类型模式、类型事件、类型矛盾与冲突、类型情节以及故事原型和文化母题等类型元素的集合、归纳和再循环。

这种类型元素在同类型的不同作品中不断地重述、重释并重新创作——很大程度上，阅读消费者和传播分享与评论者，是冲着这种作品特定的类型元素去的。一旦进入这种类型中，比如玄幻、穿越、架空历史，你就必须不断地在某些应该出现的地方提供这种类型元素的特定细节和故事给读者消费，否则，就会出现读者的预期和作者的创作之间的断裂。

如果我们不能获得这种类型数据库的共享经验，我们将很难理解这种创作和阅读机制：从某种意义上，读者、传播分享评论者，关注的已经不是具体的作家作品（除了大神或细分类型的领军人物），而是这种类型元素的重构与想象经验与体验。

所以，我认为，在网文界的主流定义中，所谓网络文学，是指起点、纵横、晋江等网络文学网站上以更文形式连载、以小说为类型文主体、以超长篇（二三十万字以上）等为篇幅体量的文学故事作品，以及在上述网站内部或百度贴吧、网络论坛上以各种形式形态、文体语体、篇幅体量演绎与原创的衍生文学作品与文艺/文化现象（如中短篇同人小说和二次元文化现象）。

在某种意义上，后面一种衍生文艺比前面一种类型文作品更为重要，所谓跟帖比主帖更重要”，因为，它才是类型数据库最重要的组成部分。

2. 引爆点：类型模式、故事原型、文化母题与个人心理、大众心理、国民心态、集体无意识。

在此基础上，一切类型文或网络文艺的话语、故事和人物的表层结构，其实都可以深入挖掘其故事原型、类型模式、文化母题的深层结构；将两者之间组结起来的东西，很容易成为共鸣点和引爆点。

就像网络文学红文《全职高手》，它最大的亮点之一，就是网络游戏“打怪升级”的虚拟人生和现实生活竞技拼搏的奋斗之路，在整个故事叙述中契合得非常紧密。“高手被驱逐”“从零开始的征途”和“重返联盟、再登荣耀之巅”……这种现实的竞技之旅，和虚拟的网游升级打怪，构成了故事双线互动的表层叙述结构。

但另一方面，作为故事的深层结构：爱、奋斗、荣耀和梦想，是不是非常符合从日漫到网游的热血流的诉求？又非常符合体育“不为金钱而是为冠军的荣耀之光”的竞技精神？“拼搏，奋进，勇气，热血，牺牲，团队精神，爱拼才会赢……”《全职高手》在把一个好故事讲得好看的过程中还想要传达给我们的东西，其实植根于传统的故事原型、类型模式和文化母题。

而一号主角重返征程，追寻爱、梦想和荣耀，再登王者之巅的故事，说到底，就成为对这种故事原型、类型模式、文化母题的重述与重译、重释与重塑；它为我们提供了“个体经验（个体或大众心理）—新公共经验（国民心态）——集体无意识（文化母题与故事原型）”的引爆点和共鸣点。

只有如此，我们才能深入挖掘自身的阅历与体验，并学会向他人敞开（或者，要努力让他人向我们敞开），在关注自身的生存状况的同时，也观照同一类人的集体境遇，讲述大家独特而共通的共鸣性故事；在此基础上再向关怀人类的普遍命运迈进……正是个人体验在最极致处与某个群体最普遍的集体境遇甚至是整个人类最根本的生存状态相沟通的关照、关切与关怀，才是让我们的作品摆脱械化的码字装置，而成为能引发共鸣的创意作品。

3. 经验与想象共同体：互联网＋文学的新原动力。

于是，我们看到：网络文学中亚文化 X 微社群的核心力量，正在渗透并改变网络文学主流类型文，进入社会大众文化并实现流行化和主流化，并成为主流新文艺重塑的重要组成部分……

它正在跨越互联网+文学的边界，与整个社会人群在细分（分类型、分阶层、分群体）之后又重组（重新聚焦起新社群、新组织和新阶层）的社会类型化运动互动结合，从而重建并重组一个在大众心理、国民心态、集体无意识与文化母题、故事原型、类型模式等深层结构中沟通并融合成一体化的经验与想象共同体。

这种经验与想象共同体正在重塑粉丝、用户和受众，并正在重建泛文化娱乐全产业链，重构整个IP运营的创作—生产—传播机制，最终将重新再造作品和作者……

至此，网络文学就不再是指具体类型文作品，而是指一种已经、正在和即将改变受众—传播者—作者、文艺创作和生产深层结构甚至是整个文艺格局的经验与想象共同体，所有作品均是对此共同的重译与重释、重述与重塑。

## 三、杠杆：经验与想象共同体——从one1到ONE1的互联网+新文艺形态与业态创新方式

按照互联网+新文艺的思路、逻辑和智慧，借鉴既有中国文化母题在互联网+时代新文艺的表达潮流、经验和教训，基于正在形成的想象与经验共同体，文艺正面临从one1到ONE1的倒逼变革，以满足并激活中国人特别是年轻人对于主流新文艺的全新需求——创新供给以激活需求。

### （一）15年里，中国传统文化/文明的文化母题、故事原型和类型模式，在网络文学/网络文艺中形成三种“重述传统”潮流

1. 个人说史、说传统、说文化和 草根青春版古典潮流。

21世纪初，从个人视角出发，去读解中国优秀传统文化的个人说的潮流发轫并强劲。它分为两大支流：

一是名家说典之明流。占据主流、并形成明流的就是“人人都拿传统说事儿”：像刘心武揭秘红楼、易中天品三国、于丹说庄论语、王立群读史记……

这股明流最大的特点就是由“百家讲坛”推波助澜，以学者、教授、专

家、文人之类所谓的知识精英为读解主体，以普通大众为受众对象，以“经典普及化、精品流行化、学术大众化”为旗帜的社会潮流。

二是草根说青春版经典之暗流。《明朝那些事儿》《大宋帝国政界往事》《华丽血时代：两晋南北朝的另类历史》《天可汗时代：大唐帝国政界往事》……草根说经典、说史、说文化，成为一系列的文化现象和潮流。

虽然我们不能由此断言，专家话语权的旧时代正在远去，而每个人都拥有个人话语权的新时代正在来临，但的的确确，个人对某种文化具有言说的权利，是一场正在发生的变革的关键。

这种由年轻人自身发动，以青春的名义解读古典文化，正用心去读解、去聆听、去参透中国文化，修筑一座桥梁，让年轻一代爱上我们的古典，爱上我们的传统，爱上我们的文明，爱上我们的根。

2. 文化母题/故事原型、类型模式的网络类型文。如前所述，以四大名著为代表的，以中国传统文化为母题，各种类型文同人作品潮流的发生。

3. 整个网络文学/文化中对中国传统文化从文抄流到知识考古和文解潮流（重译与重释、重述与重塑）的转折与嬗变。

网文成为一个引子，让许多作者和读者迈过专业、历史和传统的门槛，成为其中的“钻家”……“看完《星辰变》和《搜神记》，就看了不少山海经考古研究的书”；“最近看古言，都快成古代继承法专家了，读了好多博士论文……我自己写论文的时候都没这么用心过”；“读者跟着读故事，也去读古书，考据党就是这么出来的……”@观者顺如是说。于是，继百家讲坛、天涯草根说史热之后，现在，网文成了普及知识、历史和传统的一种好载体。

仅从网文潮流的发展趋势来研判，我的确认为，“这种架空之后就抄袭然后成功的路子”，已经不再是网文的正道；追求“有深度和陌生度的知识性”并且具有反思性和批判性的读者正在成长起来，倒逼网文的爽点从“抄袭者发财致富”，到如何重新诠解和运用这种“思想和知识的财富”——也就是说，简单的抄诗抄词抄知识，仍然会是小爽点之一，但是，真正的大爽点已经开始转移到对这种知识的重释与重译、重述与重塑，甚至是对整个知识、思想和智慧体系的重构，以帮助我们获得更多的对历史、现实和未来的洞察力、预判力和行动力。

**（二）网络文艺中解构与重构知识谱系的三种情况**

21世纪以来，我们一直处于两大时代潮流之中，就是国家叙述潮流和个人化叙述潮流。它们都带来“传统的重译与重释、重述与重塑”“当代的知识体系重建”和“未来的生存和发展智慧”三个层面的问题。

网络文学/网络文艺中这三种重述传统潮流，在“重新发掘中华优秀传统文化对当下生活发言的能力”，使中华传统文化承传创新获得新的途径与生命力，接续中国的传统文脉并让当代中国文艺直接地接上现实地气的同时，也带来了网络文艺中解构与重构知识谱系（包括传统文化体系）的三大问题。

第一，错乱的知识谱系——被追随者误以为真。

第二，自己搭建的知识谱系，模仿和抄袭者以此为模板，不断复制。

第三，业余而非专业的知识谱系。

这带来一系列的问题。如穿越/架空算不算“篡改”历史？玄幻/奇幻架构起新的世界体系时，是不是在传递新的价值观？当网文逐渐变成一种影响力增大的文学教科书，它所撰述的知识、历史、传统和价值体系，会不会篡改我们特别是未成年人的大脑？网文如何传递主流价值观念？

**（三）以中华文化传承为例：三大创新（业态与形态、语体与文体、语言与言语）**

上述两点给我们的启示和反思是什么呢？要以当下中国人尤其是年轻人重组的需求和轨迹出发，以网络新文艺业态/形态、新文体/语体为载体；中国传统/中华文化/中国文明文脉的传承，要充分吸取上述三大潮流的经验和教训。并且，重心正在逐渐发生偏移：从草根说史到文化母题的新故事类型文，从文抄流到知识考古、文解潮流。对整个中国文明进行重释与重译、重述与重塑，要重建专业、权威且又极具普及性的中华文化传统体系。

1. 采用年轻人的叙述方式变革——社会主流价值观念和中华优秀传统文化，又必须转译成亚文化甚至二次元的形态与业态。也就是说，传统知识谱系，需要在新公共语话空间和二元次/亚文化 X 微社群中，经过全新转译和诠释。比如，青春版经典要转译与重塑出当下年轻人流行青春派特征：青春，美，灵魂。

第一，“青春”。

古典原来就是青春的。因其青春气味才拥有了鲜活的生命，如《红楼梦》，如《牡丹亭》，如《西厢记》。古典真正打动我们的，也正是青春年华、情感懵懂的如花岁月。

用直觉而非功力穿透“青春的古典”。与那些精英大家相比，这些青春派或许少很多生活阅历、文化积累和思想见地，因此对古典的解读或许不够深，不够透，不够专业。但是，对古典最直接的把握，其实最需要的不是功底而是“直学”，是一种基于心有灵犀一点通的悟性和灵气。

让年轻一代通过“我说……”在青春古典里找到复活的青春体验。用青春的心去解读青春的古典，或许更能够把握当初古典青春年少时的精髓。以青春为纽带，将当前年轻人的心灵深处与古典中国文化的鲜活生命对接，既能让那些优秀的价值观念深入当代年轻人的灵魂并成为他们血脉不可分的养分，同时也能在青春的生命体验中复活甚至还原古典文化的青春气息，让他们新生或者重生。

第二，“美”。

中国古典是很美的。因为汉语本身就是一种美丽而优雅的文字，所以用古典汉语写就的文字和著作不期然的就有了一种美的形态和意蕴，而且中国古典中一直承传着青春美的眷恋与传统：年轻的时候最美。所以，《西厢记》《牡丹亭》《红楼梦》……都是对十多岁似水流年、如花岁月的“年轻之美”的雕刻与舒展。

中国人心底一种隐约承传着某种集体无意识的最美的青春年华的眷恋的审美情结：一部中国古典青春史，就是一部年轻之美的审美史，更是一部中国人心灵成长物语的唯美史。你看那老子、庄子及《论语》……虽然似乎都有一种谙熟人生的睿智与成熟，但那并不是一种饱经沧桑的憔悴容颜啊，而仍然是一颗永葆青春活力的心——让年轻一代爱上古典，其实就是要爱上这种古典的年轻之美。

第三，“灵魂”。

让年轻一代和传统对话，其实就是要承传那青春美中的“魂”——在承传着年轻之美的古典中浸染和领受中国人的“魂”。

用自我之心与中国之根的沟通为路径，以青春唤醒古典为纽带，在对传统文明的承启中，激扬纯正的中国人的精神和气质。

“美”是青春古典的形态，中国人的精神和气质是青春古典的“魂”。

2. 要有精密的“故事建筑工程”——讲故事成为一种可以控制的技术。

只讲理念、讲概念、讲理论，是讲不通的，必须讲一个好故事，而且，要把故事讲得很好看。把好故事讲好，不再是一种定性的标准，而是一种定量——是要根据大数据，对需求的精密界定，就像一个技术机器上的螺丝钉，需要像“讲故事的机器”。我们每一个点都必须要丝丝入扣。

3. 重建传统知识谱系和中华文明的根系——使青春的心链接上中华文明的根。

要在亚文化 X 微社群的先锋、小众、二次元的价值观念之后，挖掘并重建能够塑造主流价值观的中国传统知识谱系与中华文明体系。也就是说，必须追根溯源，重建源流，一法通万法通。现在对这种本源的谱系，必须要有专业、权威且有普及性的体系。

**（四）从网络文学/网络文艺到主流新文艺的重塑：下一个伟大的中国文学时代起源于互联网＋时代**

上述内容，正是我们通常理解亦即学界、公众或官方在研究、评选或媒体报道网络文学时社会化的定义：网络文学是指互联网兴起以来、在网络上发表、具有一定创新且形成一定规模和影响的网络文学作品，包括《悟空传》这样的小长篇小说，《明朝那些事儿》这样的通俗说史作品，大量“魔戒”“哈利·波特”“火影忍者”等同人作品——当然，更包括像《诛仙》《盗墓笔记》等这些成为当下网络文学主流的类型小说及其衍生的文艺/文化作品与现象。

1. 网络文学/网络文艺不等于欲望导向的娱乐文。

全民娱乐的时代潮流中，网络文学因为切中大众尤其是年轻人的娱乐性需求而倍受欢迎。但是，娱乐性并不是网络文学受欢迎的唯一原因，就像我一直说网络文学并不等于快乐文学——以欲望为导向的快感、娱乐文学。

事实上，网络文学有两项最重要的功能一直被轻视或忽视，一是，它在重建当下年轻人的知识谱系（即使是错乱的知识谱系），比如说许多年轻人从穿越架空历史中汲取传统文化的知识而信以为真。二是，它对当下中国人尤其是年轻人和女性欲望和需求深层次结构性的映射与满足，如女频文中女性的自我意识、族群认同和文化建构。

网络文学网站机制的变革和创新，促进了网文的娱乐性，并导致其泡沫化的大繁荣，但也在一定程度上扼制了其自主自动自发的原创力量——所以，你可以看到，当下网络文学最有活力的生产机制与原创重心，已经从生产类型文的网络文学网站，转向作为其生命源泉的、由无数亚文化 X 微社群重组形成的经验与想象共同体网络文艺社群组织与内容中。

它对年轻人价值观的洗脑、大众欲望的重述和国民心态与精神气质的重塑，正在倒逼我们正视它到底为何物、有什么力量。所以，网络文学/网络文艺“入流”（成为主流新文艺重塑的重要组成部分），不是它自己的野心，而是主流新文艺重塑的需要。

2. 当下网络文学/网络文艺面临的三大轴心矛盾。

当所有人都在关注网络文学的大繁荣大发展时，其实网络文学自身，却深陷于一种大泡沫即将被捅破的危机与焦虑之中。

这基本上有三个核心矛盾：一是资本、政治、网文原生力量的博弈；二是网络文学网站类型化商业化所造就的创富机制、造星模式和逐利冲动，与基于版权卡位泛娱乐全产业链的作家作品自发性诉求的冲突；但最轴心的矛盾，还是第三，网络文学网站类型文主流和网络文化亚文化 X 微社群植根与构建重塑的经验与想象共同体之间的矛盾和冲突。后者是生命之水、原创的源泉，曾经哺育并促进了前者的大繁荣和大发展；但是，前者在体量达到一定程度上时，就对后者产生了扼制和压制。现在，后者绕道并全面侵入大众流行文化和主流文化，与资本和政治共谋，造成一种全新的文艺格局，客观上对网络文学商业网站的类型文主流造成了夹逼，所以，整个网络文学的主流变局势在必行。这将改写未来的文学版图。

3. 从 one1 到 ONE1：经验与想象共同体之源流。

按照上述的思路、逻辑和结构推演下来，整个新文艺大变局中，将有可能形成一个庞大的经验与想象共同体（姑且将其命名为 ONE1）。网文、动漫、游戏、影视、网络剧等都将成为在泛文化娱乐全产业链全民 IP 的不同形态与业态（姑且命名为 ONE1 + N）。而这些不同业态与形态，将以不同的语体与文体，对这个庞大的经验与想象共同体进行重译与重释、重述与重塑。它们或将指向一个具体的作家作品（姑且命名为 one1）。

于是，从 one1 到 ONE1，我们将看到，ONE1 + N 成为一种链接的桥梁和通道，一个个人化的作家和具体化的作品，将通过不同的形态与业态、语体与文体，与某种群体性的集体境遇和整体性的普遍体验沟通与融合起来，也就是说，个人与人类相遇——大众心理、国民心态、集体无意识、文化母题、故事原型、类型模式，个人—整个人类命运共同体就构成了这个新文艺新时代大变局下的伟大的文学未来。

在此新格局中，网络文学的未来，怎么可能是影视与游戏改编？它的未来，在于真正地打通一个作家作品与整个人类的经验与想象共同体沟通与融合的道路。下一个伟大的文学时代或许将起源于此。

## 四、大格局：从“一带一路新西游记”到“命运共同体”的中国责任

这种席卷一切的经验与想象共同体，造就了网络文学/网络文艺，也造成了当下网络文学/网络文艺“入流”（流行化和主流化）并改变文艺形态业态的趋势，同样有可能造成主流新文艺重塑和整个新文艺大格局再造的大势……

这意味着一种新的世界体系的设定。局囿于现有的视野，是看不到这个历史地平线的。我们必须要有新的理论、思想和智慧资源。具体来说，中国故事的讲述，要融入“一带一路”所根源于的新国家战略视野之中，必须要有本土根系，又有全球的视野——中国题材，世界表达。必须要实现本土化、中国化、亚洲化和世界化，亦即重建“中华命运共同体”“亚洲—世界命运共同体”，直抵“人类—生态命运共同体”中的“中国责任”。

### （一）内外宣体系面临着全新的重建：文化是最好的宣传

伴随着这种国家战略重心的转移，现在已经不仅仅是“走出去”的问题了，我们如何论述中国，中国要以何种形象屹立于世界之中，把什么样的中国带给世界？

习近平总书强调：“宣传思想工作创新，重点要抓好理念创新、手段创新、基层工作创新”，“要精心做好对外宣传工作，创新对外宣传方式，着力打造融通中外的新概念新范畴新表述，讲好中国故事，传播好中国声音”。

比如，有没有人着眼于面对年轻世代尤其是下一代（青少年或少年儿童）大国公民来探索和实践，重述“新西游记”的中国故事，求解以下问题：

如何向他们宣传“一带一路”？如何通过“一带一路”思考和探索我们要培养什么样的未来中国领导者、世界领袖和时代领秀者？

从现在的“一带一路”到未来世界新秩序的重建，他们要给世界带来什么样的理念、发展思路和秩序？

### （二）“文化战”开始细分成三个层面的亚战略

1. 文化的逆袭。

尤其是整个大中华圈，从原来注重于用高大上的文艺来争取精英，逐渐

转向用接地气的通俗文艺、大众文艺甚至是亚文化亚文艺，来赢得草根，尤其是年轻世代和下一代的草根与准精英。

2. 文化的强攻。

在非西方的前沿阵地，中国文化开始以强势、自信和自傲的姿态，进行主导式外宣：中国，就是这样。

3. 与西方“优越”的文明正面对话。

要有充分的理论自信、道路自信和制度自信，重新构建“中国话语体系”，与西方“优越论”的文明进行真正意义上的对话、交流和交融，引导西方主流重新认识和发现中国。

**（三）超越“文化战”，领导“文明的重建”**

事实上，最重要的，是超越内外宣和“文化战”之上的“更高的国家文化战略”，亦即在命运共同体的全新理念和思路中，寻找和重塑中国在亚洲、世界和整个人类命运共同体中的角色和责任，亦即中国智慧、全球出路——中国要参与甚至逐渐主导世界元理论、新治理体系、重建新秩序。

1. 我们要逐层回答：中国的智慧如何为全球出路提供思路？

中国作为一个多民族的命运共同体，在党、国家和民族的伟大复兴中如何作为？在亚洲—世界命运共同体中，中国如何作为？在人类—生态命运共同体中，中国如何作为？

“一带一路”，从政治、经济等层面的国家战略，深入到文化、思想、理论等层面的建设时，中国的角色和作为，就会发生如此重大的改变。

2. 以“一带一路新西游记”为例，中国故事要回答的三大时代问题。

如“一带一路新西游记”的中国故事，就须通过当下中国少年、下一代大国公民、未来领导者的思考、探索和故事，要致力于求解“一带一路”整个国家战略三个层面最核心的时代问题。

我们要带给世界什么样的“中国形象”？这恰恰是当下中国外宣考虑的核心。

我们如何跟以“一带一路”为核心的世界多样性文明对话？不是“文明的冲突”，而是“多样性的对话”，甚至寻找彼此文明的相似性和同缘性——如三星堆文明、山海经文明与埃及文明。

如何超越国家与民族、文明的壁垒，把整个人类当作一个普遍和共同的命运体，共同面对和求解那些共同的问题。如生存、气候、星球探险等（新秩序的重建，以及中国角色与责任担当）。

最重要的，还有培养什么“人”的问题：当下的中国少年儿童，在“一带一路”中，如何成为未来的领导者?

## 五、轴心：中国智慧，世界道路，重塑中国共产党“世界文明型政党”的重大角色和作用

当中国的角色和作为，在“一带一路”所揭示的新国家战略中，发生如此重大的改变时，实际上就意味着，中国共产党的角色和作用也在重塑。

当我们捕捉到当下最重要且最强大的文化现象传递出的重大信息时，我们首先应该思考的第一个问题就是：中国共产党作为国家执政党，在国家顶层设计及国家文艺顶层设计中的角色重塑。

**（一）中国共产党从“革命党”到“执政党”的转型，再到“世界文明型政党”的崛起**

中国共产党从“革命党”到“执政党”，是第一次转型；而现在，则面临着第二次转型，从“中国执政党”到“世界文明型政党”的崛起：不但整个国家治理体系正在重建，整个国家意识形态和国民精神体系，也在重建。

**（二）中国共产党在中华文化/中华文明体系重建中的自我意识、身份和位置**

中国共产党不但是当代中国的中流砥柱（现在），也是近现代中国历史的中流砥柱（历史），更是中华民族伟大复兴的中流砥柱（未来）。

古老中国的中华文化/中国文明体系，与现当代中国的文明文化融合在一起，应该重建起一个全新的中国文明体系。而这个体系的核心，就是中国共产党。也就是说，中国共产党在两个中国（古老中国和当代中国）融合中重建起一个全新的文明体系。其思想、智慧、理论都是这一全新文明体系的核心和源泉。

**（三）中国智慧，全球道路——中国共产党应重塑自身在“命运共同体三部曲”中世界智慧之源的“中国中心”角色和作用**

中国共产党在“命运共同体”等新理念中应系统总结自身革命、建设和改革开放时代已经积累的智慧，以及对中国、世界、人类整体命运的前沿思考与洞见，致力于重塑中国—自身、中国—亚洲、中国—世界、中国—整个

人类/生态命运共同体的关系，由此发展出来的思想、理论和智慧，将会构建起一个全新的人类文明体系。

中国共产党在这个新人类文明体系中，将成为整个人类面对当下和未来共同命运真正的中流砥柱和智慧之源的“中国中心”。

1. 中国共产党从建党之初，到革命、建国再到执政，提供了一系列高屋建瓴、把握全局、成体系的“高端大智慧资源”。

在90多年的历程中，中国共产党积累了很多宝贵的经验和教训。这些宝贵的经验和教训凝聚的“大智慧资源”，遍及政治、经济、文化、人生、管理、组织等方方面面。这些大智慧，只有中国共产党独具。这种独一无二的、中国式的大智慧，已经构成最有体系、最有价值的资源宝库。

2. 中国共产党的“大智慧资源”接续了中国智慧的传统。

中国共产党之所以能够成功，是成功运用中国智慧的结果。中国智慧，是中华民族几千年来博大精深的智慧。中国共产党在马克思主义的指导下，批判地吸收利用，发展成为中国智慧。

3. 如何系统地挖掘和发展这种“中国共产党的中国智慧宝库”，已经成为国内外学界、政界和民间共同关注的焦点话题。

当下和未来新秩序重建时代，中国向何处去，世界向何处去？这需要思想，需要创见，需要大智慧，需要以新的视角，来重新看待中国共产党——特别是它提供的大智慧资源。

全世界似乎都已经逐渐达到了一种共识：中国道路，全球智慧。中国共产党的执政智慧，已经成为世界上宝贵的资源财富之一。中国共产党的大智慧资源，可以为中国人看世界、世界看中国、寻找未来共同的美好之路，提供新的理论、思想和智慧。如何挖掘并重塑中国共产党这种“中国道路、全球智慧”中“世界文明型政党”的自我意识、身份和角色？这其实是从国家顶层设计到国家文艺顶层设计中最重要的理论、现实和政治课题。

## 六、支点——好好学“习”，从“伟大中国三部曲”到“命运共同体三部曲”，“习近平新文艺思想体系”的思路、逻辑和智慧

要解决这个课题，当下最重要的事情，就是好好学“习”——

习近平“伟大中国三部曲”（建党100周年小康社会、建国100周年社会主义现代化国家、本世纪中华民族的伟大复兴）和“命运共同体三部曲”

（中华命运共同体、亚洲—世界命运共同体、整个人类—生态命运同体）的中国—全球治理新理念和时代哲学的探索、实践和体系化，将为新时代新文艺提供超越时代、超越地域、超越文化的“话语、思想和智慧资源”。

**（一）习近平治理新理念**

在我看来，习近平总书记提出了一个完整的“伟大中国三部曲”（建党100周年小康社会、建国100周年社会主义现代化国家、本世纪中华民族的伟大复兴）国家战略思想体系和“命运共同体三部曲”（华夏命运共同体、亚洲—世界命运共同体、人类命运共同体）全球治理理念体系，并且指出其实现的思路、逻辑和智慧：

中华民族的伟大复兴，是为了建设一个更美好的世界；伟大中国的梦想实现，才能承担起中华民族、亚洲—世界和人类命运共同体美好未来的责任与使命。这也是在寻找和重塑中国共产党在党—国家—民族、整个大中华地区—亚洲—世界以及人类—生态命运共同体中“世界文明型政党”的自我意识、身份和位置。

在这个过程中，“文化改变中国”——文艺是政治的最佳试验田，中国文艺的复兴必将开启中华民族的伟大复兴，以及世界美好时代的开创。

**（二）两大基本执政特征：重塑传统和创新治理**

这体现了习近平主政之后的思路、逻辑和智慧，我概括为两大特征：

一是不忘本来，方能开辟未来——重新整合中国优秀传统文化资源，特别是挖掘中国共产党自身的优良传统资源，重塑中国共产党的“传统”和“正统”承传者形象，确立“法统”的自我意识、身份和位置，如重新整理中国共产党的五大优势和重塑中国共产党在抗日战争中“中流砥柱”的领导作用。

二就是执政中兴，在继承以毛泽东为代表的领袖们所开创的国家治理体系和世界思想理念的基础上，全力以赴地酝酿、构建和开创全新的国家治理体系与全球治理理念，并已经开始萌蘖，渐成雏形，或将于十九大后形成比较完整的体系，揭开一个完整的“新时代”序幕。

**（三）三个层次的思路、逻辑和智慧**

通过上梳的梳理，我们可以看到，整个顶层设计的思路、逻辑和智慧是这样的：

第一个层面，从十八大以来，从中华优秀文化的传统到中国共产党自身的优良传统的挖掘，从“中国梦”到“命运共同体”的探索，中国共产党的转型和重塑一直在进展着，中国国家治理体系重建和全球秩序重建中中国角色重塑的新理念、新思想和新体系也一直在酝酿、试点和渐成体系之中，“整个国家的顶层设计”，被纳入到全球视野中国责任的国家顶层设计之中。

第二个层面，从北京文艺座谈到会到审议并通过《关于繁荣发展社会主义文艺的意见》，意味着国家文艺体系的顶层设计，被正式纳入到了整个国家治理和全球治理战略的顶层设计之中。

第三个层面，从主题出版到全民阅读，从网络文学到“大力发展网络文艺”……这些具体的互联网＋新文艺“抓手”和“试点”，又被纳入到了整个国家文艺体系的顶层设计之中，从而寻找自身可持续发展的思路、逻辑和智慧。

每一种新的执政理念和国家文艺政治观，都必须要有新的作家作品，以及具体的文学艺术生机制来进行实践和论证。因此，可以观察到的是，“讲话”之后，各有关部门都在酝酿出台具体的《意见》以进行相关的指导……

**（四）前沿研究：习近平新文艺思想体系和新文艺新时代大变局**

因此，对十八大以来至2015年9月11日政治局会议审议并通过生态文明和文艺繁荣发展意见所揭示的“习近平新文艺思想体系”渐成雏形的来龙去脉及具体内涵进行系统深入的梳理与分析势在必行，包括研究与分析：

习近平新文艺思想体系对中国共产党优良的文艺思想传统（如延安文艺座谈会）、中国传统优秀文化与文艺理论思想体系、马克思主义文艺理论中国化等成果的创造性转化与创新性发展。

在此新文艺大变局下，从网络文学到网络文艺、从大众流行文艺到主流文艺、从主题出版到全民阅读潮流等互联网＋新文艺的具体试点为切入点，以习近平十八大以来致力于重塑传统和创新治理的两大基本执政特征并逐渐形成伟大中国三部曲的全新国家治理体系和命运共同体三部曲的全球治理新体系为大格局，寻找并阐述新文艺新时代分类型、分阶层、分群体的中国人重新寻找自我意识、族群认同和文化建构的轴心杠杆。

在此基础上，全面、系统、深入地阐述习近平新文艺理论体系，并研判和预判其未来将如何深刻影响相关部门决策层管理层出台新政策、高校文艺学科转型及新文艺学科建设，以及泛文艺娱乐全产业链的深刻变革与创新……

## 七、结语：ONE（“经验与想象共同体”）TO ONE（“命运共同体三部曲”）：网络文学/网络文艺与主流新文艺的前沿研究课题

我一直认为，现在对网络文学的研讨有一个很大的问题，就是还停留在非常笼统的“印象派评论”上——动辄就用一个宏大的理论或史论体系，来概论网络文学的现象问题。甚至，都未能深入到对题材、类型、潮流和叙述模式的专业、专心、专注式研究，更别提对作家、作品进行疱丁解牛与文本细读的技术评论。

但比这两个层面的问题更严重的是，理论滞后于创作，研究滞后于实践，学术站不到产业链的前沿，我们对当下和未来的发展趋势失去研判、预判、参与甚至是干预引导的在场发言能力……

但最根本的问题，还在于——就像我在首届华语网络文学奖评审报告中指出的那样——我们遇到了一个前所未有的困境和挑战，就是缺乏超越时代、地域和文化的“话语、思想、理论新资源”：我们亟需跳出“国家—民族—政党”中心论和“自我—社群—族群认同”自由论二极对立所支撑起来的所谓的多元论体系；或者“中国中心观和西方中心论”两极文化战所支撑起来的所谓世界多极体系。我们需要创建一种全新的个人、国家和世界的新契约与新秩序。这种时代哲学、思想和理论的突围与超越，才能带来“作品为世界立法”之创新与变革；而“作品为世界立法”的创新探索和变革实践，其实又是时代之先声的号角和洞见。

所以，你看，文艺真的不只是文艺的问题。文艺这个小切口，能不能提前看到黎明的曙光，发现甚至创造明天的太阳，完全就在于你的思想和心灵能不超越眼光，能够看见一个别人都看不见的“大格局”：一个新的时代地平线，就在那里！

那这种超越时代、超越地域、超越文化的“话语、思想和理论资源”到底来自哪里？我以为，或许来自于“伟大中国三部曲”和“命运共同体三部曲”的中国—全球治理新理念和时代哲学的探索、实践和体系化之中……

假若这样的“思想革命”真正发生，我以为，从当下到未来，文艺创作的“世界体系”设定，必然有这三大主流阶段的演变——从“家国天下”，

到“平行世界”，再到“命运共同体世界”，这既是世界和中国大势发展趋势，也是国民心态和大众审美趣味发展的历程。

而这，正是当下网络文学研究最前沿的趋势和大势。我们面对是一种全新的文学形态/业态、机制/体制、影响与力量……现在，最需要的，不是用既有的理论去裁剪，而是空杯心态——把自己这个身体的杯子腾空了进场，真正进到那种类型文的场中央，进到比类型文更本源的亚文化 X 微社群，进到那个庞大的类型数据库和经验与想象共同体中去，找到它和“伟大中国三部曲”与“命运共同体三部曲”“ONE TO ONE”的对应与互动、沟通与融合的关系与路径……我们才能求解与回应开篇提出的一系列核心问题：

如何研判和预判下一步新文艺大变局中主流新文艺发展的大势和趋势？

网络文学要如何重塑自我，才能对接上这样的大势和趋势，“取势而为”？

网络文学研究与评论，又如何进场，才能站到前沿、前瞻的位置，重新发挥并提高“自己在场发言的能力”，并且提炼、总结、提升成新的理论、思想和智慧资源，以推动网络文学以及整个新文艺可持续的发展？

抛砖引玉，期待大家的解答。

# 网络时代：媒介变革与文学转向

陈定家*

网络对人类的影响，让人想起火的使用、轮子的发明、牛马的驯化、小麦和稻子的种植、新大陆的发现、印刷术的普及……在这样一个历史神话纷纷破灭，人造奇观层出不穷的时代，神奇的网络对自然、社会和人类心灵所造成的冲击和影响，足以使历史上任何伟大的变革黯然失色。网络改变世界，"它迫使我们重新认识和评价以前我们认为理所当然的几乎每一种思想、每一个行动和每一个组织机构"。① 就在此时此刻，每一个人都能感受到，整个人类都在数字化生存的信息高速公路上飞速奔驰，且越来越快，越来越精彩。一句话，我们生活在网络时代，国际互联网正在改变我们的政治、经济、文化、历史、宗教、哲学、时空观念、思维方式、生活习惯……正在改变有关人类的过去、现在，以及未来的一切。

关于国际互联网的来历，人们总要从"冷战"（Cold War）说起，这似乎已经成了一种惯例。悠悠万事，皆有缘由，找到了起因，才能言之有序，述之成理。毕竟，互联网不是从天而降的怪物，它既不是上帝显示神通的奇迹，也不是少数天才人物灵机一动的创造发明。在网络诞生之前，美苏这两个世界上最强大的"超级大国"已经"冷战"多年了。"冷战"的重要特点之一是"区隔"与对抗。出人意料的是，正是"冷战"的"区隔"与对抗，直接催生了以"热链接"为特征的国际互联网的诞生。而互联网可以说是当今世界变成地球村的最重要的纽带与桥梁，作为"拢天地于屏内，抚四海于一瞬"的数字化交际工具，互联网明显表现出了"去区隔"和"反对抗"的特性。

毫无疑问，"冷战"对历史的影响是多方面的。但在这里，我们所关注的却只是这样一个问题：为什么对互联网发展史颇有研究的人要把催生的功劳

---

* 陈定家，男，1962 年生，湖北红安人，中国社科院文学研究所研究员。

① 丹尼尔·伯斯坦、戴维·克莱恩：《征服世界——数字时代的现实与未来》，吕传俊、沈明译，作家出版社 1998 年版，第 9 页。

记入“冷战”的账户？关于这一点，一向重视网络文化的《中国青年报》所连载的《网络传奇》有过精彩的描述：

> 1957年10月4日，苏联已经成功地发射了第一颗人造地球卫星！半个世纪之前的美国各种报纸都以令人惊诧的语气刊登了这一新闻，通栏标题书写着：“我们头顶上的领空已经陷入苏联之手！”“这是美国第二个‘珍珠港’！”消息顿时传遍了全美，美国朝野震惊，一片恐慌，有人居然打着横幅，吵吵嚷嚷地到白宫示威，就“我们为什么输了”的疑问，向政府讨个说法。军队只得派出要员出面向人们保证：“没有人从卫星上向我们砸东西。”国务卿杜勒斯则央求报界：“请不要围绕着这个‘铁块’大做文章。”苏联的卫星上天，美国政府和军队的威信和自信心一落千丈。①

于是，一项旨在与苏联人争夺外层空间霸主地位的战略计划开始了。1958年1月7日，“阿帕”（ARPA，Advanced Research Project Agency，美国国防部高级研究计划署）正式成立，负责美国所有的空间开发项目和最新战略导弹研究。这个研究计划署拥有20亿美元的预算基金，目标直指苏联人染指的外层空间，并从改进军队通讯网络入手，防止苏联人摧毁通讯控制中心。这个影响到未来互联网络命运的ARPA，没过多久就走进了电脑网络。

在纪念“阿帕网”诞生20周年的一次座谈会上，颇好风雅的网络先驱人物丹尼·科恩（D. Cohen）诗兴大发，煞有介事地“恶搞”了《圣经》一把。他以《创世记》的口气说：“起初，阿帕创造阿帕网。阿帕网空虚而黑暗，阿帕之灵行走于网面。阿帕说，要有一个协议，就有了协议。阿帕看它是好的，阿帕说，要有更多的协议，于是就有了更多的协议。阿帕看它是好的，阿帕说，要有更多的网络，事情就这样成了。”科恩逐字逐句地戏拟了《圣经》的开头一段文字。②

---

① 参见叶平等：《网络传奇》，《中国青年报》1999年11月25日。

② 科恩所戏拟的《旧约·创世记》原话如下：“起初，神创造天地。地是空虚混沌，渊面黑暗；神之灵行走于水面。神说，要有光，就有了光。神看光是好的，就把光暗分开。神称光为昼，称暗为夜，事情就这样成了。”参加“和合本”译文。

2014 年央视播放的大型纪录片《互联网时代》① 对互联网的诞生和发展进行了全方位的影像追溯与考察，是迄今为止最具视听觉冲击力的一部网络发展“影像志”。记录片充满想象力和激情的解说词给人留下了深刻印象。例如，影片以文学手法描述了克伦纳德·克兰罗克和其助手第一次实现联机的情景：

1969 年 10 月 29 日，晚上 10 点 30 分，聪明而辛勤的人们，终于迎来了这一刻。克兰罗克和助手在洛杉矶的这个房间里落座，另一端，斯坦福研究所研究员比尔·杜瓦在 500 多公里之外等待着他，事实上落座历史关头的人们，表达的雄心极其有限，他们只准备以新时代的方式，从洛杉矶向斯坦福传递一个包含五个字母的单词 LOGIN，意思是“登录”。

> 我们就键入“L”，我们对比尔说，“L”有了么？
> 他说，有了；
> 输入“O”，有“O”了么？
> 有了；
> 输入“G”有“G”了么？
> 死机了！

仪表显示传输系统突然崩溃，通讯无法继续进行，世界上第一次互联网络的通讯试验仅仅传送了两个字母“LO”。第一条意想不到的互联网上出现的信息是“L 和 O”，就是“呦，您瞧”里面的“呦”，现在你想一下，“呦”和“您瞧”碰在一起了。这真是注定要发生妙事啊，我们没预先设计这条信息，但它呈现的东西是这么有先知的意味，有力而简洁，纯凭运气，我想我们大概为互联网的开端，传出了一条最佳的消息。②

影片对这个未完成的“登录”发出了抒情诗一样的赞叹：这是不同凡响的“L”和“O”；这是史无前例的“L”和“O”；这是属于分布式和包交换

---

① 《互联网时代》作为全球第一部全面解析互联网的电视纪录片，是央视继《大国崛起》《公司的力量》《华尔街》等之后的又一重磅力作。2014 年在央视播出后产生了巨大影响。据统计，该片在全球 14 个国家和地区拍摄，由 10 个摄影组制作近 3 年，片中不仅呈现了阿帕网项目前负责人拉里·罗伯茨，万维网发明人蒂姆·伯纳斯—李，TCP/IP 协议联合发明人温顿·瑟夫等 6 位“互联网之父”首次聚首共话互联网，还深度对话近 200 位互联网专家、学者，拍摄了哈佛大学、斯坦福大学、麻省理工学院、哥伦比亚大学、牛津大学等数十所大学以及 50 多家权威研究机构和跨国公司，网罗互联网几乎所有核心人物和机构共话互联网的今天与未来。

② 《互联网时代》第一集《时代》解说词，http：//www. 360kan. com/va/ZMQkbHNu7JMCDD. html。

的“L”和“O”；这是孕育着大数据的和云计算的“L”和“O”；这是属于每一个人的“L”和“O”。

纪录片在描述互联网的诞生的时代背景时，采用了生动活泼的影视语言，收到了新媒介特有的表述效果。它首先以美苏军备竞赛的紧张气氛为互联网的出场造势。前苏联卫星上天对美国人造成的心理冲击以及美国朝野的紧急动员，声像俱全，从谢盖尔·赫鲁晓夫的回忆到美国总统艾森豪威尔的讲话，影像的力量得到了充分发挥，大国之间“热战”之前“冷战”给人一种“黑云压城城欲摧”的紧迫感，互联网在这种戏剧化的大背景下应运而生。

在描述互联网的历史意义时，影片编创者更是“思接千载、视通万里”，历数人类史上最重要的发明与发现，以衬托互联网问世的划时代意义：人类学会使用工具，距今已有250万年。9000年前，人类将第一粒种子，有意识的播种在后来被称为“新月沃土”的居所旁，人类从此不再漫无目的地四处流浪。3400年前，铁矿石与木炭在西亚某个角落里偶然地相遇，坚硬锋利的铁器，武装人类走上大帝国你起我落的广阔舞台。2200年前，在中亚游牧民族中出现的马镫，使人类文明的蔓延和扩张，有了前所未有的速度和广阔，有力地推动了欧洲封建制度诞生。550年前，古登堡工匠将禁锢在这里的印刷技术播撒到整个欧洲，知识和思考因此冲出了修道院和贵族庄园的围墙。238年前，英伦岛上第一台蒸汽机的轰鸣，将人类社会送入了新阶段，人类获得了能量，完全不同于往常，地球表面的所有物质被精细的分析和辨认。不断化合出生物体不能望其项背的宏大力量，人类获取的财富，让旧有的岁月相形失色，恰如1848年，卡尔·马克思历史性的感叹：不到100年所创造的生产力比过去一切世代创造的全部生产力还要多，还要大。

总之，人类社会进步的宏伟景观，总是与重大的技术革命相生相伴。蒸汽机之后，互联网变成了一个新时代诞生的标志。纪录片《互联网时代》的编导者们用蒸汽机对农耕时代的革命来类比互联网对工业时代的革命：“蒸汽机启动的这个阶段，从人类所有的经历中区分出来，工业时代和工业文明的概念因此诞生，比较于这个不同往常，又不同凡响的段落，过去的万年岁月，被称作农业时代或农耕文明。动能充沛的工业时代，发展和变动几乎是无止境的，时至20世纪中期，随着一个全新的技术登上人类活动的舞台，关于信息爆炸，关于信息时代或知识文明的表述不绝于耳，几乎所有人都看到了一个新时代那喷薄而出，朝阳般的光华。”英国牛津大学互联网研究所卢恰诺·

弗洛里迪教授说："我们确实进入了一个史无前例的阶段，我们从物质为基础的社会，以黄金为基础的社会，进入了以能源为基础的社会，进入了以信息为基础的社会。"①

下面这一组信息，更是令人瞠目结舌："万维网出场的1991年，接入互联网的全球计算机，只有20万台。32年后，全球70亿人口中，将近30亿成为网络人口，人类因此变得空前富有。一家微博网站一天内发布的信息就超越了《纽约时报》辛勤工作的60年；全球最大的视频网站，一天上传的影像可以连续播放98年；如今两天积累的信息总和，就相当于人类历史留下的全部记忆。"② 在互联网带来的"信息爆炸"过程中，文学因素自始至终都扮演着极为重要的角色。就拿《互联网时代》这部在网上流行的10集系列电视片来说，与其说它是一部科普纪录片，还不如说它是一部电视报告文学作品。当代文学理论描述报告文学的所有特征，这部电视片（尤其是解说词）都有鲜明的体现。遗憾的是，在影视作品中，文学因素几乎完全被人们淡忘或忽略了。

在网络崛起之初，文学被淡忘或被忽略不是没有理由的。当各种媒体为网络英雄们树碑立传的时候，在他们为"全新文明"欢欣鼓舞的喧闹声中，文学圈内听到最多的恰恰是与欢欣鼓舞完全相反的声声叹息："文学就要终结了。文学的末日就要到了。是时候了。不同媒体有各领风骚的时代。文学虽然末日将临，却是永恒的、普世的。它能经受一切历史变革和技术变革。文学是一切时间、一切地点的一切人类文化的特征——如今，所有关于'文学'的严肃反思，都要以这两个互相矛盾的论断为前提。"例如，为西方文学开创盛世的"印刷机让法国大革命、美国革命这样的民主革命成为可能。今天，互联网在执行着类似的功能。对以前那些革命来说，印刷并传播秘密报纸、宣言、解放性质的文学作品，是至关重要的，正如email、互联网、手机、'掌上电脑'对我们今后要有的一切革命也是至关重要一样。"③ 这是来自互联网诞生地的美国学者希利斯·米勒说的。老米勒的这些言论，曾经让中国文论与批评界更加确信，网络时代，文学正在经历着一场生死攸关的考验。

从理论上讲，文学作为语言的艺术，它的"生死"问题一直与著名的

① 《互联网时代》第一集《时代》解说词，http://www.360kan.com/va/ZMQkbHNu7JMCDD.html。
② 《互联网时代》第一集《时代》解说词，http://www.360kan.com/va/ZMQkbHNu7JMCDD.html。
③ J. 希利斯·米勒：《文学死了吗?》，秦立彦译，广西师范大学出版社2007年版，第7、12页。

"艺术终结论"存在着千丝万缕的联系。近年来，学界从黑格尔、阿多诺、丹尼尔·贝尔、阿瑟·丹托（Arthur Danto）等人的美学著作中开掘出了一整套"艺术终结论"。[①] 已去世半个多世纪的克罗齐曾断言黑格尔美学是"艺术死亡的悼词"，[②] 1986 年丹托出版了《艺术的终结》，书中同名文章之引言称："艺术死了。它现有的运动绝非生命力的征兆，它们也不是死前痛苦的挣扎，它们是尸体遭受电击时的机械反应。"[③] 这一类言论，在文学领域也有许多相近的说法，例如，台湾作家李敖在《北京法源寺》的创作谈中说：

> 正宗小说起于18世纪，红于19世纪，对20世纪的小说家说来，本已太迟。艾略特（T. S. Eliot，1888—1965）已咬定小说到了福楼拜（Flaubert，1821—1880）和詹姆士（Henry James，1843—1916）之后已无可为，但那还是70年前说的。艾略特若看到70年后现代影视的挑战，将更惊讶于小说在视觉映像上的落伍和在传播媒体上的败绩。正因为如此，我相信除非小说加强仅能由小说来表达的思想，它将殊少前途。那些妄想靠小说笔触来说故事的也好、纠缠形式的也罢，其实都难挽回小说的颓局。[④]

李敖的这番话后面标注的日期是1991年6月12日。令人惊讶的是，这正是中华网络文学在北美破土萌芽的时候。此前此后，中国大陆关于文学终结的说法可谓比比皆是。关于这方面的讨论，希利斯·米勒的《文学死了吗》、陈晓明的《不死的纯文学》、杜书瀛的《文学会消亡吗》、周宪主编的"终结者译丛"以及《文化现代性与美学问题》、"叶匡正的博客"及其相关论争等提供了大量颇有参考价值的学术信息。

金惠敏曾把当下发生的这场伟大变革描述为"媒介的后果"，这一睿智的

---

① 黑格尔在《美学》中称："艺术对于我们人已是过去的事了。"见《美学》卷一，商务印书馆1979年版，第15页。贝尔宣称："现代主义已消耗殆尽。……它的实验形式也变成了广告和流行时装的符号象征。"《资本主义文化矛盾》，三联书店1992年版，第66页。阿多诺认为："从外部来看，艺术已经成为一种不可能的事情……"《美学理论》，四川人民出版社1998年版，第1页。丹托："历史随着自我艺术的到来而终结……艺术随着它本身哲学的出现而终结。"《艺术的终结》，江苏人民出版社2001年版，第98页。"叙事已经走向了终结……并非说不再有艺术"。《艺术终结之后》，江苏人民出版社2007年版，第5页。

② 克罗齐：《作为表现的科学和一般语言学的美学的历史》，中国社会科学出版社1984年版，第144页。

③ [美] 阿瑟·丹托：《艺术的终结》，欧阳英译，江苏人民出版社2001年版，第74页。

④ 李敖：《北京法源寺》，http://www.guoxue.com/wenxian/nowwen/fys/fys_17.htm. 人物生卒时间系引者所加。

思路很可能得益于他的美国朋友希利斯·米勒的启发。米勒说得好，不同媒体都有各领风骚的时代。文化史和文学史上，有大量的事实可以证明这一点，但是，文学既然末日将临，“永恒”与“普世”又从何谈起？在如同“世界末日来临”的时刻，创造全新的文明如何可能？在网络引发的这场互为因果的复杂革命中，全力排除诸象的干扰，首先考察媒介的变迁，这也许是我们理清当下文学生存状况万千头绪之最佳着眼点之一。

科学是20世纪最主要的象征。“今天我们说话都离不开科学用语。科学是我们信仰之所在，是解决问题的途径，是发展之路，攀登之路。在我们崇尚的所有事物中，只有科学可以‘显灵’。与此同时，科学也是一种使命，像任何别的东西一样，被官僚化的使命。科学的同力协作使戏剧苍白无力。”① 可以毫不夸张地说，21世纪是一个网络“显灵”的时代。

就文学艺术生存方式而言，从“原子帝国”到“比特之城”，可以说是网络时代所发生的许多重大变革中的最为根本性的变化。尼葛洛庞蒂在《数字化生存》中宣称，要了解“数字化生存”的价值和影响，最好的办法就是思考“比特”和“原子”的差异。众所周知，原子是构成物质的基本粒子。《中国大百科全书》把“原子”（atom）定义为“构成化学元素的基本单元和化学变化中的最小微粒，即不能用化学变化再分的微粒。”② 但这并不是说原子就无法再作进一步分析。事实上原子是由原子核和核外电子组成的，其中原子核的体积仅为整个原子体积的100万亿分之一，也就是说，原子面对核外空间就像人类面对浩渺的苍穹一样。打个比方，把一个原子核放在一个原子旁边，就像把一个人放在地球的旁边一样。对于原子来说，我们人类所生活其中的世界是一个巨大的“宏观世界”，而对于庞大的宇宙星系而言，我们的世界又可以说只是一个极为渺小的“微观世界”。从文学的角度看，现代科学对现实世界的描述，完全称得上人类最富有想象力的瑰丽诗篇，恰如A.巴斯说的，它“使戏剧苍白无力”。

从原子论视角看，世间万物皆由原子组成。原子组成的物质有体积，因而会以各种各样的方式挤占空间；原子组成的物质具有重量，因此，当人们需要物体作适当位移时就必须对其施加外力。从某种意义上讲，整个人类的

---

① ［美］托玛斯．A．巴斯：《再创未来——世界杰出科学家访谈录》前言，三联书店1997年版，第2页。

② 参见《中国大百科全书》（简明版，光盘）“原子”词条。

历史，可以说就是一部利用原子移动以改造物质空间构造的历史。……离开了原子，人类任何文化遗存（即便是所谓的“非物质文化遗产”）都将失去实物性的凭证，就连我们人类自身，本质上也不过是一堆原子组成的碳水化合物而已。从一定意义上说，人类引以为豪的思想财富，其实也可以看成是一个虚拟的原子世界。

我们看到，正是在物质与非物质之间，在原子世界与“虚拟原子世界”之间，一个幽灵诞生了，它以一种调和物质与精神对立的方式，悄悄改变这个古老的世界，这个幽灵就是比特。正是这个没有体积、没有重量却又取之不竭、用之不尽的神奇的“比特”，开辟了一个任人尽情发挥想象力的虚拟世界，人类积累数千年的精神产品，似乎突然插上了腾飞的翅膀，纷纷迁徙到了比特打造的赛博空间。这是一个全新的世界，时时刻刻都会发生惊人的变化。文学艺术这些幻象世界的缪斯们，在“原子”组成的书面王国里艰辛而无助地跋涉了无数个世纪之后，终于彻底摆脱原子的奴役，她们似乎从此真正拥有了一个适合于“诗意栖居”的理想之所——“比特之城”。①

在《数字化生存》中，尼葛洛庞蒂对比特的解释也许不够数学化，但他那通俗化的表述却充满了专栏作家所特有的智慧。他说：“假如你数数的时候，跳过所有不含1和0的数字，得出的结果会是：1，10，11，100，101，110，111，等等。这些数字在二进制中代表了1，2，3，4，5，6，7等数字。……越来越多的信息，如声音和影像，都被数字化了，被简化为同样的1和0。把一个信号数字化，意味着从这个信号中取样。如果我们把这些样本紧密地排列起来，几乎能让原状完全重现。”尼葛洛庞蒂还以音乐光盘和黑白照片为例子，对现代视听艺术最基本的形式如何实现数字化生存进行了深入浅出的描述。

从一定意义上讲，计算机不过是我们得以见识比特世界的一个窗口，因为，计算机中所有的数值都是按照比特形式存贮的。一个比特精确地记录一

---

① 所谓“比特”，即英文Bit的音译，而Bit是binarydigit的缩写，它是一个计算机行业中的专有名词，一般认为它是计算机内存中的最小单位，通常也可以把它称为“位”。比特只有两种状态，可以以0和1表示。尼葛洛庞蒂是这样描述比特的：比特没有颜色、尺寸或重量，能以光速传播。它就好比人体内的DNA一样，是信息的最小单位。比特是一种存在（being）的状态：开或关，真或伪，上或下，入或出，黑或白。出于实用目的，人们把比特想象成“1”或“0”。尼葛洛庞蒂：《数字化生存》，中国海南出版社1996年10月版，胡泳、范海燕译。此处和以下所引尼葛洛庞蒂言论均出本书网络版，下文不再重复说明出处。

个数值。如果把机器中的电路当成一个小开关，那么比特所选择的两种状态可以标识为断开和闭合。把这两种状态用 0 和 1 表示是一种化简复杂事物的天才想法，对于计算机系统而言，0 和 1 的重要性是怎样评价都不会过分的，事实上，正是这种二进制系统的引入，才使计算机的发展出现了最伟大的飞跃。比特如此简单，不过只是些 1 和 0 的组合，但它的本领却深不可测，它可以将复杂的文字、声音和影像轻松自如地表达出来……总之，要想说清网络时代的任何一件新生事物，我们最好还是从比特的横空出世说起。

## 一、从“原子”到“比特”的跃迁

虽然我们生活在信息时代，但大多数信息却是以原子的形式散发的，如报纸、杂志和书籍（有意思的是，随着信息技术的发展，尼葛洛庞蒂的这个论断正在变得越来越不正确。）事实上，在网络兴起之前，电报、广播、电视等在电子信息技术的帮助下，早已成功地摆脱了“原子束缚”，并在信息传播过程中扮演着极为重要的角色。随着数字技术的发展，网络传播的崛起，信息传播的原子形式正越来越多地被比特形式所代替。

尽管许多人认为信息世界还主要处在原子时代，但尼葛洛庞蒂却坚信比特代表未来。毫无疑问，世界经济正在快速向信息经济转移，尽管在衡量贸易规模和记录财政收支时，大多数人脑海里浮现的可能仍然是一大堆原子，例如，关贸总协定就是完全围绕原子而展开的。但问题的关键是，原子已变得越来越不值钱了，而比特几乎成了“无价之宝”。比特代替原子的趋向已成为势必如此的时代潮流。浪漫的“计算主义”者为比特引吭高歌的原因还远不只这些。

“这个世界是一块空白的石板，数字比特和字节就是用来雕刻一个崭新的世界新秩序的凿子。……当所有的公民都通过电子社会联系在一起，官僚主义将让位于民主的黄金时代，那时，政府将消亡，因特网民主将取而代之。”①比特的重要性远不止在政治民主化方面有所作为，在经济全球化、文化多元化等方面的影响力也呈现出强劲的飙升态势。以竞争日趋激烈的企业为例，当一个个产业揽镜自问“我在数字化世界中有什么前途”时，唯一的答案就

---

① ［美］丹尼尔·伯斯坦、戴维·克莱恩：《征服世界——数字时代的现实与未来》，吕传俊、沈明译，作家出版社 1998 年版，第 3 页。

是尽快将产品与服务转化为数字形式。在以原子为基础的行业中，原子当然不会转换成比特，例如，制造开司米羊毛衫或是中国食品，要想将产品转换成比特似乎是难以想象的，但我们似乎也不能完全否定这种转化的可能性。尼葛洛庞蒂认为，就目前的情况看，将原子转化为比特，就像《星际旅行》的剧中人随时化为光束消逝一样，虽然令人神往，但恐怕几百年内都不可能实现。因此，还是得靠联邦快递、自行车或步行，把原子从一地送往另一地。因此，尽管电子商务如此流行，但离开了“快递哥”，“剁手族们”只能在屏幕前画饼充饥。

就尼氏的比特观而言，书籍是一个比较复杂的讨论对象。例如，书籍出版商到底属于信息传输业（传送比特），还是制造业（制造原子）呢？过去的答案是两者兼跨，但是当信息装置越来越普遍而易于使用时，这一切将很快得到改变。当然，现在信息装置还很难和一本书的品质竞争。尼氏也不得不承认，“书籍不仅印刷清晰，而且重量轻、容易翻阅，价钱也不是太贵。但是，要把书籍送到你的手中，却必须经过运输和储存等种种环节。拿教科书来说，成本中的45%是库存、运输和退货的成本。更糟的是，印刷的书籍可能会绝版（out of print）。数字化的电子书却永远不会这样，它们始终存在。其他媒介面临的风险和机会更是近在眼前”。①

数字化最明显的优点之一就是数据压缩和纠错等功能的快速更新换代，这一功能，正在给文学活动带来新的革命，即由读书向读屏的转化。文学活动，由单一的书面写作与阅读，变成更人性化的综合视听艺术。由于数字化所造成的影响远非降低成本提高荧屏音像质量这类管家式的改良主义可比，它的革命意义正从高科技领域大规模辐射到日常生活空间，由物质的生产和消费层面深入到人们的心灵世界。当比文字更直接的图像与声音叙事变得比写字更简便、更经济、更普及的时候，崛起于印刷时代的小说王朝必将在这个新兴的数字化声像帝国土崩瓦解。1986年的诺贝尔文学奖得主索因卡就有过类似的预言——诗歌之神渴死于荧屏之前。

迅猛发展的数字压缩技术是比特风暴快速席卷全球的秘密武器。西方数

① 在几年后重审这些优点时，我们发现“印刷清晰、重量轻、易翻阅，价钱不贵”等优点已都被电子书籍取代了。各种统计数据表明，读屏成为时尚主流的日子已经到来了。“2008年文化蓝皮书”指出，未来5年，将有超过30%的手机用户通过手机阅读电子书和数字报，由图书馆等机构用户采购的电子书、数字报的销售规模将达到10亿元，由网民和手机用户带动的电子书、数字报内容销售及广告收入将达到50亿元。

字媒体研究专家认为，没有压缩技术的支持，就不会有当代媒介的大规模和高效率的数字化。20 世纪 90 年代初，数字专家就已经研究出强力压缩技术，这种技术，当时就可以把每秒 4500 万比特的数字影像信息压缩到每秒 120 万比特。媒体世界改头换面，将数字化信号传送在附加纠错信息后，像电话杂音、无线电干扰或电视雪花之类的信号失真会得到本质性的改善。当同样的技术应用到电视机上时，寻常百姓家都可以接收到纤毫毕现的数字高清画面，当数字技术使图像化叙事变得和傻瓜相机一样轻松灵便时，巴尔扎克那种花 10 多页篇幅描摹一幢公寓的繁琐叙述，大约再也难以吸引住莫洛亚那样耐心品味其每一行文字的忠实读者了。

按照信息传递的有效性来说，现在的数字影像设备在几分钟时间内传递的信息及其所产生的影响，远远超出了以往的传统作家们的想象。当我们把电视看作传统文学的第一杀手而加以抨击时，我们却发现，传统电视这个只有百来年历史的新兴贵族的命运，实际上要比文学这一千年帝国中的艺术家族的遭遇复杂得多、凶险得多。比起比特对模拟电视的冲击，传统电视对文学的影响就要显得轻微得多，温和得多了。

人们多以地震来比喻比特已经或即将给传统文化带来的影响和冲击，从破坏既有秩序之非合理因素的角度看，这个比喻确有形象、恰切的一面。地震到来之前，人们往往无法想象地震到底会给身边的世界带来什么样的影响，只有震过之后，人们才会真切地感受到山崩地裂的冲击波到底具有什么样的震撼力量。但比特的长处不在于“破坏旧世界”，在“建设新世界”的过程中，它能毫发无损地保护旧世界中的优秀遗产，至少可以将原始数据以拷贝形式轻松加以克隆或备份。更为重要的是，比特有能力化腐朽为神奇，使那些濒临灭绝的文化遗存，最大限度地恢复昔日的面貌，同时使那些在漫长岁月中消失了的“光昌流丽”，变得比当年全盛时期还要更加光彩夺目，有了比特之笔，数字艺术家们不费吹灰之力，就可以实现从“秋雨叶落”到“春风花开”的反转。

当然，所有比喻都是有缺陷的。“地震之喻”最明显的欠缺在于，地震的冲击是转瞬即逝的，但比特的影响则是持续累加的。而且，它是呈几何级数式的激增样态累加的。尼氏说：“当所有的媒体都数字化以后，由于比特毕竟还是比特，我们会观察到两个基本的然而却是立即可见的结果。第一，比特会毫不费力地相互混合，可以同时或分别地被重复使用。声音、图像和数据的混合被称作'多媒体'（multimedia），这个名词听起来很复杂，但实际上，不过是指混合的比特（commingled bits）罢了。第二，一种新形态的比特诞生了，这种比特会告诉你关于其他比特的事情。"

正是这些"混合的比特"和"关于比特的比特"（bits－about－bits），使媒体世界发生了革命性的变化。有了比特带来的这些变化，前所未有的节目将从全新的资源组合中脱颖而出。相较之下，像视频点播（video－on－command）和利用有线电视频道传送电子游戏之类的应用，就显得小巫见大巫了——它们不过是一座庞大冰山的小小一角。如果电视节目改头换面成为数据，其中还包含了电脑也可以读懂的关于节目的自我描述，这将意味着，我们可以不受时间和频道的限制，录下那些我们期望看到的节目。①

网络时代的情况一次次远远超出未来学家的想象，数字化的描述能够让我们在个人 PC 上任意选择信息的形式，包括文字、声音、影像，甚至专为个人量身打造的艺术节目。在当下兴起的手机短信文学和博客写作浪潮中，比特所呈现出的那种无远弗届、无微不至、无所不能的数字化创造能力，对传统文学而言简直如天方夜谭一样匪夷所思。仅仅从这个意义上理解比特，我们就有理由相信：数字化/比特化为人类的未来"开创了无穷的可能性"确非虚妄之言。

当尼葛洛庞蒂在上个世纪末大胆预言数字化未来时，大多数人，包括他的那些同事，并未信以为真。但在接下来的几年间，数字技术所带来的变化，很快印证了（甚至突破了）尼氏当初的大多数说法。于是，"数字化生存"很快成了整个"地球村"最响亮的流行口号。尼氏常常以模拟电视作为参照物来阐释比特的特点。他认为传统电视广播的典型特点是传播决定接受，比特电视却把文化生产与文化接受变成了真正的信息交流的互动行为。传统的模拟电视，就如同一本文学杂志一样以栏目与板块的形式与受众见面，所有的智慧都集中在创作和编辑人员那一边，也就是一切变数都已经被设定，一切都取决于那个所谓的"信息传输的起始点"。这就如同文学理论里的"作者中心论"所阐释的那样，创作和编辑人员成了权威的信息发布人，他们是游戏的立法者。

---

① 现在看来，录制节目的想法和收藏书籍没有太大的不同，网上自由开放的高清版影像资料已经让个人录制和贮存渐渐失去了意义，网上无所不有的视频节目对叙事主导的传统文学领域的蚕食鲸吞正让"终结论者"的言论变得更加咄咄逼人。

在这种情况下，某些电视编导人员或作家把观众或读者当作“猪”，这也就没有什么好奇怪的了，因为，受众只能像猪一样“给什么吃什么”[①]。信息发布者决定一切，接收者作为“沉默的大多数”，除了接到什么算什么以外，也难有什么别的选择。但是，比特打破了接受者的沉默。它让人们看到了“平等互动”的希望。对此，尼氏的说法是：与其想象未来的电视会有更高的分辨率，更鲜艳的色彩，或能接收更多的节目，还不如把它看成智慧分布上的一场变迁——把部分智慧从传播者那端，转移到接收者这端。但我们也看到，有时候智慧变迁的主流方向，似乎与尼氏所说的相反，即从明察秋毫且不再沉默的大多数，转移到自以为是的信息发布者那里。例如那些闭门造车的诗人和作家，通过网络互动，他们所能付出的一切，往往无法与从藏龙卧虎的读者群里吸取智慧相比。这一点在“名人博客”或某某小说“吧”里表现得最为突出。

当然，尼葛洛庞蒂所谓的“智慧转移”有一个确定的目标，那就是实现无限接近于自由互动的数字化未来。而能否达到这一目标的重要关口，这就看能不能实现“媒体本质的相互转换”了。例如，“看电视的体验能不能更接近读报的体验？许多人觉得报纸新闻要比电视报道更有深度，这是必然的吗？同样地，人们认为看电视比读报能够获得更为丰富的感官体验。一定如此吗？答案要看我们能不能开发出能让我们过滤、分拣、排列和管理多媒体的电脑，这种电脑将为人们读报，看电视，而且还能应人们的要求，担任编辑的工作”。事实上，这样的目标可以说已经由“谷歌”“百度”等搜索引擎出色地完成了。

如今，比特化传媒，就像尼氏当年所设想的，可以使信息接受者就像为自己聘请了专门的撰稿人一样，根据自己的兴趣，为自己度身定制报纸。也就是说，“大众”媒介的“批量化生产”正在变成“小众”的“个性化定制”。在这种情况下，信息传输者会有针对性地为接受者筛选出一组比特，经过过滤、处理之后，恰到好处地进行个性化服务。对于比特化阅读而言，一个中国读者在家中阅读《纽约时报》，与纽约读者的阅读情形没有任何区别。

---

① 1995年，张艺谋名片《英雄》的编剧李冯在一次与广西大师大文学爱好者见面会上宣称：“读者就是一头猪，给它什么就它吃什么。”与张艺谋合作之后，他开始把读者变成下饭馆的客人了。他得挖空心思地琢磨从前根本用不着考虑的问题：“这些猪究竟想吃什么呢？”他恨不能将自己变成一盘读者喜爱的下酒菜。这个例子，让我们清晰地看到，网络与市场已经使文学的供求关系发生了多么深刻的改变。

对那些习惯于书面阅读的人来说，如果有必要的话，他完全可以将自己喜欢的页面打印出来。当然，更加互动的方式还是在屏幕上观看。比特的可爱之处还在于，它并不妨害信息传播的传统方式，传播者仍可以按照接受者习惯的方式发送信息。还是以《纽约时报》为例，传播者先发送出大量的比特，在接收者一端设置新闻编辑系统，根据他的兴趣、习惯或当天的计划，从中撷取他想要的部分。这时，智慧存在于接收者这端，而传输者一视同仁，把所有的比特传送给所有的人。由此可见，比特化传播不仅没有损害“原子传播”的功能，相反它会使原子传播变得更有目的性且更有效率。毫无疑问，文学作品的比特化传播过程，没有理由与《纽约时报》不一样。无论就原理而言还是就具体操作而言，这种类比，纵有偏差，也不至于失其大概。

神奇的比特化已经使数字化生存成了一种无往而不胜的时代潮流。用尼氏的话来说：“我们无法否定数字化时代的存在，也无法阻止数字化时代的前进，就像我们无法对抗大自然的力量一样。”尼氏得出的结论如此斩钉截铁，他的依据是什么呢？他认为能为数字化生存带来“最后胜利”的是比特化所具有的如下四个特质：一、分散权力，二、全球化，三、追求和谐，四、赋予权力。尼氏的一句颇为响亮口号是：“沙皇退位，个人抬头。”当许多人对这句话将信将疑的时候，网络文学领域出现的大众话语狂欢的情形证实了预言家的论断，精神贵族的世袭领地变成了“草根文化”蓬勃生长的乐园。由于电脑既可以为个人服务，也可以为群体服务，“分权”就成为不可避免的大趋势，“这是由于数字化世界的年轻公民的影响所致。传统的中央集权的生活观念将成为明日黄花”。过去那种由期刊和出版社控制的文学生产机制正在遭受巨大冲击，许多默默无闻的文学爱好者也能像大作家一样自由进入文学园地，高雅神圣的文坛，也已不再局限于少数贵妇人的沙龙。

作家与读者之间的时空阻隔，一直是知音难求的决定性因素之一。数字化语境中，原子社会的许多铁门槛都被比特踏平了。过去，地理位置的邻近，往往是诗人作家游学、对酒、和诗、聚会等互动关系的基础，而现在的在线写作则完全实现了天涯若比邻的时空跨越。当传统作家心头堆积着“谁解其中味”的沉重忧虑茫然挥笔时，他那孤独的自言自语与痴人说梦的确有许多相似之处。曹雪芹和托尔斯泰都用血泪来形容自己孤立无援的写作，事实上，许多作家钟爱文学的理由，主要只是为了驱赶内心深处的孤独，他们倾诉的对象常常只是一个心造的幻影。读者也只能从文本表达的内容来理解作品的奥妙。读者作者之间，往往是同心相应，同气相求，却难以互答互应。“可恨同时不相识，几回掩卷哭曹侯”。现今网络互动式的交流，不仅远远超出了普通读者的预期，也远远超出了19世纪文学大师们的想象。无形的网络，消除了千山万水阻隔。使作家与读者，只需几个连线号码，就能轻松进入一个自由交往的世界。

当数字化写作环境脱颖而出时，传统写作本身那种艰难的、孤独的、无日无之的辛苦劳作，就显现出了它所固有的悲剧意味。曹雪芹那种经年累月埋首青灯黄卷的伏案劳形，以及创作过程中漫长孤独的心灵自省仪式，共同耗费着作者的生命。网络写作，在一定意义上意味着一种解放，至少，轻松活泼的网络输入（如语音输入），能够将作家从逐字书写和反复誊抄的苦役中解放出来。网络化超文本的巨型百科全书，更是为作家调用写作资源提供了得心应手的万能书库。无论如何，即便仅从工具论的视角看，数字化革命对文学活动的影响也是绝对不可低估的。

西方学者在上个世纪就宣称：“原子是过去式了。下个世纪的科学象征是动态的网络……网络是唯一能够没有偏见而发展，不经引导而学习的组织。其他的形态均限制了可能性。网络的群集四周都是边缘，因此，无论你由哪个方向接近，都是开放性的……事实上，各种纷杂多样的成分，也只有在网络里才能维持一致性。”① 在这种背景下，由“原子”转向“比特”，也必然成为新世纪文学生产与消费的最为重要的特征。

## 二、通向智能社会的“比特之门”

数字化真的能像尼氏描述和预言的那样开创“无穷的可能性”吗？这些惊人之论的真实性和科学性难免招致怀疑。事实上，已经有许多具有批判精神的学者对尼氏的数字化生存学说提出了批评与置疑，但尼氏的自信与乐观并没有因此受到影响。他说：“我的乐观主义更主要地是来自于数字化生存的‘赋权’本质。数字化生存之所以能让我们的未来不同于现在，完全是因为它容易进入、具备流动性以及引发变迁的能力。今天，信息高速公路也许还大多是天花乱坠的宣传，但是，如果要描绘明天的话，它又太软弱无力了。数

① ［西班牙］曼纽尔·卡斯特：《网络社会的崛起》，夏铸九等译，社会科学文献出版社2001年版，第83页。

字化的未来将超越人们最大胆的预测。当孩子们霸占了全球信息资源，并且发现，只有成人需要见习执照时，我们必须在前所未有的地方，找到新的希望和尊严。"

他说自己的乐观不是由于发现治疗癌症和艾滋病的方法，找到控制人口增长的可行途径，乃至能造出清新空气和可饮用海水的零污染的机器人，这些毕竟都是梦想，就如天边的一片云，既有可能下雨，也有可能随风消散。"然而，数字化生存却完全不同。我们不必苦苦守候任何发明，它就在此时此地。它几乎具备了遗传性，因为人类的每一代都会比上一代更加数字化。"

从尼葛洛庞蒂的论述中不难看出，所谓的"数字化生存"，从本质上讲，其实是"比特化生存"。由于对数字化的比特本质存在认识上的差异，加之语言表达习惯等方面的原因，中国大陆学者将"digital"译为"数字化"；台湾学者将其译为"数位化"，香港学者则常常译为"数码化"。中国三地学者对同一个词语的不同翻译，看似一字之差，实则大有深意。不同的译法，体现了人们对尼氏的"digital being"具有不同的理解。

由于尼葛洛庞蒂以一个科普作家的通俗笔触给我们描绘了一幅比特化生存的社会图景，因此，有些学者就认为，这个所谓的"比特之门"的开启者和掌门人理所当然就是尼葛洛庞蒂，其实这是一种比较低级的误会。在这里，只要我们提及另一位"比特大师"的名字，这个误会就立刻能够得到纠正。这位大师就是微软公司掌门人比尔·盖茨。

对于大众来说，计算机普及之路的开创者是谁似乎并不重要，重要的是在盖茨等人的不断探索过程中，计算机及其延伸产品不仅被摆上了平常百姓家的书桌和窈窕淑女的梳妆台，而且进入了旅行者的行囊和中小学生的书包。当然，比尔·盖茨也只是千万个比特英雄的一个代表，但他无疑是开启"比特之门"的先锋队里一个当之无愧的领军人物。如今，"比特之门"不仅成了网络上的一个专有名词，而且也成了大众日常生活中实实在在的一扇堪称万能的百科全书式的智慧之门。

较早论及"比特之门"文化意义的李河在《得乐园，失乐园》（1997）一书中，对网络观念的隐喻和象征意义进行了诗哲化探索。在这本网上广为流传的著作中，李河对比特与盖茨的名字进行了一番有趣的演绎，虽有过度阐释之嫌，却给人留下来难忘的印象。作为当代信息技术的风头人物、美国微软公司的缔造者——盖茨（Gates）这个名字"象征意味极强"。无论是巧合还是象征，比特这个数码精灵的成长一直与一位以“门”（Gates）为姓的比尔·盖茨的终身事业相关。在李河看来，这很像是一则意味深长的寓言。想一想 Gates 著名的 windows（窗）系统吧，我们还能找到比这些“门窗”更便捷的数字化生存之路吗？值得我们注意的是，就当代中国的文学创作与文学消费的具体情况而言，比尔·盖茨等人所研发的这些神奇的“门窗”及其相关数字化产品，如今已成了连接“原子世界”与“比特世界”的最重要的通道。正是借助于这些通道，网络时代的文学生产与消费才得以实现从“原子”到“比特”的跃迁。通道既然已经打开，世界必然为之改变。网络时代的文学，终结抑或新生？数字化生存是否必然要从本质上改写文学生存的意义？诸如此类的众多问题引起了世界范围内关注文学生存状况的学者普遍的焦虑和惊喜，站在人类文明数字化生存的临界点上，人们迫切地想知道，穿越“比特之门”以后的文学世界将会出现一种什么的光景？

关于“比特之门”的说法，还有很多延伸的象征性的例子。譬如说，有人把整个人类知识体系当作是一个旅馆，那么“比特之门”就是这一旅馆的走廊。几乎所有房间的门都和它通着，旅馆的任何人出入自己的房间，都必须经过这条走廊。这原本是兼容并蓄的实用主义文献中被一再引用的实例，这里，将“实用主义”替换成立“比特之门”可能给人以突兀之感，但有意思的是，象征因特网的“比特之门”作为实用主义的产物，如今反倒把实用主义变成了自己的组成部分——“旅馆走廊”连接着的第 n 个房间。在这个所谓的数字化生存时代，因特网成了实用主义哲学最有说服力的万能工具。

众所周知，在信息传播媒介史上，有许多令人惊异的传奇故事。但无论是鸿雁往返的锦书相托，还是航空航海的邮件历险，不管是惊尘溅血的皇家马报，还是辐射全球的特快专递，所有关于信息传递及其相关媒介的故事与传说，似乎都难以与横空出世的现代数字化传媒产生的震撼与遐想相提并论。如前所述，许多人认为，代表数字传媒最高成就的互联网是冷战的产物，美国军方害怕敌军摧毁指挥中心，于是以网络形式实行多中心共存的天才想法促成了 Internet 的诞生。

笔者曾以为这是唯一正确的说法，直到有一天读了一则故事，竟然让我对网络“冷战起源说”产生了怀疑。这个故事说，某单位要召开一次重要会议，会议的前一天，召集人突然发现通知书上的开会地点有误。于是，他马上打电话通知 625 个与会者。但他发现，逐一打电话已经来不及了。因为，即便一次电话只需 3 分钟，连续通知 625 人最少也需要 30 多个小时。于是，他开始创建自己的“联络网”，首先只联络 5 人，被联络到的 5 人再分别联络 5 人，就是 125 人，再重复一次就是 625 人，这比起单人逐一联系要快几十倍。

会议召集人是否受互联网的启示我们不得而知，但有一点是可以肯定的，那就是“网络思维”绝非少数天才人物突发奇想的产物，它事实上是人类知识与智慧长期积淀的必然结果。此外，现代网络传媒的神通也绝非一个“快”字所能道尽个中奥妙。至少，我们在读完这个故事的同时，可能首先联想到的不是网络传播的奇速，而是数量的激增。由此，人们很容易联想到古印度那个著名传说——“棋盘上的麦粒”。西萨·班·达依尔，这位国际象棋的发明人，他也许是一位了不起的数学家但未必是一位称职的宰相，否则他绝不会对王国赏赐提出如此不知死活的荒谬要求。不用说在古时候，即便是今天，一般人都不会轻易相信如此出人意料的“怪事”——从“一粒麦子”开始的邀赏，竟然把一个炫耀恩德的国王逼上了绝路，不杀人则无法收场——据计算，全世界 2000 年生产出的麦子也抵不上宰相的这一“卑微要求”!①

棋格最初的增加也许是微不足道的，但随着“网络化”递进到一定程度，雪爆式激增的后果很快就会超出人们的想象。这种级数跃迁式的变化方式，使数字传媒乍一登场就产生出开天辟地般的惊颤效应。众所周知，数字网络作为传播媒介，和众多先驱媒介一样，它原本只是作为工具手段出现的，但是，随着传媒及传媒业的迅猛发展，工具的能量被一步步释放出来，微风起于青萍之末，渐成天落狂飙之势，它以光辐射的速度横扫宇内，以核裂变的态势席卷八荒。其摧枯拉朽的力量捣毁了传统思维模式，突破了人类的想象范围。

于是，媒介的性质也在随之发生变化：从“参与生活、服务社会”到深度干预社会生活，从“人的延伸”渐变成人的本质力量的重要组成部分，媒介已不再仅仅是工具意义上的载体和中介，事实上它已演变为决定当代文化

---

① 这个有趣的故事有许多版本。例如，美国学者库兹韦尔认为这是一个中国故事。他还算了一笔账：在走过“楚河汉界”之前，皇帝得给棋手 40 亿粒米，相当一大片稻田的产量，这难不倒一国之君，但要再排满棋盘的另一半，皇帝就要拿出 1800 万兆粒米。假如每平方英寸生产 10 粒米，那么就要求有两个地球表面那么大的稻田，包括海洋在内。结果有两种：一个版本是皇帝破产，一个版本是棋手被杀。参见库兹韦尔：《灵魂机器的时代 · “象棋发明者与中国皇帝的对话”》，沈志彦等译，上海译文出版社，第 38 ~ 39 页。

生存与发展的一个不可忽视的重要因素，有些人甚至认为，现代传媒其实就是整体社会文化最为本质的存在方式之一。

中国学者惊呼，传媒正在改写生活，重铸历史。西方有学者宣称，现代传媒即将使人类重登巴比塔的千年梦幻成为现实。而数字传媒无孔不入的品性也的确正在大河改道般地刷新当代文化和日常生活。英国学者史帝文森在《认识媒介文化》中甚至认为，现代文化在很大程度上是依凭大众媒介来传达的。从古典的歌剧、音乐到诸如政客隐私类的庸俗故事，从好莱坞最新版本的流言蜚语到来自全球四面八方的时政新闻……所有这些五光十色的媒介所承载的信息，都已经深刻地改变了现象学意义上的现代生活经验，以及社会的网络系统。

大众传媒以饱满的激情和公正无私的姿态老谋深算地参与社会生活，它们那些炫耀“友爱、关爱与博爱”以及“公开、公平与公正”的种种仪式都由一个名叫“市场”的幕后导演操纵。善于激发和网罗大众热情的媒介，无论是报纸、杂志、电台、电视或是网络，貌似非功利的言行背后，都隐藏着某种不可违抗的利益原则，例如，政治的、经济的、宗教的利益原则。说到底，只有造就市场“人气”的大众，才是媒介存在的最终理由。大众既是媒介服务的对象，也是媒介的信息来源，是客户，也是报道的主体，现代媒体的命运决定了它与大众的互相依赖的关系，并且一定是息息相关的。据此，史帝文森等西方学者断言，大众传媒潜移默化地成了我们生活的一部分，让我们无法再退还到以往的生活中去了。风头正健的数字传媒的情况正是如此，只不过它使这一切变得如此强烈，就像微风拂水的细小波纹变成了倒海翻江的惊涛骇浪。

## 三、网络时代的文学生存状况

叶荣臻在《塑造数字中国》一书前言中宣称：“当今世界，信息技术和信息产业已经成为国家经济增长的重要源泉，成为国民经济发展新的增长点。……随着数字技术的迅速发展，计算机、通信和消费类电子产品进一步走向融合，它犹如一轮冉冉升起的朝阳，不但深刻影响着国民经济以及企业的生存和发展，也使人们的思想观念、生活、学习和工作方式悄悄发生着质的变化。"①《塑造数字中国》是一批奋战在科技战线和经济前沿的风云人物，面临世纪之交的时代宣言，他们要在这个所谓的"信息时代""塑造数字中国"。

信息时代最根本的特征是"网络社会的崛起"，"它以全球经济为力量，彻底动摇了以固定空间领域为基础的民族国家（nation state）或所有组织的既有形式。我们曾经看过，巴黎的艾菲尔铁塔在启蒙主义的光辉中耸立，而现在，现代性的神圣光环却在影像与信息的全球流动中变换成为疑幻似真的符码。面对前景晦暗不明的新世纪，我们确知不能再延用过时的昨日范畴来看待世界，不然，政策、方案、行动均将羁绊不前"。②

有意思的是，学术界的精英们往往比实业界人士走得更远，在大多数人文学者的笔下，自上个世纪90年代以来，"后信息时代"的说法已经悄然取代了"信息时代"的说法。在"后学"泛滥成灾的语境下，"后信息时代"这个概念一开始就出现了许多歧义。因此有必要交代一下此处使用的"后信息时代"这一概念的出处——主要依据尼葛洛庞蒂《数字化生存》一书的相关论述。在该著作中，尼葛洛庞蒂说，长期以来，大家都热衷于讨论从工业时代到后工业时代或信息时代的转变，以至于一直没有注意到我们已经进入了"后信息时代"。

"后信息时代"显然是相对于"信息时代"而言的，二者之间的密切关系正如"后工业时代"与"工业时代"的关系一样。按照尼葛洛庞蒂的说法，所谓"信息时代"，其实就是"后工业时代"，所以，他说的这个"后信息时代"，其实也可以理解为"后'后工业时代'"。工业时代给我们带来了机器化大生产的观念，以及在任何一个特定的时间和地点以统一的标准化方式重复生产的经济形态。机械化、模式化、城市化等重要趋向是工业时代的显著特征，从尼氏的分类角度看，工业社会其实和农业时代一样属于原子时代。只有到了后工业时代，即信息时代，由于比特的介入，电脑及相关信息平台，使物质生产和精神生产的时空界限发生了根本性转变，政治、经济和文化的变革与发展已获得了一定程度的超越时间的自由性。无论何时何地，人们都能制造比特，套用尼氏一个讲述世界不同地区的车床工通过比特交流

---

① 叶荣臻等主编《塑造数字中国》，中央党校出版社2000年版，第1页。

② ［西班牙］曼纽尔·卡斯特：《网络社会的崛起》译序，夏铸九等译，社会科学文献出版社2001年版。

而协同生产同一件产品的例子：生活在纽约、伦敦和东京三地的作家和与艺术家之间可以自由传输比特，及时交换他们的创作观念与艺术感悟，仿佛他们就生活在同一个院落一样。

与以机械复制为特征的工业时代相比，在所谓的后信息时代，文学的生存状况必将发生多方面的变化，除了我们将要在相关章节中重点讨论的网络时代文学生产与消费的全球化、市场化、数字化、图像化、大众化、快餐化、边缘化等显而易见的变革以外，至少还有以下几个方面的变化值得研究者关注：

一、从无限“广播”走向定位“窄播”。信息时代的标志是比特的生产与再生产，因此，在很多情况下，我们也把信息时代称为“比特时代”。由于比特具有强大的沟通各种媒介能力，它将各种媒介的优越性融会一体，使大众传媒触角几乎伸向了人们想象所及的所有地方。且不说中央电视台和《人民日报》这样的媒介集团在信息时代拥有多么广阔的空间，即便是《知音》《读者》这一类的大众期刊，借助电视、报纸、网络的合力，也能使刊物承载的信息得到极为广泛的传播。但是，另一方面某些针对特定读者群的书籍（如某些学术专著）、杂志（如《诗刊》）、音像制品（如某些 CD、VCD、DVD 专题节目）的销售，还有日益发达的形形色色的有线电讯行业（包括专业电台、电视台、网站等）已越来越倾向于针对某些特定的人群提供特定的服务。西方媒介理论专家仿造“广播”（broadcasting）一词，拼凑了一个古怪的词语——“窄播”（narrowcasting），以此概念来描述后信息时代信息传播日趋个性化的情势。就其基本含义来说，“窄播”所迎合的是特定的较小人群的精神生活需要和文化审美趣味，这种状况，也许用一个中国化的比喻加以描述更加生动——大众传媒在经过一个“超级大食堂”的阶段以后，最终还会以“开小灶”的方式作为补充，以便更好地满足每个个性化消费者的特殊需要。

当网络变成一个巨大的信息海洋之后，个性化阅读又如何成为现实呢？“去粗取精、去伪存真”的搜索引擎为有效阅读提供了可能性，尽管目前的引擎还存在着“搜材料易，辨真伪难”的问题，但随着文化数字化建设质量的日渐提高，信息的精准度也在与日俱增。事实上，文化传播包括文学接受方面从“广播”到“窄播”的转变，最基本的信息化要求就是要保证一定程度的精准性。

值得注意的是，从“广播”到“窄播”并不是信息传播面的缩小，相反，它使有效性信息传播效率得到了全方位的提升。

二、由“批量生产”过渡到“量身打造”。在后信息时代中，大众传播的“受众”往往只是单独的“个人”。所有商品都可以定购，信息变得极端个人化。人们普遍认为，个人化是窄播的延伸，其受众从大众到较小和更小的群体，最后终于只针对个人。“在数字化生存的情况下，我就是‘我’”，这就是尼氏对“后信息时代”最经典的阐释。此时，传媒的“受众”通常只是一个具有特殊个性的单个人，因此，不仅所有的日常生活用品都可以量身打造，即便是精神产品也可能出现专门针对个人消费偏好的生产。在这种情况下，家庭结构和社会关系对后信息时代的“窄播”服务商而言几乎都是无效信息。

在“后信息时代”，人们可在任何时空状态下工作、学习和生活，因此“地址”将获得崭新的涵义。例如，一个中国读者读到了美国文化史学家、媒介文化理论家马克·波斯特撰写的《媒介方式》《第二媒介时代》，在互联网变成大众化通讯工具之前，一个普通的中国读者要想与波斯特这样的大师直接交流，虽然不能说不可能，但可以肯定那绝对不是一件容易的事情。当波斯特的著作比特化以后，世界上所有在线阅读的读者，都可以在他的个人网页上找到他的大多数著作，并直接和他取得联系，不少与波斯特进行过 e-mail 交流的学者都有一个共同的感受，那就是无论你什么时候给他发邮件，他几乎总能及时回复。若想比较全面地认识和研究波斯特，只需访问他的官方网页（http：//www. humanities. uci. edu/mposter）就可以看到他的照片，听到他对各种学术问题的讲话，甚至还有一些生动活泼的视频资料。网络内容的无限丰富性，使得许多您所需要的信息都如同专为您一人准备的那样适合您的目的与需要。

尼葛洛庞蒂曾以一种激动的口吻宣称：“真正的个人化时代已经来临了。”在后信息时代，个人化的表现是多种多样的，当下流行的“博客写作”就是“个人化时代已经来临”的一个典型例证。例如，一个诗人把自己的作品发表到自己的“博客”上，从可能性上讲，全世界的网民都是他的读者，尽管很可能除了作者以外一个认真的读者也没有，读者的多寡对网络诗人而言似乎并不是最重要的，“我表达了自己，我获得了生命”这一舒婷式的文学理念，对于许多个性化诗人来说也许更为重要。在后信息时代，“我就是‘我’”！

这一点与印刷出版的情况存在一定的差别。只要作者存在，就意味着至少有一个读者存在，大多数情况下作者本人正是作品的最理想的读者。但是一个读者与千万个读者对于在线阅读而言除了点击率有差别外，其他差别似乎并不显著。此外，原创文本与复制文本除了界面略有不同之外，作品的内容通常不会有太大差异，点击率只代表有多少潜在读者完成了文本的浏览或阅读，谁也无法知道谁是真正的“忠实读者”，如此而已。

网络写作和阅读与传统文本的制作和消费之间的确存在着本质的差异——比特阅读代替了原子阅读。例如，过去的诗人常常会在自己的书房堆放许多由原子组成的“机械复制品”——诗集，当有人出于崇拜、爱好、同情或随便什么理由向他索要诗集时（如果他乐意奉送的话），他通常会赠送一本给“自己的读者”，但最后一本诗集是送给忠实的读者还是自己留作纪念，这很可能是让多数诗人难以选择的问题。网络出版使这一类的问题得到了比较完满的解决，对于喜欢读屏的人来说，网络上的精美界面和悦耳的音乐背景，可能会为诗歌阅读增添艺术光彩，对于那些不习惯读屏的传统读者而言，下载打印，显然要比印刷厂的再版要方便多了。尤其值得注意的是，下载打印是可以根据读者自己的爱好任意选定对象的，读者不仅可以忽略那些并没有感动自己的作品，而且还可以轻而易举地收集许多相关评论。

对于一个后信息时代的诗人来说，一本网络上的诗集，是一份永远奉送不完的“审美馈赠”。比特化“以无逾有”，它究竟会给传统文本读写带来什么样的冲击，现在要得出任何结论似乎还为时过早，但可以肯定的是，这一个看似平淡无奇实则魅力超凡的变革，已经并必将引发人类文明的大跃迁。譬如说，前文所提到的那部“永远赠送不完的诗集”，在后信息时代来临之前，谁能预料到世界上竟然会出现这样的奇迹？当作品经过从原子向比特的转换以后，普普通通的“一”变成无比神奇的“多”，“有限”魔术般地变成了“无限”。不仅如此，它还把机械复制时代的批量生产与销售，变成了具有个人化色彩的“量身定制”。

## 四、从“沉吟冥想”到“身临其境”

在一定意义上说，文学原本就是借助文字帮读者做梦的行业，只有在读者进入作者为他设计的梦乡时，作者所传达的思想情感才能较好地被读者接收、体悟、理解和欣赏，否则就不可能达到那种同声相应、同气相求的“物我两忘”的境界。作家诗人所营造“梦境”与一个沉浸其中读者的“梦境”或相似或不同，但“做梦”的机制却没有本质差异。

作者与读者进入各自的“盗梦空间”，一个倾情“说梦”，一个潜心“解梦”，唯有此时，文学作品才真正进入了读者的视野。或者打一个逆向的比喻，一个沉睡的人忽然被歌声唤醒一样，极为偶然的机缘触动了他/她的“欲读书情结”。作为缪斯女神的化身，真正的文学作品，穿过海量信息汇聚而成的幽暗森林，来寻找读者，“飘过树梢，顺着小溪”，她的手指轻弹读者心灵的窗门，读者从浑浑噩噩的日常琐事的迷梦中醒来，在一个诗意的黎明里醒来，于是，作品成功地实现了作者梦境与读者梦境的衔接与合并。

被作品深深吸引的读者，希望阅读的快乐与宁静不要被日常琐事打断，于是，朝阳般的亲情、友情、爱情此时可能是“残酷的”，它们或无情地粉碎读者沉浸其中的“心灵化的审美梦境”。这时，清醒的现实生活，反倒会惊扰诗性美梦。毕竟，文学艺术与现实生活是两个性质不同的世界。

当一个完全进入艺术世界的读者与意念中的“情人”相遇时，文学的魔法（“白日梦”）就开始发生作用了。例如，一个比特时代的罗密欧正在为莎士比亚笔下的朱丽叶扼腕叹息的时候，他们穿过时间隧道，越过千山万水，“飘过死亡的海洋，他们相见；他们闻到彼此的气息，像两只又飞到一起的鸟，互相啄着羽毛，清洗那离别时的悲哀”。[①] 这种纯粹只存在于想象世界中虚拟的生离死别，往往比现实世界所发生的同样的故事更集中、更强烈、更煽情、更令人伤心欲绝。

从这个意义上说，文学阅读实际上就是在想象中虚拟一个独立于现实的审美化世界。现实生活中的功课、工作、天气、交通、住房、医疗……就如同“阳光粗暴地遮住月光，死亡粗暴地驱走幽会的情人”，读者罗密欧，必须与想象中的朱丽叶再一次告别。读者与作品中的人物，原本就是“生活在两个世界的情人”，他们的欢歌笑语，他们的哀叹悲泣在现实世界中与幻象和迷梦没有本质区别，弗洛伊德把作家的创作称作“白日梦”，读者的阅读过程作为“二度创作”，被称为“白日梦”自然也无不可。

曹雪芹的《红楼梦》，字字饱蘸心底血，辛酸泪恐无人识。但后世读者，

---

① 郑敏：《哀歌，轻轻飘去……》，《人民文学》2006 年第 1 期。

读到动情处，有“伤心哭黛”的，有“掩卷哭曹”的，那种如醉如痴、怅然若失的迷狂状态，有时甚至比情人间的生死相许有过之而无不及。在这种情况下，优秀艺术作品情景交融的审美氛围往往在不知不觉间，消除了读者、作者、作品中的人物之间的种族之差异、年龄之悬殊、身份之尊卑以及时空之阻隔，使阅读者渐渐达到了一种“两个灵魂相抱时，天地为之融化”的“共鸣”境界。

笔者无意亵渎诗人神圣的情感，上述不知深浅的“比附”多有不尽恰切之处，但笔者引用这些诗句无非是想说明这样一个道理，文学作为一种具有“间接性”特征的艺术，它对想象的依赖似乎远远超过了其他艺术，如果尚不能说是所有其他艺术的话，至少可以说是绝大多数艺术门类并非像文学那样几乎全然作用于想象。

值得注意的是，在读屏时代，网络艺术品越来越呈现出强烈的互动色彩，作品不再是一堆沉默无语的文字，它们通常具有灵活多样的“应答”功能，譬如说，网上一部作品，可以通过听书软件转化为有声读物①，通过视频检索，通常还能找到相关影视资料，至于插图、配乐、同主题网络游戏之类就更不用说了。单以作品阅读而言，比特时代的文学，常常借助图像与音乐，把看和听的潜力更加充分地开掘出来。媒介作为人的延伸，能循序渐进地提高一个人的阅读能力。它甚至可以让那些目不识丁的人明白许多过去只有满腹经纶的人才能通达的道理。我们知道，随机伴送的学习软件是所有电脑最基本的信息配置，在使用中学习相关知识，在工作中提高操作能力，这将是后信息时代媒介的“内置式教学”的最重要的特征之一。

在传统文学阅读过程中，只有优秀的读者遇到优秀的作品时，才会产生审美化的“身临其境”的感觉。但文字的“招魂术”在多媒体绘声绘色的声像艺术面前毕竟稍逊一筹，对于那些因知识性缺失而无法接近作品的人，作品本身是无能为力的，在这一点上，后信息时代的作品表现出了非同凡响的超越性与优越性。在后信息时代，比特消费在推销作品的同时就在培养比特消费者，从这个意义上讲，比特化生产不仅生产产品而且同时也在生产消费者，按照马克思主义艺术生产论的说法，它也生产了一种全新的艺术生产关系。

从这样一种视角审视阅读现象，比特化艺术生产与消费就更明显地表现

① 在90后读者群中，“听书”已成新的文学消费时尚，流行小说也出现了配送“名家朗诵光盘”的促销方式。

出了不同于传统文学生产与消费的时代特征。如果说传统文学阅读从“沉吟冥想”到“身临其境”完全靠想象的话，后信息时代的阅读则可以借助声光效应充分开发视听潜能，把想象中的艺术之境转化为生动逼真的“声画”与“音诗”。把诗歌、小说中“无声无形”的“绘声绘色”转化为“视听奇观”或“声像盛宴”。它甚至使一个文盲也可以在一定程度上领略莎士比亚的神奇和《红楼梦》的绝妙。至少，消费者无需经过文字符号的意义转化，无需在经历一番“沉吟冥想”之后达到“身临其境”的状态，多媒体阅读可以轻巧地制造出“身临其境”的氛围，可以绘声绘色地向人阐释出文本之外的无穷意味。套一句斯威夫特的话老说，网络读者的目光何等犀利，“读荷马见出荷马也不懂的东西”。[①]

后信息时代是一个訇然打破旧传统同时又不断创造新神话的时代。时空转换何足论，沧海桑田谈笑间。尼葛洛庞蒂说，“有空间的地方后信息时代将消除地理的限制，就好像‘超文本’挣脱了印刷篇幅的限制一样。数字化的生活将越来越不需要仰赖特定的时间和地点，现在甚至连传送‘地点’也开始有了实现的可能。假如我从我波士顿起居室的电子窗口（电脑屏幕）一眼望出去，能看到阿尔卑斯山，听到牛铃声，闻到（数字化的）夏日牛粪味儿，那么在某种意义上我几乎已经身在瑞士了”。在这个所谓的读图时代，既然文学艺术日渐让位于影像艺术，文学经典的无限风光几乎都可以通过数字媒介转化/还原为活灵活现的艺术声像，只要打开视频，声情并茂的音像当即营造出“身临其境”的氛围，无需展卷细读，更不必“沉吟冥想”，就这样，图像化正在悄然改变人们的阅读习惯，有人为文学影视化欢呼雀跃，有人为经典文学唱挽歌，但文学消费方式的“声像化转向”，已然形成不可阻挡之势。

在后信息时代，文学“声像化转向”还只是网络时代文学变革的一个侧面，文学生产与消费的重大转折还仅仅是一个开始，可以肯定的是，这个转折迟早要涉及“所有时代所有地方的所有作品”，但谁也不知道在即将出现的文学数字化生存的转折过程中，网络时代的文学生产与消费到底还要遭遇多少奇迹？但是，我们仍将满怀信心地期待着，等到传奇的比特之歌，轻轻飘来，穿过信息森林的黑夜，漫天大雪一般，纷纷朝我们飞来……

---

① 张隆溪：《二十世纪西方文论述评》，三联书店1986年版，第7页。

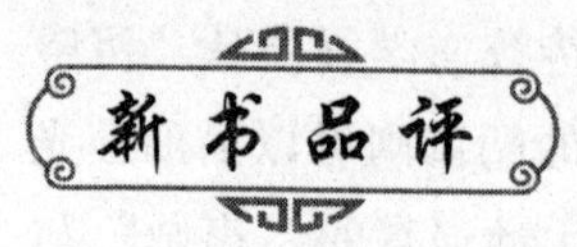

# 智性的悟读与慧性的批评

## ——评周志雄的《网络文学的发展与评判》

乌兰其木格*

20世纪90年代以降，中国文学家庭内部闯入了一个被命名为网络文学的“野孩子”。最初对其关注和解析的是部分读者体悟式的简短感言，鲜见学院派中“正统”批评家的身影。时至今日，网络文学经过十余年的飞速发展，早已成为一个不容遮蔽的文学现象。于是，一些具有敏锐艺术直觉，经受过严格学术训练的学院派批评家步入了网络文学的园地。在这批为数不多的先驱者中，周志雄以其勤勉的努力和慧性的批评文章令人瞩目。他的文学批评深入网络文学现场，既时时追踪读解海量的文学作品，又能慧心独具地揭示网络文学的内在规律和艺术旨趣。其新著《网络文学的发展与评判》是一本解读网络文学的理论著作，虽属于“灰色”的理论书籍，但它绝没有故作高深的艰涩之语，而是用清澈明敏的语言娓娓论述着网络文学的核心之题。透过蔼然的文字，我们能够毫不费力地感受到作者鲜活的批评匠心。

### 一、网络文学与批评家的勇气

不能轻易地怪罪学院派批评家不愿涉足网络文学研究领域。选择网络文学研究，是有风险和需要莫大勇气的。一个不需特意指出的常识是，文学研究的根本价值和意义是遴选爬梳出重要作品并以此为逻辑出发点阐释文学理念。如果能进而影响或矫正文学创作的书写向度，则意味着批评家的心血没

* 乌兰其木格，女，蒙古族，1983年生，北京师范大学文学博士，现为北方民族大学讲师。

有付诸东流。但这一切的先决条件是网络文学中的经典作品自成体系，可现状却如此肃杀——网络文学虽然在体量上已成庞然大物，然而经典作品却如荒寒的高原般歉收严重。尽管部分网络文学研究者热切地肯定目前几位网络作家的作品已经具备了“大师品相”。但品相终究是品相，其与大师级经典成品还隔着一段距离。

令人气馁的不单如此。在文学研究领域，相当一部分批评家们甚至不承认网络文学属于“文学”，他们认为网络文学不过是“装神弄鬼”的平庸炫技，是对纯文学的粗暴亵渎。确实，如果将文学比作广袤的原野，那么自文学革命以降，启蒙文学这块田地被打理得规整板正，它拥有自己的固定收成，存储着自己的耕种谱系。与之相较，网络文学则呈现出令人气恼的凌乱、驳杂且稗草横生的野生态势。因之，惯熟侍弄启蒙文学田亩的大多数学院派“耕耘者”们或对网络文学的野地“生”视无睹；或干脆利落地将之驱除出文学的理想园地。暗地里，他们或许会甚为气恼地指责那些将这块野地强行划归到文学园地中的多事者。在他们看来，这些多事者大多不懂文学，缺乏扎实的理论素养和对文学的敬畏之心。不然，何以会如此辱谩纯文学的“纯”和“严肃”？从网络文学诞生伊始，困扰网络文学合法性的问题至今仍旧不绝于耳。但总有人相信马歇尔·伯曼先锋般的名言—— 一切坚固的东西都烟消云散了。更何况小说的源初传统便是众声喧哗的街谈巷议，是自由狂妄的破坏之力。今天，在号称多元文化的大时代背景中，作为人类精神的栖息地，自然不应只属于启蒙文学的独步天下。网络文学这块生机勃勃的野地呈现出突兀怪诞、混杂喧嚣甚至俗艳迷乱的状貌。然而，这正是大众文化的表征，也是数量巨大的普罗大众所喜欢的“下里巴人”腔。相较于高深严肃的精英文学，网络文学是个胆大妄为的叛逆者，是真正以讲传奇故事为乐的人。作为“异端”，网络文学另类的艺术规则和思想内蕴挑战了传统批评家的惯性口味。长篇巨制的网络文学不仅仅在文学审美维度上进行了破坏性的颠覆，而且还与市场资本和时代风尚紧相结合。这些都需要研究者改变既有的知识储备和评判体系。如此劳心费力不讨好的工作令他们不屑也不愿投入到拓荒者的行列中——就让这只从网络中跳出的孙猴子蹦跶一会儿吧，反正它最终会被纯文学的“五指山”囚禁。但总有“不务正业”的研究者涉足网络文学的野地，并愿意和这只桀骜不驯的孙猴子展开深入的对话，而且他们的鼓吹还不是“玩票”性质的，居然越来越真诚，越来越投入，越来越成体系。网络文学研究者在横无际涯的网络文学中沙海炼金，他们看到了网络文学蕴含的新生力量，警惕和反对着狭窄驯化的文学圈地。相信文学本应自由自在、天马行空，并殷切地期盼网络文学在未来的日子里涌现出不仅有趣启智而且深入灵魂的经典巨著。

寥寥的拓荒者队伍中，周志雄身在其中。他的治学对象与精神抉择印证了萨义德的论断："知识分子回应的不是惯常的逻辑，而是大胆无畏；代表着改变、前进，而不是故步自封。"① 他用他的慧心学识和广博视野，不紧不慢地讲述了网络文学的来龙去脉、始末缘由。他的新作《网络文学的发展与评判》是关于网络文学的"大文学史"，驳杂的现象与丰富的论述向读者完全敞开。更重要的是，周志雄用他的勤勉和略带堂吉诃德色彩的行动捍卫着文学生态的多元多样，呵护着网络文学这股新生力量的健康生长。他试图证明，文学不仅只在殿堂中严肃端坐，它也可在江湖中顽皮笑闹。与其粗暴砍杀，不如公正宽厚。在未来，在远方，经过不懈的努力和良性的引导，某种经典宏大的图景是可以展开的。

## 二、智性的悟读与追踪

众所周知，文学批评家需不断跟踪阅读文学作品，只有在此基础上，才能准确翔实地把握文学创作现场的律动，梳理出重要的作家作品，从而揭示文本所含蕴的艺术特质和思想内涵，最后归纳概括出个人的理论发见。对此，杨义曾论述到："文学批评必须高度重视直接面对文学文本和文学现象，用自己的悟性进行真切的生命体验，从中引导出具有原创性的思想萌芽、理论思路和学术体系。"② 然而动辄百万字的网络文学的体量及良莠不齐的作品质量无疑增加了网络文学批评的难度。此外，网络文学作家群体的快速更迭性和艺术旨趣的不稳定性也使批评家的关注担负着艺术上的冒险。也许用不了多久，一些颇受关注的网络文学作家便会在网络中销声匿迹。他们或转而投向传统文学的写作之路，或干脆放弃了文学写作。这些，都是网络文学研究者必须直面的现状。对此，周志雄有着清醒的认知："对于大多数从纯文学研究领域转换到网络文学研究领域的研究者来说，其实是一件有挑战性的事情，

---

① ［美］萨义德：《知识分子论》，单德兴译，生活·读书·新知三联书店2002年版，第57页。

② 边利丰：《"中国现代文学批评理论学术研讨会"综述》，《文学评论》2002年第6期。

其知识的转换，对通俗文学作品的阅读，网络上阅读习惯的改变，参与网络写作的实践活动，都意味着研究方式的改变。在评价的知识、价值体系上要更新，对作品要有新的洞察力，要有能力和网络作家展开深入的对话……”① 可贵的是，作为经过严格学术训练的学院派研究者，周志雄以他敏锐的艺术直觉和勤勉的努力行走在网络文学研究队伍的前列。他的网络文学研究与网络文学的发展几乎同时起步，十余年来，他倾力投入鲜活的网络文学现场，读解剖析着纷繁的网络文学现象，探寻着网络文学的异质精神追求和文学意义，逐渐建构了网络文学的批评义理。

在《网络文学的发展与评判》一书中，周志雄勇敢而颇具胆识地直面了网络文学研究中困扰批评家们的诸种难题。他将网络文学研究置放到时代潮流中，将困守中的文学批评引入到时代精神现场。如在论及网络文学的价值意义方面，他认为网络文学与现代以来的启蒙文学传统具有相通之处，只不过网络文学中的启蒙面向的不是五四时代的封建思想，而是现实生活中出现的新的难题。网络文学试图提供的是应对现实生活问题的智慧，是中国式人情和事理意义上的人生教科书。从这一维度来看，网络小说恢复了文学和生活的关系，恢复了文学对时代生活的切入和捕捉。这样的论断，是批判者与研究对象的深层意会，具有扎实感和丰厚感。

网络文学最受人诟病的是其商业化的色彩。但爬梳从古至今的文学史，不难发现文学与商业的关系源远流长。周志雄认为，网络文学的商业运作机制是时代文化转型的一部分，能够使文坛格局更加多元化。目前，需要警惕的是网络文学在商业化道路上所面临的媚俗写法和低俗质地等问题——将关乎网络文学的核心之争引入到宽阔的审视角度。同时，对写作病灶的明确诊断，往往也会令网络作家恍然而悟。

在对重要的网络文学作家作品的梳理中，我们可以看到周志雄广泛的涉猎和潜入网络文学海洋的艰苦打捞。他根据网络文学作者的出场年代和创作特色，将网络文学分为四个代际。论述了上世纪 90 年代中旬起出现的方舟子、少君、蔡智恒、安妮宝贝、李寻欢、宁财神、邢育森到 2000 年后出现的慕容雪村、宁肯、天下霸唱、当年明月、江南、今何在、蔡骏、明晓溪、萧鼎、天蚕土豆、何员外、南派三叔、唐家三少等作家作品的特色。翔实地介

① 周志雄：《网络文学的发展与评判》，人民出版社 2015 年版，第 85 页。

绍了具有重大影响的网络作家的求学背景、写作履历、主要作品及网络对于作者的意义等方面。作为研究者，周志雄起落有据而又征信昭昭地建立了网络文学的英雄榜单，并综合系统地分析了网络文学的行进路线图，同时殷切地期待这些网络作家能够在商业化的席卷中有所创新和突破。周志雄坚定地相信，只要网络作家坚持不懈地进行艺术实践和探索，他们中是可以产生出通俗文学大家的。未来，他们中的部分作者也许可以和张恨水、金庸、阿加莎·克里斯蒂、斯蒂芬·金等中外通俗大家比肩并立。在当代网络作家访谈录中，周志雄具体而深入地了解网络文学作家的成长过程，探讨他们的创作理念及写作困惑，并坦诚真诚地交流了网络作家文本中存在的缺失和优长。他对网络文学作家作品的解析精准老到，可见作者对网络文学全面细致的掌握。尤为可贵的是，在《网络文学的发展与评判》一书中，作者不仅忠实地记录了网络文学作家的心音体感，而且还从读者接受层面探讨了网络文学对当代读者尤其是85后、90后的巨大影响。重点探讨了网络文学大众化、青春化、性别化等这些当代年轻读者关注的问题，从而也在客观上回答了网络文学的繁荣与读者文化需求的内在联系。这一富有创见的研究路径是其他网络文学研究者尚未涉足的领域——既突破了现有的网络文学研究的范畴，将网络文学研究引向开阔的境地，同时又提供给研究者一种开放的思维和洞察精微的艺术化启示。

## 三、慧性的批评与体恤

周志雄的理论文章弥散着他的性情学识，读者能够感受到文字中蕴含的作者的批评匠心。在《网络文学的发展与评判》中，作者将研究对象与他的内在生命体验结合起来。在行文中，力避照搬凝涩板滞的时髦理论，而是将诸种理论内化于胸。在使用时，特别注意理论适用的有效性和可行性。周志雄并不急于构建关于网络文学的宏大理论，而是从探析具体问题入手，揭示出网络文学被遮蔽的多样性和特殊性。周志雄认为网络文学是亲民的，不说空话、套话，不虚伪，不做作，没有陈腐的匠气。这些论断，与他的研究文章天然契合。多年的学院培植，赋予作者严谨的学术态度，但他同时警惕着象牙塔里易于形成的傲慢与偏见。对新生的事物，新的文学现象，他怀着善意的心怀去了解体悟，而不是挥舞着批判之刀杀伐决断。早在网络文学刚刚起步的阶段，周志雄的文学研究便介入其中，这使得他的文学批评与网络文学实践保持了同步，既有宏观的综合，又有微观的切入。从整体上说，他的研究极具圆通、畅达之风，对网络文学中重点议题游刃有余的解析，尤见功力。譬如他认为："中国当代网络叙事缺乏先锋文学的探索性，它继承的是传统文学手法，兼及对时尚文化元素的吸收。网络小说的写作者在写作艺术上并不圆熟，但他们粗糙、凌厉的文字之中有独特的个性，往往能冲破主流叙事的束缚。网络叙事的意义不是确立一种价值标准，更不是一种真理或本质标准，而是一种新的趋向，是人的总体经验的构成之一部分，网络叙事也相应地成为一种美学形式。……就目前网络文学的实绩来看，其主要功绩不在于奉献经典作家、作品，而是促进文学阅读、写作活动的大众化，促进文学形态的丰富性，通过影视、游戏改编等途径衍生出更多、更丰富的文化产品。作为一种审美的艺术形式，文学对生活感受的处理毕竟是需要艺术修养的，是需要技巧的，也是需要智慧的，在这个层面上，感性的丰富只有在走向理性的深思中，才是有意义的，这也是网络文学在参与当代文学建构中读者们所期待的。"① 这样的论述与网络文学创作有贴肤之感——既热情扬长，又不违心避短。从大众传媒、社会风尚以及文本背后大众读者的殷切期待予以学理性的切入，此种理路的重要特征是不仅立足于传统的文本分析，而且强调研究对象隐含的诸种文化意义。在网络文学研究中，周志雄认真地践行着"坚守文学的本体论承诺，扶持新民间文学的审美提升，追踪电子文本的艺术创新，以图赢得网络文学研究的学理原创"② 的学术职志。

最令人称道的是周志雄的批评文字中透射出来的善意与体恤。多年持之以恒的网络文学研究，使他具备了一双辨识优劣的慧眼。对于网络作家的优长，他葆有火热的情肠，能够精准及时地做出宏阔敦厚的价值论定。如认为网络作品展示了丰盈的生活世界和极富个性的精神力量。从文学来源于生活，文学为心灵写作的维度上来说，网络文学是真正的生命写作。网络作家群体的出现，打破了文学板结的现状，让文学作品重新拥有了数量巨大的阅读者。网络作品的大规模涌现，赋予文学多向度的发展路径，让更多的生存群体甚至是异质性的生存群体可以合法合理地进行文学表达。更重要的是，网络文

① 周志雄：《网络文学的发展与评判》，人民出版社2015年版，第43页。

② 欧阳友权：《学院派眼中的网络文学——中国首届"网络文学与数字文化"学术研讨会侧记》，《中华读书报》2004年9月22日。

学激发了广大民众久已忘却的文化和精神的创造力。只要你愿意，你的文字既可以怪力乱神，也可以天地洪荒。总之，周志雄以他的实证和考据发出了义理性的论断——网络作家作品的出现是有意义的，也是对狭窄一统的精英文学的拓宽和延展。但同时，对网络作家作品的内在性难局，他也是不回护、不遮掩的。他诚直地指出了网络文学在思想内涵与艺术审美方面的缺憾和粗糙。他也忧虑当下商业网站利益机制刺激下，网络文学过度的消遣化、娱乐化、雷同化的危险倾向。对此，周志雄发出了批评家的善意提醒。但这些警醒和批评之声，不是俯视姿态，也没有趾高气扬、唯我独尊的乖戾和偏激。而是以体恤之心深入理解网络作家在文学性与商业化之间两难的处境，同情他们在身份认同方面的焦虑与不被理解的曲折尴尬。周志雄在论述网络文学的缺憾中不乏透彻犀利，但他也同时从网络作家们的成长环境、时代背景、学历教育、生活追迫及文学认知等维度来宽宥网络文学的不尽如人意处。他将学术研究与作家的存在境遇相连，将批判文字通达到人心之思。这种阔大、入心的批判路径与温润如玉的优美语言相携，使周志雄的批评文章既有慧性活跃的美学趣味，又充满了通达人心的豁达与魅性。

# 散点透视中的网络文学

## ——评《网络文学的发展与评判》

刘振玲*

上世纪90年代网络媒介的出现为文学提供了一种新的传播方式，网络文学应运而生，并迅速吸引了一大批读者，成为当代文学潮流中不可或缺的一部分。2015年9月，中央政治局召开会议，习近平总书记发出了大力发展网络文艺的号召，充分体现出网络文学的强大生命力及其在国民生活中的重要性。在这个背景之下，以何种方法研究网络文学，以及如何评判网络文学的发展成了学术界迫切关注和讨论的问题。

周志雄的《网络文学的发展与评判》（人民出版社出版，2015年9月版）是山东师范大学中国现当代文学学科重大科研项目“20世纪中国文学主流”学术新探书系成果之一，该书采用散点透视法，拓展和深化了网络文学研究，是近年来网络文学研究领域的一项重要成果。全书共15章，由网络文学的生成及其蕴含的文学新质写起，分析了网络文学发展的外在机制，对网络文学的艺术价值和时代意义做出了合理的解释与评判，有较高的学理性和创新性。

作为一部学术探索性著作，该书的创新性主要体现在采用散点透视的研究方法展开对网络文学的研究。散点透视是绘画和其他造型艺术的常用方法，通过移动视点，打破一个视域的界限，采取漫视的方法实现多视域的结合，将影物自然而有机地组织到一个画面里。学术研究与创作中采用散点透视法，能从多个角度表现事物特征，可以使表现对象更加鲜明、生动、丰富，更具立体感。《网络文学的发展与评判》便是采用散点透视研究方法的范例。周志雄在后记中如是说：“面对网络媒介与市场资本结合而生的网络文学，研究所涉及的不仅仅是审美、阅读，还有媒介、资本、市场、读者、社群。”① 在书

* 刘振玲，女，1992年生，山东省淄博市沂源县人，山东师范大学文学院硕士研究生。

① 周志雄：《网络文学的发展与评判》，人民出版社2015年版，第330页。

中，作者便以“审美、阅读、媒介、资本、市场、读者、社群”等作为移动视点，通过多个“散点”的研究对网络文学进行了全面的分析与解剖。这种研究方法的选择与网络文学的特点是相适应的。苏州大学汤哲声教授认为，分析通俗文学的经典一定要由四个要素组成：文本、媒介、运作和读者的需要。网络文学作品多为通俗文学，研究网络文学仅仅研究文本是远远不够的，还要研究它的市场运作、传播媒介、版本传播等“外部”因素。

周志雄的《网络文学的发展与评判》中多个“散点”的选择以及汤哲声所说的通俗文学经典四要素的分析并不是凭空想象、随意划分的，它们有一个共同的理论基础，那就是美国学者艾布拉姆斯的“文学活动四要素”理论。艾布拉姆斯在他的《镜与灯——浪漫主义文论及批评传统》一书中提到，文学作为一种活动，由四个相关要素构成，即作者、作品、读者和世界，这四个要素相互渗透，相互作用，相互影响。在研究任何一种文学活动时都不能脱离四个要素整体而孤立地研究其中一个或两个方面，独立的研究角度固然能使研究内容较为深入，但同时会限制研究的视野，容易导致研究结论以偏概全。因此，在文学研究领域，我们要将文学活动看做一个整体，研究网络文学，不仅要关注到网络文学的创作过程，还要探究网络文学的载体和读者接受环节。网络文学作品普遍艺术性并不高，但影响力很大，其文化意义大于文学意义，这种研究路径的选择便显得尤为重要。

在第二章“网络叙事与文化建构”中，周志雄从网络文学的语言和叙事方法两个方面出发，以具体的作品为例，为我们分析了网络文学的语言系统和叙事风格：“网络语言制造的一种调侃式的幽默的写作风格，改变了20世纪中国文学过于沉重的面貌，戏谑的网络叙事语言以一种娱乐化的形式开创了一种新的叙事范例。”[①] 关于“媒介、资本和市场”这三个角度主要集中在书的中篇“网络文学的流脉、平台与传播”。第八章“文学网站与网络文学”中，作者向我们介绍了网站的运营机制，以起点中文网为例，从VIP运营机制的确立到其对网络文学发展的影响，作者都一一做了分析，使读者清晰地了解到网络文学是如何发展起来的。谈到“读者和社群”，这便涉及网络文学的受众对象了。对此，作者不仅仅分析了网络文学的读者情况和特点，还在附录二“文化视域中的网络文学”中，邀请了85后、90后的在校学生，以

① 周志雄：《网络文学的发展与评判》，人民出版社2015年版，第27页。

谈话的形式了解到作为网络文学受众对象的读者——青年学生们对网络文学的看法，这是这本书的一个亮点。

勃兰兑斯的《十九世纪文学主流》是思辨与实证相结合的典范著作，《网络文学的发展与评判》正是在其启示下完成的具有较高思辨性与实证性的作品。作者引用马尔库塞的感性解放理论阐释网络文学的文化意义，“个体感官的解放也许是普遍解放的起点，甚至是基础。自由社会必须植根于崭新的本能需求之中”，认为文学叙事应该发扬自由精神，追求一种感性解放，这与巴赫金的“狂欢化”理论以及弗洛伊德的精神分析理论有相通之处。文学写作以感性解放为起点，叙事不受束缚是人获得自由健康发展的一种途径，作家们通过笔尖的自然流动来书写自己的精神世界，这是自由社会的象征，也是人类所向往和追求的境界，这是对文学叙事的思辨性审视。然而，“在科技文明不断进步的今天，在文学体制制约着出版自由的时候，在文学的传播媒介决定文学的效应的时候，审美领域的感性解放是受约束的”，“中国的网络文学写作不是马尔库塞所倡导的精英分子突围，而是民众普遍性的觉醒”①。作者以猫腻的《间客》为例，向我们解释了网络叙事是如何进行感性解放，如何进行叙事艺术的变革的。在谈及文化建构时，周志雄运用了布尔迪厄的文学场域理论，同时阐释了自己对网络叙事意义的理解，他认为，网络叙事不是为了确定一个永恒不变的价值标准，它应是人的总体经验的书面表达，网络叙事应该发展成为一种美学形式而非衡量文学价值的评判标准，结合目前网络文学实绩，网络文学通过影视改编，游戏上线等途径促进了文化产品的多样性，推动了网络文艺的发展。抽象的思辨与具体的实证相结合，深化了读者对网络叙事的理解。

以“个案透视整体”是《网络文学的发展与评判》的又一个亮点。网络文学自上世纪 90 年代兴起至今已经历近 30 年，网络文学作品如雨后春笋般不断涌出，尽管网络文学来势汹涌，势不可挡，但对网络文学的研究却仿佛处于一个刚刚起步的阶段，网络文学研究跟不上网络文学的发展进程，学界对网络文学的研究热情比不上传统文学，或许因为受传统文学价值标准的影响，人们对网络文学持有天生的偏见，网络文学研究现状令人堪忧。就目前的研究来看，网络文学更多地是被作为一种文学现象加以探究，而目前有关

---

① 周志雄：《网络文学的发展与评判》，人民出版社 2015 年版，第 42 页。

网络作家和作品分析的研究文章还不多。《网络文学的发展与评判》分析了大量的网文作品并通过与网文作家的对话拓展了这一研究的薄弱环节。比如在第十一章“抗战题材的网络小说”中，作者用较长篇幅来分析网络小说《遍地狼烟》，以历史视野来审视这部小说，由此分析了抗战题材的网络小说的写作趋势：以小说的形式重返历史，固然偏重的是想象，但不是戏说历史，小说写作者的态度是严肃认真的。[①] 除了网络作品的案例之外，还有对网络作家的个案研究。第七章“网络文学的作者群体”先是对作者群体做了总体概述，后又介绍了一些产生重大影响的作家如安妮宝贝、宁财神、方舟子、李寻欢、慕容雪村等的大致情况，比如他们的求学背景、写作履历、主要作品、职业、作品影响、网络对于作者意义等等。附录一“当代网络作家访谈录”以现场的谈话记录为证，通过作家们自己写作经历的讲述，在读者们和作家之间搭建了一座桥梁，拉近了读者与网络作家的距离，使读者们形象地了解到网络作家的精神形象。

网络文学是人类文明进入新的历史时期所出现的新的文化现象，对网络文学发展的评判是一个开放性的研究领域。周志雄从事网络文学研究已十余年，他博览群书，搜集一切与网络文学相关的资料，并进行整理、分析和探究。《网络文学的发展与评判》从多个散点中较为全面和系统的透视了网络文学的发展，但它无疑还只是研究的一个阶段性总结。随着网络文艺的飞速发展，特别是一代代网络作家的不断涌现，网络文学的发展给研究者留下了巨大的探索空间，也对研究者提出了挑战。

① 周志雄：《网络文学的发展与评判》，人民出版社 2015 年版，第 178 页。

# 从网络作家的角度看网络文学

## ——读《大神的肖像：网络作家访谈录》

姚婷婷*

相对于网络文学作品的浩如烟海和创作队伍的不断壮大，网络文学所对应的文学批评显然还是一个比较薄弱的环节。网络文学如何研究，学术界有各种看法，有学者倡议要建立与网络文学特点相适应的批评体系，在这个体系建立之前，进入网络文学创作现场，阅读网络文学作品，倾听网络作家的声音，与网络作家对话，实现批评和创作的互动，则是一项重要而紧迫的基础性工作。

“山东师范大学汉语言文学专业名校建设工程”和“山东师范大学卓越人才培养计划”的实践成果之一——《大神的肖像：网络作家访谈录》（周志雄等著，山东人民出版社，2015年10月版，以下简称《访谈录》）就是这样的一部试图接通网络文学批评和网络文学创作的著作，是山东师范大学网络文学研究中心成立后的第一份成果答卷，也是目前国内第一本专门以网络作家为访谈对象的著作。

《访谈录》选取了曹毅（高楼大厦）、高岩（最后的卫道者）、庞建新（落尘）、夏龙河（水蚀、希墨）、高克芳（曼陀罗）、刘耀辉、张宁（减肥专家）、张蛭（青狐妖）、于鹏程（风御九秋）、郗德文（雪舞冰蓝）、张苏楠、魏忠山（冷海隐士）、高月（穆丹枫）、黄玉艳（浅紫缤纷）、李雪松（松子糖）、段国超（写字板）、宋鹏帅（萧瑾瑜）17位网络作家为访谈对象。采用面对面交流或电话采访的形式，访谈成果由录音整理而成，语言生动、活泼，最大程度上保持了现场对话的原汁原味。全书主要分为两部分：第一部分为“对话网络作家”，从微观上细致深入地与网络作家探讨网络文学的相关问题，

* 姚婷婷，女，1990年生，山东临沂人，山东师范大学文学院硕士研究生。

范围广泛、内容丰富；第二部分为“网络作家谈创作”，通过网络作家的创作谈展现他们的艺术观、创作追求及创作的困惑。

《访谈录》通过对网络作家的创作道路、灵感来源、兴趣爱好、创作收入、创作计划、写作艺术等方面进行提问，描绘了多位网络文学大神的精神肖像。访谈思路开阔，涉及面广，既有“网络文学版权”“网络文学的价值与困境”“作家写作道路与写作经验”“网络文学与传统文学的关系”“网络写作的困境”“如何看待 VIP 机制”等网络写作方面的问题，也涉及当下一些比较热点的问题，例如“如何看待以《花千骨》《他来了，请闭眼》为代表的网络文学作品改编为影视剧的现象”对“《遍地狼烟》《从呼吸到呻吟》《青果》等已经登上茅盾文学奖评选舞台”，以及对“网络作家富豪排行榜”的看法等。法国文学评论家阿尔贝 · 蒂博代在《六说文学批评》中将文学批评分为“自发的批评”“职业的批评”和“大师的批评”，他认为作家的批评是内行的、专业的，是“大师的批评”，这固然有蒂博代的个人偏好在其中，但也说明了作家对文学问题的看法往往是有深刻见识力的。在阅读《访谈录》时，我们不难看到关于网络写作的问题，网络作家的卓见比比皆是。

《访谈录》也涉及网络作家生活状况、阅读状态等方面的内容，是一部对网络作家生存状态的调查。网络作家最后的卫道者指出，2012 年、2013 年网络作家收入爆发式的增长，与移动终端存在着一定的关系，但是他对上千万的版税收入仍持保留和怀疑意见。大多数网络大神表示，自己的写作收入已经能让他们衣食无忧，但他们对想入行当网络作家的青年学生给出的建议是：要先有一份工作，再进行写作，不能只看到这个行业“风光”的一面。大多数网络作家的实际情况是：“他们多出身于普通家庭，对生活的艰辛有深刻的体悟，他们大多没有机会上大学，很早就踏入社会，洞察世态人情的能力超乎寻常。他们的文学之路从阅读开始，租书店是他们文学起步的地方，在十几岁的时候，他们如饥似渴地阅读所能找到的书，这些书打开了他们的文学梦想，培养了他们的文学想象力，最重要的是他们开始热爱文学，并从文学中获得了力量。”① 通过网络作家的讲述，我们对网络写作作为一种职业有了更清晰的认识，网络作家是值得尊敬的，他们才高八斗、积极进取、吃苦耐劳的精神形象远远超出了我们通常的印象。

---

① 周志雄等：《大神的肖像：网络作家访谈录》，山东人民出版社 2015 年版，第 383 页。

在传统文学生产领域，具有价值的作品会受到出版社的青睐，变成印在纸质版面上的铅字。实际上，可能会因为各种原因，很多优秀作品延迟发表甚至不能发表，阿来的《尘埃落定》走了 13 家出版社，历时 4 年，偶然被相中，才得以发表。曾经在《人民文学》工作过的朱伟先生说过："较早接触王小波的小说却没能成为发表他作品的第一个编辑，这应该说是我一生的遗憾。"[①] 按照马克·波斯特的说法，"句子的线性排列，页面上的文字稳定性，白纸黑字系统有序的间隔，出版物的这种空间物质性使读者能够远离作者"。[②] 在传统文学创作的过程中，作者和编者、读者之间的距离，影响了文学的及时传播。与传统的书写方式不同，网络文学写作采用的是"电脑书写"这种自由的形式，这大大拉近了作者与读者的距离。所谓电脑书写，就是把文字符号转化为电脑能够识别和处理的电子符号。电脑书写的过程就是书写者在电脑上不停地敲打键盘，电脑记录着其进程和选择，根据一一对应的原则在已储存好的字库中寻找出相应的字符，并在屏幕上显示出来的过程。[③] 电脑写作与互联网结合，形成了方便、快捷、及时、互动的网络写作，网络作家青狐妖（张堑）说他每天要在电脑前至少 5 个小时[④]，他还提到每天坚持不断更新的唐家三少，十年来未断过一章，实现了无缝衔接。"电脑书写"使文学创作工具和文学传播渠道发生了改变，使文学创作发生了巨大的变化。这一自由的外衣，带来的是酣畅淋漓的言说，网络时代极大地满足大众的创作欲和交流欲，让我们可以不再成为"沉默的大多数"。网络文学在网上连载的更新方式，决定了网络作家需要时刻保持创作的热情。网络作家落尘说，在写一本三四百万字的超长篇作品时，在写作的过程中会有多种多样的想法，他选择的是顺着主角的故事走，每天想些什么就写什么。网络作家曼陀罗天使的写作灵感来源于现实，她的作品通过身边的事表现一代人的生活，如 70 后的社会工作压力，婚姻失败等等，引起了大部分读者的共鸣。[⑤] 这些作家的现身说法让我们看到了网络文学在商业化、娱乐化表象的另一面。

周志雄教授在《访谈录》的结语中说："研究不能先入为主，要认真阅读网络文学作品，听听网络作家怎么说，知道他们真实的想法，了解他们的艺

---

① 朱伟：《王小波的精神家园》，《三联生活周刊》2002 年第 15 期。

② ［美］马克·波斯特：《第二媒介时代》，范静哗译，南京大学出版社 2001 年版，第 84 页。

③ 于洋、汤爱丽、李俊：《网络文学的自由境界》，中央编译出版社 2004 年版，第 122 页。

④ 周志雄等：《大神的肖像：网络作家访谈录》，山东人民出版社 2015 年版，第 191 页。

⑤ 周志雄等：《大神的肖像：网络作家访谈录》，山东人民出版社 2015 年版，第 132 页。

术追求，看看他们真实的生活状态和精神状态，理解他们的困惑和忧虑。这样展开的研究才是有效的，才是接地气的。通过访谈，我想展示网络文学的创作成就，近距离地感知网络作家的人格个性，以答问的方式呈现作家创作的道路，建立一手的网络作家研究资料，改变网络文学研究和网络创作脱节的现状，与网络作家对话，对网络文学发展的相关理论问题进行探讨。”① 如我们所读到的，通过与网络作家近距离的交流，《访谈录》拓宽了网络文学的研究视角，拉近了读者和作者的距离，为深入研究网络作家提供了一手材料。

十几年前，作家徐坤指出，虽然网络文学比起传统文学来没有任何优越性可言，但随着网络时代的到来，网络书写，是别无选择的。② 文学评论家白烨认为，网络文学是一种新兴事物，现阶段是向成熟过渡的时期，他相信随着网络写作的进一步成熟，网络文学会有一个光明的前景。繁荣发展的网络文学呼唤着更多的研究成果问世，与网络大神对话，关注优秀的网络作家的写作状态，这是网络文学发展的需要，《访谈录》是一个很好的开端。

① 周志雄等：《大神的肖像：网络作家访谈录》，山东人民出版社 2015 年版，第 381 页。

② 于洋、汤爱丽、李俊：《网络文学的自由境界》，中央编译出版社 2004 年版，第 131 页。

# 文化视角下的网络文学研究

## ——读周志雄《网络文学的发展与评判》

孙 敏*

从1998年《第一次的亲密接触》发表至今，网络文学已走过近20年的发展历程，在媒介、市场、资本的多重推动下，网络文学发展迅速。伴随网络文学的急剧发展，这一研究对象变得日益复杂，网络文学研究整体上远远滞后于网络文学的发展现状。对学术界而言，认识网络文学的意义和价值，为其在文学史中做出准确定位，建立与网络文学相适应的新的批评机制是最亟待解决的问题。《网络文学的发展与评判》（周志雄著，人民出版社，2015年9月版，以下简称《发展与评判》）作为"20世纪中国文学主流"学术新探书系成果之一，在回顾网络文学发展历程的基础上对网络文学进行评判。该书将网络文学看作一种文化现象，在文学与文化之间开掘，通过具体阐释网络文学在媒介与市场运作下的产生、传播，解读其文学新质及外在机制，认识其意义和价值。作者以宏观视野审视网络文学的发展，肯定其文化贡献，为网络文学研究开拓出新的空间，科学、全面的研究方法为后来研究者提供了借鉴。

## 一、本体意义的确认

网络文学是20世纪90年代伴随互联网的飞速发展而出现的，依托网络平台——文学网站产生、阅读、传播，在媒介、市场、资本的推动下目前已形成从网上阅读到实体书出版及影视剧、漫画、网游、手游的"网络文学全产业链"。在该产业链下，网络文学按照"文学写作——市场运作——互联网

---

* 孙敏，女，1989年生，山东省聊城市东阿县人，山东师范大学文学院硕士研究生。

消费”的路向发展，显现出迥异于传统文学的对媒介、市场的强大依赖性。从该角度出发，可以发现网络文学并非仅仅是网络上的文学，而是有着自身独立特色的一种文学活动。要对其进行研究，传统文学的评价标准、研究方法都不再适用，转换思路，探索新的研究方法成为网络文学研究者们的当务之急。作者对此有清醒的认识，因此将研究重点放在了如何全面认识网络文学上，从内、外部结合的宏观视野入手，推本溯源，回到网络文学产生的最初环境去了解它生产、传播的全过程。这相比于以往从媒介、传播等外部角度审视网络对文学的影响，或者从对网络类型小说、作家、作品的解读等内部角度入手研究网络文学是一大进步。《发展与评判》在外部审视与内部观察结合的基础上，实现了从宏观和微观的综合角度认识网络文学。

《发展与评判》从20世纪90年代中国社会的文化转型这一网络文学产生的背景出发，分析网络媒介的出现对文学发展的影响，将网络文学看作文化转型的产物进行重新解读，观察它是怎样产生、被接受和传播的。其中，上篇第一章探讨了网络小说产生的文化环境，中篇解读了网络文学的平台与传播，作者认识到是文化转型、网络媒介的发展促进了网络文学的繁荣，文学网站、资本的运作推动了网络文学的产业化，网络文学热促进了网络小说影视改编潮流的出现；以上几种因素的相互作用形成了网络文学的通俗化、娱乐化、商品化。接下来，从“生产者”角度，作者在第七章“网络文学的作者群体”中分单章概述网络作家，并详细介绍了重要网络作家。从“接受者”角度，作者运用接受美学方法，在第十章中阐述“莫言在互联网上的接受和传播”，以此分析网络上新文学批评环境的形成。从“艺术品本身”角度，作者对网络文学本身的特性进行了充分挖掘，表现在上篇中对网络叙事、网络小说类型化及商业化、网络文学入史的探讨，中篇中对网络小说的文学传统的分析，下篇中对网络文学的类型与特质的探究。作者梳理了网络文学的“血脉”，看到了其类型化、商业化蕴含的境遇；由此分析出，作为一种新文学形态，网络文学在促进文学普及之余，更以全新的叙述表达、充满活力的叙述语言、多样的题材丰富了当代文学，其对人文价值的维护、对叙事传统的继承与纯文学遥相呼应。宏阔视野与精准分析的结合在文化的本体意义上确立了网络文学的意义和价值，得出的结论也是掷地有声的：“网络文学的价值和意义不在于其文学性可以和纯文学比肩，而是在文化上的贡献，它让文学拥有更广泛的写作者和阅读者，让文学独立于传统文学体制之外在市场原则上运行。”①

## 二、研究领域的拓展

网络文学势如潮涌般的发展让学术界的研究稍显被动，相比于网络文学的高速发展，研究相对滞后，有效的网络文学批评机制还未建立，很多前沿问题在网络研究中仍属空白。在此方面，《发展与评判》做了众多有益尝试。

首先表现在对网络文学入史问题的探讨，一直以来这是个被广泛争论的问题，有研究者以网络文学的“非主流”为由对其进行排斥，尽管已有当代文学史著作吸纳了网络文学，但网络文学仍处于相当尴尬的地位。作者虽肯定网络文学进入文学史的必然性，指出网络文学入史关系整个当代文学体系变化，但同时也丝毫未回避网络文学会面临的问题——经典作家、作品的缺失，研究困难，合理批评体系的未建立等。可以说，作者对这一问题的讨论是深刻而具前瞻性的。第二，对具体作家、作品的分析。虽然网络文学中已涌现出众多知名作家，但研究界对网络作家的研究却一直停留在痞子蔡、慕容雪村、安妮宝贝等早期作家上，唐家三少、我吃西红柿、南派三叔、天下霸唱等市场效应很好的作家迟迟未进入研究者的视野。《发展与评判》分单章从整体上叙述了网络文学的作者群体，在阐述“娱乐大众的网络小说”一章时以唐家三少为例，阐述“读者追捧的网络小说”时以《失恋 33 天》为例。附录一的“当代网络作家访谈录”包括了慕容雪村、宁肯、蔡骏、李晓敏等重要网络作家，这些努力均弥补了当前对具体作家、作品研究的不足。第三，对北美的汉语网络文学的研究。汉语网络文学最先于海外兴起，在国内网络文学迅猛发展同时，北美的汉语网络文学也形成了强大的阵容。作为汉语网络文学的一部分，其意义、作用不可忽视。《发展与评判》专门辟出单章对北美的汉语网络文学特征进行介绍，指出其“与中国大陆在商业机制下制造的爆炸式的网络通俗文学有很大的不同”，表现为“超脱、随性的文学趣味”，“旷阔的生活与文学视野”②。研究领域的拓展让《发展与评判》走在了当下网络文学研究的前端。

---

① 周志雄：《网络文学的发展与评判》，人民出版社 2015 年版，第 330 页。

② 周志雄：《网络文学的发展与评判》，人民出版社 2015 年版，第 217 ~ 221 页。

## 三、科学研究方法的运用

学术研究是研究对象、研究视角、研究方法相互作用的过程，优秀的学术研究不仅能从新的研究视角切入，发现研究领域中未拓展的方面，还能以研究方法的切实可行为该领域的其他研究者提供借鉴。在《发展与评判》中，作者以博通古今、雅俗共赏的视野，为网络文学研究提供了可供实践的研究方法。

一是从纯文学中寻找理论支撑。作为一种新的文学形态，网络文学的"特性"使其很难被认识。要确立其价值取向，为其定位，是一大难题。对此，作者明智地从传统文学资源中寻找支撑。网络文学在当下文坛的地位多少类似五四新文学时通俗文学的尴尬地位，作者将网络文学看作通俗文学在网络上的翻版，通过分析网络文学在取材、叙事策略方面对纯文学的继承来肯定网络文学的文学意义。对网络文学的特征，作者从传统文学及西方理论中寻找支持，如对网络小说的青春文化特征，以玛格丽特的后象征文化为理论依据，指出中国现代文学其实是一种青春文学，从而肯定网络文学的青春价值。对网络小说的类型化，作者对照纯文学，指出"小说类型化在纯文学领域也有某些回响"。对网络小说的商业化，作者认为中国现代文学史是商业化推动的文学发展史，指出文学与商业化的不可分割，从而引导我们认识网络文学商业化的境遇、策略与意义。在与纯文学对照的基础上，作者确认了网络文学的价值取向，从而实现了为其"正名"，纯文学资源的支撑使论述有力而令人信服。

二是文学研究与跨学科研究的结合。网络文学的复杂性决定了网络文学研究的立体动态性，网络媒介、资本像一只看不见的手操控着网络文学的发展，不弄清楚这些，难以真正认识网络文学。这就要求研究者需具备文学之外的广博知识视野和跨学科思维方式。在《发展与评判》的研究中，作者除从文学角度解读网络文学的特质外，还从媒介研究、传播学角度对网络文学进行探讨，不仅分析媒介——主流文学网站及其运营机制，还通过网络小说的影视改编、互联网上的接受分析网络文学的传播，通过"出乎其外，入乎其内"，由此更深入地阐释了网络文学的独特特征。

三是科学的研究态度。《发展与评判》一书分正文与附录两部分，正文对网络文学的发展做出了评判，附录则收入了作者对一些网络作家的访谈，以及作者与在校学生关于网络文学的对话。作者坦言，这是自己一直想做而未能全面展开的网络文学研究工作的一部分。作家访谈在展现作家的写作状态之余势必会帮助研究者更深入地了解网络文学创作群体；而与青年学生的对话则无疑会更助力研究者全面了解网络文学，有利于打开新的研究思路。作者这种贴近现实的研究态度与网络文学的民间立场、大众化价值取向可谓不谋而合，值得肯定。

网络文学以开放、包容的姿态活跃了当代文坛，对其批评、研究应着眼于开阔的视野，立足于深入的探究。《发展与评判》试图在文化与文学之间开掘，建构网络文学美学，以有效的批评话语解读网络文学，为网络文学做出了准确的定位，无疑会有力推动网络文学的发展。

# 透视心灵的多元对话

## ——评《大神的肖像：网络作家访谈录》

韩　晓*

周志雄教授主持完成的《大神的肖像：网络作家访谈录》（山东人民出版社，2015 年版，以下简称《访谈录》）出版了，这是网络文学研究界值得高兴的一件事。作者在后记中表达了出版此书的初衷："展示网络文学的创作成就，近距离地感知网络作家的人格个性，以答问的方式呈现作家创作的道路，建立一手的网络作家研究资料，改变网络文学研究和网络创作脱节的现状，与网络作家对话，对网络文学发展的相关理论问题进行探讨。"① 《访谈录》分为两个部分，第一部分是"对话网络作家"，采用问答的方式，分享作家的人生体验和写作经验，近距离感受网络作家的风采；第二部分是"网络作家谈创作"，表达网络作家对网络写作的看法。读完整本书，掩卷思索，对比其他网络文学研究类的书目，《访谈录》的出版犹如一阵清流，给人耳目一新之感。

网络文学是文学发展到一定阶段的新兴文化产物，随着科技的不断进步，多媒体的普及，网络文学由于比传统文学更贴近大众生活，阅读更为便捷，成为读者喜闻乐见的一种文学形式，受到社会各界的普遍关注，网络文学研究也越来越重要。目前这个领域的研究者越来越多，相关的理论书籍也比较繁杂，相较于其他的理论研究著作，这本《访谈录》则更像一本故事集，一部短小的人物传记，它通过访谈的形式使我们细致地深入到作家的日常生活和写作体验之中。通读完《访谈录》让人感概颇多，甚至产生了动手上网写作的冲动。这些网络作家们大多是普通人，他们大多学历不高，这并没有给作家的写作造成阻碍，相反，多样的生存体验激发了他们创作的潜力。他们

---

* 韩晓，女，1992 年生，山东省章丘市人，山东师范大学文学院硕士研究生。

① 周志雄等：《大神的肖像：网络作家访谈录》，山东人民出版社 2015 年版，第 375 页。

中的很多人从普通的“网络写手”成为专职的网络作家，通过网络文学写作他们不仅收获了名利，改变了人生轨迹，从普通人一跃成为作家、名人，有的还有大量的“粉丝”追随者，那些追随者不仅关注他们作品的动态，还把他们视若神明，充满敬仰之情。

《访谈录》通过与网络作家的答问，能够很好地为网络文学正名。网络作家们独特的人生经历和鲜活的人格个性，活生生地展现在我们面前，他们不再神秘。他们有的是生活富裕、安逸的高级知识分子，有的是土气的、学历不高的农民，有的是生活在社会底层的打工族，有的是背负着现代都市生活压力的小白领。他们的作品有的描写世俗的男欢女爱与生活的琐碎，有的虚构充满奇思妙想的玄幻故事，有的表现大气磅礴、气势恢宏的历史，但他们彼此相通的一点是：有一颗敏感的心，热爱读书，热爱文学，通过文字建构一个世界，并在市场规则中以此谋生。这些作家还有一个共同之处：接地气。阅读《访谈录》，我们可以感受到，网络作家们非常平易近人，他们的作品更容易引起读者的共鸣。他们特别在意满足读者的阅读期待，他们的作品故事性很强，语言通俗易懂。作家高楼大厦认为网络小说的要素就是始终在讲故事，故事性是网络小说的灵魂，基本所有的网络文学都是围绕一个人或几个人讲述一个引人入胜的故事。网络文学作品也有一些自然形成的写作模式，一部作品火了，就会出现好多类似题材的作品，而这个作品的写作模式也会被很多的写作者采用，比如《花千骨》的火爆，导致这种仙侠虐恋剧的流行。通过作家们的讲述，我们了解到，其实模式只是一个大体上的“拐杖”，真正要写出好作品，要成为“大神”，其实是对一个写作者的语言、耐力、想象力、生活经验、智慧等多方面素质的考验。

第二辑“网络作家谈创作”中，作家们分别谈他们对网络文学发展现状的看法以及对未来网络文学发展态势的预估，他们乐观地断言：“网络文学将成为主流文学。”相较于网络文学研究者们单纯的理论研究，身在写作一线的网络作家们似乎对网络文学更有发言权，他们有着更真实的感受，更能够敏锐地把握到网络文学发展的脉搏。青狐妖认为：“网文是为这些网络读者而写，是在精神上满足他们现实中的不满足，而不是给他们添堵。”① 这是一方面，另一方面作者对自己的写作有着清醒的认识和精神定位：“真若能让大批

① 周志雄等：《大神的肖像：网络作家访谈录》，山东人民出版社2015年版，第367页。

读者在轻松惬意之中，得到了点点滴滴的触动，那么作者会在写红的基础上，成为一名拥有自己独特风格、神格坚挺的大神。相反，只以媚俗、低俗情节而吸引读者的，充其量只能小红一下、瞬间即逝，永远无法跻身网络文学大神之列，成不了大器。包括所在的文学网站，也永远不会向外界力推一名写低俗文的作者，拿不出手。”① 与那些批评网络文学低俗、注水的“高论”相比，网络作家的发言应该更符合网络文学的创作实际。

在新闻宣传中，网络作家有两种形象，一种是“网络文学富豪榜”所聚焦的“暴发户”形象，一种是日更上万字，最后很多都“过劳死”或“抑郁”的形象，这两种面孔在某种程度上都把网络作家的形象妖魔化了，《访谈录》让我们看到了网络作家在创作过程中的精神困惑和创作的不易，但另一方面，他们的生活虽不是那样潇洒，也不是那么不堪。夏龙河说：“作品的优劣不能与市场价值成正比例，此种怪诞，恐怕是世间所有产品的唯一。要考虑市场，还要坚守自己的文学情怀，我跟很多文友一样，都试图把这两者糅合在一起，但是因为水平所限，一直没有做好。”② 落尘说：“我们创作的目地，除了愉悦大众外，其实更多的，还是在愉悦自己。”③ 我们可以看到，网络作家的创作境界，并不是有些批评者所认为的那样低。在人们批评网络文学的时候，雪舞冰蓝看到了网络文学也在反哺纯文学：“如果说‘网络文学’是‘顺应’着我们的欲望、‘放纵着’我们的欲望而来的话，那么传统文学应该是‘逆流而上’，它击中的应该是我们的内心和灵魂最柔软的部分！如果有一天，我们能够拿到一本传统文学作品，从里面得到美的愉悦、精神饥渴的满足、灵魂上的震颤和慰藉，能够把它当做一个‘安身立命’之书，那么我们的传统文学就会重新得到读者的尊重！”④ 网络作家们不是一味夸赞网络文学，而是清醒地看到了网络文学面临的困境，商业化不断腐蚀渗透网络文学，一些作家开始游走在名利、金钱的边缘而忘记初心，但时间会淘汰掉一切沙砾，一批年轻的优秀网络作家将在这个群体中脱颖而出，他们肩负着这个时代的历史责任，同时他们也是优秀的文化传播者。同传统文化一样，“色情”“暴力”的文化不管在哪个领域都不会有很长的生命力，最终大浪淘沙沉

① 周志雄等：《大神的肖像：网络作家访谈录》，山东人民出版社 2015 年版，第 367 页。
② 周志雄等：《大神的肖像：网络作家访谈录》，山东人民出版社 2015 年版，第 368 页。
③ 周志雄等：《大神的肖像：网络作家访谈录》，山东人民出版社 2015 年版，第 370 页。
④ 周志雄等：《大神的肖像：网络作家访谈录》，山东人民出版社 2015 年版，第 375 页。

淀下来的才是能经得起考验的作品。网络作家也是有抱负的，风御九秋说：“网络作家还是要让那些传统作家，作协的官老爷们看看，网络文学作品并不全是垃圾，事实上很多网络作家的作品已经超越了传统作家。”① 听听这些大神作家的现身说法，我们发现，很多对网络文学的流行看法实际是站不住的。

网络写作门槛低是一种错觉，网络作家浅紫缤纷讲到，网络文学看似谁都能写，但写不写得好就是另外一回事了，网站会根据写作水平来划分作者的等级和待遇，好多写手都是要经过层层考验的，最终留下来的还是有实力的。网络作家们最初是凭借着满腔的热情踏入文学这个领域，要想经得住时间的考验，写出更有生命力的作品还是要不断进行自我的提升，我们看到，对于那些写作多年的网络作家来说，他们在不断地寻求突破，不断地在进步。

如《访谈录》的后记中所言，这只是一次“试水”，《访谈录》收入的“大神”还不够多，但对网络文学研究的深入是颇有启示意义的。要想了解网络文学的发展形态，首先要从阅读作品，了解作者入手，《访谈录》通过零距离接触网络作家，为网络文学研究提供了一手资料，通过知人论世，我们在评判网络文学时的许多问题也会迎刃而解。网络成就了网络作家，也可以说正是因为一批优秀的网络作家、作品的出现才形成了网络文学潮流，此种态势，呼唤着更多有分量的网络文学研究成果问世，而这一切只是刚刚开始。

---

① 周志雄等：《大神的肖像：网络作家访谈录》，山东人民出版社 2015 年版，第 213 页。

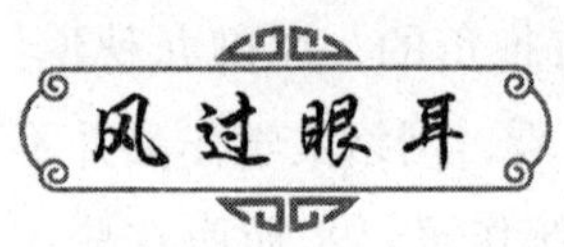

# 网络文学词条举要*

高寒凝　吉云飞　肖映萱等

**【A 站/B 站】（高寒凝编撰）**

A 站和 B 站都是弹幕视频网站 niconico 在中国的翻版。其中 A 站指 AcFun，2007 年成立，最初主要是连载动画，2008 年 3 月开始模仿 niconico，建立即时评论系统。此后 A 站越发倾向于鼓励原创作品，题材也不仅仅局限于 ACG（动画、漫画、游戏的总称），在弹幕功能的催化下，很快形成了独特的网站生态和网站文化。B 站指 bilibili，2010 年正式成立，最初以搬运日本动画和各国电视剧、纪录片为主，后来也出现大量原创视频。近年来网络视频版权管理越发严格，B 站也积极购买了一些正版动画、电视剧版权，继续发挥其弹幕文化的优势。

**【ABO】（徐艳蕊编撰）**

这是一种源自欧美同人圈的世界设定。ABO 三个字母分别指 Alpha，Beta 和 Omega ，这三个单词源于希腊语，Alpha 有首要、领头的意思，Beta 包含有跟随、辅助的意涵，Omega 则表述从属。Alpha，Beta 和 Omega 经常被用来表述狼群的阶级划分，Alpha 是狼群头领，Beta 是辅助者，Omega 是最底层的跟从者。ABO 文的流行直接受到美剧 Supernatural（简称 SPN，中译《邪恶力量》）同人圈的影响，2010—2011 年间，SPN 粉丝群对电视剧里的狼人故事进行了创造性的发展。Supernatural 里的狼人有着等级鲜明的阶层划分，啮咬自己属意的人的后颈以示占有，这些后来发展成为 ABO 文的经典设定。ABO

---

* 本栏目主持人邵燕君，女，1968 年生，北京大学副教授。本文系邵燕君主持的国家社科基金项目“网络文学的经典化与‘主流文学’的重建研究”阶段性成果，项目批准号 14BZW150。

设定最初流行于欧美影视剧同人圈，2012 年渐渐被中国欧美影视剧同人圈接受，很快中国原创耽美圈也开始有了 ABO 文。

理论上男女 ABO 共六种性别相互都可以配对，实际上大多数 ABO 文钟情于描写男性 A 与男性 O 之间的故事。ABO 文往往包含有非常浓烈的、戏剧性的情欲描写，这是 ABO 文一个非常重要的吸引人的因素。同时 O 的生物本能和社会处境也是对现实世界中女性生存境况的隐喻，并由此引发了一系列讨论：O 即便具有天生的生育本能，是不是就该因此被禁锢在家里，一生致力于生儿育女，对 A 表达出绝对的服从？O 如何突破自身困境，活得更像一个人而不是性玩具和生育机器，也是 ABO 文经常呈现的主题。

**【ACGN】（肖映萱编撰）**

ACG，即 Animation（动画）、Comic（漫画）、Game（游戏）。近年来，日本也有 ACGN 统称的说法，其中 N 即 Novel（小说），主要指日本独具特色的“轻小说”。中国网络上则仍普遍采用 ACG 的说法。

**【BDSM】（高寒凝编撰）**

它与 ABO、哨兵向导并称欧美同人圈三大设定。所谓 BDSM，指的是一系列相关的人类性行为模式，包括绑缚与调教（bondage & discipline，即 B/D），支配与臣服（dominance & submission，即 D/S），施虐与受虐（sadism & masochism，即 S/M）。在中国，由于审查政策和社会文化环境的不同，描写 BDSM 的小说只可能在网络空间或地下悄悄流传。然而近年来，基于 BDSM 设定的美国网络同人小说《五十度灰》在全球范围内引起的热烈反响，却令这一边缘文类得以进入大众视野。

**【BL/BG】（高寒凝编撰）**

BL 全称 boy's love，与“耽美”意义相近，具体参见“耽美”词条。BG 全称 boy and girl，在网络文学中，BL 文指的是描写男性间恋情的作品，而 BG 文则是描写男女间恋情的作品。因此，各大文学网站和读者之间也常用 BL/BG 作为标签，用以标明不同作品中主要感情线的性别配对。

【COSPLAY】（陈子丰编撰）

英文 Costume Play 的简写，即日文コスプレ。指利用服装、饰品、道具以及化妆来扮演动漫、小说、电影、游戏中的角色。

【CP】（陈子丰编撰）

英文 Coupling 的缩写，即日文カップリング 或カプ。这一词汇最早出现于日漫，表示人物配对关系。在同人作品的创作中，同人作者将原作中有恋爱、暧昧关系，或希望存在恋爱关系的人物配对成为 CP，并展开故事。最初的 CP 多为男男动漫 CP，后来逐渐出现一次元、三次元和女女、男女 CP。

【D&D】（王恺文编撰）

D&D 是欧美经典奇幻体系“龙与地下城”（Dungeon and Dragon）的缩写。D&D 最初是 1974 年由加里·吉盖克斯（Gary Gygax）发明的桌上角色扮演游戏（Table Roleplay Game，简称 TRPG），这也是世界上第一款商业化的桌上角色扮演游戏。在这个游戏中，玩家围坐在桌边，扮演一名虚构世界中的角色，与其他玩家进行交互合作，完成游戏世界中的冒险。其后发展出小说、漫画和电子游戏，在 20 世纪 80 年代至 21 世纪初占据欧美奇幻文学的主流地位。在纷繁复杂的欧美奇幻文化脉络中，D&D 体系对中国早期网络文学影响最大。它于 20 世纪 90 年代被翻译至台湾，并在 1998 年由《大众软件》增刊正式引进中国大陆，以《无冬之夜》《博德之门》《冰风谷》等欧美电子游戏为主要载体，经由中国最早的一批网民传播，直接影响了中国网络奇幻文学的产生。中国本土的网络奇幻小说从 D&D 处获得了成熟的世界设定、故事类型和语言风格，并确定了写作范畴：西方中古世界背景下“剑与魔法”的故事。

【H】（肖映萱编撰）

H，一种解释是 Hentai（变態，へんたい）的缩写“H”（エッチ），在日语中意为“变态”，亦有性爱和破廉耻之意，一般用于日本的色情事物之上，特别是日本动画及漫画，如用 H - Game 标示十八禁游戏，包含有直接的性或其他色情内容的漫画称作“エロ漫画”或“H 漫画”等，与 ACG 文化中的“口工（エロ）”近义。

【RPG/MMORPG】（王恺文编撰）

RPG是Role－playing game（角色扮演游戏）的简称，电子游戏和桌面游戏最主要的类型之一。在角色扮演游戏中，玩家在游戏规则的支持和约束下控制单个或多个角色行动，对依照游戏规则生成的内容进行反馈。现代的角色扮演游戏最早成型于20世纪六七十年代，玩家通过纸笔和骰子来进行游戏，由游戏管理员来制定规则和监督游戏，这一阶段被称为桌面角色扮演游戏（Tabletop Role－playing game，缩写为TRPG）。进入20世纪80年代后，计算机成为角色扮演游戏的重要载体，玩家通过键盘、鼠标和手柄等设备操作虚拟世界中的角色，计算机执行游戏设计者构建的规则，通常RPG指称的是这一类游戏。进入21世纪以后，在网络空间进行的大型多人在线角色扮演游戏（Massive Multiplayer Online Role－Playing Game，缩写为MMORPG）逐步兴起，大量玩家通过网络在虚拟世界中进行互动。21世纪以来最为重要的MMORPG则为《魔兽世界》。

【Slash（斜线）】（肖映萱编撰）

即20世纪中后期欧美的同人创作。在当时的科幻爱好者，尤其是《星际迷航》爱好者中，出现了被称为“fan fiction（爱好者小说）”的二次创作作品，并迅速发展。其中一部分作品重新建构了原作中男性之间的关系，对他们进行爱情甚至性描写，这些作品通常会打上“A/B”的标签，标明是对原作中A与B关系的重新想象，因此被称为“slash（斜线）”，但斜线的前后位置与A与B的攻受关系并没有明显的对应关系。

【YAOI】（肖映萱编撰）

日语词，取“没有高潮，没有结尾，没有意义”的日文原文“ヤマなし、オチなし、意味なし（yamanashi ochinashi iminashi）”首字母缩略而成，即同人的二次创作，后来成为日本耽美的代名词。

【YY】（李强编撰）

“YY”是“意淫”的汉语拼音YiYin首字母缩写，最早源自《红楼梦》。在网络语境中，YY并非特指与性有关的幻想，而是泛指人们（多数是底层青年）超越现实的幻想，即白日梦。YY是网络小说的基本特征，因此也有人将网络小说统称为“YY 小说”。网络小说借助 YY 来表达一些在现实生活中没法实现的欲望或者一些夸张的情感，让读者得到某种程度的满足。YY 本身并无绝对对错之分，但 YY 也是有一定限度的，一些不合乎读者期待视野和理解逻辑的 YY 也会引起读者的反感。

**【百合】（高寒凝编撰）**

它也可以被称为 girl's love，简称 GL，与 lesbian 所指代的现实中的女性同性恋群体不同，百合主要指动画、漫画、游戏、轻小说等二次元作品中女性角色间的恋爱或爱慕关系。百合一词，通常认为起源于 1976 年耽美杂志《蔷薇族》上所设立的，收集女性读者投稿的“百合族的房间”栏目。此后，该杂志主编便将“女性间的同性之爱”命名为“百合”，作为与“蔷薇”（耽美同义词）相对的概念，并沿用下来。

**【重生/重生文】（肖映萱、王玉玊编撰）**

“重生”包含狭义和广义两种含义。狭义上，“重生”指主人公保存记忆回到若干年前重新经历自己的人生，主人公可以依照前世的记忆和经验重新规划未来，趋利避害，弥补遗憾。狭义的“重生文”与“穿越文”的区别在于，“穿越”主人公在新的时空以新的身份生活，而“重生”主人公则回到过去，重新经历自己的人生。广义上，“重生”则指主人公死亡之后，在原来的时空，或者新的时空之中的另一个人身上复生，带着前世的记忆重新生活。广义的“重生文”与“穿越文”之间的界线比较模糊，但广义的“重生文”主人公在“重生”之后，往往是从婴儿阶段开始新的生活，而“穿越文”则没有这一限定。重生文的代表作包括青罗扇子《重生之名流巨星》、吴沉水《重生之扫墓》等。

**【穿越文】（拓璐编撰）**

它指带有穿越情节的网络小说。穿越，指某人从一个时空进入新的时空，新的时空则可以是过去、未来或任何一个平行空间。“穿越”作为一种文学形式并非中国网络文学首创，在 19 世纪西方科幻类小说中已经出现。在中国的网络小说写作中，玄月汐《北风》被认为是第一篇言情穿越小说，而“清穿三座大山”的出现使网上穿越文迅速形成规模之后，“穿越文”开始特指一个网络小说类型。

**【大触】（肖映萱编撰）**

“大触”，指 ACG 领域具有超高绘画及其他相关技术的高手。专业的 ACG 绘制技术需要的基本设备有手绘板、触感笔等，因此 ACG 领域的绘制高手也被称为“触手”，也就是触感笔绘制高手的简称。“触手”中的大神，便成为“大触”。

**【大人/大大/巨巨】（肖映萱编撰）**

“大大”“巨巨”是粉丝对各领域“大神”“大触”等高水平能力者的通称，在偏 ACG 的圈子里，也有“大人”“SAMA/傻妈（日语‘大人’的读音)”“太太”（多用于画手圈称呼女性画手）的说法。“巨巨”在部分语境下比“大大”更高一层，更高层次的说法还有“奆奆”（取字形的“大巨”之意）；更多情况下“大大”和“巨巨”并没有实质的层次区分意义。一般情况下这些都是粉丝对高手们致敬的褒义词，但当写作“菊巨”“菊苣”时，则带有贬义和讽刺意味。

**【大神】（孟德才编撰）**

“大神”一词是粉丝们对那些站在网络文学商业机制顶端的作家们的昵称。大神作家，主要指在作品点击率、粉丝规模、作品影响力等方面突破一定规模的“超级”网络作家。

**【耽美】（徐艳蕊编撰）**

又称为 Boys’ Love，简称“BL”，是一种主要由女性书写、供女性阅读的男男同性情爱故事。“耽美”是一个来自日语的汉字词汇，在日语中，“耽美”（たんび；tanbi）与“唯美”是同义词，指对于美的崇拜高于道德和现实，这种作品往往包含着同性欲望。1970 年代，由女性创作的描绘男男恋情的作品开始在日本的职业漫画圈和业余漫画圈出现并流行，其后迅速在东亚和世界范围内广为传播。20 世纪 90 年代末，受日本耽美动漫、小说以及台湾耽美小说的影响，中国大陆的耽美创作群体逐渐孕育成型。其作品以小说为主，也包括漫画、广播剧、原创音乐和同人视频短片。尽管日语中的たんび已经被“BL”取代不再被频繁使用，华语圈的腐女仍然钟爱“耽美”这个名称，因为“耽美”在汉语中的字面含义是“耽溺于美”，非常契合腐女对于男男恋情的唯美幻想。不过，在华语腐文化圈中，“BL”一词也很常见，往往可以和“耽美”换用。

**【盗墓文】（陈子丰编撰）**

网络小说类型之一，由天下霸唱的长篇小说《鬼吹灯》（2005）开创，其“同人小说”《盗墓笔记》（2006）的出现更使其壮大为一个类型。这两部作品在长期“被跟风”中成为经典，并以其光环效应为整个类型捕获了庞大的读者群。略微夸张地说，“盗墓”这整个类型都可视作这两部作品的“同人小说”。狭义上的盗墓文指以盗墓贼在古墓中的冒险经历为主要内容的作品，广义上的盗墓文也包括惊悚悬疑风格的考古、探险等题材小说。盗墓文综合性很强，一般会容纳灵异元素、历史传说、民间习俗、自然科学等方面材料，同时也有普遍接受的“黑话”，如“倒斗”（指盗墓）、“粽子”（指僵尸）、“龙脊背”（指价值高的古物）等，形成自成一统的话语体系。

**【屌丝】（肖映萱编撰）**

“屌丝”，源自2010年百度“雷霆三巨头”吧与百度“李毅”吧的争吵。百度“雷霆三巨头”吧的会员将“D丝”（即百度“李毅”吧的会员名称）中原指“毅丝/帝丝”的“D”替换为读音相近的“屌”字，创造出“屌丝”一词，以这个容易令人联想到男性阴毛（“屌”是男性阴茎的俗称）的词语作为一种侮辱性称谓来指称“李毅”吧的会员。但百度“李毅”吧的会员却以某种“不以为耻、反以为荣”的姿态领受了这个称谓，并从此以“屌丝”自称。随后，“屌丝”一词便迅速流行，并与“矮矬穷”（“高帅富”的反义词）、“土肥圆”、“女屌丝”等词成为一整套网络符号体系。

**【弹幕】（高寒凝编撰）**

弹幕原本是军事术语，指火炮密集射击时炮弹像是在天空中张开一张幕布的景象。在二次元领域，这个词指的是在带有即时评论功能的视频网站上，一条条评论从视频画框的一端快速飘向另一端或者在画面固定位置悬停时，造成的类似弹幕的视觉效果。据最早的弹幕视频网站，即日本网站 niconico 的百科页面记载，这个词最早出现在网站运营初期，一个叫レミオロメン（粉雪）的视频里（现已被删除）。由于弹幕比一般的评论更具有即时性、交互性和视觉效果，很快经由 niconico 这个二次元向视频网站流行开来，不仅影响了本国的大众流行文化，还辐射到东亚地区乃至全世界。

**【二次元】（林品编撰）**

“二次元”（にじげん；nijigenn）是一个在“御宅族”的亚文化圈子中广泛使用的词语，指称的是动画、漫画、电子游戏所创造的二维世界；与之相对应的，则是“御宅族”的肉身所置身于其中的三维世界，也就是所谓的“三次元”。乍看来，“二次元”/“三次元”的区分，似乎只是构成了“虚拟”/“现实”、“虚构”/“真实”的二元对立，但问题的复杂性在于，由于漫画读者、动画观众、游戏玩家的移情作用，“御宅族”在“二次元”中往往会有相当真诚的情感体验，甚至相对于那个需要戴着某种假面去阳奉阴违地应对的“三次元”社会，“御宅族”在二次元的情感投入可能是更为真挚而强烈的。在这里，“真”与“假”、“实”与“虚”的关系，显然并不能用二元对立的思维框架来简单地分辨。而“御宅族”对“二次元”的迷恋，也并不是诸如“逃避现实”“沉溺幻象”这样带有责难意味的判断就能有效解释的。

**【凡人流】（吉云飞编撰）**

“凡人流”是由忘语的《凡人修仙传》而得名并发扬光大的，是目前幻想小说中最流行的流派之一。“凡人流”的男性主角形象与“龙傲天”可谓是两个极端，如果说“龙傲天”是含着“金钥匙”出生且永远不会失败的“高富帅”，“凡人”就是一直艰苦奋斗最终取得超人成就的普通人。

“凡人流”的主要特点有：一、主角的各方面条件极其平凡，是最普通不过的凡人；二、世界架构非常严谨，等级体系尤为严密，并且特别贴近现实社会，是异界的“职场”生涯；三、虽然有各种机缘，但成功都是主角通过奋斗取得的，主角实力的提升必然是辛苦付出的结果。“凡人流”的核心便是凡人抓住一点机缘通过自身的不断努力在严酷的异世界中成就不凡的功业。

**【废柴】（肖映萱编撰）**

“废柴”，或写作“废材”，源于粤语，在 ACG 及网络中用于指百无一用、没有任何反抗能力的废人。

**【废柴流】（吉云飞编撰）**

“废柴流”是由天蚕土豆的《斗破苍穹》引发的一个目前幻想小说中的常见流派，兼具“凡人流”和“龙傲天”的部分特点。“废柴流”中的主角原本资质极差，受尽欺辱和白眼，但必然会获得超强的“外挂”，几乎不需要太多的努力，就能很快通过“外挂”拥有远超常人的成就并且满足自己的各种欲望。不同于“龙傲天”式的主角，“废柴流”的主要快感来源是“屌丝逆袭”和“扮猪吃老虎”，而“扮猪吃老虎”的场面也是“屌丝寻求逆袭”的心理需求的必然结果，在权力和资本的“大老虎”面前，平民百姓只是一群随时会被吞食的“猪”，但若某一只“猪”开着“外挂”碾压了准备进食的“老虎”，显然会给有着同样认同的读者以特别的快感与抚慰。

**【腐/腐女】（徐艳蕊编撰）**

在汉语和日语中“腐”字原本都有“腐坏、不可救药”的意思，而且是“妇女”中“妇”字的谐音。以“腐女”自称的女性耽美粉丝赋予了“腐”新的内涵，不再是一个单纯的贬义词，而带有自我调侃的意味。

“腐女”即热衷于幻想男男同性情爱的女性。“腐女”源自日语中的“腐女子”（ふじょし；fujoshi）。2000 年初，日本最大的网络论坛 2channel 上开始有人使用ふじょし一词来指称喜欢将万事万物都解读、联想为男男同性关系的女性。2005 年以后，日本媒体开始关注腐女现象，并将腐女视为宅男（男性御宅族）的对应人群。经过十余年的传播，“腐女”一词现已进入日本大众的日常语汇，尤其在年轻人中获得了广泛使用。2004 年以后，腐女也进入了汉语词汇系统并占据了一定的使用空间。在“腐女”这个词汇出现之前，耽美粉丝往往自称为“同人女”或“耽美狼”。

**【腐男】（徐艳蕊编撰）**

喜爱幻想男男恋的男性被称为“腐男”。腐文化圈并非完全由女性组成，耽美作者和读者中都有一定数量的男性。这些男性并不都是同志，有一些腐男只是喜欢二次元的男男恋作品，并不会把这种爱好带入实际生活。

**【高度幻想（High Fantasy）/低度幻想（Low Fantasy）】（陈新榜、吉云飞编撰）**

在《批评的解剖》一书中，弗莱“按照主人公的行动力量超过我们、不及我们或是与我们大致相同”将虚构文学作品分为神话、浪漫传奇、高模仿、低模仿、讽刺等五种模式。幻想小说中对“高度幻想/低度幻想”的区分，也主要依据虚构世界（尤其是其中角色的力量）与现实世界之间的差异程度，远远高于现实世界法则的类型，如修仙、玄幻、奇幻，称为“高度幻想”；相对接近于现实法则的类型，如武侠，骑士，属于“低度幻想”。不过，这种分法大都用在与“力量”“魔法”相关的小说类型中，往往与“高魔”/“低魔”、“高武/低武”的概念共同使用。通常“高度幻想”泛指小说中的虚构世界不以现实世界为依据，是完全由幻想构成的“第二世界”。

不过也有人从另一意义上区分这一组定义，高度/低度幻想，通常用来形容幻想世界背景设定、故事情节、人物塑造是否逻辑自洽。世界背景与力量体系设定合理，人物塑造情节发展内在逻辑一致，就属于高度幻想，反之，则属于低度幻想。

这两种定义彼此有冲突之处，本书对这组概念的使用采用第一种定义。

**【高魔/低魔世界】（吉云飞编撰）**

高魔/低魔世界，又称高武/低武世界，通常用来形容幻想世界的武力值高低。如金庸武侠小说构建的世界是低魔/低武世界，小说中武力值最高的人物也仍然属于凡人的范畴；而《西游记》的世界则是高魔/高武世界，其中有大量拥有超自然能力的神仙鬼怪的存在。现今流行的幻想小说所构建的世界大多是高魔世界，这或许是因为我们身处的现代社会本身已足够科幻，低魔/低武世界已无法承载现代人幻想中的生活状态。

**【攻/受】（徐艳蕊编撰）**

这是耽美对男男关系的基本设定，在性行为中，被插入的一方是受，而插入的一方是攻。攻受划分使得耽美小说呈现出丰富的性政治意涵。一方面，耽美中的攻受带有异性恋模式的影响，并不完全等同于同性恋的身体实践，插入行为在同性恋性活动中，只是诸多快感模式的一种，但耽美作品中的人物会将插入行为视为确定亲密关系的一个至关重要的仪式，并由此进行角色划分。但在另一方面，攻/受关系，又不同于异性恋男/女的性秩序。首先，攻和受是相对平等的，因为有着同样的身体基础；其次攻受关系是灵活的，可以角色互换；最后，攻和受的气质也是非常多元化的，导致了攻/受组合方式的多变：强攻弱受、强攻强受、弱攻强受、弱攻弱受、美攻丑受、女王攻忠犬受、忠犬攻女王受、一受多攻、一攻多受……攻受关系的平等、灵活和多元是对建立在男女二元对立基础上的固有性别权力秩序的有效拆解。

**【宫斗】（王玉玊编撰）**

“宫斗”是以事实存在或者虚拟架空的古代宫廷为背景的一种网络文学类型，主要讲述与后宫斗争、嫔妃争宠、前朝禁苑息息相关的情感纠葛或权力倾轧。同题材的古装电视剧则称为“宫斗剧”。“宫斗小说”是宫廷背景的古代言情小说的一个分支，最初作为一种情节元素往往出现在“穿越”“重生”等题材的古代言情小说之中。爱打瞌睡的虫于2007—2008间在起点女生网连载的小说《宫斗》首次在标题中使用“宫斗”一词，则可以看作是宫斗这一题材独立的标志。同一时期，百度宫斗吧成立，至2009年，百度百科收录了“宫斗”和“宫斗文”两个词条，“宫斗文”成为“女性向”网络文学的一个重要组成部分。

**【后宫/逆后宫】（肖映萱编撰）**

“后宫”指的是一个男主角对应多个女主角的模式，在“男性向”文化中是一个较为成熟的类型或元素。而“逆后宫”则是“女性向”网络文学中一个女主角对应多个男主角的模式，对应日本“男性向”文化中的“乙女”类型，发展到极致则产生了“女尊”“耽美”中一受多攻的倾向。2004年，蒋胜男《大宋女主》、姒姜《情何以堪》、倾泠月《且试天下》都或多或少地展现出了晋江言情文中“逆后宫”的倾向。2005年9月，葡萄《青莲记事》和流玥《凤霸天下》几乎同时开始在晋江连载，这两部作品共同创造了“女穿男”的“（伪）耽美”经典穿越模式，并掀起了2006—2007年间晋江“逆后宫”模式的风潮。

**【机甲/机甲文】（肖映萱编撰）**

机甲，来自日语“機甲（きこう；kikou）”一词，英语为 Super Robot，意思都是超级机器人。在科幻中被定义为相对机动装甲，大型双足或多足战争机器人，后来多指有人操纵的战斗机器人，多采用人物直接操作或者远程信息连接，通过智能化的计算机系统控制机体战斗。机甲是 ACG 文化的常见元素，2013 年美国电影《环太平洋（Pacific Rim）》中所展示的就是最典型意义下的机甲。机甲文的代表作有：犹大的烟《机甲契约奴隶》，衣落成火《机甲触手时空》等。

**【羁绊】（白惠元编撰）**

“羁绊”（きずな；kizuna）一词来源于日本动漫文化，它在日语中表示人与人之间难以断绝的情感联结，通常表现为“剪不断理还乱”的友情或爱情。“羁绊”之所以能够引起中国独生子女一代的情感共鸣，正因为它有效慰藉了这群空前自由却又空前孤独的现代个体。当然，“羁绊”一词所指向的情感纽带又与现实世界不同，它是“二次元”人物在冒险过程中建立起来的，是战斗热血的燃点。在世界规模的危机持续深化的过程中，人物之间的“羁绊”也不断受到近乎生离死别的威胁和考验，为了在极端情境下维系这份虽然脆弱但必须守护的“羁绊”，人物必须让“因缘的纽带”化作激发潜能的钥匙，从而经受住超乎常人的磨难和历练。

**【架空小说】（陈新榜编撰）**

“架空”本指建筑学上房屋凌空的构架形态，文学中刘禹锡《答饶州元使君书》也曾有“游言架空”一语。现在所谓“架空”常用于包括小说、动漫、游戏等各种叙事，“空”指与现实不同的世界或历史，即虚构性；“架”则是指其设定建构性，即叙事以某种设定作为其基础。综合而言，“架空”就是指脱离具体时空背景建构虚拟世界及其历史，如“穿越文”中的“架空文”。按照虚构的程度，“架空文”通常分为全架空和半架空。在中国，架空概念主要来自《龙与地下城》《指环王》、蒸汽朋克小说。国内最有影响的架空叙事是江南、今何在、沧月等人 2002 年开始联合创作的“九州世界”系列。

【坑】（肖映萱编撰）

网络读者戏称作品为“坑”。作者开始一部作品的连载是“挖坑”，更新作品是“填坑”，读者随着作品连载追文是“入坑/跳坑”，作者停止更新叫“挖坑不填/挖坑不埋”，未完结就宣布停止更新叫“坑了”或“太监了”。所以产生了“蹲在坑里等更新”的调侃说法。

【练级小说】（陈新榜编撰）

网络连载小说中主角不断在力量等级体系中上升的常见套路与电子游戏同气连枝，因此人们直接采用电子游戏里的名词“练功升级”来描述此类小说，又常被称为“升级流”。由于它是起点中文网最有影响的类型，也常常被网文读者称为“起点文”；又由于其读者主要是“小白”读者，也常被称为“小白文”。“练级小说”大都属于玄幻类型，被称为“玄幻·练级”或“玄幻·升级”小说。

【龙傲天】（王恺文、陈新榜编撰）

“龙傲天”是早期网文 YY 过度产生的一类男性主角形象，主要特征包括：名字里常出现龙、唐、汉、天等字样，外貌身材极为突出，通常会出现“眉清目秀”“虎背熊腰”这样的描写，并且经常强调家世显赫。与强调努力奋进的普通练级文不同，其爽点在于主角的不劳而获。在穿越到异界之后往往会具有极高的魔法/武学天赋，在各种机缘巧合之下迅速提升实力，很轻易地能收伏其他男性做手下，征服女性并开后宫。这类主角在早期网文中极为泛滥，但并没有一个统一的命名。在网文创作逐渐走向成熟之后，一些有经验的读者对于此类主角十分厌烦，于是总结出了“龙傲天”这一名词来专门指代此类主角。其后不少作品专门塑造了这样的人物来供主人公“打脸”，如《天生王者龙傲天》《崩坏世界的传奇大冒险》。但这并不代表这类角色从此消失：在很多 YY 过度的“小白文”中，还是会出现改头换面的“龙傲天”。诡异的是，随着“龙傲天”这一名称在网文圈内普及，部分不明所以的新作者毫无反思地直接正面挪用此设定写出新作（如《异世傲天》）。这种作品却正好投合了为数不少的追求不劳而获爽感的读者，“龙傲天”一词开始走红，从 2012 年 7 月开始此词的百度搜索指数陡然上升。

**【玛丽苏】（王玉王编撰）**

“玛丽苏”即Mary Sue的音译，最初来源于保拉·史密斯在1973年创作的《星际迷航》同人小说《星际迷航传奇》。这篇带有恶搞性质的小说的女主人公玛丽苏上尉是一个只有15岁半的完美角色，小说借此讽刺了《星际迷航》同人小说中那些由于过于完美而显得虚假的人物。这个概念在进入中国后也被运用到除同人文以外的动漫、网络小说、电视剧等领域。“玛丽苏”式人物是作者为了满足自我欲望（如对爱情、财富、权力的欲望，以及自我表现欲等）和虚荣心而创造的自我替代品，因而往往具有出众的（或令人怜惜的）身世、完美的外表或强大的能力，并为众多异性角色所爱慕，面对事业与爱情都能够无往而不利。这一概念也被扩展应用于某些具有类似特征的男性角色，称为“汤姆苏”或“杰克苏”，亦可简称为“苏”。

**【卖腐】（徐艳蕊编撰）**

它指以制造男男暧昧话题吸引关注的行为，又被戏称为“麦麸”。腐圈的扩大使得一些影视剧注意到了腐向作品的广大潜在市场，因此这些影视剧会故意设计一些男男暧昧情节来吸引观众，尤其是女性观众。有些作品通过这种方式获得了巨大成功，比如英剧《神探夏洛克》、好莱坞电影《雷神》。

**【末世/末世文】（肖映萱编撰）**

“末世”，也称世界末日，即宇宙系统的崩溃或人类社会的灭亡，以后者为主。通行的版本之一是源于玛雅人的2012世界末日寓言。对末日原因的想象有磁场变化、行星撞击、太阳活动等多种说法，在网络小说中以丧尸爆发最为常见。2011年末至2012年，“末世文”在晋江风靡一时，经常与“修真”“重生”等元素结合，同时伴生了一些其他分支，其中“机甲”“异形”“异能”也成为较为成熟的类型。代表作有非天夜翔《二零一三》，月下金狐《末世掌上七星》等。

**【男性向】（李强编撰）**

“男性向”源自日本ACG文化，特指以男性为消费对象的影视、漫画、游戏类型。“男性向小说”是读者对一些表达、满足男性欲望的网络小说的称呼，这些小说的表现手法与角色设定一般会刻意迎合男性的征服欲，核心

“爽点”就是“升级”“开后宫”，作品中女性角色较多，且不时会有性爱描写。男性向小说的主要类型有历史军事小说、玄幻小说、修真小说等。

**【虐】（肖映萱编撰）**

“虐身”和“虐心”是“虐”的两种重要手段，二者都与SM（Sadomasochism）“虐恋文化”有着某种内在关联性。在耽美小说中，受虐方能够在受虐过程中使自己的爱情获得合法性，而施虐者往往成为其俘虏。耽美的一种经典情节模式便是“虐受—在施虐与受虐的过程中相爱—虐攻”。

**【女性向】（肖映萱编撰）**

“女性向”是女性在逃离了男性目光的封闭空间里以女性自身话语进行书写的一种趋势，与“男性向”相对。这种书写所投射的，是只从女性自身出发的欲望和诉求。在这样的界定下，“女性向”文学与传统女性“言情”之间存在大面积的过渡阶段、灰色地带。如果以基本不存在争议的部分举例，“女尊”和“耽美”可以说是“女性向”网络文学的典型文类，与传统男性天空下的女性“言情”遥相对峙，走到了这一端的极点。网络的出现，为“女性向”文学空间的形成提供了技术支持。代表网站：晋江文学城、红袖添香、起点女生网。

**【女尊文】（肖映萱编撰）**

“女尊”即“以女为尊”。作为网络文学的一种类型，“女尊文”中往往以架空的方式建构一个以女性为尊、以女性话语为主体的时空背景，女主角的社会地位高于男主角，或女主角的能力强于男性，由此形成“女尊男卑”的相处模式，甚至发生女性奴役男性、男女颠倒、男性生子等情节，暗示了某种激进的女性主义倾向。有传统的一对一配对，也有一女多男的模式，后者有时带有玛丽苏情结。代表作：蒋胜男《大宋女主》、逍遥红尘《笑拥江山美男》、宫藤深秀《四时花开之还魂女儿国》等。

**【炮灰】（肖映萱编撰）**

炮灰，原意是战争中为了全局而注定要牺牲的士兵，在网络文学中一般指为了衬托主角的高大形象而被干掉的龙套，或是为了情节需要而死掉的路人，是与“主角光环”相反的概念。

**【奇幻小说】（王恺文编撰）**

“奇幻”这一概念来自英文“fantasy”，台湾奇幻文学翻译家朱学恒在20世纪90年代撰写的文章《西方奇幻文学（Fantasy Literature）简介》中将其译为“奇幻”。在文章中，朱学恒这样描述“奇幻”：“这类的作品多半发生在另一个架空世界中（或者是经过巧妙改变的一个现实世界），许多超自然的事情（我们这个世界中违背物理定律、常识的事件），依据该世界的规范是可能发生的，甚至是被视作理所当然的。”朱学恒对于“奇幻”的阐释界定了这一文类的写作范畴：基于西方风格的架空异世界的作品。这一界定也沿用到了网络文学中。目前中国奇幻类网络小说的基本特征有：西式的人名、地名，主要以“魔法”命名的超自然力量，兽人、精灵、矮人、天使、恶魔等西方风格的超自然种族。符合这些基本特征的，通常意义上可以被划归入“奇幻”范畴。奇幻网文又分为两个脉络：“正统西幻”和“西式奇幻”。“正统西幻”的世界设定会较为严格地遵循桌游“龙与地下城”（D&D）为主的经典西方奇幻设定，“西式奇幻”则大刀阔斧地改变经典设定，让整个世界体系趋于中国化。

**【清穿三座大山】（拓璐编撰）**

“清穿”是穿越小说的一种，主要是写女主穿越到清朝各个皇帝的朝代，与众多帝王将相龙子龙孙发生情爱故事，特别是康熙、雍正两朝的夺嫡之争，这是“清穿”小说最为热衷的题材。其中促使这一题材走红的三部作品《梦回大清》（金子，2004）、《步步惊心》（桐华，2005）、《瑶华》（晚晴风景，2006），它们以现代社会女主人公在机缘巧合之下发生时空旅行回到古代社会来展开故事情节，因为这三部小说完成度高，人物丰满，情节紧凑，得到了众粉丝的追捧，影响力极大，粉丝们为了表达对这三部作品的喜爱和强调其在同类作品中优秀又难以超越的地位，将这三部小说爱称为“清穿三座大山”。

**【圣母/白莲花】（王玉玊编撰）**

“圣母”与“白莲花”含义大体相同，均用以形容和讽刺文学、影视作品中大量出现的一类女性角色，她们柔弱善良，逆来顺受，毫无心机，同情心泛滥，对爱情忠贞不渝，总是无原则地原谅所有伤害过她们的人，并试图以爱和宽容感化敌人。两词亦可连用为“圣母白莲花”。琼瑶作品《梅花烙》中的白吟霜、《还珠格格》中的紫薇等都是典型的“圣母白莲花”式女主人公。两者的区别在于，“圣母”产生于动漫圈，常被用来评论动漫人物，而“白莲花”则很少被用来描述动漫人物，基本上仅用于评论小说和电视剧，特别是重生、穿越、宫斗类的小说和电视剧。2009 年前后开始，对于“白莲花”的反感开始成为一种普遍的国民心理，“反白莲花”的浪潮在网络文学及影视评论等领域兴起。在此之前，动漫圈已有颇多对于“圣母”形象的批判，这也影响了“反白莲花”浪潮的兴起。

**【爽/爽点/爽文】（李强编撰）**

“爽”是读者在评价网络小说时经常用的词，读者阅读小说使自己的欲望得到了满足后的一种痛快感觉，就可以称为“爽”。在读者那里，“爽”与“闷”是一组对立词，区分标准就是能否适当满足读者的欲望，但实际上在网络小说中“爽”和“闷”是对立统一、相互依存的关系，优秀的网络小说一般是先有“闷”才会“爽”。“爽点”是网络小说中最集中满足作者欲望的部分，“爽点”根据小说类型而异，可以是情感爆发点（“泪点”），也可以是情节反转点（“打脸”）。“爽文”就是让读者感到“爽”的小说。但也有读者用“爽文”来指“小白文”，这种小说的主角无往不利，读者的欲望被无节制地满足，一爽到底。

**【哨兵向导】（高寒凝编撰）**

它与 ABO、BDSM 并称欧美同人圈三大设定，传入中国之后，在文学网站和同人站点上也形成了一定的创作规模。在这一设定中，部分人类在青少年时期会发展出超能力，他们中的一部分成为哨兵，一部分成为向导，其中向导的数量十分稀少。哨兵的特点是五感非常发达，他们的视觉、听觉、触觉、味觉等等都远胜常人。但是当哨兵把注意力集中在其中一感上时，就无法再关注除目标之外的事物。向导的存在就是要阻止这一点，在哨兵失控之前把他们拉回来。哨兵和向导会组成搭档一起上战场执行任务，组成搭档的过程包括肉体和精神结合。这种结合是终生制的，除非一方死亡。哨兵向导这一设定在欧美同人圈非常流行，而在中文网文圈却显然不如ABO文繁荣。

**【同人】（白惠元编撰）**

“同人”一词来自日语的どうじん/doujin，这个词在日文中有两种含义，一是“同一个人、该人”，二是“志同道合的人、同好”。真正使“同人”成为关键词的正是日本ACG文化，其“同人”取第二个意思，即业余动漫游戏爱好者所进行的非商业的自主创作，其本质上是二度创作，是同好者在原作或原型的基础上进行的再创作活动。换言之，同人创作往往需要遵从原作的基本设定，其人物性格、主要情节等都和原作基本相符，然而，同人创作的真正乐趣并不在于复述，而是可参与的改写。在日本同人文化中，这个词条指向“自创、不受商业影响的自我创作”，或“自主”的创作，它比商业创作有更大的创作自由度，传达出“想创作什么，便创作什么”的创作理念。与之相关，“同人志”指的是这种创作的自制出版物，“同人界”则是指这个文化圈。在中国，曾经较有影响力的同人创作包括：四大名著同人系列、古装剧《逆水寒》系列、军事剧《士兵突击》系列，等等。

**【外挂/金手指】（李强、吉云飞编撰）**

“外挂”本来是电子游戏的作弊程序（有时也称“金手指”，最初在游戏里，“金手指”主要用于单机游戏，“外挂”主要用于网络游戏。但读者用它们来评论网络小说时，二者意思并无区别），后来被读者借来描述网络小说中给主角带来帮助的法宝，这些“法宝”可以是器物，也可以是主角的独特经历。网络小说中，主角总是能利用“规则之外的规则”来获得成功的情节被读者称为“开外挂”。要取得远超同辈的成功只能依靠“外挂”，这其实也是多年来利用特权超越规则而获得野蛮生长的权力和资本集团留下的心理烙印。

**【无限流】（吉云飞编撰）**

“无限流”的得名和流行都与科幻小说《无限恐怖》（zhttty，起点中文网，2007年）相关，“无限”即无止境之义，“无限流”小说的精华便在于一切皆有可能，有囊括所有类型，整合一切元素的冲动。“无限流”小说的基本设定是“主角”为一定的目的穿梭在不同的时空之中，奇幻、修仙、武侠、都市、科幻、历史等不同的背景世界都可能出现在同一本书中，并且被一个共同的世界观所统辖。“无限流”小说被戏称为“原著粉碎机”，其所描写的不同世界通常是已有的电影、小说、动漫和游戏作品的同人创作，因此写作门槛较低，同时也带来了一系列版权问题。“无限流”小说理论上可以兼有各类型的精华，并且对人物在极端境遇中的命运以及时空等宏大命题天然有足够的关照，拥有解读一切世界一切文化一切智慧生命的无限书写空间，但也因此难出精品，“无限流”中的大多作品只是在不同背景世界中升级的故事。

**【位面（Plane）】（王恺文编撰）**

位面原本是D&D战役模组“异度风景”（Planescape）中的一个名词，指一个相对独立的空间，拥有自己独特的物理法则与超自然力量法则。这一名词其后逐渐成为D&D的通用设定，在国内的奇幻类网文中代指“宇宙”“世界”等概念。经典的位面设定有主物质位面（即最为接近现实中中古地球的位面）、无底深渊（充满混乱与邪恶的世界，恶魔的家园）、星界（时间停止、凭借精神力量行动的位面）等。多个位面组成了一个相对完整的多元宇宙，而不同的多元宇宙间则由“晶壁”隔离，一个多元宇宙即是一个“晶壁系”。依照这个设定，我们所处的宇宙其实也只是一个晶壁系，因此按照D&D的世界观，“穿越”实际上并不是什么特别稀奇的事情，只不过是从一个晶壁系进入了另一个晶壁系。

**【文青/文青文】（孟德才编撰）**

“文青”，即“文艺青年”的简称，是针对于“小白”并有意与之相区分而提出来的一个概念。网络上对“文青”的讨论极为多样，且褒贬不一。褒扬者，肯定“文青”在文学风格和思想内涵方面的开拓意义。贬损者多认为“文青”曲高和寡，且显得“无病呻吟”。此处“文青”主要指那些具有某种情怀，表现出某种创新性诉求，文学性和思想性俱高的网络作家。“文青”作家的粉丝团人数不及“小白”，但文化层次和忠诚度却高于“小白”。“文青”的代表作家有猫腻、烽火戏诸侯、骁骑校、徐公子胜治、烟雨江南、酒徒等。与之相对应，“文青文”主要指“文青”作家创作的作品，但不排除某些非“文青”作家也可以创作“文青文”。总体来说，“文青文”代表了一种异于“小白文”的审美风格。“文青文”的代表作品有《间客》（猫腻）、《将夜》

（猫腻）、《雪中悍刀行》（烽火戏诸侯）、《橙红年代》（骁骑校）、《惊门》（徐公子胜治）、《尘缘》（烟雨江南）、《隋乱》（酒徒）等。

**【系统/系统文】（肖映萱编撰）**

系统，由网络游戏的操作系统这一概念引申而来。网络文学中的系统元素，是主角的一种开挂方式，一般是主角获得了某种带有系统的道具，从而获得了生存攻略、储物空间或强大的武力，换言之就是一个随身携带的智能万能装置。例如日本动漫《哆啦A梦》里哆啦A梦的口袋，就可以算作最早的系统。代表作：风流书呆《快穿之打脸狂魔》，衣落成火《我有药啊》。

**【仙侠小说】（吉云飞编撰）**

仙侠小说本来是武侠小说向修仙小说过渡的产物，是修仙小说的先声与第一个子类。早期的仙侠小说大多是表面上的武侠，本质上的修仙，是直接从武侠小说中生长出来的，而由于武侠小说深入人心的影响力，至今在主要文学网站的分类中，仍然使用仙侠而非修仙作为这一类型小说的统称。但作为一种独立的小说类型的仙侠并不存在，我们称之为仙侠的实际上是以中国古代文化为背景的修仙小说。仙侠绝不只是在武力值上超过武侠，仙侠小说写的也不是江湖侠客寻仙访道的故事，仙侠的核心是由人修炼成仙的过程，没有也不需要侠的存在，修仙与游侠是两种截然不同的精神气质与行为方式。在修仙小说刚刚出现时，仙侠小说的提法曾经有利于借助武侠小说的力量推动这一类型的发展，但如今已经是一个有着相当误导性的概念。

**【吐槽】（高寒凝编撰）**

这是日语“突っ込み”的中译，这个词来源于类似相声的日本漫才，指某种不顺着对方的话头说话，故意说实话或者拆穿对方，并用夸张的方式加以表现，以取悦观众的语言技巧。有些类似相声中的捧哏。这个词在中文里本无可以完全对应的译法，台湾地区将其译为“吐槽”，后传入大陆，并由于弹幕网站和网络社交平台的兴起迅速流行起来。而且相比于日文原意，这个词在中国又增加了“挖苦”“抱怨”“找茬”等意味。

【小白/小白文】(孟德才编撰)

“小白”这个词汇，诞生于网络文学兴起之初，“白”是指不花钱“白看书”之意。后来“白”则隐晦地指涉“白痴”，是阅读网络文学多年、阅读量极大较深度用户“老白”对新进用户的蔑称。与此相应的“小白文”就是指针对“小白”用户的作品，也即针对初级网文用户的网络小说。由于“小白”主要是指那些初高中学生，他们最感兴趣的文类是以升级体系为核心的玄幻小说。因此“小白文”的内容特征也是基于以上读者而来：简单化。“小白文”以“爽文”自居，遵循简单的快乐原则，主人公往往无比强大，情节是以“打怪升级”为主。“小白”的代表作家有被誉为“中原五白”的唐家三少、我吃西红柿、天蚕土豆、梦入神机、辰东等。“小白文”的代表作有《斗破苍穹》《星辰变》《斗罗大陆》《神墓》《阳神》等。

【小白/傻白甜】(肖映萱编撰)

“女性向”言情文中的“小白”与“男性向”中的“小白”含义略有不同。这里的“小白”或称“傻白甜”，指的是毫无心机、毫无防备、天真无知到有点“傻”、有点“白痴”的女主角，往往与“霸道总裁”相对应，共同构成“霸道总裁爱上我”“小白与精英”的经典CP模式。代表作：顾漫《小白与精英》，长着翅膀的大灰狼《然后，爱情随遇而安》。

【修仙/修真小说】(吉云飞编撰)

“修仙”，又称“修真”，长期也被混称为“仙侠”，是在欧美与日式幻想文艺的刺激下，从传统武侠和神魔小说中生长出来的一种中国风格的网络幻想小说类型，讲述的多是由人修炼到仙的故事。修仙小说是最流行的网络小说类型之一，也是最具本土特色的小说类型，按照故事发生的世界背景，可以分为四个子类：以中国古代文化为背景的古典修仙；以宇宙星空等奇幻世界为背景的幻想修仙；以现代社会为背景的现代修仙；以创世神话、《封神演义》和《西游记》为背景的洪荒封神。

“修真”原为道教术语，学道修行，求得真我，去伪存真为“修真”，俗称“修道”。“修真”之名古已有之，但成为一种小说类型，则是从萧潜的《飘邈之旅》开始的。《飘邈之旅》中引入道教修真体系，将凡人修炼成仙的过程划分为十一个层次，从最初的旋照、开光到最终的渡劫、大乘，是第一部非仙侠类的修仙小说。这一类修真小说写的都是从人到仙的修行成长历程，而修真小说中的“修真”大多可视为“修仙”，已无原有的“借假修真”之义，只以追求长生不老、神通广大为最终目的，只是因为《飘邈之旅》中使用的是“修真”这一概念，因此相继沿用。但到今天网文界也普遍意识到“修仙”比“修真”更能概括这一类型的小说的特点，主流文学网站也已在分类中用“修仙”代替了使用多年的“修真”。

**【玄幻小说】（陈新榜编撰）**

玄幻一词最初是香港作家黄易用于描述他自己“建立在玄想基础上的幻想小说”，后来广泛流传衍化，蔚为大观。广义的玄幻小说，相当于“高度幻想”型小说，与“低度幻想”型小说（如武侠小说、骑士小说等等）、科幻小说、写实小说对应，泛指小说中的虚构世界与现实基本甚至完全脱钩，不遵守现实经验规律，任由幻想构成。在网络小说界狭义的“玄幻”，是指其世界设定的文化背景和根源不是来自于系统化的中国传统文化的“修仙小说”或西方传统的“奇幻小说”，而主要由作者自己根据需要构造的。

**【有爱】（林品编撰）**

“有爱”是一个在中国御宅族的网络交流中流传甚广的常用语，借助互联网的传播效应，这个词还流传到ACG爱好者之外的其他网络社群，成为一个获得广泛使用的网络流行语。“有爱”的词性具有相当大的灵活性，它既可以作为动宾短语，在句子中充当谓语，用来表达一种充满爱意的主体状态，如“我对ACG很有爱”；也可以单独作为褒义形容词，在句子中充当谓语或定语，用来表示所指对象所具有的某种可爱的性质，这种性质能够戳中御宅族的“萌点”，激发起御宅族的爱意，如“泉此方太有爱了”“真是一对有爱的CP”。此外，“有爱”还常常被用来描述御宅族为他们心中所爱而倾注心血的种种行为，用来形容御宅族那些富有情感热度的同人活动，如“这么做真是太有爱了”“这个活动好有爱啊”，等等。御宅族在积极参与同人文化的时候，又会展开线上和线下的社交，许多御宅族会将由此形成的趣缘社群比喻为“有爱的大家庭”。

**【御宅族】（林品编撰）**

“御宅族”（おたく；otaku）作为一个源自日本的人称代词，指代的是ACG文化的爱好者。“御宅”在日语中本是一个并不常用的敬语，原意是“贵府”“您家”，也可以引申为“您”“阁下”；在出品于1982年的日本著名动画片《超时空要塞》中，主人公林明美和一条辉曾使用这个词来互相称呼，这种用法引起了众多动画迷的争相模仿，此后，“御宅族”这个词逐渐约定俗成而具有了现在的语义。中文语境下对“御宅”一词的使用，最先流行于港台地区的ACG爱好者，随后经由ACG爱好者的网络交流传入中国内地，人们自称、互称为“御宅族”，以此表明对ACG文化的钟爱。在从日语到汉语的跨语际接受与转化过程中，由“御宅族”这个人称代词又逐渐衍生出“宅男/宅女”这样的称呼。由于互联网络的传播效应，“宅男/宅女”这个较之“御宅族”更为本土化的词语，逐渐被越来越多并不爱好ACG文化的人所使用，在指代对象上，也由ACG爱好者置换为那些“长时间待在家里的人”，或者说那些更乐于将时间花在室内文化娱乐项目而非室外活动上的人。

**【宅斗】（王玉王编撰）**

“宅斗”是以古代大家族（商贾世家、官宦世家、王府等）后宅为背景的一种“女性向”网络文学类型，往往以后宅之中的妻妾较量、嫡庶之争，以及男女主人公之间的爱情为核心内容。“宅斗文”基本上与“宫斗文”同时产生和发展，与“宫斗文”在叙事模式、主人公塑造等方面皆有相似，可以看作是同源双生的两个类型。这一类型的代表作有吱吱《庶女攻略》等。

**【中二病】（白惠元编撰）**

“中二”是日语对“初中二年级”的称呼，“中二病”（又称初二症）则是伊集院光在广播节目《伊集院光 深夜的马鹿力》中提出，比喻日本青春期的少年过于自以为是。“病”字多具有戏谑自嘲意味，因为这种自我意识一般都强化自己希望的状态（如智慧、慈悲、优越、成熟、与众不同），并且暗暗排斥不希望的状态（如愚蠢、恶毒、平凡、无力感）。比如“我与别人是不同的”，“错的不是我，是世界”，“这才是真正的智慧”等常见说法就是中二病的病征。基本上，这是很多人都经历过（或正经历）的一种成长情况。因此，网络发展出“人不中二枉少年”的夸张说法。

**【种马文】（李强编撰）**

种马是给母马配种的雄马，“种马文”是读者对某些将男主角对众多女性的占有以及性爱描写作为全书核心爽点的小说的称呼。这类小说一般采用“一男对多女”的设定，人物形象多数面目模糊，女性角色多为男性附庸，情节推进方式简单粗暴，情感粗糙，缺少必要的铺垫。

**【种田文】（王玉玊编撰）**

“种田”一词最早出现在 SLG（Simulation Game，策略类游戏）游戏中，玩家以“高筑墙、广积粮、缓称霸”为宗旨，保护和发展自己的领地，待实力壮大，则开始征服其他玩家，以扩张势力。种田文是在此基础上出现的一种网络小说类型。早期“种田文”主要出现在“男性向”架空、玄幻、异世等类型的小说中，主要内容是主角建立自己的根据地和人脉，在此基础上一步步发展农业、经济、军事和政治制度，并通过经济优势、科技优势、制度优势压倒对手。在“种田”过程中，主角不会与其他势力发生明显冲突，而是等待自身足够强大之后再征服天下。“女性向”“宅斗”小说借鉴了这种叙事模式，发展出了“宅斗种田文”，又称“家长里短文”，集中描写穿越到大家族中的女主人公经营家宅的生活琐事。

**【总裁文】（肖映萱编撰）**

言情小说较为流行的题材类型，总裁文的男主一般是企业 CEO（首席执行官）或其他高管人员，帅气多金，且往往兼具腹黑、冰山、偏执等属性，因此又被冠上“霸道”之名。总裁文的一种经典桥段，是天真无知的女主角不明就里地冲撞了总裁，从此被总裁看上，并不由分说地强行独占，即“霸道总裁爱上我”。代表作：顾漫《杉杉来吃》，长着翅膀的大灰狼《盛开》《应该》。

**图书在版编目（CIP）数据**

网络文学研究．第1辑/周志雄主编．-- 济南：山东人民出版社，2015.12

ISBN 978-7-209-09445-0

Ⅰ．①网… Ⅱ．①周… Ⅲ．①中国文学－当代文学－文学研究 Ⅳ．①I206.7

中国版本图书馆CIP数据核字(2015)第318655号

**网络文学研究（第一辑）**

周志雄 主编

主管部门 山东出版传媒股份有限公司
出版发行 山东人民出版社
社　　址 济南市胜利大街39号
邮　　编 250001
电　　话 总编室（0531）82098914
　　　　 市场部（0531）82098027
网　　址 http://www.sd-book.com.cn
印　　装 山东省东营市新华印刷厂
经　　销 新华书店

规　　格 16开（169mm×239mm）
印　　张 20.75
字　　数 330千字
版　　次 2015年12月第1版
印　　次 2015年12月第1次
ISBN 978-7-209-09445-0
定　　价 48.00元